Love Jason Thorn

Ella Maise

Traduit de l'anglais
par Audray Sorio

City
Roman

Publié pour la première fois en anglais
sous le titre *To Love Jason Thorn*.
Visuel de couverture : © Sarah Horgan

ISBN : 978-2-8246-2227-9
Code Hachette : 61 9756 1
Collection dirigée par Christian English & Frédéric Thibaud
Catalogues et manuscrits : city-editions.com

Dépôt légal : Juin 2023

Avertissement

La plupart du temps, lorsqu'un livre fait l'objet d'une adaptation au cinéma, il faut attendre plusieurs années après l'acquisition des droits pour que démarre le processus de production du film – il y a tant d'obstacles à franchir avant d'y parvenir. Cependant, pour ce récit, je n'avais pas envie de vous faire attendre un an – si pas plus – avant le début du tournage. C'est pourquoi, vous le verrez, tout s'enchaîne très vite. Ou alors… le roman d'Olive était à ce point exceptionnel qu'il le valait bien…

Ce livre est dédié à toutes les personnes qui,
un jour, sont tombées amoureuses d'un garçon
et ont vécu l'expérience extraordinaire
des papillons dans le ventre.
Et si votre amour n'était pas réciproque,
eh bien, ce mec devrait avoir honte !
Quel crétin.

1

Olive

Avant de rencontrer Jason Thorn, mes rêves étaient peuplés de nuages blancs et moelleux, de jolies petites robes roses, de délicieuses tartes aux pommes et, bien sûr, du grand frère de notre voisine Kara.

— Je ne veux pas entendre un mot de plus, Jason. Tu seras toujours le bienvenu ici, mon chéri.

J'allais descendre pour aider ma maman à mettre la table, mais je me suis arrêtée en entendant leurs voix.

— Tu vois, je t'avais dit qu'il n'y aurait pas de problème. Allez viens, on monte dans ma chambre.

— Une minute, Dylan. Pas si vite.

Maman a posé sa tasse sur le plan de travail de la cuisine – j'ai reconnu le bruit –, puis elle a continué à parler.

— Jason, tu es sûr que tu ne veux prévenir personne ? Peut-être faudrait-il s'assurer que ta mère va bien ou au moins contacter ton père pour le mettre au courant que tu passes la nuit chez nous. Il va sûrement s'inquiéter s'il appelle chez toi et que personne ne répond.

Ma maman, c'est une femme douce et bienveillante – douce dans le sens où elle a un cœur en or, l'or le plus pur et le plus éclatant. Mon grand-père le lui dit tout le temps quand il la félicite d'arriver à supporter mon papa, alors pour moi, qui suis sa fille, c'est forcément vrai. On peut parfois lui trouver un petit côté impitoyable, mais c'est parce qu'elle est très protectrice avec les personnes qu'elle considère comme sa famille.

En dehors de ça, c'est un ange, comme l'appelle toujours mon papa. Elle a l'art de donner le sourire à tout le monde, même aux gens les plus tristes. Ça, j'en sais quelque chose, parce qu'elle réussit toujours à me faire rire chez le dentiste, un endroit plutôt terrifiant pour une enfant de six ans (presque sept !). Il suffit de se trouver dans la même pièce qu'elle et on a la patate en un rien de temps.

Et ça ne marche pas qu'avec moi ou mon frère ; elle a le même effet sur mes amis aussi. Quand c'est elle qui vient nous chercher à l'école, ils la regardent tous avec un grand sourire un peu bête. En fait, maintenant que j'y pense, ils me font penser à Buzz, le chiot que ma voisine Kara a reçu il y a quelques semaines. Oh, qu'est-ce que j'ai aimé observer Noah, le frère de Kara, quand il jouait avec cette adorable boule de poils ; j'ai toujours rêvé que nous adopterions quelques chiots, après notre mariage.

Soupir...

En tout cas, je n'ai pas le droit de faire entrer leur petit chien dans notre maison et, bien sûr, je n'oserais jamais l'amener en cachette quand maman n'est pas là – *chut, ne le répète à personne* – mais j'ai bien remarqué la tête qu'il fait quand il veut obtenir quelque chose de Kara.

De manière générale, je trouve qu'être un enfant, c'est difficile, mais il faut reconnaître que tout est plus simple avec une maman comme la mienne. D'ailleurs, j'ai toujours voulu lui ressembler. Je voudrais rendre les gens heureux, leur faire oublier tous leurs tracas, être leur rayon de soleil, autant qu'elle est le nôtre.

Seulement, il y a un tout petit, mini riquiqui, problème : je n'ai pas hérité du cœur en or de maman. C'est sûr, parce que, contrairement à elle, je ne réussis jamais à rester calme et distinguée.

Mais ce n'est pas ma faute ; c'est Dylan qui n'arrête pas de me faire enrager. S'il fallait désigner un coupable, ce serait bien lui, pas moi.

Dylan, c'est mon grand frère, celui qui me pourrit la vie en permanence, sûrement depuis ma naissance. Je ne me rappelle pas les premières années de mon existence, mais je suis certaine qu'il m'embêtait déjà à l'époque. Maman et papa m'ont raconté que quelques jours après mon arrivée à la maison, Dylan leur avait conseillé de me ramener là où ils m'avaient trouvée : à côté des poubelles de l'hôpital.

Non, mais quel culot ! Mon cher grand frère.

Et il ne s'est pas arrêté là. Apparemment, il lui arrivait aussi de voler ma poussette au parc et de courir avec un peu partout comme un fou. S'il y mettait autant d'énergie, c'était pour essayer de me tuer, c'est sûr !

Très tôt, j'ai compris que tant que Dylan serait dans les parages pour me mettre des bâtons dans les roues, je n'aurais jamais un cœur en or. Dès qu'il est là, ça ne loupe pas, il fait un truc qui me rend dingue et ça peut très vite dégénérer en grosse dispute.

Et hurler sur quelqu'un parce qu'il refuse de jouer avec toi à Mon Petit Poney, ça n'a rien de très distingué.

La réponse de Jason m'a ramenée au présent, contre le mur, à gauche de l'escalier ; c'était de là que je les espionnais.

— Merci, madame Taylor, mais je crois que mon père ne se soucie pas trop de savoir où je passe la nuit. Et… Euh… ma mère ira sûrement très bien demain matin. Je suis sûr qu'elle s'est endormie. En fait, c'est ma faute ; j'aurais dû faire attention et me débrouiller pour être à la maison avant dix-huit heures.

— On était en train de jouer dans la rue, Jason. Genre, juste devant chez toi. On peut pas vraiment dire que ce soit ta faute. Et puis, qui va se coucher à dix-huit heures, maman ? Même Olive s'endort plus tard que ça.

— Dylan, a fait ma mère en baissant la voix, puis elle a soupiré.

J'ai souri, plutôt fière de moi. C'était vrai que je me couchais assez tard. Parfois, j'arrivais même à veiller jusqu'à vingt et une heures.

Il y a eu un grand silence, puis les pieds d'une chaise ont raclé le sol : quelqu'un se levait de table.

Ma mère a brisé le silence pesant.

— D'accord, Jason, a-t-elle dit d'une voix un peu tendue.

Mais qui était donc ce garçon qu'ils n'arrêtaient pas d'appeler Jason ? Peut-être faisait-il partie de la famille qui venait d'emménager quelques maisons plus loin, de l'autre côté de la rue ?

Pourquoi Dylan ne m'avait-il pas présenté son nouvel ami ?

— En tout cas, tu seras toujours le bienvenu chez nous. Tâche de t'en souvenir, d'accord ?

— Merci beaucoup, madame Taylor. C'est très gentil.

— Et si tu allais te laver pendant que je prépare le dîner ? Après avoir mangé, nous appellerons ton père pour le prévenir que tu vas bien.

— Je vous assure que ce n'est pas nécess…

— Alors, disons qu'on le fera pour moi, pour que j'aie l'esprit plus tranquille.

— Allez viens, Jason, est intervenu mon frère. Je vais te montrer le nouveau jeu vidéo que mon père m'a acheté.

Ah oui, tiens, au fait… J'ai toujours trouvé que ce n'était pas très sympa de sa part de s'approprier tous les jeux. En plus, il ne me laisse jamais y jouer.

Je m'apprêtais à foncer dans ma chambre et à fermer la porte en laissant une toute petite ouverture pour découvrir qui était ce mystérieux garçon, quand ma mère a lancé :

— Dylan, tu veux bien m'aider à mettre la table d'abord ? Ensuite tu pourras rejoindre Jason et rester avec lui en haut jusqu'à ce que je vous appelle pour le dîner.

— Oui, maman, a répondu mon frère. La salle de bains, c'est la deuxième porte à gauche, Jason. Et ma chambre est juste à côté. J'arrive dans une minute.

— Je peux vous donner un coup de main aussi, madame Taylor ? Ça ne me dérange pas.

— Oh, c'est adorable, Jason. Voilà ce que je te propose : ce soir, tu es notre invité, et les prochaines fois que tu viendras, tu participeras aussi, d'accord ? Et appelle-moi Emily à partir de maintenant.

— D'accord, madame Tay… euh Emily. Merci encore de me laisser passer la nuit chez vous. Bon, eh bien, je t'attends dans ta chambre, Dylan.

Le bruit de ses pas a résonné dans l'escalier.

J'ai attendu sans bouger que le propriétaire des pas s'approche. Puisque Dylan n'était pas avec lui, je pouvais lui dire bonjour et lui souhaiter la bienvenue sans risquer d'avoir des ennuis.

Grrr, Dylan… Ce n'est pas parce qu'il a quatre ans de plus que moi que ça fait de lui le chef.

Alors, ce garçon. Était-il blond ? À moins qu'il ait les yeux et les cheveux noirs et qu'il soit super beau, comme Noah, le grand frère de Kara, qui a eu dix-huit ans il y a quelques semaines. Maman le trouve un peu trop âgé pour moi, mais un jour, elle m'a aussi dit qu'une fille devait toujours rêver grand. J'ai beau aimer ma maman de tout mon cœur, c'est évident qu'elle n'a pas toujours raison.

De toute façon, comme Jason avait l'air de bien s'entendre avec Dylan, ça m'aurait étonné qu'il me fasse rêver.

Tout à coup, j'ai eu la boule au ventre sans raison. J'ai lissé ma robe. Qu'il soit ami avec Dylan ou pas, c'était notre invité et il avait l'air assez stressé à l'idée de passer la nuit chez nous, alors le mieux, c'était que je lui souhaite la bienvenue.

Tommy, un de mes meilleurs amis à l'école, il croit qu'on se mariera un jour, lui et moi, mais je ne lui ai jamais dit oui.

On va parfois à des goûters ensemble, mais je ne suis pas amoureuse de lui.

Ce sont les baskets de Jason que j'ai vues en premier. Je m'en souviens encore : elles étaient blanches et très propres pour un garçon de son âge. Là, je me suis dit qu'il n'était peut-être pas si mal, après tout, et qu'il ne se moquerait peut-être pas de moi comme les autres copains de Dylan.

Avec mon plus beau sourire, j'ai lentement relevé la tête. Son pas est devenu hésitant, il venait de m'apercevoir près du mur. Là, je l'ai bien regardé, mon sourire s'est envolé et j'ai ouvert la bouche toute grande.

Jason ? Jason comment ?

Des papillons ? C'était ça, ces petits battements d'ailes dans mon ventre, des papillons ? Ceux dont maman m'avait parlé ? En tout cas, ça y ressemblait. Il y en avait des milliers. Était-ce les mêmes papillons que maman avait ressentis le jour où elle avait rencontré papa ?

C'était quoi, son nom de famille ?

J'avais envie – non, j'avais *besoin* que son nom de famille devienne le mien.

Pas le lendemain, pas dans dix ans ni dans vingt ans. J'en avais besoin à cet instant précis – là, tout de suite.

Pendant quelques secondes, il a eu l'air surpris de me voir, mais il s'est vite ressaisi. Plus vite que moi. Il m'a adressé un sourire trop craquant et une fossette s'est creusée dans sa joue gauche.

— Tu as une fossette, ai-je murmuré, complètement fascinée.

C'était presque magique.

J'ai refermé la bouche et j'ai senti mes joues devenir toutes chaudes, mais j'ai réussi à lui rendre son sourire, même si le mien était un peu tremblant.

— Salut, petite puce. Tu dois être la sœur de Dylan. Moi, c'est Jason.

Je lui ai fait un petit signe timide de la main.

— Salut.

Son sourire s'est élargi et j'ai senti que je rougissais de plus belle. J'ai ramené mes cheveux derrière mon oreille et j'ai souri encore plus aussi.

Oh là là.

Qu'est-ce qu'il était beau.

Je me suis éclairci la voix et je lui ai tendu la main, comme fait mon père quand il rencontre quelqu'un pour la première fois.

— Je m'appelle Olive, mais mes amis préfèrent Liv ou Oli parce qu'ils trouvent mon nom bizarre.

Il a considéré ma main en haussant les sourcils, puis il m'a regardée droit dans les yeux et m'a serré la main bien fort.

— Qu'est-ce qu'ils y connaissent ? a-t-il dit.

J'ai hoché la tête, toute contente, puis j'ai caché ma main derrière mon dos.

— Moi, je trouve ça très joli, a-t-il ajouté. Et original ; ça ne s'oublie pas, un prénom comme Olive. En plus, vu que tu as de beaux yeux verts, ça te va très bien.

De beaux yeux ?

De beaux yeux ?!

Je ne me laverai plus jamais la main.

Mon sourire s'est encore élargi, et je crois bien que c'est là que je suis tombée amoureuse de ce mystérieux garçon à la fossette trop craquante qui allait passer la nuit dans la chambre juste en face de la mienne.

— Tu es le nouveau voisin ? lui ai-je demandé.

Il fallait absolument que ce soit notre nouveau voisin. Parce que je voulais à tout prix le revoir.

— Oui, on a emménagé la semaine dernière.

J'ai hoché la tête. Bonne nouvelle – on pourrait passer du temps ensemble.

— Puisque tu aimes bien mon nom, tu serais d'accord pour te marier avec moi ?

Il est devenu tout rouge et il a ouvert et refermé la bouche plusieurs fois.

Pour finir, il a ri et il a répondu :

— Pardon ?

J'ai haussé les épaules.

— Mon papa ne veut pas que je me marie avant trente ans au moins, mais je crois qu'on ne devrait pas attendre si longtemps. Tu veux bien m'épouser plus tôt ?

Il s'est gratté la tête, et même ça c'était mignon chez lui.

— Je crois qu'on est trop jeunes pour se marier, petite puce.

Le cœur brisé, j'ai baissé les yeux sur mes pieds.

— Mon papa dit la même chose. J'ai toujours cru que je me marierais avec Noah, notre voisin, mais mon papa n'est pas du tout d'accord. Même ma maman le trouve trop vieux pour moi. Mais toi, je crois que je peux attendre que tu grandisses. Mais alors, il faudra que tu m'attendes aussi.

J'ai croisé les mains dans le dos et j'ai regardé ses chaussures.

— Bon. Je vais descendre aider ma maman à préparer le dîner. Dylan fait toujours n'importe quoi. Cet après-midi, j'ai préparé la tarte aux pommes et la sauce à la vanille avec elle. Je vais m'arranger pour que ce soit toi qui aies la plus grosse part. Tu vas adorer. Et je te servirai en premier.

La nourriture, c'est important pour les garçons, je le sais parce que mon papa adore les bons petits plats faits maison. Mon cœur venait de tomber amoureux pour la première fois et j'espérais qu'une fois qu'il aurait goûté à ma tarte, Jason craquerait pour moi aussi.

Il a ri un peu et il m'a touché le menton avec son doigt. Surprise, j'ai relevé la tête d'un coup. Il me regardait gentiment et j'ai dû me mordre la lèvre pour ne pas sourire bêtement comme une petite fille ; sans ça, il aurait sûrement deviné que j'étais amoureuse de lui.

— Merci, petite puce. Je suis sûr qu'elle sera délicieuse si c'est toi qui l'as préparée. Je ferais mieux de te laisser y aller alors, mais j'ai hâte de te revoir au dîner.

Il a tiré sur une mèche de mes cheveux en passant devant moi et il a continué vers la salle de bains sans arrêter de sourire.

Je me suis tordu les mains pour ne pas lui faire signe, puis j'ai soupiré comme ma copine Amanda à chaque fois qu'elle voit Dylan.

À l'intérieur, j'étais sur un petit nuage.

Il m'avait touché les cheveux.

Et le menton, et il m'avait regardée dans les yeux.

Jason, le nouveau voisin qui n'avait qu'une seule fossette, m'avait touchée. Moi.

Oh...

J'étais presque certaine qu'il était tombé amoureux de moi aussi. Sinon pourquoi aurait-il souri, pourquoi m'aurait-il regardée dans les yeux et même touché le menton et les cheveux ?

Hein ?

Hein ?!

2

Olive

Sept ans plus tard...

— Merci encore pour le téléphone, Amanda, ai-je chuchoté, cachée dans ma penderie.

— Pourquoi tu parles tout bas ?

— Pour ne pas que Dylan et Jason m'entendent.

— Tu es sûre de vouloir faire ça, Olive ? Je veux dire, et s'il devine que les messages viennent de toi ?

— Mais je veux qu'il le devine.

J'ai réfléchi un instant, puis je me suis ravisée.

— Bon, d'accord, peut-être pas au début, mais après, oui.

À l'autre bout du fil, Amanda a soupiré.

— Je ne suis pas sûre que ce soit une bonne idée, Liv. Et s'il en parle à Dylan ?

Elle a émis un hoquet paniqué.

— Et s'ils reconnaissent le numéro et s'imaginent que c'est moi qui le contacte ?

— Oh, arrête, Amanda ! Comment veux-tu qu'ils reconnaissent le numéro de ton cousin ? Si tu tiens ta langue, personne ne le saura. Et puis, c'est juste pour ce soir. Après ça, je ne lui écrirai plus. Mes parents sont partis, il passe la nuit chez nous, c'est le moment idéal.

Mon frère s'est mis à tambouriner à ma porte.

— Olive ! Les pizzas sont là, t'as intérêt à descendre si tu ne veux pas te retrouver avec une boîte vide.

— Défonce ma porte, tant que tu y es, ai-je marmonné avant d'entrouvrir celle de ma penderie pour répondre sur le même ton que lui : J'arrive !

Je me suis levée.

— Bon, il faut que je descende. Quelle heure est-il ?

— Vingt et une heures. Tu comptes commencer à lui écrire à quel moment ? En tout cas, s'il te répond, tiens-moi au courant.

— Je ne pourrai pas me concentrer sur les messages que je lui envoie et te raconter en même temps. Je serai dans tous mes états. Je t'appelle demain pour te dire comment ça s'est passé.

— Ah non, va savoir quand j'aurai de tes nouvelles. Je préfère passer chez toi au petit déj. En plus, il faut que je récupère le téléphone de mon cousin. Ils repartent demain après-midi.

— D'accord, à demain matin alors. Souhaite-moi bonne chance.

J'ai jeté mon téléphone sur le lit, pris une profonde inspiration, puis j'ai étudié mon reflet dans le miroir. Mes cheveux blond vénitien ondulaient sur mes épaules, mes yeux étincelaient et mon visage était rouge d'excitation à l'idée de ce qui risquait de se produire dans la soirée.

J'ai baissé les yeux sur mes mains tremblantes avec un petit rire d'autodérision.

Tout ce que j'avais prévu, c'était d'envoyer un texto à Jason en me faisant passer pour quelqu'un d'autre, genre une mystérieuse admiratrice. Ça faisait des jours que je préparais mon coup. J'allais lui écrire un message tout simple, sans révéler mon identité bien sûr, et de préférence à un moment où Dylan ne serait pas à côté de lui. En fonction de ce qui se passerait, je lui demanderais peut-être qui il avait envie de découvrir derrière cette admiratrice mystère… *Franchement, est-ce que ce ne serait pas dingue que ce soit justement à moi qu'il pense ?*

Jusque-là, mon plan marchait comme sur des roulettes. Pour le reste, j'improviserais au fur et à mesure.

— Olive ! a tonné mon frère, depuis le bas de l'escalier cette fois.

J'ai fermé les yeux et de nouveau inspiré profondément, puis j'ai planqué mon téléphone sous mon oreiller et je suis sortie de ma chambre.

— Tu as vraiment besoin de hurler comme ça ? Je t'ai dit que j'arrivais, ai-je râlé en arrivant dans le salon.

Dylan était assis devant la télé, seul.

— Sers-nous à boire et apporte la pizza, a-t-il lancé sans même m'accorder un regard.

— Qu'est-ce qui t'empêche de te lever et de le faire toi-même ? ai-je rétorqué.

— Fais ce que je te dis, c'est tout. Je suis en train de mettre un film.

J'ai ouvert la bouche pour…

— Salut, petite Olive, a susurré quelqu'un à mon oreille.

J'ai sursauté.

— Jason ! Tu m'as fichu une de ces trouilles, ai-je dit, une main sur la poitrine pour empêcher mon cœur de s'en échapper.

Il a gloussé et sa fossette est apparue.

— Je sais.

J'ai ri aussi, les yeux débordant d'amour pour ce garçon que je connaissais désormais depuis sept ans.

Il a tiré sur une mèche de mes cheveux, puis est passé devant moi en m'adressant un clin d'œil, une bouteille d'eau fraîche à la main. Il a poussé Dylan et s'est assis à côté de lui. Il restait une toute petite place près de Jason.

— Tu ne veux pas autre chose que de l'eau ? lui ai-je demandé.

Il m'a souri.

— Non, merci, ma belle.

Je me suis liquéfiée de bonheur sur le tapis préféré de ma mère.

— Arrête de flirter avec ma sœur, tête de nœud, a grommelé Dylan.

Je planais trop haut, sur mon petit nuage, pour lui ordonner de la fermer – de toute façon, il ne m'aurait pas écoutée. Je suis donc allée chercher une bouteille de soda pour Dylan et des assiettes en carton pour la pizza, puis j'ai regagné le salon.

— Tu n'as qu'à te servir, ai-je décrété en posant la bouteille un peu trop vivement sur la table basse en face de lui.

Je me suis agenouillée.

— Combien de parts, Jason ? ai-je demandé sans vraiment croiser son regard.

— Et c'est reparti, a soupiré Dylan.

Il ne supportait pas que je donne toujours à Jason la première part de pizza – de gâteau, de tarte, ou de n'importe quel plat, en fait. Jason a posé sa bouteille d'eau, s'est penché sur moi et m'a attirée vers le canapé.

— Pas question que tu manges assise par terre. Et c'est moi qui vais m'occuper de la pizza.

Je me suis installée à côté de lui et je l'ai laissé découper la pizza.

— Deux parts, ça va pour toi ? a-t-il demandé en me servant la première.

Mon cœur va exploser.

— Oui, merci.

Lorsqu'il m'a tendu mon assiette avec un autre petit clin d'œil, j'ai complètement oublié la pizza pour savourer le fait que j'allais passer au moins deux heures de film tout contre lui. C'était le soir rêvé pour lui envoyer mes messages.

— Qu'est-ce qu'on regarde ? ai-je demandé en prenant une petite bouchée de mon énorme part.

— Un truc qui va pas te plaire. Déjà qu'on doit se taper un vendredi soir de baby-sitting à cause de toi, t'auras pas ton mot à dire sur le film.

— Arrête de faire le con, Dylan, a grondé Jason, la bouche pleine.

— Ah bon, parce que t'es content d'être coincé ici ce soir au lieu de sortir avec les filles ?

Mes yeux se sont emplis de larmes d'embarras et d'autre chose que je n'arrivais pas à identifier ; j'ai posé mon assiette et j'ai voulu me lever, mais Jason m'a retenue.

— Allons, allons, les enfants, a-t-il lancé sur le même ton que mon père.

Sa main chaude sur mon poignet m'obligeait à rester assise – ou plutôt me paralysait.

— J'ai promis à Emily de vous avoir tous les deux à l'œil, au cas où vous auriez justement décidé de vous entretuer aujourd'hui. Alors, arrêtez vos conneries et profitez du film. Les filles ne vont pas s'envoler, Dylan.

Toujours aussi gênée, j'ai toussoté pour attirer leur attention.

— Vous n'êtes pas obligés de rester pour moi. Je peux très bien me débrouiller. Dylan, tu sais que ça ne me dérange pas d'être toute seule à la maison.

Devant mon air malheureux, Dylan a fini par secouer la tête et il a attrapé son assiette.

— Nan, c'est bon. Jason a raison : les filles ne vont pas s'envoler, et ça fait des semaines qu'on a envie de regarder ce truc, alors autant le faire maintenant.

Ils se sont installés confortablement et le film a commencé tandis que toute mon excitation à la perspective de cette soirée était en train de s'évaporer.

Soudain, Dylan s'est levé.

— Je vais éteindre les lampes.

J'ai commencé à triturer l'assiette en carton posée sur mes genoux. Se pouvait-il que Jason ait déjà une copine ?

Mais non, sûrement pas. Dylan non plus, d'ailleurs, pas depuis qu'il avait rompu avec Vicky, la fille avec laquelle ça avait été « un jour oui, un jour non » pendant longtemps.

— Ne t'inquiète pas, petite puce, ce n'est pas un film d'horreur ni rien, c'est de l'action. Tu vas adorer, m'a glissé Jason à l'oreille avant le retour de Dylan.

En l'entendant prononcer le petit nom qu'il m'avait toujours donné, je suis parvenue à le regarder avec un sourire sincère.

— Merci. Mais tu sais, c'est sérieux, vous pouvez sortir après le film. Je ne dirai rien à mes parents quand ils rentreront demain.

— Tu déconnes ? J'avais justement envie de passer une soirée peinarde. Une pizza et un bon film en compagnie d'une superbe jeune fille aux beaux yeux verts, que demander de plus ? C'est ton frère, le débile, pas moi, a-t-il affirmé en me donnant un petit coup d'épaule.

Après avoir éteint, Dylan s'est dépêché de regagner sa place. J'étais de nouveau en train de me liquéfier, cette fois sur le canapé pas-si-préféré-que-ça de ma mère. Je n'ai plus bougé jusqu'au générique de fin parce que Jason a laissé son épaule collée à la mienne durant tout le film.

Après ça, à deux doigts de succomber à une surcharge sensorielle, je suis remontée dans ma chambre avec un sourire totalement niais scotché aux lèvres.

L'opération « Textos séduction » pouvait commencer…

***

Vers une heure et demie du matin, blottie sous mes draps, j'ai entendu la porte de la chambre de Dylan s'ouvrir et se refermer pour la deuxième fois. La télé était allumée dans sa chambre, mais les garçons parlaient à voix basse. Soit ils ne voulaient pas me réveiller, soit ils allaient bientôt se coucher, mais ça m'aurait étonnée.

J'ai pris le téléphone du cousin d'Amanda sous mon oreiller en m'efforçant de maîtriser ma respiration et les battements de mon cœur.

Je mourais d'impatience autant que de peur.

Les doigts gelés, je me suis dépêchée d'envoyer le premier message de la soirée.

Salut, Jason.

Très original, je sais.

J'ai tendu l'oreille, guettant la notification sur son téléphone, mais impossible d'entendre quoi que ce soit depuis ma chambre. Le cœur dans la gorge, je me suis redressée en position assise et j'ai renversé ma tête en arrière, contre la tête de lit. Et si Amanda avait raison ? Et si ce n'était pas une bonne idée ?…

Jason : C'est qui ?

Il se peut qu'un petit cri m'ait échappé lorsque l'écran s'est éclairé dans ma main sans émettre le moindre son. Dans l'obscurité de ma chambre, le corps en proie à une effervescence indescriptible, je me suis mise à échanger avec Jason en me faisant passer pour une inconnue.

Moi : Même si je te donnais mon nom, ça ne te dirait rien.

Jason : Si tu n'essaies pas, on ne le saura jamais.

Moi : Je m'appelle Michelle. On est dans le même bahut.

Jason : Mmh… T'as raison. Je ne connais pas de Michelle.

Moi : Oh tiens, comme c'est étonnant.

Jason : Et pourquoi ça, Michelle, ma nouvelle amie ?

Perdue dans un autre monde, j'ai tout de même interrompu la course de mes doigts sur le clavier lorsque la porte de Dylan s'est de nouveau ouverte, puis doucement refermée. Sans savoir si c'était mon frère ou Jason, j'ai planqué le téléphone sous les draps pour ne pas attirer l'attention avec la lueur de l'écran.

Moi : Il y a toujours plein de gens autour de toi. Ça ne laisse pas beaucoup d'occasions de se présenter. Cela dit, tu me connais peut-être mieux que tu ne le penses.

Jason : Intéressant. Notre amitié est toute fraîche et tu me mens déjà, Michelle qui n'es pas tout à fait Michelle ?

Moi : Mentir, faut pas exagérer non plus. Disons que je fais partie de tes nombreuses admiratrices et que je suis un peu timide. J'avais juste envie de te parler.

Jason : D'accord, alors on va jouer à ton petit jeu. De quoi veux-tu qu'on parle ?

Moi : Aucune idée. Commence peut-être par me dire où tu es et ce que tu fais ?

Jason : Facile. Comme je suis déjà sûr que tu ne t'appelles pas Michelle, tu dois certainement connaître mon ami Dylan. Je suis chez lui.

Moi : Je vois qui c'est et je sais que vous êtes potes, mais c'est tout.

Jason : Tu veux que je te le présente ? Comme ça, tu feras d'une pierre deux coups.

Moi : Pas la peine.

Jason : Comme tu veux, ma nouvelle amie si timide. Autre chose ?

Moi : As-tu une petite idée de qui je pourrais être ?

Jason : Encore une devinette. Décidément, tu es très joueuse, ce soir, mystérieuse Demoiselle.

Moi : Pour moi, c'est pas vraiment un jeu.

Cinq minutes se sont écoulées sans le moindre message de sa part. Au bout de dix minutes, j'ai commencé à m'inquiéter : et s'il avait deviné que c'était moi et avait décidé de tout arrêter ? Je suis sortie de mon lit et me suis mise à faire les cent pas dans ma chambre. Lorsque la pièce est devenue trop petite, je suis sortie en douce et suis descendue discrètement pour aller chercher une bouteille d'eau et me changer les idées.

En débardeur et pantalon de pyjama, je suis entrée dans la cuisine et me suis arrêtée net en découvrant Jason debout devant l'évier. Il était en train de regarder par la petite fenêtre.

— Jason ?

Il s'est tourné vers moi.

— Tiens, Olive. Encore debout ?

Ses yeux chocolat paraissaient bien fatigués pour un garçon si jeune. J'ai repéré son téléphone sur le plan de travail de la cuisine, mais me suis efforcée de regarder ailleurs.

— J'ai fait un cauchemar. Pas moyen de me rendormir.

D'un air faussement nonchalant, j'ai pris une bouteille dans le frigo.

— Qu'est-ce que tu regardais ?

— Oh rien, ma maison.

— Ta mère va bien ?

— Je ne sais pas, Olive. Je n'en sais vraiment rien.

Il a poussé un profond soupir, puis il a attrapé distraitement son téléphone et s'est approché de moi.

— Tu sais, tu peux m'en parler, si quelque chose te tracasse, ai-je proposé.

Il s'est arrêté juste en face de moi, je distinguais à peine ses yeux dans l'obscurité.

— Ah oui ?

— Bien sûr. Je sais que tu t'inquiètes parfois pour tes parents. Je suis là pour t'écouter si tu en as besoin.

— Tu as raison, petite Olive. Je m'inquiète pour eux, mais c'est bien la dernière chose dont j'aie envie de parler.

— Désolée, ai-je marmonné en baissant les yeux au sol.

— Oh non, surtout pas. En tout cas, n'hésite pas à venir dans la chambre de Dylan si tu as besoin de quoi que ce soit, d'accord ? À mon avis, on n'est pas près de dormir.

Il a tiré gentiment sur une mèche de mes cheveux et s'est éclipsé.

J'ai attendu quelques minutes avant de remonter à mon tour.

J'allais entrer dans ma chambre et plonger sur le téléphone lorsque Dylan a entrouvert sa porte et jeté un coup d'œil.

— Qu'est-ce que tu fabriques, Olive ?

N'avait-il rien de mieux à faire que me pourrir la vie ? Merde à la fin !

— Et toi, alors ? ai-je rétorqué, nerveuse, agacée.

Il a incliné la tête sur le côté, sourcils froncés.

— Retourne te coucher, Olive. Il est tard.

— C'est ce que j'étais en train de faire, figure-toi.

J'ai brandi la bouteille d'eau.

— Je suis descendue chercher à boire, Dylan. Je ne fabriquais rien du tout.

Ni lui ni moi ne battions en retraite. Alors comme ça, je n'avais plus le droit de sortir de ma chambre parce que monsieur recevait son pote pour la nuit ?

— Fiche-lui la paix, mec.

La voix étouffée de Jason avait résonné derrière mon frère.

— Bonne nuit, Dylan.

Et je suis rentrée dans ma chambre sans attendre sa réponse.

C'était quoi, son problème ?

J'ai bondi sur mon lit et fouillé les draps. Panique ! Plus moyen de mettre la main sur le téléphone. Puis je me suis rappelé qu'il était sous mon oreiller et me suis détendue.

De nouveau envahie par cette excitation débile, j'ai vérifié la messagerie… pour constater que je n'avais plus rien reçu de la part de Jason.

J'ai retrouvé mon sang-froid et j'ai décidé de le relancer. Après ça, je tenterais peut-être ma chance une dernière fois le lendemain matin, avant qu'Amanda vienne récupérer le téléphone.

Moi : Alors ? Pas d'idées ? Ça m'étonne.

Jason : Pardon, j'étais occupé. Tu peux me rappeler à quel jeu on jouait ?

Une première occasion ! Je n'ai pas pu m'empêcher de saisir la balle au bond. Allait-il parler de moi ?

Moi : Occupé ? À quoi ? Tu t'es déjà trouvé une autre copine ? Tu vas vachement vite !

Jason : Très drôle. J'étais coincé avec la sœur de Dylan. Pas vraiment dans les bras d'une autre fille, donc.

Sans me douter que mon cœur était sur le point d'être brisé pour la toute première fois, j'ai ravalé la douleur que le mot « coincé » avait déclenchée en moi et je me suis obligée à répondre.

Moi : Il est presque deux heures du mat et tu traînes avec la sœur de Dylan ? Intéressant. Je veux en savoir plus.

Jason : Ce n'est qu'une gamine. Un peu collante, elle me suit partout comme un petit chien, mais ça reste une gamine. Même si elle l'oublie parfois. Ça m'intéresse beaucoup plus de découvrir qui tu es. Je suis prêt à jouer aux devinettes. Et toi, tu es prête à perdre l'anonymat ?

J'ai relu son message des milliers de fois, peut-être même des millions. Une larme s'est échappée du coin de mon œil, je me suis allongée et j'ai rabattu les draps sur moi.

Puis j'ai posé le téléphone doucement, j'ai repoussé les draps de mon visage et j'ai observé le plafond dans le noir. À un certain moment, le téléphone a vibré, m'annonçant l'arrivée de deux nouveaux textos, mais je les ai ignorés. Non, ce n'est pas vrai, je me rappelle avoir attrapé le téléphone pour tout effacer avant que ces mots auxquels je ne m'attendais pas puissent me faire encore plus de mal. De toute façon, à ce stade, tout était flou et, même si j'avais voulu m'infliger cette torture, j'aurais été incapable de les lire.

Coincé ?

Collante ?

J'avais le cœur en miettes. Soudain, l'idée de voir Jason le lendemain matin m'a semblé insupportable. Et celle de dormir dans la chambre en face de la sienne aussi.

Je me suis redressée d'un coup et j'ai balancé sans réfléchir mon propre téléphone sur la porte de la penderie.

Quelques secondes plus tard, Dylan a fait irruption dans ma chambre.

— Tu as entend… Olive ! Mais qu'est-ce que tu as ?

J'ai essuyé mes joues avant de relever la tête, mais d'autres larmes ont jailli.

Mon frère s'est assis sur mon lit et m'a gentiment posé la main dans le dos, je me suis jetée à son cou et il m'a serrée contre lui.

Une étreinte chaude et rassurante.

Des pas se sont approchés du seuil de ma chambre, mais j'avais bien trop peur pour oser affronter Jason. À vrai dire, je pensais ne plus jamais réussir à soutenir son regard.

— Désolée, c'était juste un mauvais rêve, ai-je hoqueté dans le cou de Dylan.

— Ce n'est rien, sœurette.

Il a hésité, puis il a ajouté :

— Moi aussi, je suis désolé.

Les jours qui ont suivi, j'ai vécu un véritable enfer, obligée de dormir dans la chambre en face de celle de Jason, d'être assise juste à côté de lui au dîner. Le pire, c'était quand il me souriait, alors que je savais très bien que ça ne voulait rien dire du tout.

Ça n'avait peut-être même jamais voulu rien dire.

3

Jason

La première chose que j'ai vue, en ouvrant les yeux, c'est le visage inquiet d'Emily penché sur moi.

— Bonjour, ai-je dit en bâillant. Quelle heure est-il ? On a raté le petit déjeuner ?

J'avais dormi dans le lit des invités, celui que j'occupais presque une nuit sur deux depuis sept ans. Je me suis redressé et me suis frotté les yeux pour chasser les restes de sommeil.

— Jason. Mon chéri, a articulé Emily avec peine.

Ce n'était pas des mots compliqués, pourtant. Cela m'a aussitôt alerté.

J'ai avisé Dylan, assis sur le bord de son lit, la tête entre les mains, puis son père, Logan Taylor, debout dans l'embrasure de la porte. Ce dernier était pompier et je le respectais plus que mon propre père. Son regard était dur comme l'acier.

Un horrible pressentiment s'est insinué en moi.

— Qu'est-ce qui se passe ? ai-je demandé sans m'adresser à quelqu'un en particulier.

Emily, la femme que j'aimais comme une mère, sans doute même plus que la mienne, s'est assise à côté de moi et a pris ma main dans la sienne, petite et délicate. Son bras était couvert de cicatrices de brûlures, mais contrairement à beaucoup de gens, tous âges confondus, je n'étais pas dérangé par ces marques qui lui montaient presque jusqu'à l'épaule.

— Jason, je ne sais pas comment t'annoncer ça.

Le silence est retombé, assourdissant.

— Est-ce que quelqu'un pourrait dire quelque chose, s'il vous plaît ? ai-je réclamé. Dylan ? Qu'est-ce qui se passe, mon pote ?

Toujours rien.

— OK. Là, vous commencez vraiment à me faire flipper.

— Logan, a murmuré Emily, implorant son mari du regard.

Le père de Dylan a laissé tomber ses bras le long de son corps et est entré dans la pièce d'un air résolu. Il s'est assis à côté de Dylan, juste en face de moi.

Mon meilleur ami s'est redressé, il avait les yeux rouges.

Je me suis concentré sur ceux de son père, inflexibles. Ce regard-là était plus facile à soutenir. La colère était moins difficile à gérer que la plupart des autres émotions ; j'en avais fait l'expérience auprès de ma propre famille.

— S'il vous plaît, dites-moi ce qui se passe, ai-je insisté, me focalisant toujours sur Logan. Je suis prêt à tout entendre.

Je ne le savais pas encore, mais en réalité, je n'étais pas prêt pour ce qui allait suivre. Pas prêt du tout.

— Écoute, fils, a-t-il commencé, car c'était ce que j'étais pour lui. Il va falloir être courageux.

Ce n'était pas une question, mais j'ai quand même hoché la tête.

— Ta mère a fait une overdose de somnifères hier soir. Elle est morte.

J'ai cligné des yeux, une seule fois.

Puis, j'ai acquiescé.

— Qui l'a trouvée ? ai-je articulé avec peine, la voix enrouée.

— Apparemment ton père est rentré de voyage ce matin. Il a appelé une ambulance, mais c'était trop tard pour Lorelai.

— Je vois. Et où est-il, mon père ?

— À l'hôpital. Je viens de parler avec lui.

Désemparé, j'ai de nouveau acquiescé. Que pouvais-je bien faire d'autre ? Qu'étais-je censé faire tout court ?

— Merci, ai-je dit en serrant les doigts d'Emily. Je suis soulagé que ce soit vous qui me l'annonciez.

Je considérais les personnes présentes dans cette chambre comme ma famille, bien plus que la mienne ne le serait jamais. L'inquiétude qui se lisait dans leurs yeux, c'était de l'inquiétude à mon égard. Je n'avais jamais rien croisé de tel dans le regard de ma mère. Pour elle, l'alcool comptait plus que son propre fils.

Je me suis levé, lentement.

— Je crois que je ferais mieux de rentrer… chez moi.

Chez moi ? Cette maison de l'autre côté de la rue, c'était ça, « chez moi » ? Pas vraiment. Ici, c'était une vraie maison, un foyer.

Dylan et Logan se sont levés à leur tour, mais pas Mme Taylor. Elle avait les yeux emplis de larmes. Des yeux de la même nuance de vert que ceux de sa fille, Olive, tout aussi saisissants. J'y trouvais toujours du réconfort.

Je me suis penché et, à ma grande surprise, j'ai déposé un petit baiser sur sa joue.

— S'il vous plaît, Emily, ne pleurez pas. Ça va aller. Tout ira bien.

Même si à mes oreilles, cela sonnait plus comme une question que comme une affirmation.

Elle s'est levée et a écrasé une larme : la mienne. Je ne m'étais même pas aperçu que je pleurais. Elle a enveloppé ma joue de sa main chaude et m'a regardé droit dans les yeux.

— Bien sûr que tout ira bien, Jason. Nous sommes là pour toi.

J'ai hoché la tête.

Tout à coup, je me suis retrouvé dans les bras de Dylan.

— Je suis vraiment désolé, mec, a-t-il dit en me serrant fort.

J'ai senti la main d'Emily dans mon dos, un geste apaisant. Logan se tenait à côté de nous, veillant sur sa famille.

Parce qu'à leurs yeux, je faisais partie de leur famille.

J'avais gagné ma place parmi eux.

***

— Tu es sûr que tu ne veux pas rester chez nous et terminer ton année scolaire avec Dylan ? Je peux réessayer de convaincre ton père, a proposé Logan.

La famille Taylor était réunie sur la pelouse, devant la maison. Même la petite Olive, au bord des larmes, était venue me dire au revoir. Je lui ai souri. Elle était si pleine de vie. Ses yeux, toujours aussi pétillants ; tristes peut-être, mais surtout pétillants. Si profonds, si vifs. Elle possédait les yeux verts les plus beaux et les plus envoûtants de la Terre. On ne demandait pas mieux que de s'y noyer. Et dire que, bientôt, un abruti lui briserait sûrement le cœur… Malheureusement, je ne serais pas là, avec son frère, pour la protéger. Je m'apprêtais à quitter ces gens que je considérais comme ma famille.

J'allais vivre à Los Angeles, dans une maison inconnue avec un inconnu que j'appelais « papa », mais que je n'avais jamais eu l'occasion d'apprendre à connaître. Pendant une fraction de seconde, je me suis demandé s'il culpabilisait pour la mort de ma mère. Une chose était sûre, sa présence aurait pu faire toute la différence, mais il n'avait jamais été là. Au bout du compte, ça n'aurait peut-être rien changé et nous aurions peut-être été confrontés à la même situation, mais ça, on ne le saurait jamais. C'était trop tard.

J'en voulais à la vie, bien sûr, mais à mon père aussi. C'était lui qui avait décidé de nous laisser tomber alors qu'il aurait très bien pu poursuivre sa carrière d'avocat ici, à San Francisco. C'était lui qui avait préféré ignorer la rapide dégradation de la santé mentale de ma mère ou sa dépression, appelez ça comme vous voulez. C'était lui aussi qui avait choisi de ne pas m'écouter le jour où je l'avais averti que sa femme était en train de sombrer dans l'alcool.

En définitive, les choix de mes parents étaient en train de bouleverser ma vie.

— Il ne changera pas d'avis. J'ai essayé, vous pouvez me croire, ai-je fini par répondre en haussant les épaules.

Mon père voulait bien tout changer, sauf d'avis : nous allions partir quoi qu'il arrive. Ou plutôt, il m'obligeait à tout plaquer pour le suivre.

Jetant un coup de pied rageur dans l'herbe, je me suis avancé jusqu'à Emily, l'être humain le plus gentil et le plus attentionné que je connaisse. Cette mère qui ne serait jamais tout à fait la mienne.

— Je ne sais pas quoi vous dire, ai-je avoué, les yeux rivés à mes baskets.

Les mots, brûlants, étaient coincés dans ma poitrine.

— Jason ?

Elle m'a relevé le visage entre ses mains douces et chaudes.

— Tu te rappelles ce que je t'ai dit la première fois qu'on s'est rencontrés ?

Elle souriait, ses yeux brillaient de la même façon que ceux de sa fille.

— Tu seras toujours le bienvenu chez nous. Et ça ne changera jamais. Los Angeles, ce n'est pas le bout du monde ; tu peux revenir dès que tu en as envie ou besoin. D'accord ?

— Oui. Je ne sais pas comment vous remercier pour tout ce que vous avez fait pour moi, pour tout ce que vous avez été pour moi.

— Ne me remercie pas, Jason. Mais reviens vite nous voir.

Elle a hésité, pas plus d'une demi-seconde, avant de me serrer dans ses bras et de m'embrasser sur les deux joues.

— Prends bien soin de toi.

Elle m'a regardé une dernière fois dans les yeux avant de me lâcher.

J'aurais voulu qu'elle me garde dans ses bras pour toujours.

Soudain, c'est Logan qui m'a étreint brièvement, un geste pour le moins inattendu.

— Fils, tu as entendu Emily : ici, c'est chez toi. Et tu seras toujours le bienvenu chez toi. Ne l'oublie jamais. Tu vas nous manquer.

J'ai hoché la tête. Apparemment, je ne savais plus faire que ça.

J'ai jeté un coup d'œil à Olive et, malgré la gravité de la situation, je n'ai pu m'empêcher de sourire.

— Toi aussi, tu as perdu ta langue ? lui ai-je demandé.

Elle s'est contentée de me lancer un regard très, très triste. Pourtant, Olive Taylor avait toujours quelque chose à dire… toujours.

— Ben alors, tu es devenue muette, Olive ? l'ai-je taquinée avec un petit rire, un son qui m'a paru totalement déplacé et violent.

— Je suis vraiment désolée pour ta maman, et j'espère que tu seras heureux à Los Angeles.

Ce ton glacial ne collait pas du tout avec ce que je lisais dans son regard, mais avant que j'aie eu le temps d'ajouter quoi que ce soit, Dylan s'est levé de la marche où il était assis et Olive est allée se blottir contre son père.

J'ai tout de même tiré une dernière fois sur une mèche de ses cheveux si soyeux, gentiment.

— Moi aussi, je l'espère. Merci, ma belle, je ne t'oublierai jamais.

Une larme s'est échappée de son œil et, sans réfléchir, je l'ai cueillie du bout du doigt.

Elle a serré fort les paupières et s'est blottie encore un peu plus contre son père, mais n'a plus rien dit.

J'ai observé cette larme sur mon doigt avec un pincement au cœur. Dylan, m'a tiré de mes pensées confuses.

— Frère.

J'ai baissé la main avec un long soupir.

— Franchement, c'est chaud, a-t-il ajouté.

J'ai gloussé.

— Je te le fais pas dire, frère.

— T'as intérêt à rappliquer dès que tu peux, et on reste en contact.

J'ai exécuté un petit salut militaire qui m'a valu un sourire en coin de sa part.

Il a fait semblant de me coller son poing au menton.

— Oh, mec. J'arrive pas à croire qu'on ne va plus se voir tous les jours. Tu vas me manquer, trouduc.

— Dylan ! s'est offusquée Emily.

— Pardon, m'man.

Dylan m'a regardé tout penaud en se frottant la nuque.

— On s'appelle ?

— On s'appelle.

— Jason ! a crié mon père.

Il m'attendait dans la voiture, de l'autre côté de la rue.

— Je ferais mieux d'y aller.

J'ai pris Dylan dans mes bras et je lui ai donné une grande claque dans le dos.

— Prends soin de ta famille, frère.

— Et toi, prends soin de toi.

Le cœur lourd, je les ai tous regardés une dernière fois, puis je me suis éloigné. Je n'ai pas été assez fort pour partir sans un regard en arrière. Le temps de traverser la rue, je m'étais déjà retourné trois fois.

Est-ce que ça fait de moi un connard, si j'avoue qu'au fond de moi, j'étais content qu'ils soient tristes ? Content, parce que ça voulait dire qu'ils m'aimaient et que j'allais leur manquer. Alors que je n'avais jamais connu ça auparavant.

Je les ai tous gravés dans ma mémoire, ensemble, comme ma famille, comme un souvenir heureux, puis je suis monté dans la voiture et je suis sorti de leur vie.

4

Olive

Mes émotions se livraient une guerre sans merci. Cramponnée à mon père, j'ai regardé Jason monter dans la Mercedes noire. Le moment où il s'est retourné une dernière fois, avec son sourire et sa fossette, resterait gravé dans ma mémoire comme un triste souvenir pendant des années.

Et puis, comme pour tant d'autres moments éphémères de la vie, le temps a peu à peu estompé mon premier amour.

5
JASON

Huit ans plus tard...

D'un coup d'épaule, j'ai ouvert la porte de service de la boîte de nuit et entraîné dehors l'allumeuse qui n'arrêtait pas de glousser. Trop occupée à me peloter avec ses griffes de tigresse, elle a trébuché et retrouvé l'équilibre de justesse, ce qui l'a fait rire encore plus fort. Je l'ai prise par la taille pour éviter qu'elle se casse la figure sur ses talons aiguilles, puis je me suis assuré que nous étions seuls dans l'impasse. La porte s'est refermée, réduisant les lourdes basses de la musique à un gros bourdonnement. Aussitôt, j'ai écarté sa main de mon sexe et j'ai plaqué Jenna contre le mur en béton avant d'absorber son gémissement dans un baiser affamé.

Une minute, c'est pas plutôt Gemma qu'elle s'appelle ?

— Ramène-moi à la maison, Jason, a-t-elle demandé d'une voix un peu pâteuse.

Elle n'était pas soûle – sinon jamais je n'aurais été en train de faire ça avec elle – mais, allez savoir pourquoi, elle avait décidé de faire semblant qu'elle l'était. Perso, j'en avais rien à foutre, de ses petits jeux.

Elle s'est remise à glousser.

— Ramène-moi à la maison, je te montrerai des trucs qu'on ne t'a jamais faits.

Ou alors c'est Jamie ? Rah merde !

— On est mieux ici, bébé, ai-je répondu à voix basse, effleurant son cou avec mes lèvres. Ça ne te donne pas des frissons ? N'importe qui pourrait nous surprendre. Ça ne t'excite pas ?

Bordel, c'est quoi son nom, déjà ? Elle n'avait pas un grand rôle dans le film, mais on venait de passer un mois ensemble sur le même tournage. Il suffisait qu'elle m'aperçoive seul dans un coin, en train de regarder l'équipe travailler, pour se mettre à me tourner autour. Et dès qu'on était seuls, elle me susurrait des trucs plus qu'indécents à l'oreille – enfin, indécents pour une fille de son âge. Ce soir, on fêtait la fin de tournage et Jessie (???), bref la jolie petite brune n'avait pas arrêté de me chauffer avec ses regards de braise, alors je m'apprêtais à lui donner ce qu'elle voulait ; elle allait se faire prendre comme jamais contre un mur en béton, à l'arrière d'une boîte de nuit. À la voir comme ça, les joues rouges et les yeux luisants de désir, il était clair qu'elle ne voyait aucun inconvénient à se faire sauter dans un lieu public comme une pute.

Car elle ne serait rien de plus pour moi et sans doute rien de plus pour tous ceux qui passeraient après moi – producteurs, agents, etc.

— Alors, t'en crèves de me fourrer ta queue dans la chatte, hein, Jason ? Moi aussi, j'en peux plus. Je savais que tu étais dingue de moi, a-t-elle affirmé près de mon oreille avant de la lécher ou plutôt de me la flinguer à grands coups de langue.

Nom de Dieu !

J'ai repoussé son visage.

Sa voix criarde me vrillait le crâne, et me rappelait au passage que j'avais un peu trop picolé.

Sans prêter attention à ce qu'elle racontait, j'ai remonté sa robe moulante argentée au-dessus de ses hanches et j'ai caressé ses cuisses fermes. Elle a gémi dans mon cou, son cœur battait vite.

Entre les baisers humides et goulus, elle continuait à marmonner, mais j'ai décroché et me suis laissé emporter par son corps.

À ce stade, je ne ressentais pas grand-chose, une sorte de *house music* me pulsait dans la tête, m'empêchant de réfléchir. Mon sexe, en revanche, devait ressentir quelque chose car il se tendait contre mon jean, impatient de plonger dans sa chatte étroite.

— Tu savais que tu allais te faire baiser ce soir, pas vrai… bébé ?

Bon sang ! Son nom ne me revenait toujours pas.

— Oui. Oui. Je savais que tu ne me résisterais pas.

Elle a retenu son souffle lorsque mes doigts se sont frayé un chemin jusqu'à son… papillon ? Mais qu'est-ce que c'était que ça ? *A priori*, je m'en fichais, mais là, désolé, c'en était trop pour un infâme curieux dans mon genre.

Je me suis arraché à ses bras tentaculaires pour étudier sa petite culotte – si tant est qu'on puisse appeler ça une culotte. C'était une sorte de papillon en tissu scintillant dont les ailes donnaient naissance à deux fines brides élastiques qui maintenaient le tout sur son corps. Son entrejambe était pour ainsi dire en libre accès.

— Hum, je suppose que ça va me faciliter la tâche, ai-je grommelé.

Ma queue palpitait toujours d'impatience. Je me suis dégagé de ses bras, j'ai sorti une capote de ma poche arrière et je l'ai enfilée plutôt vite, vu le taux d'alcool que j'avais dans le sang.

J'ai soulevé sa cuisse, elle a enroulé sa jambe autour de ma taille et je l'ai pénétrée d'un coup sec et profond, lui arrachant un petit cri de plaisir.

— Oh mon Dieu, mais tu me remplis tout entière ! a-t-elle lancé, l'air surpris.

— T'aimes ça, bébé ? C'est ça que tu attendais depuis longtemps ? Te faire mettre comme il se doit ?

Je lui ai donné un deuxième coup de reins et ses paupières se sont fermées en frémissant.

— Oui, c'est encore mieux que ce que j'avais entendu dire.

Sa voix était toute rêveuse. J'ai hésité à continuer. Le rêve, c'était pas mon truc. Un petit coup d'un soir, vite fait bien fait, histoire de s'amuser tous les deux, ça, ça me parlait. Le rêve, ça débouchait toujours sur des relations compliquées et, même si j'aimais croire qu'en tant qu'acteur je pouvais vendre du rêve, voire incarner un beau rêve, je n'étais pas assez idiot pour m'imaginer qu'avec la carrière que j'avais choisie, j'aurais droit à une fin style « ils vécurent heureux, etc. ». Mon mode de vie était très difficile à supporter.

Ne vous méprenez pas, j'adorais mon boulot. C'était même le seul truc qui donnait un peu de sens à ma vie. En revanche, tout ce qui allait avec… Être constamment à l'isolement forcé ou traqué par les paparazzis, voir ses moindres faits et gestes passés au crible par tout le monde… Au bout d'un certain temps, c'était comme se retrouver avec un nœud coulant autour de la gorge, un nœud que tous les protagonistes de notre vie resserraient peu à peu.

Oui. Voilà comment je me sentais.

Blasé. Fatigué.

Le seul moment où je respirais un peu, c'était sur un plateau de tournage, dans la peau de quelqu'un d'autre.

D'une certaine manière, ma vie n'était qu'un film.

— Oh ! Jason. Oui ! Je savais que ce serait comme ça avec toi, a gémi ma partenaire.

J'ai accéléré la cadence. Après tout, je ne la baiserais qu'une seule fois, alors autant me concentrer un peu sur elle.

Ses cris résonnaient de plus en plus.

— Moins fort, lui ai-je soufflé à l'oreille. Tu ne voudrais quand même pas qu'on te surprenne en train de t'envoyer en l'air en pleine rue, si ?

— Oh si. Je veux. Oui ! Oui !

J'ai posé la tête sur son épaule pour entamer le sprint final. Plus vite ce serait terminé, plus vite je pourrais rentrer chez moi.

J'ai empoigné ses fesses, placé son autre jambe autour de ma taille et j'ai continué à la pilonner. Ses cris aigus retentissaient dans la ruelle sombre, mêlés au son assourdi de la musique qui filtrait par le mur contre lequel elle était adossée.

— Oh oui, baise-moi, Jason ! a-t-elle hurlé dans mon oreille.

— C'est ce que j'essaie de faire, ai-je marmonné en serrant les dents.

Elle était en train de me refroidir à s'époumoner comme ça.

J'ai fermé les yeux et j'ai tâché de me concentrer sur ma mission. Enfin, elle l'a atteint, son putain de septième ciel. Dans un juron, j'ai joui à mon tour, tandis que son sexe continuait à se contracter en rythme autour du mien.

J'ai renversé la tête en arrière, tous mes muscles se sont détendus et je me suis laissé envelopper par cette douce extase que je prisais tant, même si ça ne durait que quelques secondes.

À cet instant précis, des bruits de pas précipités me sont parvenus. Jetant un coup d'œil par-dessus mon épaule, j'ai aperçu un premier flash lumineux.

— Merde.

Je me suis débarrassé du préservatif en quatrième vitesse, avant qu'ils nous encerclent.

Lascivement appuyée contre le mur, un sourire béat aux lèvres, Jenna a poussé un soupir et entrepris de se recoiffer.

J'ai remonté ma braguette et je me suis chargé de baisser sa robe, vu qu'elle était trop occupée à sourire aux intrus.

Putain ! Ils nous avaient presque rejoints. Par chance, mon corps était assez imposant pour faire écran entre Jenna et leurs appareils photo et ils ne devaient pas avoir réussi à prendre de cliché de ce que nous étions en train de faire quelques secondes plus tôt. Au pire, ils croiraient que je l'avais amenée ici pour lui voler quelques baisers.

— Jason ! Jason ! C'est officiel ? Tu as une nouvelle relation ? a crié un moustachu.

Clic. Clic. Clic.

— Vous êtes tombés amoureux sur le tournage ? Vous confirmez les rumeurs ?

— Quand est-ce que vous comptez rendre ça public ?

Clic. Clic.

— Cette nouvelle histoire, c'est pour promouvoir le film qui va sortir ?

— Jason ! Allez, mec, raconte-nous! Qu'est-ce que vous foutiez ici, tous les deux ?

Quelques ricanements se sont élevés.

Clic. Clic. Clic.

Miss J'ai-oublié-son-nom s'est jetée à mon cou et a décoché un sourire radieux aux paparazzis.

— Comment avez-vous su qu'on était là ? On a été très discrets, pourtant. C'était un secret.

Affichant le plus grand calme, je me suis débarrassé doucement de ses bras, j'ai ouvert la porte de service et j'ai poussé Jenna à l'intérieur de la boîte de nuit.

Bouche bée, les yeux grands comme des soucoupes, elle m'a regardé lui refermer la porte au nez. Ensuite, je me suis tourné face aux paparazzis qui continuaient à me bombarder de questions. Par chance, ils n'étaient guère plus de sept ou huit.

— Jason ! Il y a une vidéo qui circule dans laquelle on te voit en compagnie de Zoey dans ta voiture, visiblement très occupé. Et maintenant, te voilà avec Jennifer. Un commentaire ?

Jennifer. *Mais oui !* C'était ça !

— Bonne soirée, les gars, ai-je déclaré d'un ton blasé, sans prêter attention à leurs questions.

Les mains enfoncées dans les poches, j'ai avancé et ils ont dû s'écarter sur mon passage. Leurs voix résonnaient de plus en plus fort dans ma tête. Je n'entendais pas ce qu'ils disaient, mais je savais déjà que le lendemain, à la première heure, j'aurais droit à un coup de fil de Tom Symond, mon agent devenu mon ami au fil des ans, et bien sûr de Megan, mon attachée de presse.

Quelques minutes plus tard, ma voiture fonçait vers Bel-Air. Je me sentais toujours aussi vide et sur les nerfs qu'au début de la soirée.

6

Olive

— Tu veux bien me rappeler pourquoi tu n'es pas ici avec moi ? ai-je murmuré dans mon téléphone, le front appuyé au mur, dans un coin de la salle toute blanche où j'attendais qu'on m'appelle.

— Calme-toi, ma caille, a répondu Lucy. Si je n'avais pas cours avec la vieille bique, tu sais très bien que je serais en train de te tenir la main. Seulement, elle m'a déjà dans le collimateur et je ne tiens pas à lui fournir davantage de munitions. Mais à ton retour, j'aurai déjà préparé les shots de tequila pour fêter ça. Concentre-toi sur ça, ça va t'aider.

J'ai fermé les yeux. J'étais à deux doigts de vomir. Il fallait que je me relaxe, que je me change les idées. J'ai commencé à faire les cent pas. *Un truc joyeux, pense à un truc joyeux.* Un truc super joyeux.

De l'autre côté de la salle d'attente, une jeune femme blonde était assise sur le grand canapé blanc en U. Ça faisait dix minutes qu'elle envoyait des textos et prenait des selfies sans intérêt. Elle s'était pomponnée, mais son bronzage n'avait rien de naturel, c'était flagrant : il se faisait déjà la malle par endroits. Depuis qu'elle avait franchi la porte de la salle, cette fille n'avait pas lâché le truc affublé d'oreilles de Mickey qui lui servait de téléphone. Pardon, mais combien de photos pouvait-on prendre au même endroit, avec le même sourire factice ? J'avais arrêté de compter à trente.

Et la voilà qui prenait à nouveau la pose avec sa moue boudeuse. Un petit geignement m'a échappé au moment où elle a serré les bras pour mettre ses seins en évidence. *Pitié.*

— Je crois que je vais vomir, ai-je chuchoté dans mon téléphone.

— Oh ! Ferme-la un peu ! Tu es une grande fille, alors retrousse ton soutien-gorge, remonte ta petite culotte et éblouis-les avec ton plus beau sourire !

— Dis donc, puisque tu n'es pas fichue d'assurer dans le rôle de la meilleure amie, tu pourrais au moins me rappeler pourquoi Cha n'est pas venue avec moi ?

Lucy a poussé un long soupir.

— Charlotte ne te serait d'aucun secours. Si elle était à côté de toi, elle serait en train de trembler comme une feuille. C'est pour ça qu'on ne lui a même pas expliqué où tu allais, tu te souviens ?

Je me souvenais. Elle avait raison : Charlotte et moi, on aurait formé un joli duo de trouillardes chevrotantes – pas vraiment la première impression que j'avais envie de donner, encore moins aux grands pontes de la société de production qui s'intéressait à mon roman en vue d'une éventuelle adaptation au cinéma.

— Je te déteste.

— Moi aussi, je t'aime, ma petite caille angoissée.

— Lucy. J'avais rendez-vous à quatorze heures trente et il est presque quinze heures, ai-je annoncé d'un ton pathétique. Je ferais mieux de partir, non ? Peut-être qu'ils se sont trompés. Sérieux, comment ai-je pu imaginer une seconde que ça pouvait m'arriver ? Ça n'arrivera jamais, c'est clair. Je n'ai pas envie d'attendre qu'ils déboulent en criant : « C'était une blague ! Tu l'as cru, patate cruuuue ! » Tout ce que je veux, c'est m'en aller. Je peux rentrer, dis ? S'il te plaît ?

— Non, tu ne bouges pas. Interdiction de repartir avant d'avoir eu cet entretien et d'en ressortir avec de bonnes nouvelles et un max de fric. Maintenant, ferme les yeux.

— Pourquoi ?

— Fais-le, c'est tout, Olive.

— D'accord. Voilà, ils sont fermés. Tu peux encore remporter le trophée de la meilleure amie de l'année si tu es devant moi quand je les rouvre.

— Arrête ton chantage à deux balles, ma caille ; je l'ai déjà gagné, ce putain de trophée. Alors, c'est bon, tu as les yeux fermés ?

— Oui, ai-je répondu d'un ton boudeur.

— Bien. Maintenant, imagine que tu es un cours d'eau.

Ah non, ça va pas recommencer, ces conneries.

— Euh… Je peux savoir ce que tu fais ?

— À ton avis, banane ? J'essaie de te détendre !

— En me demandant de me prendre pour une rivière ?

— Tout à fait. Maintenant, ferme-la et imagine que tu es un cours d'eau. Tu t'écoules paisiblement et rien ni personne ne peut t'arrêter. Tu sens les rayons du soleil sur ton… euh, peu importe. Et ça te rend heureuse. Tu scintilles, tu résonnes tel un éclat de rire. Et puis, tu deviens une petite cascade, non, tu te transformes en une majestueuse chute d'eau et tu…

— OK, OK, Lucy ! l'ai-je interrompue avant qu'elle continue à débiter ses bêtises. C'est bon, j'ai retrouvé tout mon calme. Grâce à toi. Je suis une rivière glacée qui entend des éclats de rire scintillants et qui se transforme en cascade majestueuse et tout et tout.

— Génial ! Tant mieux. Bon, je viens de voir passer le beau petit cul de Jameson, je ferais bien d'y aller si j'en veux une bouchée.

Avant que j'aie pu répliquer, elle a conclu :

— Allez, donne tout, que je sois fière de toi ! On se retrouve à l'appart. Saluuuut !

J'ai ouvert la bouche, mais elle avait déjà raccroché. J'ai regardé mon téléphone en souriant. Lucy ne m'avait absolument pas décrispée, mais elle avait le don de me faire sourire en toutes circonstances.

J'ai étudié la salle immaculée, les touches de noir décoratives. Tout sentait le luxe à plein nez : les tableaux, le mobilier, la moquette. Même les baies vitrées étincelantes avaient dû coûter un bras. Me sentant toute nue, nerveuse, terrifiée, excitée – j'ai déjà dit toute nue ? –, je me suis dirigée vers le canapé pour m'asseoir à côté de Miss Selfie, avant de me raviser : elle venait de sortir une perche à selfie de son sac.

Il ne me restait plus qu'à retourner faire les cent pas.

Mon regard s'est posé sur les jeunes femmes assises derrière l'impressionnant bureau d'accueil en forme de croissant de lune. Elles ressemblaient plus à des mannequins qu'à des secrétaires. Pas un seul de leurs cheveux ne dépassait, contraste saisissant avec mon chaos capillaire peuplé d'ondulations capricieuses. Ensuite, j'ai étudié leur tenue… Certes, je ne pouvais pas rivaliser avec leur uniforme de bureau, jupe crayon, chemisier impeccable et talons aiguilles, mais je n'étais pas mal non plus. Quelques heures plus tôt, Lucy m'avait obligé à enfiler une jupe bandeau noire, un chemisier blanc tout simple et une petite veste en cuir. Bien sûr, elle avait tout tenté pour que j'accepte de me percher sur des talons hauts, mais j'avais obtenu gain de cause et je portais mes bottines porte-bonheur style rangers. Je me plaisais à croire que ce look me donnait l'air chic et décontracté à la fois, tout en étant actuel. Toutefois, je ne me sentais pas à ma place pour autant.

Je me suis concentrée sur la jolie brune qui m'avait annoncé que les directeurs avaient du retard et qui m'avait demandé de patienter quelques instants. Quelques instants qui venaient d'atteindre les quarante minutes.

S'il vous plaît, ne me jugez pas. En temps normal, ça ne me dérange pas d'attendre. En fait, n'importe quel autre jour, j'aurais même adoré poireauter à côté de Miss Selfie ; je l'aurais discrètement prise en photo pour me marrer avec Lucy et Charlotte une fois rentrée à l'appart. Mais quand ton sang-froid ne tient qu'à un fil et que tu es sur le point de vomir tes tripes devant des inconnus, les minutes passent très, très lentement. Alors, désolée, mais c'était un peu normal que je trucide du regard ces mannequins-secrétaires.

Merde à la fin, n'avaient-elles pas honte ? Il fallait être d'une cruauté inouïe pour jouer avec mes émotions comme ça. Jusqu'à preuve du contraire, donc, elles méritaient chacune des petits poignards effilés que je leur jetais en imagination.

La brune a tout de même fini par croiser mon regard. Elle a appuyé le doigt sur le truc bluetooth qu'elle avait à l'oreille, pour mieux entendre sans doute, puis elle a hoché la tête.

— Mademoiselle Taylor.

J'ai fermé les yeux, pris une profonde inspiration tremblante et me suis avancée vers elle.

Elle s'est levée aussitôt et est venue à ma rencontre.

— Je suis une rivière. Je m'écoule paisiblement, ai-je marmonné.

— Pardon ?

— Oh, euh, non rien. Désolée, ai-je répondu avec un petit sourire vacillant.

— Je vais vous conduire dans le bureau de M. Thomas. Ils sont prêts à vous recevoir.

— Merci.

J'ai eu beaucoup de mal à me retenir de glisser ma main dans la sienne pour y puiser un peu de son calme.

Au fond, cela aurait-il été si incongru ?

Elle m'a adressé un sourire sincère, le premier depuis le début, puis elle m'a précédée dans le couloir.

Nous avons tourné à droite, croisé d'autres tableaux hors de prix ainsi que des affiches de film, puis nous avons pris à gauche et sommes cette fois passées devant un certain nombre de petits bureaux. Chaque fois que nous arrivions à hauteur d'une porte ouverte, je sursautais nerveusement. Après avoir encore tourné une fois, j'ai commencé à me sentir comme un hamster dans un labyrinthe. Au bout d'un moment, il n'est plus resté qu'une grande porte, droit devant nous.

Je me suis arrêtée. Étais-je vraiment en train de vivre ça ? Ce moment était-il réellement en train de se produire ?

Merde !

Personne ne serait dupe, je courais à la catastrophe !

Moi, une majestueuse chute d'eau ? N'importe quoi ! J'en étais bien loin.

La jolie brune s'est campée à côté de la porte, la main posée sur la poignée. À l'évidence, elle attendait que je m'approche pour ouvrir, mais je n'en ai rien fait. Je l'ai regardée dans les yeux.

L'affrontement ou la fuite ?

La fuite était si tentante.

Bon sang !

Combien de fois avions-nous tourné dans ces couloirs ? Sans son aide, jamais je ne serais fichue de retrouver mon chemin dans ce labyrinthe de l'enfer.

Involontairement, j'ai fait un pas en arrière, comme pour tâter le terrain. L'instant d'après, la secrétaire m'avait rejointe et me demandait si tout allait bien, une main d'une force surprenante placée dans mon dos.

Ma gorge a émis une sorte d'affreux miaulement, puis j'ai été prise d'une quinte de toux. Quand j'ai eu terminé mes bêtises, les traits de la secrétaire s'étaient adoucis.

— Désolée, ai-je murmuré.

— C'est l'entretien qui vous stresse ?

— Ah bon, ça se voit tant que ça ? ai-je répliqué en essayant de glousser.

— Vous n'avez vraiment aucune raison de vous en faire. Moi, j'ai adoré votre livre.

Sous le choc, j'ai écarquillé les yeux.

— Comment ? C'est vrai ? Vous avez lu mon livre ? Vous savez qui je suis ? Attendez, je n'ai pas rêvé, vous venez de dire que vous avez aimé mon roman ?

J'avais lâché ce chapelet de questions d'une traite, en apnée.

Apparemment, cette fille avait bon goût. Ben quoi ? C'était un chef-d'œuvre, ce fichu bouquin, après tout.

— Mais oui, je l'ai lu. Et bien sûr que je sais qui vous êtes. Et je peux vous dire qu'après cet entretien, si vous acceptez leur offre, encore plus de gens connaîtront votre histoire. Vous avez décroché le gros lot !

Je n'avais pas envie de décrocher le gros lot ni de devenir célèbre. En fait, je n'avais envie de rien du tout. À cet instant, tout ce que je voulais, c'était me réfugier dans mon lit et rester planquée sous les draps.

— Par contre, il faut y aller maintenant, m'a-t-elle encouragée.

Elle attendait que je me secoue un peu, c'était clair.

— M. Thomas a un emploi du temps très chargé et il a déjà pris du retard.

Elle a consulté sa jolie petite montre, puis elle a insisté.

— Allez-y, il ne reste pas beaucoup de temps avant son prochain rendez-vous.

Je n'ai pas bougé un orteil.

Avant que j'aie eu le temps de comprendre ce qui se passait, elle a ouvert la porte et m'a poussée à l'intérieur du bureau.

J'ai bien failli m'étaler de tout mon long, mais je me suis rattrapée de justesse tandis que le claquement reconnaissable d'une porte retentissait derrière moi. J'ai jeté un coup d'œil par-dessus mon épaule.

Elle avait disparu.

Traîtresse !

Je me suis donc retrouvée seule face à trois messieurs en costume. Pendant une fraction de seconde, je suis restée tétanisée, avant de m'ébrouer et de m'avancer devant eux.

Puisque cette fois j'y étais, autant avoir l'air de quelqu'un qui sait ce qu'il fait.

Un chauve – Bobby Thomas, sans doute – s'est levé et est venu à ma rencontre avec un sourire naturel, main tendue.

— Bonjour, mademoiselle Taylor, je suis Bobby.

S'il n'avait pas louché sur mes seins, j'aurais même pu lui trouver l'air sympa.

Agacée, j'ai penché la tête pour capter son attention.

— Ravie de faire votre connaissance, monsieur Thomas, ai-je répondu d'un ton sans équivoque.

— Ah non, pas de ça entre nous. Appelez-moi Bobby. D'ici la fin de cette aventure, nous aurons largement appris à nous connaître.

Un sourire forcé aux lèvres, j'ai doucement retiré ma main de la sienne.

Les deux autres n'ont pas pris la peine de se lever, ils ne me quittaient pas des yeux, me jaugeaient.

Bobby m'a emmenée vers la longue table installée devant une immense baie vitrée qui occupait tout un pan de mur.

D'un rapide regard circulaire, j'ai compris que nous nous trouvions dans une sorte de salle de réunion, ce qui n'a apaisé en rien mon anxiété. Je me sentais comme un poisson hors de l'eau.

— Olive, c'est bien ça ? Vous permettez que je vous appelle Olive ?

— Bien sûr, ai-je grommelé, distraite par sa main collée au creux de mes reins.

— Super ! Alors, Olive, j'aimerais vous présenter le plus jeune membre de notre société, Keith Cannon.

Yeux bleu très pâle, pommettes saillantes, le moins qu'on puisse dire, c'était que Keith Cannon impressionnait d'emblée.

— Enchantée, Keith. Je suis Olive Taylor.

J'ai accepté sa poignée de main chaleureuse avec le sourire. Il avait de longs doigts vigoureux, mais ses dents étaient d'une blancheur suspecte, trop éclatante pour être naturelle. Cela dit, de nos jours, il est difficile de trouver quoi que ce soit de naturel à L.A.

À côté de Keith, un homme plus petit était occupé à pianoter sur un ordinateur portable. Il s'est levé et m'a serré brièvement la main tandis que Bobby poursuivait les présentations.

— Voici Harry Schuman. Si nous parvenons à conclure un accord, ce sera lui le scénariste du film. J'imagine que tout ceci doit être très excitant pour vous, Olive. Pour nous, il est primordial de réussir à transposer votre histoire sur grand écran aussi bien que vous l'avez racontée en quelques centaines de pages, c'est pourquoi je tenais à ce que vous rencontriez Harry afin qu'il vous expose ses idées. En réalité, il est ici pour notre rendez-vous suivant, mais puisque nous avons un peu de retard, nous avons insisté pour qu'il assiste à cet entretien avec vous.

J'ai acquiescé et, après les plaisanteries d'usage, j'ai pris place en face d'eux.

— Nous avons cru comprendre que vous n'aviez pas encore d'agent littéraire, Olive. Vous nous le confirmez ? a demandé Keith.

— Oui, c'est vrai. Jamais je n'aurais imaginé me retrouver ici un jour. Jamais. Je ne suis qu'une autrice indépendante et, comme vous le savez sans doute, *Âmes en peine* est mon premier roman, ce qui rend la situation encore plus surréaliste.

— Ce doit être un sacré chamboulement, en effet, mais je vous assure que vous nous avez beaucoup impressionnés avec ce livre. D'ailleurs nous tenions absolument à être les premiers à vous rencontrer avant que quelqu'un d'autre s'empare de vous.

Bobby a opiné de la tête.

— Keith a raison. Nous voudrions que vous considériez cette entrevue comme la première étape de notre collaboration. Bien sûr, vous ne devez prendre aucune décision aujourd'hui, mais il faut que vous compreniez que nous sommes plus qu'intéressés par ce projet. Vous devez aussi savoir que… Excusez-moi.

Son téléphone venait de l'avertir de l'arrivée d'un message. Il a distraitement agité la main, comme pour dire « poursuivez sans moi ».

— Je reviens, une petite vérification à faire, mais continuez, je vous en prie. Nous avons peut-être une surprise pour vous, Olive. Je crois que vous allez apprécier.

Je me suis efforcée de sourire, mais Bobby « *Boobs* » s'était déjà éclipsé.

— Et si on allait droit au but ? a suggéré Keith, récoltant des hochements de tête de Harry et moi. Comme Bobby vient de le dire, nous sommes extrêmement intéressés par votre récit, Olive, mais…

Il a levé la main comme pour m'empêcher de l'interrompre.

Je suis tout ouïe, Keith. Personne ne va te couper la parole.

— … nous tenions à organiser cette réunion pour faire plus ample connaissance avec vous et tâcher de vous convaincre. Si ce que vous vous apprêtez à entendre vous convient, alors je serai heureux d'organiser un déjeuner au cours duquel nous pourrons discuter de tout ça plus en détail et vous faire une proposition de contrat d'option en vue de l'obtention des droits exclusifs.

— D'accord, ai-je répondu.

Ça tenait la route, non ? En tout cas, ce qu'il venait de dire n'avait rien de flippant. Rien du tout.

Keith a hoché la tête avec un grand sourire – nouveau flash d'émail éblouissant – avant de poursuivre.

— Ce que nous voulons avant tout, Olive, c'est rester aussi fidèles que possible à votre roman. Vous avez réussi à faire chavirer les cœurs dans toutes les tranches d'âge, alors nous tenons absolument à conserver toute l'essence de votre histoire. La seule chose, c'est que nous allons la rendre encore plus exceptionnelle. Peaufiner un peu les personnages principaux, effectuer quelques petites modifications ici ou là, ajouter l'un ou l'autre personnage secondaire – que des grands noms de Hollywood, bien entendu. Nous hésitons encore à remanier la fin, mais tout ça, ce sont des détails qui ne vous intéressent pas, j'en suis sûr.

Il a joint les mains sur la table et m'a regardée droit dans les yeux.

— Avec ce film, nous espérons toucher tout le monde.

Quelque part au milieu du catalogue de leurs intentions, il avait bien affirmé que les modifications qu'ils comptaient apporter à MON histoire ne m'intéressaient pas, c'était ça ? Je n'avais pas rêvé ? Bon sang, mais qu'est-ce qu'il racontait ?

— Ça a l'air super, ai-je répondu, mais je crois que nous ne devrions pas aller trop vite. Pour être honnête, je me sens un peu dépassée. Quand vous parlez de quelques petites modifications... ?

Harry a pris la parole pour la première fois, volant au secours de Keith.

— J'ai lu votre livre, mademoiselle Taylor, et s'il est parfait en l'état pour le format littéraire, ça ne se passe pas de la même façon pour un film. Quelques changements seront inévitables.

— Vous serez informée de tout, m'a assuré Keith. En général, il faut un certain temps – un an voire parfois plus – pour rassembler les fonds nécessaires au financement du film, trouver le bon réalisateur, les bons acteurs, une boîte de prod, et tout un tas d'autres étapes... mais nous aimerions surfer sur le succès de votre livre et tirer profit de ce bel élan. Comme vous n'avez pas d'agent, je vous recommande chaudement d'en engager un ou de trouver un avocat qui pourra vous aider à étudier le contrat que nous vous proposerons à notre prochaine réunion. Ça nous évitera des déconvenues par la suite.

— Bien sûr, mais les fameux changements, dans tout ça ? ai-je insisté, de plus en plus décontenancée.

Mon visage devait trahir mon désarroi car le sourire de Keith s'est adouci.

— Nous ne vous avons même pas proposé à boire. Dites-moi ce qui vous ferait plaisir. Quelque chose pour célébrer l'événement, peut-être ?

— Non, ça ira. Merci.

— La prochaine fois, alors. Bien, avez-vous des questions à me poser ?

J'ai jeté un coup d'œil à Harry, mais visiblement il n'en avait aucune. À moi, dans ce cas.

— Oui, je crois que j'en ai. Tout d'abord, je suis ravie que mon livre vous intéresse, mais en toute franchise, ces modifications auxquelles vous avez fait allusion sont… Comment vous dire ? Le truc, c'est que j'y ai consacré des années, à ce roman. Alors, j'ai très envie de voir mes personnages prendre vie sur grand écran, c'est sûr, mais d'un autre côté, je ne suis pas certaine de vouloir me lancer là-dedans si le résultat final n'a plus aucun rapport avec l'histoire d'origine.

Chaque mot de ce récit occupait une place particulière dans mon cœur.

— Vous ne désirez pas céder vos droits pour une adaptation au cinéma ?

— Ce n'est pas ce que j'ai dit. En fait, j'ai effectué quelques recherches et il me semble que, dans certains cas, les auteurs peuvent servir de consultants. Serait-ce envisageable pour moi ? Seriez-vous d'accord pour que j'aie mon mot à dire dans la conception de ce film ?

— Olive, faites-moi confiance, tous les auteurs se sentent exactement comme vous au début, c'est normal, mais je vous promets que tout change au fur et à mesure que le projet avance. Vous vous en apercevrez dès que la production aura démarré. Le scénario n'a pas encore été écrit, alors nous ne pouvons pas encore discuter de tel ou tel changement, mais je veillerai personnellement à ce que vous soyez intégrée dans le processus de réflexion.

Heureusement, j'étais assez intelligente pour comprendre qu'avoir son mot à dire dans l'écriture du scénario et être « intégrée dans le processus de réflexion », ce n'était pas du tout la même chose.

— Parlons un peu du casting, a-t-il lancé alors que je cherchais encore comment lui répondre.

— N'est-ce pas un peu tôt ? ai-je demandé en remuant sur mon siège.

— Au contraire, c'est l'un des tout premiers points sur lesquels nous travaillons, parce que trouver les bons acteurs pour les rôles clés, ça fait toute la différence. Nous avons déjà sélectionné quelques noms qui, selon nous, colleraient parfaitement aux personnages d'Isaac et de Genevieve.

Il a consulté ses notes.

— Pour Isaac, le héros de votre roman, il y a un acteur en particulier que nous essayons d'approcher, mais pour Genevieve, nous avons toute une liste de noms à éplucher. Avez-vous des idées ou des suggestions pour le casting ?

— Eh bien, quand je visualise mes personnages, ils ont un visage qui leur est propre, je ne pense à personne en particulier.

Tu mens, Olive. Tu mens comme une arracheuse de dents.

— Mais je suis impatiente de découvrir les noms que vous avez retenus, ai-je ajouté.

Je finissais ma phrase lorsqu'une porte s'est ouverte sur ma gauche. Bobby est réapparu en compagnie d'un autre homme. Keith a tourné la tête vers eux aussi et, avant même que je comprenne ce qui se passait, Jason est entré derrière eux, penché sur son téléphone.

Jason, comme dans Jason Thorn !

J'en suis restée bouche bée.

Merde !

Mon Jason.

Merde, merde et re-merde !

Non, pas Jason, pas *mon* Jason.

Merde ! Merde ! Merde !

Sous le choc, je suis restée vissée à mon siège, la bouche grande ouverte. Bobby a pouffé. Ma tête devait valoir son pesant de cacahuètes.

— Olive, je voudrais…

Les lèvres de Bobby ont continué à remuer, mais je n'entendais plus rien.

Vous vous rappelez la majestueuse chute d'eau de Lucy ?

Envolée, la chute d'eau. Évaporée. Je nageais en plein cauchemar.

Ou plutôt : j'étais devenue une avalanche, la plus grosse avalanche du siècle, pour être exacte.

Fébrile, j'ai bondi de mon siège et je leur ai tourné le dos avant que Jason remarque ma présence. Ils allaient me prendre pour une folle, mais tant pis. Et s'il se souvenait de moi ? S'il reconnaissait mon nom ? Il n'y avait pas tant d'Olive que ça sur cette Terre.

Quelle galère !

Et s'il apercevait mon nom de famille sur la couverture du livre qui trônait au beau milieu de la table ?

Il me fallait une échappatoire, mais je n'en voyais aucune. Une sortie fracassante en me jetant contre la baie vitrée, ça risquait de faire un peu mal. À côté de la fenêtre, j'ai repéré le bar et je m'en suis approchée en frissonnant.

Et ce fichu Keith qui n'arrêtait pas de m'appeler par mon nom…

J'ai saisi un pichet d'eau avec des tranches de citrons jaune et vert qui flottaient à la surface et je m'en suis servi un verre. Comme mes mains tremblaient, j'ai renversé la moitié à côté, mais quelle importance ? J'ai tout bu d'une traite, puis je me suis resservie.

De l'alcool, ça aurait été bien plus efficace, mais l'eau ferait l'affaire.

Quelqu'un a effleuré mon bras et j'ai bien failli lâcher le pichet, au risque de me ridiculiser un peu plus.

— Olive, est-ce que ça va ?

Ouf, ce n'était que Keith. J'ai doucement reposé le pichet et je me suis cramponnée à mon verre.

— Je suis désolée. Je ne sais pas ce qui m'arrive.

J'ai tenté de sourire, mais ça devait plutôt ressembler à une grimace. Keith a pouffé.

— Ce n'est pas tous les jours qu'on côtoie une star de cinéma. Je comprends votre émoi.

Il ne comprenait rien. Et pourquoi parlait-il de Jason comme si c'était une bête de foire ?

— Venez, reprenons nos places, nous allons faire les présentations. Vous devez en mourir d'envie, n'est-ce pas ?

Je préférerais mourir tout court, merci.

Si j'espérais que Keith aurait l'amabilité de me faire sortir d'ici discrètement, c'était fichu.

— Bien sûr, ai-je marmonné, brandissant mon verre devant mon visage tel un bouclier.

J'ai risqué un coup d'œil en direction de la table. Harry avait disparu ; Bobby avait pris sa place et l'homme qui était arrivé avec lui s'était installé juste à côté.

Et puis, il y avait Jason…

J'ai essayé de ne pas le regarder.

Continue à respirer, Olive. Respire.

Toujours dissimulée derrière mon verre, que je sirotais le plus lentement possible, je me suis assise en face de l'inconnu – qui m'a considérée d'un air amusé. Lorsque Keith a tiré le siège voisin du mien, j'ai sursauté et renversé un peu d'eau sur mon chemisier.

Bon sang... ressaisis-toi, ma vieille !

Il s'en fallait de peu pour que je cède à la panique et prenne mes jambes à mon cou. J'irais rejoindre Lucy et je la truciderais, tiens. Parce que si elle était venue avec moi, rien de tout ça ne me serait tombé dessus, c'était évident.

Keith a commencé les présentations.

— Olive, voici Tom Symond, l'agent de Jason. Tom, je te présente l'autrice dont je t'ai parlé, Olive T…

— Je suis vraiment ravie de vous rencontrer ! me suis-je écriée en couvrant la voix de Keith avant qu'il prononce mon nom de famille.

Tom Symond s'est levé en gloussant pour me serrer la main.

Il a bien fallu que je me lève aussi. Pas le choix. Quel cirque, toutes ces civilités ; vous n'en avez jamais marre, vous ? Tandis que nous échangions cette fichue poignée de main, j'ai coulé un regard en direction de Jason qui me paraissait bien silencieux. Il était justement en train de m'observer en fronçant les sourcils ! Aussitôt, j'ai détourné les yeux, je me suis rassise et j'ai de nouveau empoigné mon cher verre d'eau.

— C'est donc Jason Thorn que nous voulons pour le rôle d'Isaac, a repris Keith. Nous pensons qu'il sera parfait.

Ce mec parlait beaucoup trop.

— Il reste pas mal de points à éclaircir, Keith. N'allons pas trop vite en besogne, a nuancé Tom.

J'ai hoché la tête avec véhémence. Dans quel enfer fallait-il que je sois tombée pour qu'on m'amène le SEUL acteur que je…

— Olive Taylor ?

Oh mon Dieu.

La mort, ce devait être si reposant. Mon propre coin de paradis. Plutôt tentant, non ? De toute façon, respirer, c'était très surfait.

— Olive ? a répété Jason, l'air interloqué.

Silence complet dans la salle.

Mon estomac a gargouillé.

Allô il y a quelqu'un là-haut ? Tuez-moi tout de suite.

Allez quoi, achevez-moi !

— Enchantée… monsieur Jason Thorn, ai-je enfin réussi à articuler.

Pitoyable. Ma vie venait d'être raccourcie de plusieurs années au minimum.

Quand je pense à tout ce que j'aurais pu dire, à tout ce que j'aurais pu faire à cet instant, au lieu de rester plantée là, à trembler…

Cette fois, il s'est levé.

— Olive.

Il y avait de la tendresse dans sa voix. De la surprise aussi, bien sûr, mais surtout de la tendresse.

Ma peau s'est couverte de petits frissons.

Jason était déjà en train de contourner la table pour me rejoindre. *Plus d'issue possible.*

Vaincue, j'ai posé mon verre, je me suis levée et j'ai affronté Jason.

Il s'est arrêté à deux pas de moi. Tant d'années sans le voir et voilà que seuls deux petits pas nous séparaient.

— Olive, a-t-il encore répété avec un sourire radieux.

Son regard s'est mis à détailler le moindre centimètre carré de mon corps, ce qui m'a fait rougir.

Il est entré dans ma zone personnelle et a pris mon visage complètement cramoisi entre ses mains. J'ai eu un mouvement de recul involontaire et mes fesses ont presque atterri sur la table. Jason m'a suivie.

— Ça alors ! Regarde-toi.

Son rire a fait naître un sourire sur mes lèvres.

— Je n'arrive pas à y croire, Olive. Bon sang, mais regarde-toi !

Sa fossette ? Toujours aussi adorable, autant qu'au premier jour. Je lui ai adressé un petit signe de la main.

— Salut.

Il a rejeté la tête en arrière et a éclaté de rire.

Wow.

— Comment m'as-tu appelé, juste avant ? Monsieur Jason Thorn, c'est ça ?

— Oui, euh, désolée, ai-je grommelé, les joues en feu.

Son agent est intervenu.

— Jason ? Tu la connais ?

— Bien sûr que je la connais, a-t-il répondu sans me quitter des yeux. J'étais même sa personne préférée du monde entier. C'est elle qui me l'a dit quand elle avait huit ans.

Sa mine est devenue songeuse.

— À moins que ce soit sept ans ?

— Sept, sûrement, ai-je murmuré avant de fermer les yeux.

Yep, j'avais bel et bien déclaré ça, parce que c'était le reflet exact de ma pensée.

— Oh, quelle belle surprise ! s'est réjoui Bobby, interrompant nos petites retrouvailles inopinées. Nous ne savions pas que vous vous connaissiez. En tout cas, ce sera un vrai plus pour notre projet.

Jason m'a adressé un clin d'œil.

Mon cœur battait la chamade.

Il a enfin libéré mes joues, mais pour mieux s'emparer de ma main, puis il s'est tourné vers son agent.

— Tu peux te charger de ça, Tom ?

— Sans problème, mais je pense que tu devrais rester. Ce ne sera pas long.

Pardon ?

— Je te laisse gérer tout ça.

— Jason, pas si vite, a protesté Tom.

Oui, Jason ! Pas si vite !

Jason s'est tourné vers Bobby.

— J'accepte. Vous pouvez régler les détails avec Tom.

Il acceptait ? Il acceptait quoi ? Sûrement pas mon livre ?

— Votre réunion avec Olive est-elle terminée ? a-t-il ensuite demandé à Keith.

Youhou, les gars ! Au cas où vous ne l'auriez pas remarqué, je suis toujours là.

Avant de répondre à Jason, Keith a croisé mon regard qui devait toujours être aussi stupéfait.

— Olive, je vous fais parvenir une proposition de contrat au plus vite et je vous appellerai personnellement pour fixer la date du déjeuner. Nous passerons en revue toutes les clauses avec vous et nous procéderons aux éventuelles modifications ce jour-là.

Je commençais à avoir le vertige. Avais-je déjà donné mon accord ?

J'ai acquiescé distraitement.

— Appelle-moi après la réunion, Tom, a lancé Jason en m'entraînant derrière lui.

— Je n'en reviens pas, a-t-il déclaré une fois la porte refermée.

L'état de choc me réduisait au silence, mais j'espérais que Jason fréquentait assez souvent le bâtiment pour trouver la sortie de ce dédale de couloirs.

Une main engloutie dans la sienne, l'autre accrochée à mon sac, je me suis efforcée de suivre ses grandes enjambées.

Suis-je réellement en train de vivre cet instant ?

Au moment où j'ai aperçu la lumière et cru que nous atteignions enfin la sortie, il m'a fait entrer dans un bureau vide et s'est mis à me dévorer de ses yeux chocolat.

Nous nous sommes longuement observés.

— Olive, tu es magnifique, a-t-il affirmé au bout de ce long silence troublant. Tu as tellement grandi.

Sans dec'.

— Eh oui. Et toi, tu as l'air en forme, Jason. Ça me fait plaisir de te revoir.

Était-ce ma voix qui tremblait comme ça ? Ce mec restait mon premier amour et mon premier chagrin d'amour, mais c'était aussi Jason Thorn. *Le* Jason Thorn qui, à seulement vingt-six ans, avait déjà deux nominations aux Oscars en poche, même si je préférais éviter de penser à ses poches et, de manière générale, à ce qu'il avait sous la ceinture. Ça n'aurait pas été correct. Pas du tout. Bref, c'était un acteur incontournable, l'un des plus polyvalents de l'industrie du cinéma. Je ne sais plus si j'ai précisé que c'était le meilleur ? Car Jason était bien plus qu'un simple acteur. C'était une vraie star – tourmentée, certes, mais ça ne le rendait pas moins brillant. N'importe quelle autre femme qui se serait retrouvée seule avec lui dans une pièce lui aurait sauté dessus. D'ailleurs, ça devait lui arriver souvent.

Pour ma part, je préférais battre en retraite vers la liberté.

— C'est tout ? C'est tout ce que tu as à me dire ? s'est-il étonné.

La dernière fois que je lui avais souri, il m'avait piétiné le cœur d'un simple texto, sans même s'en apercevoir. La dernière fois qu'il avait tiré sur une mèche de mes cheveux, c'était le jour où il était sorti de mon existence.

Bien sûr, il avait échangé des messages avec Dylan et l'avait appelé plusieurs fois au cours des semaines qui avaient suivi son départ, mais ensuite, je crois que même Dylan avait cessé d'avoir de ses nouvelles. Un an plus tard, nous avions regardé son tout premier film en famille, dans le salon où il avait passé un nombre incalculable d'heures avec nous.

— Je suis sous le choc, en fait. Je ne sais vraiment pas quoi te dire, ai-je bafouillé avant qu'une bêtise m'échappe.

— Moi aussi, mais regarde-toi, c'est fou.

Il m'a de nouveau examinée de pied en cap.

— Quand je suis entré dans la salle de réunion, je ne t'ai même pas reconnue. Sérieux, il y avait une chance sur un milliard pour que ça arrive.

J'ai gloussé nerveusement.

— C'est vrai. Une putain de chance sur un milliard…

— Il faut que tu me racontes. Je veux tout savoir.

— Tout ? Comment ça, tout ?

— Dylan ? Il est ici aussi, à L.A. ? Et ta mère ? Et ton père ? Tout le monde va bien ?

— Oui, tout le monde va bien. Maman et papa vivent toujours à San Francisco, dans la même maison. Dylan est parti s'installer à Washington. Il est devenu prof et il a épousé la plus gentille fille du monde. Tu le crois, ça ?

Je continuais à reculer, tout doucement.

Des petits pas, Olive. La délivrance est toute proche.

Jason s'est appuyé contre un bureau. Son sourire n'en finissait plus de s'élargir.

— En fait, je n'ai pas de mal à le croire. Il voulait déjà devenir prof au collège. Et la famille a toujours été très importante pour lui. Ça ne m'étonne pas qu'il ait fondé la sienne si vite.

J'ai enfin atteint la porte et je me suis adossée à celle-ci. Il n'y avait plus qu'à attendre que le bon moment se présente pour m'éclipser.

— Ahh, Olive, si tu savais comme vous m'avez manqué.

— Tu leur as manqué aussi, surtout quand tu as arrêté d'appeler.

Il a haussé un sourcil.

— Et à toi, je ne t'ai pas manqué ?

Tu m'as fait mal, espèce de salaud trop canon, avais-je envie de rétorquer.

— Euh, si, si. Bien sûr.

Sa fossette a disparu. Il s'est redressé et s'est approché de moi. Impossible de fuir.

— Qu'est-ce qui ne va pas, petite Olive ? Je ne suis plus ton ami ?

Il a tiré sur une mèche de mes cheveux, une vieille habitude qui m'a fait un gros pincement au cœur. Il s'en souvenait. Cette façon de me tirer affectueusement les cheveux remontait à l'époque de notre rencontre. Chaque fois qu'on se croisait, ça ne loupait pas. C'était un peu sa façon à lui de me saluer. Il fut un temps où j'adorais ça, persuadée qu'il ne pouvait pas s'empêcher de me toucher. J'avais été tellement amoureuse de lui. Appelez ça une toquade si vous voulez, mais, moi, j'avais ressenti un amour pur et profond. À chacun de mes anniversaires, au moment de souffler les bougies, il avait été mon seul et unique vœu.

— Je pensais que tu serais heureuse de me revoir, Olive. Ou au moins un peu plus enthousiaste. La vache, mon ego se prend une méchante raclée.

J'ai grimacé.

— Désolée. C'est une journée très… bizarre.

— Rien à faire, elle n'admettra pas que je lui ai manqué, a-t-il marmonné dans sa barbe.

Son regard semblait enregistrer chaque détail de mon visage. Moi, je préférais fixer un point derrière son épaule. Son visage, je le connaissais par cœur, et je me rappelais un peu trop bien ce regard tendre. Merde, pour moi, c'était même l'un des trucs les plus craquants chez lui.

— Alors, tu es écrivaine, a-t-il dit, comme s'il venait tout juste de le comprendre.

— Il paraît.

Sa fossette a refait surface.

— Ce soir, je me plonge dans ton livre.

Panique à bord !

— Oh non, tu n'es pas obligé ! Ce n'est pas très bon, tu sais. C'est mon premier roman et je pige vraiment pas ce que les gens lui trouvent. Ils sont complètement tarés.

Son sourire s'étirait à vue d'œil.

— D'ailleurs, je commence à me dire qu'on m'a fait venir ici pour une caméra cachée. Je suis très sérieuse, Jason, ça ne te plaira sûrement pas. Et puis, quelle star de cinéma a le temps de lire ?

Et surtout, il y avait beaucoup de sexe dans ce livre ! Ça se sautait dessus, ça baisait, ça suçait, ça jouissait.

Oh my God ! J'avais même employé des mots comme *queue* et *chatte* !

Il a pouffé.

— Me voilà encore plus intrigué. J'entame la lecture dès que je suis chez moi. En plus…

J'ai ouvert la bouche et il a levé l'index pour me faire taire.

— En plus, je viens d'accepter de tourner dans le film que ces producteurs ont très envie de réaliser à partir de ton livre. Alors mieux vaut savoir dans quoi je me suis engagé, tu ne crois pas ?

— Pourquoi avoir accepté si tu ne sais même pas de quoi ça parle ?

— C'est mon agent qui m'a traîné jusqu'ici en me disant que c'était un bon plan. J'ai supposé qu'il connaissait ton livre ; je lui fais confiance.

— Bon. Comme tu veux. Maintenant, je dois y aller.

J'ai fait un pas de côté et j'ai ouvert la porte.

— Contente de t'avoir revu. Allez, salut.

Une lueur s'est allumée dans son regard.

— La voilà, la petite Olive que je connais.

Avant que j'aie pu l'esquiver, il m'a prise par la main, comme s'il s'apprêtait à faire traverser la route à un enfant.

Pourquoi mon cœur s'affolait-il à ce point dès qu'il me touchait alors qu'il était clair qu'il me considérait toujours comme la petite sœur de son pote, comme une gamine ?

— Qu'est-ce que tu fais ? ai-je demandé.

Cette fois, il avait l'air de me ramener vers la liberté.

— Je te dépose.

— Mais tu ne sais même pas où j'habite. Et si c'est à une heure de route ? Tu es vraiment un acteur célèbre ? Non parce que je commence à me poser des questions.

Il a ri.

— Allez, on va se marrer. Promis, tu ne verras pas l'heure de trajet passer, Olive.

— Je déconnais. Il n'y en a pas pour une heure. Sérieux, je peux très bien rentrer toute seule, c'est juste à côté.

— Alors ça tombe bien, tu ne devras pas supporter ma présence trop longtemps.

— Tu étais déjà aussi têtu quand tu étais petit ?

Je commençais à en avoir marre d'être trimballée partout comme une poupée.

Il m'a jeté un coup d'œil par-dessus son épaule. Encore cette maudite fossette.

— Pardon, mon cœur, a-t-il rétorqué gentiment, mais la petite, ça a toujours été toi, pas moi.

7
Jason

Olive a fini par monter dans ma voiture à contrecœur. J'ai claqué sa portière et je suis allé m'installer au volant. Elle a grommelé un truc à propos de quelqu'un qu'elle allait tuer.

— Tu veux qu'on se lance dans une folie meurtrière, c'est ça ? ai-je demandé, amusé.

Je n'en revenais toujours pas : elle était là, à côté de moi.

Elle m'a jeté un regard perplexe.

— Quoi ?

Elle tirait nerveusement sur sa ceinture de sécurité. Sans cesser de sourire, je me suis penché pour l'aider à en venir à bout.

— Tout doux, la tueuse.

Mon nez a frôlé sa joue. *Mmmh.* Elle sentait la pomme, un parfum frais et sucré.

Elle s'est raidie.

Ma petite Olive.

— Et voilà ! Tu es attachée.

Je me suis redressé, mais mes yeux se sont arrêtés sur ses lèvres entrouvertes.

— Merci, a-t-elle marmonné en regardant partout sauf dans ma direction.

Je me suis concentré sur autre chose aussi.

— Alors, tu parlais d'assassiner quelqu'un ?

— Lucy. Une copine.

— Qu'est-ce qu'elle a fait pour mériter ce sort funeste ?

J'ai démarré en l'observant du coin de l'œil.

La petite fille qui me réservait toujours le plus grand des sourires avait disparu depuis longtemps. C'était toujours la même personne, mais tout avait changé chez elle, je le savais. Et apparemment, je ne méritais plus aucun sourire.

— Ce n'est quand même pas si pourri de passer un peu de temps avec moi, si ? me suis-je inquiété.

Enfin elle a daigné m'accorder un petit sourire. Rien à voir avec ceux qui illuminaient son regard et rosissaient ses joues autrefois, mais celui-ci au moins était sincère.

— Non, ce n'est pas si pourri. Tu peux me déposer devant le campus, je dois y retrouver des copines.

— Tu es à la fac ?

— Oui.

— Oh allez, Olive. Arrête. Raconte-moi ce que tu deviens. Je n'arrive toujours pas à croire qu'on se soit retrouvés là-bas, dans ce bureau ; il y a tellement d'endroits possibles et imaginables à L.A.

— Tu t'attendais plutôt à me croiser dans un bar ou un truc comme ça ?

— Exactement. Si on m'avait dit qu'on atterrirait tous les deux en même temps dans la salle de réunion d'une maison de production, jamais je n'y aurais cru.

Elle a gloussé.

— C'est vrai, c'est un peu bizarre, hein ?

— Bizarre ? Je ne sais pas. Sans doute. Mais tu n'as jamais été une fille comme les autres.

J'ai profité d'un feu rouge pour la contempler. Elle regardait par la fenêtre, les poings serrés sur les genoux. J'ai tiré sur une mèche de ses cheveux blond vénitien – beaucoup plus clairs que dans mon souvenir.

— Yep, ai-je lâché en souriant quand elle m'a accordé son attention.

Elle s'est mordillé la lèvre inférieure avant de me rendre mon sourire, timidement.

— Yep, toi-même.

— Tu m'as manqué, Olive. C'est en te voyant que j'ai compris à quel point.

Son sourire a vacillé, mais elle a réussi à lui insuffler une allure moqueuse étrangement séduisante.

Le feu est passé au vert et j'ai dû me concentrer sur la circulation, les camions de livraison, tout ça. Plusieurs minutes se sont écoulées dans un grand silence, puis nous avons tous les deux ouvert la bouche au même moment.

— Est-ce que tu…

— Je peux…

— Vas-y, ai-je dit en riant.

— Je voulais juste te demander pourquoi tu avais coupé les ponts avec Dylan. Pendant un certain temps, dès que quelqu'un parlait de toi, il se braquait. Je crois qu'il essayait surtout de cacher à quel point il était triste. Je sais que ça ne me regarde pas et tu n'es pas obligé de répondre, mais je me suis toujours posé la question.

Le trafic était dense. La voiture que je suivais a freiné, j'ai ralenti et changé de voie.

J'ai poussé un long soupir en me frottant la nuque.

— Tu n'es pas obligé de répondre, a-t-elle répété avant que j'aie trouvé une explication valable à lui fournir.

La vérité, c'était que je n'en avais aucune.

— Non, pas de problème, Olive. Je sais que j'ai merdé, surtout après tout ce que ta famille a fait pour moi. Honnêtement, les premières semaines ont été très difficiles. Tu t'en souviens peut-être, mais mon père et moi, on n'a jamais été proches, et la mort de ma mère n'a rien arrangé de ce côté-là. Le jour où je vous ai quittés, il ne m'a même pas adressé un seul mot de tout le trajet. Quand on est enfin arrivés ici, il m'a largué dans une chambre vide, au beau milieu d'une énorme maison, et il est allé retrouver ses clients. Comme si de rien n'était. Je le croisais à peine, il se fichait de ce que je faisais. Malheureusement, la situation n'a fait qu'empirer par la suite et je n'avais pas envie de devenir le geignard de service, celui qui n'appelle que pour se plaindre. Ne le répète pas à ta mère, mais je crois qu'à l'époque, si je lui avais expliqué ce que je traversais, j'aurais complètement craqué. Il aurait suffi qu'elle m'appelle « mon chéri », comme elle sait si bien le faire, pour que je me mette à pleurer comme un bébé. C'est bizarre, mais j'avais beaucoup moins de mal à mentir à Dylan.

Elle n'a émis aucun commentaire, alors j'ai continué.

— Ensuite, l'eau a coulé sous les ponts, il y a eu le lycée, puis le cinéma…

Mes excuses sonnaient creux, même à mes propres oreilles.

— Je suis désolée d'apprendre que tu as eu tant de mal à ton arrivée ici, mais tu dois être très heureux maintenant. Tout a fini par s'arranger, c'est super. Le soir où on a regardé ton premier film, je suis sûre d'avoir vu maman s'essuyer les yeux, et pas qu'une fois.

— Elle a pleuré pendant un film d'action ?

— Tu te fais tirer dessus dans cette histoire, sans parler du reste, mais je crois que c'était surtout des larmes de fierté.

Ça m'a touché en plein cœur. La nuit où ma mère avait sombré dans un profond sommeil d'alcoolique et que je m'étais retrouvé enfermé dehors, c'était Emily qui m'avait recueilli. Après cette nuit-là, j'avais passé plus de temps chez les Taylor que chez moi. Emily s'était montrée pour moi une meilleure mère que la mienne ne l'avait jamais été. Dylan était mon frère et Olive… Eh bien, j'avais tissé des liens très forts avec Olive aussi. C'est bien simple : ils étaient la seule famille que j'aie jamais eue.

— Alors comme ça, je ne t'ai pas manqué, pas même un tout petit peu ? suis-je revenu à la charge avec humour, pour rompre le silence pesant qui était retombé entre nous. Tu ne passais pas tout ton temps à te morfondre à côté du téléphone en attendant mes appels ? Allez, ne fais pas ta timide. Tu peux me le dire, tu sais.

Je l'ai observée du coin de l'œil.

Elle riait. Quelle vision magnifique.

— Ah non, désolée, je ne me morfondais pas à côté du téléphone, ça non !

— Mais tu reconnais que je t'ai manqué ?

— C'est possible, a-t-elle concédé, si bas que je ne fus pas certain d'avoir bien entendu.

Son téléphone s'est mis à sonner. Elle s'est excusée et a décroché.

— Et toi, où es-tu ? Non. D'accord. Oui, l'entretien est terminé, je suis en chemin. OK, je suis là dans une minute. Non ! Non, attends-moi à l'intérieur, Lucy. Je te jure que si je te vois dehors… Allô ? Lucy ? Rah zut !

— Quelque chose ne va pas ? ai-je demandé, amusé.

— Non, non, tout va très bien. Bonne nouvelle pour toi, tu n'es plus obligé de me conduire à l'université. Je rentre chez moi, c'est plus près.

— Lucy, c'est ta coloc ?

— Une de mes colocs, oui.

— Tu en as combien ?

— En comptant Lucy, trois.

— Ce n'est pas trop compliqué ?

— Non, ça va. Disons qu'on est tous amis, c'est plus facile que de vivre avec de parfaits inconnus.

Elle m'a donné son adresse et le trajet s'est poursuivi dans le silence. Bordel, je n'arrivais pas à détacher mon regard d'elle. Elle avait toujours le même petit nez, les mêmes yeux pétillants et, pourtant, elle avait tellement changé. Le pire dans tout ça, c'était qu'elle avait des seins. Des seins plutôt généreux, même – je m'en étais aperçu lorsque je l'avais effleurée par inadvertance avec mon bras au moment d'attacher sa ceinture.

J'allais devoir me faire une raison : ma petite Olive – la fillette que je protégeais autrefois quand elle se faisait harceler par de sales merdeux – n'était plus si petite.

— C'est la bonne rue ? ai-je demandé en tournant à droite.

— Oui. Tu peux t'arrêter ici. Je t'ai déjà fait perdre assez de temps.

— Ah non, tu vas pas recommencer. Montre-moi plutôt ton immeuble.

— Et si je n'ai pas envie que tu saches où j'habite ?

Je l'ai dévisagée d'un air exaspéré et elle m'a jeté un regard tout aussi agacé qui a eu le mérite de me faire rire.

Elle a fini par désigner un vieil immeuble en soufflant.

— Tu vois les trois personnes qui attendent là-bas ?

— Devant le bâtiment ancien ?

— Oui, mon appart est là.

Je me suis garé presque en face de l'immeuble en question, puis je me suis penché vers elle pour jeter un coup d'œil par sa vitre.

— C'est sûr, comme endroit ?

— Oui, c'est pas trop mal.

Elle a ouvert la portière et est descendue avec une rapidité déconcertante.

— Merci de m'avoir déposée, Jason. C'est super de t'avoir revu. Et je suis contente qu'on ait pu parler. Surtout, ne lis pas mon livre, il est nul si tu veux mon avis. Allez, bonne chance pour la suite. Salut.

Elle m'a claqué la portière au nez et s'est éloignée. *Euh.* Si elle espérait s'en tirer comme ça, elle se fourrait le doigt dans l'œil. Maintenant que je l'avais retrouvée, je ne comptais pas la laisser filer.

J'ai attrapé mes Ray-Ban en gloussant et je suis descendu de la voiture pour la suivre. Sur le trottoir, l'une des trois personnes qui attendaient, une fille, s'est élancée vers Olive et s'est jetée dans ses bras en criant et en sautant dans tous les sens. Une autre fille les a rejointes, la mine tout aussi réjouie, mais la troisième personne, un mec, semblait beaucoup moins ravie.

Les questions ont commencé à fuser.

— Attends, attends, reprends tout depuis le début, on veut tout savoir. Ils veulent les droits ? C'est pour un film ? Tu as dit oui ? Ils t'ont proposé combien ? Qui va jouer Isaac ?

Je n'entendais pas les réponses d'Olive, mais elle faisait tout pour entraîner ses amis vers l'entrée de leur immeuble.

Elle n'avait pas remarqué ma présence – pas encore du moins.

J'ai profité d'un moment d'inattention de ses deux copines pour m'avancer vers elle.

— Olive, lui ai-je chuchoté à l'oreille.

Elle a fait volte-face en hurlant.

— Hiiii !

8

Olive

Jason me regardait, tout sourire.

— Pas si vite, Olive.

Le cœur battant à tout rompre, j'ai agrippé son bras et j'ai réussi à le faire reculer de quelques pas.

— Mais enfin, à quoi tu joues ? Ils vont te reconnaître !

J'ai risqué un coup d'œil derrière moi. Vu la façon dont les trois autres nous fixaient, bouche bée, c'était déjà trop tard.

— Et alors ? J'ai envie de rencontrer tes amis.

— Jason. Tu es sûr que ça va ? Tu ne devrais pas… je ne sais pas, moi, être un peu plus prudent ? Tu t'affiches en public…

— C'est bon, il n'y a personne dans le coin. Tout va bien, Olive. Cool. Je ne te mettrai pas la honte, promis.

Mon cœur s'est serré.

— Mais non, ce n'est pas ce que je voulais dire. Excuse-moi. Allez, viens, je vais te les présenter.

Lucy a été la première à refermer la bouche. Elle s'est avancée presque en se pourléchant les babines, comme un chat devant un bol de crème.

— Tu dois être Lucy, la copine vouée à une mort atroce, a déclaré Jason en lui adressant un sourire franc.

— Oh oui, ça ne peut être que moi.

Des étoiles dans les yeux, Lucy lui a serré la main.

— Et voici Charlotte et Marcus, ai-je poursuivi lorsque Lucy a enfin daigné le lâcher.

— Enchanté, a dit Jason.

Lucy me bombardait de regards interrogateurs. J'ai soupiré.

— Jason avait rendez-vous juste après moi, ai-je expliqué. Il y avait du retard, il s'est retrouvé dans ma réunion, il m'a reconnue et, à la fin, il m'a gentiment proposé de me ramener.

Court, mais efficace. Toutefois je n'étais pas dupe : Lucy ne s'en satisferait que le temps de rentrer chez nous.

— Vous vous connaissez, tous les deux ? s'est étonné Marcus.

Ah… Marcus. Avec lui, ce n'était pas la même histoire. C'était mon coloc, mais aussi mon ex, et plus mon roman avait du succès, plus il semblait contrarié.

La main de Jason s'est posée dans le bas de mon dos. C'est à peine s'il me touchait, pourtant ce simple contact a suffi à faire vibrer tout mon corps.

Mon corps, ce traître, ce crétin.

— Jason était le meilleur ami de mon frère. À une époque, il habitait pratiquement chez nous, ai-je répondu à Marcus.

— Tu n'en avais jamais parlé.

— Euh… désolée ? Je ne savais pas que tu t'intéressais à ce genre d'infos.

— La ferme, Marcus, est intervenue Lucy. Moi j'étais au courant et c'est tout ce qui compte. Ça te dit de monter ? a-t-elle proposé à Jason, le ton radouci.

— Ça aurait été avec grand plaisir, mais malheureusement ce sera pour une prochaine fois.

Puis il s'est tourné vers moi.

— Tu peux me donner ton téléphone ?

— Pourquoi ? ai-je demandé, sur la défensive.

— J'aimerais prendre le numéro de Dylan.

Ah, d'accord. Ce n'est pas comme s'il voulait le mien. J'ai sorti mon téléphone de mon sac et le lui ai tendu.

Cha m'a effleuré le bras.

— Olive. Je meurs d'envie de savoir comment s'est passé ton entretien et si tu as accepté leur proposition, mais j'ai rendez-vous avec mon groupe d'étude…

Elle a consulté sa montre.

— … dans une demi-heure. Tu me raconteras tout quand je rentrerai, d'accord ?

— Bien sûr. À tout à l'heure.

Elle nous a envoyé un baiser de loin et s'est éclipsée.

Avant que j'aie pu demander à Jason pourquoi il mettait des plombes à trouver le numéro de Dylan, Marcus a capté mon regard en secouant la tête d'un air désapprobateur, puis il a tourné les talons et il est parti.

— C'est quoi son problème ? ai-je soufflé à Lucy de manière que Jason ne puisse pas m'entendre.

— Va savoir. Il doit être de mauvais poil. Ne te tracasse pas pour lui.

Au moment où Jason m'a rendu mon téléphone, nos doigts se sont frôlés.

Comme par enchantement, les papillons de mon enfance, ceux que je croyais envolés depuis si longtemps, ont refait surface dans mon ventre, plus vigoureux que jamais. De tous les événements qui s'étaient produits aujourd'hui, ce dernier était de loin le plus effrayant.

— J'ai enregistré mon numéro dans ton répertoire, m'a-t-il annoncé. Je veux que tu m'appelles si jamais tu as besoin de quoi que ce soit, d'accord ?

Comme si je risquais de commettre la même erreur une deuxième fois.

— Et puisque mon petit doigt me dit que tu ne le feras pas, je t'enverrai un message dès que j'aurai commencé ton livre, histoire de te donner mon avis.

— Tu ne lâcheras pas l'affaire, hein ?

Son sourire s'est agrandi.

— Alors ça, aucune chance, Olive.

Après avoir salué Lucy, il s'est tourné vers moi et, sans crier gare, il s'est emparé de mon visage et m'a embrassée sur le front, me laissant sans voix, totalement prise au dépourvu.

— À bientôt.

Et il est parti.

— Eh bien, eh bien, a commencé Lucy en glissant son bras sous le mien pour m'entraîner vers notre appart. Je vais encore tenir jusqu'en haut de l'escalier, jusque dans ta chambre, et même jusqu'à ce qu'on soit installées côte à côte sur ton lit. Ça devrait nous laisser le temps d'intégrer ce qui vient de se passer. Mais dès qu'on se sera remises de la vision de ce petit cul de rêve, tu as intérêt à répondre à toutes mes questions. C'est clair ? Un hochement de tête pour « oui ».

J'ai hoché la tête.

***

— Attends, quoi ? Il t'a fait quitter la réunion ? Mais tu as eu le temps d'accepter la proposition du producteur, au moins, avant qu'il t'embarque ? Ce film génial, il va se faire ou pas ?

J'étais aussi déconcertée qu'elle.

— On dirait que oui.

Nous étions assises côte à côte sur mon lit, face à la fenêtre. Dehors, le ciel commençait déjà à s'assombrir. Ma chambre était juste assez grande pour caser une petite commode et un lit double, mais ce dernier étant un peu plus grand que celui de Lucy, cette pièce était devenue notre QG pour les séances de papote et grignotage de fin de soirée.

— Et tu ne sautes pas de joie ? Ce projet est dingue, énorme, ça va te changer la vie ! Pourtant, à t'entendre, on dirait que c'est trois fois rien.

— Jason a légèrement occulté ce détail. Oh, Lucy…

Dans un gros soupir, j'ai fermé les yeux et me suis laissée tomber à la renverse sur mes oreillers.

— Je me suis comportée comme une vraie quiche. Quand je l'ai vu passer cette porte, je suis restée pétrifiée, mais ce que je ne comprends pas, c'est pourquoi le simple fait qu'il me prenne par la main ou qu'il me regarde comme s'il me voyait enfin m'a mise dans un tel état. Pourquoi…

J'avais du mal à trouver les mots.

— Pourquoi est-ce que j'avais l'impression que mon cœur flambait ?

J'ai posé mes bras croisés sur mes paupières avec un autre soupir.

— Après ça, je me suis rappelé à quel point j'avais eu mal le fameux soir où j'avais découvert ce qu'il pensait vraiment de moi, et je n'ai pas réussi à le regarder en face. Je l'ai même appelé *monsieur Jason Thorn*, non mais tu le crois, ça ? Je me suis ridiculisée devant tout le monde.

Lucy s'est allongée à côté de moi et j'ai rouvert les yeux pour les plonger dans les siens dont les iris gris foncé évoquaient un ciel de tempête.

— Mais le truc de la chute d'eau, ça a marché, non ? Tu étais calme et en pleine possession de tes moyens avant que Son Altesse canonissime débarque en foutant la pagaille dans ta culotte et dans ton cœur.

J'ai souri.

— On peut dire ça comme ça, j'imagine.

— Tu l'aimes toujours ? a-t-elle demandé après un long silence.

— Comme des millions d'autres femmes, ai-je pouffé. Qui n'aime pas Jason Thorn ?

Ignorant ma réponse, Lucy a continué à me dévisager avec insistance, jusqu'à ce que je capitule.

— Ce n'est plus le garçon dont j'étais folle et qui dormait dans la chambre d'en face, Lucy. Je ne suis plus amoureuse de lui comme ça.

Elle a appuyé l'index sur le bout de mon nez.

— Je ne te crois pas, mon Olive verte.

— Aucune importance. De toute façon, ça m'étonnerait que je le recroise de sitôt, ai-je affirmé en lui tapotant le bras. Mais ne t'inquiète pas, je t'emmènerai voir son prochain film. Tu pourras toujours saliver devant ses tablettes de chocolat. Tiens, est-ce qu'il ne sort pas le mois prochain, d'ailleurs ?

Maintenant que j'avais revu Jason et que je lui avais reparlé après tant d'années, quel effet ça me ferait de le voir embrasser sa partenaire à l'écran ? Un bon coup de poing dans le ventre ? Et dire que je commençais seulement à m'habituer à le voir rouler des pelles à toutes ces actrices.

Lucy a soupiré.

— Non, on va encore devoir attendre deux longs mois. Mais de toute façon, ça n'a rien à voir avec le fait de se retrouver devant lui en chair et en os. Tu crois qu'il aurait enlevé son tee-shirt si tu le lui avais demandé gentiment ? Je ne suis toujours pas remise du moment où il t'a embrassée sur le front et où il t'a décoché ce sourire de malade avec sa fossette à tomber. Franchement, si je ne savais pas que tu l'aimes toujours…

— Mais je ne l'aime plus.

— … je lui aurais sauté dessus sans hésiter. Peut-être même que j'aurais léché sa fossette de ouf pendant que mes mains se seraient baladées sans le faire exprès sur son corps de rêve. Tu sais que n'importe quelle fille serait prête à tout sacrifier rien que pour y jeter un coup d'œil, à ce corps ?

Elle a fait mine d'être prise de convulsions d'extase.

— Beurk, mais c'est dégoûtant, arrête ! me suis-je insurgée avec une grimace. Surtout, ne fais jamais ça à un mec en ma présence. Pitié !

— Pourquoi ? Lécher, c'est tout à fait naturel. Si tu y réfléchis bien, on apprend à lécher dès l'enfance. Pense à toutes ces sucettes et ces crèmes glacées sur lesquelles tu as exercé ta langue. Eh oui, ce n'était que de l'entraînement. Tu crois que ça ne plairait pas à Jason que tu lui lèches la fossette et que tu promènes tes mains sur son corps ?

— Il me considère comme sa petite sœur, Lucy. Alors non, ça ne lui plairait pas que j'approche ma langue ou ma main de son visage, j'en suis sûre.

— Qui te le dit ?

— N'importe quel mec dont le meilleur ami a une petite sœur qui est amoureuse de lui te le dira. Tu sais, plus j'y pense, plus je crois que c'est moi, le problème. Lui, tout ce qu'il voulait, c'était profiter un peu d'une vie de famille, ce qu'il ne pouvait pas trouver chez lui, et moi, j'ai tout gâché en jouant les pots de colle. En fait, il a été bien gentil de ne pas me balancer la vérité en face.

Lucy s'est redressée, les yeux pétillants de malice.

— Et si cette fois-ci, c'était lui qui tombait amoureux de toi ? Ça me donnerait l'occasion de mater ses abdos chaque fois que j'en aurais envie. Oh putain, si ça se trouve, je pourrais même le tripoter de temps en temps !

— Je ne veux pas te décevoir, mais c'est pas demain la veille que ça arrivera. J'ai renoncé à ce rêve il y a sept ans… quatre mois et quelques jours, pour être exacte. Surtout, ne va pas t'imaginer que je tiens le compte.

Lucy a émis un petit reniflement moqueur.

— Non, bien sûr.

Un tintement m'a annoncé l'arrivée d'un texto, mais j'ai à peine eu le temps de relever la tête de l'oreiller que Lucy avait déjà bondi hors du lit et fouillait mon sac à main.

— C'est qui ? ai-je demandé. C'est Cha ? Tu veux bien lui rappeler d'acheter du papier toilette en rentrant ? Je ne me voyais pas demander au Grand Jason Thorn de s'arrêter au supermarché pour que j'aille acheter du PQ. C'est quoi, ce petit sourire, Lucy ? Qu'est-ce qu'elle dit ?

— Oh, je crois que je vais m'amuser comme une petite folle, a-t-elle lancé tandis qu'elle rédigeait une réponse, un sourire machiavélique aux lèvres.

— Mais de quoi tu parles ?

Elle m'a lancé le téléphone, manquant m'exploser le menton au passage, puis a couru se réfugier dans sa chambre.

Perplexe, j'ai lu le message que j'avais reçu… et la réponse que j'avais soi-disant envoyée.

Jason : Ce Marcus, c'est ton mec ?

Moi : Non, juste un ex. Je suis 100 % célibataire.

— Je te déteeeeste ! ai-je hurlé.

Les caquètements hilares de Lucy me sont parvenus depuis sa chambre.

Un nouveau message est arrivé.

Jason : OK. En tout cas, il ne me plaît pas.

Je me suis empressée de réagir.

Moi : Ah bon ? Pourquoi ?

Jason : Je n'aime pas la façon dont il te traite.

Moi : Tu l'as à peine croisé, comment pourrais-tu savoir de quelle façon il me traite ?

Jason : J'ai des yeux.

Moi : Ça alors, je n'avais pas remarqué…

Jason : Je viens de raccrocher avec ton frère et juste avant j'ai parlé à tes parents. Tout va bien. Ils te passent le bonjour. Bon, je mange un morceau et je télécharge ton livre. Je commence à préparer mon prochain rôle dès ce soir.

Moi : Contente que vous vous soyez réconciliés. Allez, à dans quelques années.

— Olive ? a crié Lucy depuis la sécurité de son antre. Le suspense est insoutenable !

— Je te déteste toujours ! ai-je répondu sur le même ton.

— Oh, mais moi aussi je t'aime. Qu'est-ce qu'il t'écrit ?

— Tu ne le sauras jamais.

Elle est sortie de sa chambre avec une moue tristounette et le plus innocent des regards.

Elle allait s'asseoir à côté de moi lorsque Marcus est apparu dans l'encadrement de la porte de ma chambre.

— Olive, on peut se parler ?

Je l'ai invité à entrer.

Lucy a considéré Marcus d'un air hostile avant de se tourner vers moi.

— Je file sous la douche puis je vais au lit, j'ai un cours très tôt demain matin. Mais avant de m'endormir, j'irai vérifier où tu en es dans le classement Amazon. À plus, mon Olive verte.

Lucy et Marcus se sont croisés en se toisant. En réalité, Lucy ne détestait pas Marcus en tant que tel – ils étaient déjà amis bien avant de me rencontrer – mais elle lui en voulait énormément de m'avoir larguée au motif que je passais beaucoup trop de temps avec les personnages tout droit sortis de mon imagination. Il était persuadé que mon roman ne serait jamais publié, alors, qu'il fasse un carton dès sa parution, n'en parlons pas. Pour être honnête, moi non plus je n'y aurais pas cru, mais la question n'était pas là.

Une fois la porte fermée, il a croisé les bras et s'est adossé au mur pour m'observer en silence. Il faisait ça à chaque fois qu'il était contrarié. Avant de te faire savoir ce qu'il te reprochait, il te dévisageait d'un air sévère pour te mettre mal à l'aise.

— C'est ce que tu veux faire de ton avenir, Liv ?

Ah, j'oubliais : il ne m'appelait jamais, mais vraiment jamais, par mon prénom qu'il trouvait ridicule.

— Comment ça ?

— Cha m'a dit que tu avais séché un cours, aujourd'hui.

— C'est vrai. J'avais un rendez-vous.

Mais où voulait-il en venir ?

— Alors c'est tout ce qui compte pour toi, maintenant ? Traîner avec des stars de cinéma et sauter partout en poussant des petits cris avec Lucy ?

— Je connais une seule star de cinéma, Marcus, une seule. Et c'est Jason qui a insisté pour me ramener à la maison. On ne peut pas vraiment appeler ça « traîner avec des stars de cinéma ». Comme je te l'ai expliqué tout à l'heure, j'avais sept ans quand je l'ai rencontré, quand toute ma famille l'a rencontré, pas juste moi. Il devait avoir à peine onze ou douze ans. C'était un peu comme un deuxième grand frère pour moi.

Combien de fois faudrait-il encore que je mente de manière éhontée avant que cette journée s'achève enfin ? Quoique, ce n'était pas tout à fait un mensonge, n'est-ce pas ? Jason me considérait vraiment comme une petite sœur. C'était mon cœur qui avait semé la confusion dans ma tête, mais abstraction faite de tout ça, force était de constater que je continuais d'attacher de l'importance à l'opinion que Marcus avait de moi.

Quoi qu'en pensent Lucy et Cha, j'avais pris notre relation d'un an très au sérieux. Marcus était intelligent, il s'intéressait à moi, il avait de l'assurance et une vision très claire de son avenir – un avenir dont j'avais même eu envie de faire partie. Bizarrement, fréquenter quelqu'un avec qui j'habitais déjà avait été exaltant. Et le sexe ? Pas mal non plus, surtout quand on faisait ça en douce alors que Cha et Lucy étaient à l'appart.

J'avais cru que nous étions faits l'un pour l'autre, jusqu'à ce qu'il décide de me détruire à petit feu et de faire de moi une personne qui ne me correspondrait jamais.

Il a arqué un sourcil.

— Tu en es bien sûre ? Tu n'avais pas vraiment l'air de quelqu'un qui retrouve son frère perdu de vue depuis longtemps, tout à l'heure.

— Pourquoi tu fais ça ? ai-je demandé, sincèrement intriguée.

Il a incliné la tête sur le côté.

— De quoi tu parles ?

— Critiquer tous mes faits et gestes. Remettre en question tous mes choix. Me donner l'impression qu'à tes yeux, je ne ferai jamais rien de bon. J'ai publié un livre, Marcus. Et il se trouve que les gens le lisent. *Beaucoup* de gens. Et voilà qu'une société de production veut acheter les droits de ce putain de livre pour l'adapter au cinéma. C'est si difficile pour toi de te réjouir avec moi ? De te réjouir pour moi ? Pourquoi faut-il toujours que tu me rabaisses comme ça ?

— Ce n'est pas du tout ce que je fais, Liv.

Il est venu s'asseoir à côté de moi et, l'espace d'un instant, j'ai cru qu'il allait me mettre la main sur la cuisse, mais il a l'a posée sur le matelas, près de mon genou.

— Tu as terriblement maigri pendant que tu t'évertuais à écrire ce fichu bouquin. Parfois, tu n'avais même pas le temps de prendre une douche avant les cours, alors passer du temps avec moi… Notre histoire s'est terminée à cause de ce livre, parce que tu étais plus amoureuse de tes personnages que de moi. Même quand tu n'écrivais pas, tu étais perdue dans tes pensées.

— On n'a pas rompu à cause de ça, Marcus. Ce roman, je l'ai commencé il y a des années, bien avant que tu entres dans ma vie, et tu le savais très bien. Quand on a commencé à se rapprocher, tu *savais* à quel point je tenais à terminer ce livre.

— Ça, c'est ce que tu as envie de croire, mais ce n'est pas ce qui s'est passé, Liv. Je pensais qu'une fois ton bouquin publié, les choses s'arrangeraient, qu'on pourrait se réconcilier, mais je me rends compte que tu as beaucoup changé et la situation ne fait qu'empirer.

— Enfin, Marcus, je n'ai raté qu'un seul cours, me suis-je défendue, abasourdie. Comment peux-tu en déduire que j'ai changé ? Et même en admettant que je commence à sécher quelques cours par-ci par-là, tu sais très bien que mes notes sont excellentes, je compte même participer aux épreuves anticipées pour boucler mon cursus à l'avance.

J'ai laissé le silence retomber brièvement avant de continuer en adoptant un ton plus doux.

— Est-ce que, sans m'en rendre compte, j'ai fait ou dit quelque chose pour que tu penses ça de moi ? Si c'est le cas, et si je t'ai blessé, je te prie de m'excuser. Peu importe ce qui s'est passé entre nous, tu sais que tu comptes beaucoup pour moi.

— Tu comptais aussi beaucoup pour moi, Livy.

Au passé, donc.

Il s'est levé pour partir et s'est arrêté devant la porte.

— Tout ce que j'espère, c'est que, quand tu décideras de revenir sur terre, il ne sera pas trop tard.

— Je suis désolée que tu le prennes comme ça, Marcus. Vraiment.

Lorsqu'il a compris que je ne comptais pas lui dire ce qu'il avait envie d'entendre, il m'a saluée d'un bref hochement de tête et m'a laissée seule dans ma chambre.

Comment osait-il me dénigrer comme ça alors que j'avais toutes les raisons de me réjouir de ce que j'avais accompli ? Furieuse, je me suis levée d'un bond, j'ai tiré les rideaux et éteint les lampes.

Une fois confortablement installée dans mon lit, j'ai fermé les yeux et je me suis efforcée d'oublier Marcus et l'influence qu'il semblait encore avoir sur moi, assez en tout cas pour m'atteindre.

Assez vite, j'ai sombré dans un sommeil agité de rêves où je n'étais qu'une petite fille rêveuse aux idéaux inaccessibles.

***

Une porte a claqué, assez fort pour réveiller les morts, m'arrachant brutalement au sommeil. J'ai cligné des yeux.

Il m'a fallu un peu de temps pour retrouver un souffle normal, reprendre mes esprits et comprendre que je n'étais pas à Los Angeles, dans la maison de mon enfance. À tâtons, je me suis mise à chercher mon téléphone dans le lit, sans succès. J'ai fini par laisser tomber et je suis allée frapper doucement chez Lucy.

— Lucy, ai-je chuchoté.

Aucune réponse. J'ai entrouvert sa porte. Elle dormait profondément. J'ai refermé et, toujours à pieds nus, je suis allée chercher une bouteille d'eau dans la cuisine avant de regagner ma chambre au pas de course. Je voulais éviter à tout prix de tomber sur Marcus. Après tout, c'était peut-être lui qui avait claqué cette porte.

De retour dans la quiétude de ma chambre, j'ai allumé et j'ai enfin retrouvé mon téléphone, par terre à côté du lit.

J'avais deux notifications. Deux nouveaux messages de Jason ! Là, mon cœur a décidé qu'il était temps de me faire découvrir les joies de l'infarctus. J'ai pressé mon téléphone contre ma poitrine, j'ai pris une profonde inspiration et j'ai longuement expiré. Tout à coup, j'avais envie d'être seule dans le noir, alors, sans lâcher mon téléphone, j'ai de nouveau éteint et je suis retournée me réfugier dans mon lit.

Comme il y a sept ans.

Maintenant que j'étais seule avec mes pensées, j'avais l'impression que tout ce qui s'était passé au cours de la journée n'avait été qu'un rêve. La vue du nom de Jason sur mon écran produisait un effet indescriptible sur mon cœur.

J'ai ouvert ses messages avant de finir en hyperventilation.

Jason : Maintenant je comprends pourquoi tu ne voulais pas que je lise ça.

Oh merde !

Jason : Tu dors ?

Cette fois, mon cœur a bien failli s'arrêter pour de bon.

Est-ce qu'il déteste ?

Il déteste, c'est sûr.

Le dernier message avait été envoyé quinze minutes plus tôt.

J'ai envisagé de répondre « Non, je ne dors pas », avant de me raviser. Nous nous étions retrouvés et nous avions discuté un peu, c'était plus qu'assez pour une seule journée. Et puis, je n'avais pas envie qu'il s'imagine que j'étais toujours cette bonne vieille Olive, toujours prête à le suivre partout comme un petit chien pour obtenir son attention.

S'il voulait m'expliquer tout le mal qu'il pensait de mon roman, il pouvait très bien attendre demain.

9

Olive

Quelqu'un me tapotait la joue.

— Debout là-dedans. Allez, espèce de marmotte, c'est l'heure.

— Va-t'en, ai-je murmuré avant d'enfouir ma tête plus profondément dans l'oreiller.

— Il est presque neuf heures. Il faut que tu te lèves, s'est lamentée Lucy.

J'ai soulevé une paupière. Penchée sur moi, mon amie me fixait, le visage mangé par un sourire bien trop éclatant. Je me suis empressée de refermer l'œil.

— Tu vaux pas mieux que ces emmerdeurs de chats des vidéos Facebook, ai-je maugréé. Pourquoi je devrais me lever, d'abord ? Je n'ai pas cours aujourd'hui.

— Parce qu'on est de sortie ! On va célébrer le résultat de ton magnifique entretien d'hier. Et ne me traite pas de chat – je suis vexée à mort, meuf. Moi, je suis un mignon petit chien que tout le monde a envie de ramener chez soi.

J'ai bâillé à m'en décrocher la mâchoire et j'ai ouvert les yeux à contrecœur. Heureusement, Lucy s'était redressée.

— Quelle heure est-il ? ai-je demandé.

— Neuf heures.

— Et on va faire la fête à neuf heures du mat ? Qui a eu cette idée lumineuse ? Je regrette, mais il n'en est pas question. Reviens me voir à une heure plus raisonnable.

Elle a tiré sur mes draps d'un coup sec.

— Allez, Olive. Tu n'as peut-être pas cours, mais moi si. Alors debout, debout, debout !

— Mais arrête ! On dirait une gamine de cinq ans.

— Si tu ne veux pas que je te jette un seau d'eau glacée à la figure, tu as intérêt à te lever et à te préparer. Rendez-vous dans l'entrée dans moins d'une demi-heure.

— Très bien, ai-je rétorqué d'un ton sec en faisant basculer mes jambes hors du lit.

Je lui ai donné une bourrade dans l'épaule.

— Dégage de mon chemin.

Elle a tapé dans ses mains avec enthousiasme.

— Voilà, c'est ça que j'attendais !

Vingt minutes plus tard, j'étais prête à partir, mais aucune trace de Lucy ni de Cha.

— Je vous préviens je vais aller faire la fête toute seule ! ai-je crié depuis l'entrée.

— J'arrive ! a lancé Lucy au moment où Charlotte sortait de sa chambre, les bras chargés de livres.

— Toi aussi, tu as cours ce matin, Cha ? lui ai-je demandé.

— Malheureusement oui. Et après je dois encore retrouver les filles du groupe d'étude.

— Tu travailles comme une dingue en ce moment. Je peux faire quelque chose pour t'aider ?

Cha, une petite blonde douce et timide, étudiait la littérature anglaise, comme moi sauf qu'elle ne s'intéressait pas à la création littéraire.

— C'est gentil, surtout avec tout ce qui t'arrive en ce moment. J'accepterai peut-être ta proposition quand on approchera des examens finaux.

— N'hésite pas. En fait, ça m'aiderait aussi.

Ça me rendait malade de me laisser influencer par Marcus, mais je ne voulais surtout pas lui donner raison, d'autant que j'étais à deux doigts d'obtenir mon diplôme à l'avance.

Soudain, Lucy s'est précipitée vers moi en sautant comme un cabri.

— Ton livre cartonne toujours dans les classements !

— Et c'est reparti, a grommelé Cha avec un sourire dans la voix tandis que je me préparais à l'impact.

Quelques secondes plus tard, Lucy était pendue à mon cou et je me retrouvais une fois de plus à bondir dans tous les sens avec elle, célébrant le succès de mon roman pour la… millième fois ? Si pas la millième, on n'en était pas loin.

Pour ma part, j'évitais de m'intéresser aux critiques, aux classements et à tous ces trucs. La vérité, c'était que j'étais morte de trouille à l'idée de me prendre un vilain retour de manivelle, ce qui risquait de se produire à tout moment. Mais Lucy, elle, était au taquet ; depuis que mon livre avait fait son apparition sur Amazon deux mois plus tôt, elle rafraîchissait la page presque toutes les heures. C'était aussi la peur qui m'empêchait de laisser exploser ma joie à la perspective de voir un jour Isaac et Evie sur grand écran. Lorsque j'aurais le contrat des studios Dream Catch entre les mains – s'il s'avérait qu'ils étaient réellement intéressés, et si je le signais et si, et si… Alors, soit je resterais assise pendant des jours à pleurer toutes les larmes de mon corps – des larmes de joie, bien entendu –, soit je prendrais exemple sur Lucy et je sortirais fêter ça comme une folle dans toute la ville – avec Lucy naturellement.

— Toujours dans le top cent ? l'ai-je interrogée avec une pointe d'espoir non dissimulée.

Elle a rejeté ses cheveux par-dessus son épaule.

— Parle plutôt du top cinq, ma caille. Tu continues de tout exploser.

Pendant près de six semaines, j'avais été numéro un des meilleures ventes sur pas mal de plateformes, et au bout de deux mois, j'étais toujours dans le top cinq. Dingue, non ? Cette fois, j'ai cédé à l'euphorie et je me suis lancée dans une nouvelle danse de la joie avec Lucy, sans prêter attention à

Marcus qui nous observait, appuyé contre le chambranle de la porte de sa chambre.

Ensuite, nous sommes sorties célébrer toutes ces bonnes nouvelles à grand renfort de lattes et de croissants.

Ça valait largement chacune des maudites calories qui iraient se loger sur nos hanches.

***

Il était presque seize heures lorsque le nom de Jason s'est mis à clignoter sur l'écran de mon téléphone. Seule dans le salon, j'étais en train de contempler d'un regard vide un document Word vierge, attendant que mon esprit et mon cœur m'indiquent la direction à prendre. Inutile de préciser que ni l'un ni l'autre n'avaient daigné se manifester jusqu'à présent.

Pendant un instant, j'ai cru que mon cœur allait jaillir de ma poitrine et s'envoler tel un oiseau sauvage – avait-on idée de se mettre dans un tel état pour un simple coup de téléphone ? J'ai pris une profonde inspiration et j'ai décroché.

— Allô ?

— Salut, Olive. Je ne te dérange pas, j'espère ?

— Non. Qu'est-ce que je peux faire pour toi ? ai-je demandé avant de boire un peu d'eau à ma bouteille.

J'avais la gorge sèche tout à coup.

— Oh là là, quel ton formel, a-t-il gloussé.

Je le voyais d'ici secouer la tête avec un petit sourire.

— Ce n'est pas grave, je vais bien finir par reconquérir ton cœur. Avant, tu m'adorais. Ça peut revenir.

J'ai recraché mon eau sur la table basse Ikea toute simple qui était installée devant le canapé. Prise d'une quinte de toux, il m'a fallu un moment avant de me sentir à nouveau capable de parler.

— Pardon ? ai-je fait, alors que ce qui me brûlait les lèvres, c'était : « Oh, Jason, je suis toujours raide dingue de toi, peut-être même encore plus qu'avant. »

— Tu es toujours avec moi, Olive ? Est-ce que ça va ?

— Oui. Oui, ai-je répondu dans un murmure rauque. Juste une gorgée d'eau qui est partie du mauvais côté. Tout va bien.

— D'accord. Tu m'as fait peur : j'ai cru que quelqu'un t'étranglait.

— Oh non, rien d'aussi excitant.

— Te faire étrangler, ça t'excite, toi ?

— Oh pas moi, mais certaines personnes, oui. On ne peut pas critiquer tant qu'on n'a pas essayé, comme on dit.

Il a semblé réfléchir, puis il s'est éclairci la voix.

— Euh… OK. Je préfère éviter le sujet. Tu ne devrais même pas être au courant de ce genre de trucs.

J'ai poussé un soupir de fille blasée, mais il n'a pas relevé.

— Tu n'as pas répondu à mes messages, hier soir.

— Non, c'est vrai, je ne voulais pas te déranger.

Je me suis levée pour aller m'installer près de la fenêtre et compter les voitures qui passaient dans la rue.

— Mais c'est moi qui t'ai écrit ; comment veux-tu me déranger si tu ne fais que me répondre ?

— Il était tard. Je me suis dit que tu devais être occupé ou sorti. Tu peux me rappeler pourquoi tu appelles, déjà ?

— Bien essayé, Olive, mais ne change pas de sujet. À partir de maintenant, tu peux répondre à mes messages à n'importe quelle heure du jour et de la nuit. Au fait, j'ai oublié de le préciser hier, mais fais bien attention à ce que personne d'autre que toi n'ait accès à mon numéro dans ton téléphone, d'accord ? C'est vraiment l'enfer quand ça fuite.

— Si c'est de mes amis que tu te méfies, sois tranquille. Lucy est la seule à connaître mon mot de passe et jamais elle ne ferait un truc pareil. Elle a dû te paraître un peu fofolle à crier et sauter dans tous les sens, mais piquer ton numéro pour te harceler, ce n'est pas du tout son genre.

J'ai marqué une pause.

— Par contre, il est possible qu'elle te tripote un peu si jamais elle te recroise un jour, ça oui, tu peux t'en inquiéter, mais elle n'irait pas plus loin. Remarque, si tu regrettes de m'avoir donné ton numéro, je peux l'effacer tout de suite.

— Cette façon que tu as de toujours vouloir te débarrasser de moi, à chaque fois mon ego en prend un coup, Olive. J'espère que tu vas te calmer avant de me faire très mal.

— Je ne voulais pas avoir l'air… enfin, je ne voudrais pas que tu t'inquiètes à cause de ça, c'est tout.

Trop nerveuse pour rester en place plus longtemps, je me suis mise à arpenter le salon. Pourquoi ne se contentait-il pas de me dire ce qu'il avait pensé du livre ? Même s'il n'avait lu que quelques pages, il avait sûrement un avis.

— Je ne suis pas inquiet, et si je t'appelle, c'est pour te prévenir que j'ai parlé à Keith, le mec de la société de production. Finalement, ils enverront leur proposition de contrat à mon agent plutôt qu'à toi directement.

Je me suis arrêté net.

— Quoi ? Mais pourquoi ?

— Parce que je ne veux pas qu'ils profitent de toi. Tom va étudier le contrat et il te donnera son avis. Si leur proposition te convient, on peut se retrouver chez moi pour que tu signes. Tu n'as qu'à me donner tes disponibilités et je m'occupe de tout. Par contre, il faut que ce soit dans les prochains jours parce que je pars au Canada vendredi. Et je ne rentrerai pas à L.A. avant plusieurs mois.

— Oh.

Cette nouvelle m'a fait l'effet d'un coup de massue. Je me suis mise à grignoter mon pouce ; il fallait que je trouve un truc à dire.

— Tu en fais trop, Jason. Ça m'étonnerait que tu aies le temps de jouer les baby-sitters pour la petite sœur de ton ex-meilleur ami.

Une quinte de toux, puis un juron rauque ont retenti à l'autre bout du fil.

— Est-ce que ça va ? me suis-je inquiétée.

— Oui. Désolé. Écoute, ça n'a rien à voir avec Dylan. C'est de toi qu'il s'agit. Tiens, d'ailleurs, si j'étais Dylan, tu ne me laisserais pas t'aider ? Tu peux au moins me considérer comme un remplaçant de ton frère, non ? Je ne laisserai personne t'escroquer, Olive. Tu auras ce qui te revient de droit et rien de moins.

Ses paroles m'ont brutalement ramenée en arrière. Je me suis retrouvée dans la peau de l'ado de quatorze ans au cœur brisé que j'avais été. J'aurais beau vieillir, jamais il ne me considérerait autrement que comme une sœur.

J'ai bêtement hoché la tête avant de me rendre compte qu'il ne pouvait pas me voir, alors j'ai obligé les paroles à sortir de ma bouche.

— Merci, Jason. Ça me touche, ai-je répondu d'un ton monocorde. Euh, il faut que j'y aille maintenant, mes amies m'attendent. Je t'enverrai un message avec les jours où je suis libre. Cela dit, tu peux t'organiser en fonction de ton emploi du temps. Je ne veux pas devenir un boulet plus lourd que je le suis déjà.

— Olive, a-t-il dit, radouci. Même si tu le voulais, tu ne pourrais jamais être un boulet pour moi.

— Merci. Salut, Jason.

Sans lui laisser le temps d'ajouter quoi que ce soit, j'ai raccroché et j'ai éteint mon téléphone.

C'était puéril, et ridicule, mais je ne voulais surtout pas risquer d'entendre sa voix s'il décidait de me rappeler pendant que j'étais en train de m'apitoyer sur mon sort.

Plus tard dans la soirée, au cours d'une longue conversation avec ma mère, j'ai appris que c'était elle qui avait demandé à Jason de veiller sur moi. Puisqu'il était pressenti pour le rôle d'Isaac, elle s'était imaginé que nous allions travailler ensemble. J'ai donc dû lui expliquer que je ne ferais pas partie du processus de création du film.

En effectuant quelques recherches sur le sujet, j'avais appris qu'en règle générale un producteur n'aime pas avoir l'auteur du livre dont est tiré le film dans les pattes. C'était lui le grand manitou, il n'avait pas besoin qu'on lui dise comment faire son boulot et il se fichait pas mal que l'auteur soit satisfait ou pas.

La question du film mise à part, il était donc évident que Jason m'aidait parce que ma famille le lui avait demandé comme une faveur, et je ne savais pas trop quoi en penser.

Que devais-je faire, à présent ? J'y ai longuement réfléchi… bon d'accord, peut-être pas si longuement que ça. Après tout, quelle personne saine d'esprit laisserait passer une chance d'aller voir Jason Thorn chez lui, dans sa maison ? C'est vrai, non ? Alors, certes je n'avais pas l'audace de Lucy et il y avait peu de risque que je me mette à le tripoter d'emblée, mais rien ne pourrait m'empêcher de savourer la vue de son corps et de sa maudite fossette.

Terminées, les jérémiades.

— À nous deux, Jason Thorn, ai-je grommelé dans un regain d'assurance.

Après toutes ces années à me consumer pour lui en secret, j'étais passée maître dans l'art de l'aimer en cachette. J'aurais vraiment été idiote de ne pas profiter de la situation.

J'ai saisi mon téléphone et je lui ai envoyé un court texto pour l'informer que je n'avais pas cours ce jeudi.

Je suis allée à la salle de bains pour ma routine du soir et lorsque j'ai regagné ma chambre, sa réponse m'attendait.

Jason : Je passerai te prendre à dix-huit heures. Tom nous rejoindra chez moi un peu plus tard. Et pendant qu'on l'attendra, s'il te plaît, Olive, ménage mon ego. Il a déjà bien assez souffert.

Je me suis endormie avec un sourire jusqu'aux oreilles.

10

Olive

Jeudi matin, j'ai émergé d'un sommeil sans rêves en prenant peu à peu conscience d'un poids sur mon estomac.

Encore groggy, j'ai forcé mes paupières à se soulever. Lucy était avachie contre moi, un bras en travers de mon ventre.

— Non, mais c'est une blague ?

Au son de ma voix, elle s'est blottie encore un peu plus et a passé une jambe par-dessus les miennes. J'ai tenté de la repousser, en vain.

— Lucy. Va dans ton lit, merde ! J'aimerais dormir tranquille, pour une fois.

— Pas possible, a-t-elle marmonné sans ouvrir les yeux. Jameson s'est endormi après notre marathon sexuel et plus moyen de le déloger. Je lui ai peut-être grillé le cerveau sans le faire exprès.

Elle a calé sa tête contre ma poitrine.

— Mmh. Comment tu fais pour avoir les nichons aussi doux et fermes à la fois ? J'adore. Meilleurs oreillers du monde entier de tout l'univers.

— Si ça continue, je vais devoir fermer ma porte à clé la nuit.

— Je sais crocheter les serrures, tu as oublié ?

— C'est vrai. Par contre, moi, je ne pourrai jamais me rendormir si tu m'écrases comme ça, alors barre-toi, espèce de ventouse !

— Je ne peux pas roupiller dans le même lit que lui, a-t-elle argué en cherchant mon visage à tâtons. On est très bien, ici. Maintenant, fais dodo, tu brasses un peu trop d'air.

— Oh je te dérange, excuse-moi, banane. Et je peux savoir pourquoi tu ne veux pas passer la nuit avec Jameson ?

— Parce que.

Elle avait insisté sur la dernière syllabe, comme si elle s'adressait à un enfant.

— Ce n'est qu'un coup d'un soir, a-t-elle expliqué, on s'était mis d'accord là-dessus, et là, il enfreint les règles. Si je passe la nuit dans le même lit que lui, ça devient une relation.

— Mais où est le problème ? Tu te mets à saliver dès que tu l'aperçois. Et pardon, mais c'est plutôt un coup de « tous les soirs » : c'est la vingtième fois au moins que vous couchez ensemble. Il faut regarder les choses en face : c'est ton mec. Pitié, assume, ça nous évitera bien des emmerdes.

— Humpfff hmmmdodo.

Elle était en train de s'assoupir sur moi.

— Lucy !!

Elle s'est redressée d'un coup.

— Quoi ? On va où ? Quelqu'un est mort ?

— Toi, si tu continues à me coller comme ça.

Son regard ensommeillé a croisé le mien.

— Il faut absolument que tu baises avec Jason Thorn ce soir, sinon il va falloir qu'on trouve quelqu'un pour te sauter. Y'a urgence.

À ces mots, elle s'est retournée en reniflant et s'est confortablement installée sur *mon* oreiller.

— En plus, tu ne veux jamais partager tes nichons, égoïste va, a-t-elle bougonné.

— Je commence à plaindre Jameson.

— Faut pas. Contrairement à toi, il a passé une soirée de ouf.

— Tais-toi, je t'en supplie. Épargne-moi les détails.

— Je ne donnerai aucun détail, espèce de sainte-nitouche. Tout ce que je dis, c'est que ça fait un bien fou et que tu en aurais bien besoin, toi aussi. J'ai des courbatures partout où il faut.

— C'est bon, j'ai pigé, merci. Maintenant, retourne te coucher, par pitié.

Aucune réponse – étonnant – alors j'ai fermé les yeux dans l'espoir de grappiller quelques heures de sommeil en plus.

Quelques minutes plus tard, Lucy a recommencé à parler.

— Olive ? Tu dors ?

— Oui, ai-je grogné.

— Super. Dis, tu comptes te taper Jason Thorn ce soir ? Parce que si c'est le cas, moi je veux des détails. Genre, tous les détails cochons. Est-ce qu'il en a une grosse recourbée ? Une petite grosse ? Une longue épaisse ? Avec les veines bien visibles ? Tu imagines, si tu as tiré le bon numéro ? La chance. Et tant qu'on y est : tu ne t'es jamais glissée en douce dans la salle de bains pendant qu'il prenait sa douche ? Je parie qu'à dix-huit ans, il en avait déjà une énorme.

— C'est pas bientôt fini ? Mais quelle heure est-il, bon sang ?

— Six heures.

— Je vais te tuer.

— Bien sûr. Enfin pas tout de suite, je n'ai pas fini. Je veux en savoir plus. Je veux tout savoir. Comment est-ce qu'il embrasse ? Plutôt comme dans *Argent facile* ou comme dans *Ce qu'il reste de moi* ?

Avant de continuer, elle s'est tournée vers moi.

— C'est vrai, c'est important, tu sais. Comment est-il dans la réalité ? Plutôt du genre à prendre délicatement ton visage entre ses mains avant de déposer un baiser sur tes lèvres ou bien du genre à te plaquer contre lui avec passion et à enfoncer ses doigts dans tes cheveux ?

— On sent que tu passes beaucoup de temps à creuser le sujet.

— Comme tout le monde, non ?

— Si jamais j'obtiens la réponse à une seule de ces questions, je te préviens tout de suite, comme ça, tu pourras mourir en paix. On peut dormir, maintenant ?

— Je peux me serrer tout contre toi ?

— Ça t'aiderait à roupiller ?

— Oui, juré.

— Juste contre mon bras alors.

— Juste le bras, a-t-elle répété.

Au lieu de quoi elle s'est collée à moi en m'enlaçant la taille.

— Merci, Olive.

— Tu sais, je crois que Jameson est la perle rare, Lucy, ai-je déclaré avec le plus de tact possible.

Sous ses dehors de dure à cuire, Lucy était la fille la plus romantique et la plus tendre que je connaisse. Elle était même plus sentimentale que moi, c'est dire. Le hic, c'était qu'elle n'avait jamais fait assez confiance à un homme pour lui montrer sa fragilité. Pourtant, le mec qui dormait dans sa chambre en ce moment se montrait persévérant. J'ai toujours aimé les hommes qui savent ce qu'ils veulent et qui n'ont pas peur de devoir attendre pour l'obtenir. Je misais tout sur Jameson.

— Et moi, je crois qu'on devrait établir un plan d'attaque pour séduire Jason Thorn.

J'ai commencé à protester, mais elle m'a coupé la parole.

— Non, écoute-moi. Tu es canon, tu es intelligente et en plus, vous vous connaissez déjà.

— On peut en reparler plus tard ?

— Avant ton rendez-vous de ce soir ?

— Ce n'est pas un rendez-vous, on va juste parler de mon contrat avec son agent. C'est… pour le boulot.

— C'est kif-kif.

— Pitié, tu es vraiment trop bavarde le matin.

Après ça, j'ai tout à fait arrêté de l'écouter. Pendant plusieurs minutes, elle a tenté de relancer la conversation sur Jason avant de laisser tomber, nous accordant un peu de silence et de sommeil – enfin !

***

— Je crois que je suis amoureuse de ton bolide, ai-je déclaré, quelques minutes après être montée dans la voiture de Jason.

Il a esquissé un sourire en coin.

— Ah bon ?

— Oui. J'adore sa carrosserie noire et ses garnitures en cuir rouge. Oh, et les phares, ça lui fait des yeux trop mignons quand on le regarde de face.

— Quand on « le » regarde ? Ma Spyder n'est pas un « il » et il n'y a rien de mignon chez elle. Sexy, oui, mille fois oui. Mais mignon ? Jamais de la vie.

J'ai haussé les épaules.

J'avais demandé à Cha de distraire Lucy le temps que je m'éclipse de l'appart. Je ne voulais pas me retrouver coincée à écouter la dernière mouture de son plan d'attaque. Elle l'avait intitulé : « Stratégie pour que Jason tombe raide dingue d'Olive verte ».

L'objectif ? Que je m'envoie en l'air avec Jason au plus vite. Dans sa jolie petite caboche, Lucy était persuadée que c'était le meilleur moyen d'obtenir la réponse à ses questions. Le principal, c'était que j'avais échappé à son conseil de guerre et que je partais confiante. Il n'y avait rien de pire que de servir de cobaye à Lucy. J'avais déjà bien assez de mal à gérer le simple fait d'être en compagnie de Jason ; je n'avais pas besoin d'imaginer à quoi ressemblaient certaines parties de son corps quand il était nu.

Jason habitait une villa à flanc de colline qui surplombait Beverly Hills avec une vue à couper le souffle. Jusque-là, je m'étais sentie à ma place, mais ça, c'était avant d'arriver devant les superbes grilles ouvragées de sa propriété. Il a activé quelque chose à l'aide de son téléphone et les grilles se sont ouvertes. Il a remonté l'allée et s'est garé devant l'impressionnante porte blanche de sa maison – ou plutôt de sa luxueuse résidence.

— Wow, ai-je fait, ébahie, en descendant de la voiture. Cet endroit est incroyable, Jason.

Bouche bée, j'ai contemplé le jardin bien entretenu qui bordait la demeure, prise d'une irrépressible envie d'enlever mes chaussures et de fouler la pelouse pieds nus.

— Ça te plaît ? Tu ne trouves pas ça un peu démesuré ?

Son beau visage affichait une candeur et un sourire étranges.

— Tu es une star hollywoodienne accomplie, Jason, lui ai-je rappelé sans cesser d'enregistrer la multitude de détails qui agrémentaient la propriété. Ce serait décevant de te voir habiter dans une bicoque délabrée. Tes copines doivent être encore plus folles de toi quand elles découvrent cet endroit.

Comme si on n'avait pas envie de vendre son âme au diable rien que pour son sourire.

— Tu es la première fille que j'amène ici.

Après avoir jeté un dernier regard circulaire au décor, je l'ai rejoint.

— Comment ça ?

Il s'est gratté l'arrière du crâne puis m'a fait signe de le suivre vers la maison.

— Tu vas peut-être trouver ça bizarre, mais c'est mon chez-moi ici, mon refuge. J'évolue dans un univers très exigeant. En tournage, je suis constamment entouré de tout un tas de gens, mais même en dehors de l'industrie du cinéma, tout le monde connaît ma vie dans les moindres détails, que je le veuille ou non. Alors, quand je rentre chez moi, je veux de l'intimité, un endroit qui ne soit pas entaché par tout le reste. Je n'ai pas de personnel sur place

H24, sept jours sur sept. Je suis sans doute un peu trop attaché à ma vie privée, a-t-il conclu en ouvrant la porte et en m'invitant à entrer.

Ce que j'ai fait, bien trop excitée à l'idée de pénétrer chez lui pour la première fois.

— Donc… tu es en train de me dire que je ne suis pas près de vivre des soirées de débauche hollywoodienne ici ? Zut alors, moi qui espérais choper une invitation.

Ça l'a fait rire. Un son rauque et envoûtant.

Nous avons emprunté un couloir étroit, nos bras se frôlaient presque, et je n'ai pas pu me retenir de le dévorer du regard, lui et ses beaux yeux rieurs.

— Exact, par contre je peux te promettre de t'emmener la prochaine fois que je serai invité à une soirée de débauche hollywoodienne.

— Oh oui, s'il te plaît.

Le couloir débouchait sur un vaste espace de vie. Un petit cri d'émerveillement m'a échappé lorsque j'ai découvert la cuisine ouverte et le salon. J'ai dépassé Jason et je me suis précipitée devant l'immense baie vitrée qui occupait tout un pan de mur, offrant une vue exceptionnelle non seulement sur le panorama, mais aussi sur un fabuleux jardin doté d'une piscine à débordement et d'un jacuzzi.

Derrière moi, j'ai senti Jason s'approcher.

— Tu veux bien qu'on m'enterre ici après ma mort ? ai-je demandé, le nez presque collé à la vitre. Hein, dis ? S'il te plaît ? Je voudrais que mon fantôme puisse s'asseoir ici et contempler la ville pour l'éternité, et aussi se promener dans le jardin de temps en temps. Je ne me donnerai même pas la peine de venir te hanter, promis.

Il a ri de nouveau.

— Je ne m'attendais pas à ce que ça te plaise autant.

— Tu déconnes ? Je donnerais à peu près tout pour retrouver ce paradis tous les soirs.

Après avoir lorgné la piscine, je me suis tournée vers Jason.

— Je suis sérieuse, c'est dingue ce que tu as accompli, cette vie que tu t'es construite tout seul. Pour ce que ça vaut, sache que je suis fière de toi. Et je suis très fière de t'avoir connu avant que tu deviennes une star interplanétaire.

J'ai souri :

— Je suis heureuse que tu aies passé autant de temps chez nous. Sans ça, je n'aurais pas eu la chance de t'embêter autant quand j'étais petite.

Il a tiré sur une mèche de mes cheveux, puis a passé un bras autour de mes épaules et m'a attirée contre son flanc. J'ai posé une main frémissante sur son torse, près de son cœur. Sans relâcher son étreinte, il a pressé ses lèvres sur mon front, alors j'ai fermé les yeux et je me suis autorisée à savourer ce moment de pure tendresse.

Lorsque Jason s'est écarté, mon cœur tambourinait comme un fou. Il m'a dévisagée en souriant.

— Tu ne m'as jamais embêté, Olive, jamais. Si tu n'avais pas été là pour me servir en premier à chaque fois, qui l'aurait fait ? Qui m'aurait toujours réservé la plus grosse part des délicieuses tartes aux pommes que tu préparais avec ta maman ?

J'ai gloussé.

— Tu te rappelles, la première fois que tu es venu chez nous ? Je t'avais promis la plus grosse part de dessert et je t'ai servi la moitié de la tarte d'un coup. Je vois encore ton air ahuri au moment où je t'ai tendu ton assiette.

Son regard pétillait de plaisir.

— Comment pourrais-je l'oublier ? Et ta bouille satisfaite pendant que tu attendais mon verdict sur tes talents de pâtissière.

— Oui, enfin, j'ai vite déchanté quand ma mère m'a sauté dessus pour me reprendre l'assiette.

— Tu m'avais servi une part qui en valait au moins cinq alors que je n'étais même pas sûr d'avoir encore assez de place pour une seule après le dîner copieux de ta mère.

Il avait achevé sa phrase presque à voix basse.

— Eh bien, j'en ai eu le cœur brisé, ai-je avoué presque dans un murmure.

La fossette de Jason semblait m'inviter à la goûter ; il avait une telle chaleur dans le regard que je ne savais plus quoi dire ni faire.

Pourrais-je supporter d'être son amie ?

Pourrais-je faire abstraction des sentiments qui hurlaient dans ma poitrine, qui suppliaient ?

Avait-il seulement envie d'être mon ami, ou bien n'était-ce qu'une exception pour ce soir, en souvenir du bon vieux temps ?

Soudain, la sonnerie de son téléphone a retenti et notre petite bulle a explosé. Il m'a lâchée pour répondre à l'appel.

— Tom ? Oui. Pas de problème, prends ton temps. D'accord, vois avec elle et élaborez une nouvelle stratégie, alors.

Il a raccroché et s'est tourné vers moi.

— Il sera là d'ici une heure. J'avais demandé à Alvin de prévoir un chinois à emporter. Tu as faim ?

— Alvin ?

— Mon assistant. Tu feras bientôt sa connaissance.

Il s'est dirigé vers sa magnifique cuisine et je l'ai suivi en admirant sa démarche désinvolte, le mouvement de ses épaules.

Ne mate pas ses fesses, Olive. Surtout pas.

De l'autre côté de la baie vitrée, le ciel s'obscurcissait peu à peu. Tout à coup, la terrasse s'est illuminée, une constellation de petites lueurs tamisées qui donnaient aux lieux une atmosphère… magique.

— Olive ? a lancé Jason d'un ton amusé.

Il venait de me repérer alors que je déviais vers la fenêtre pour contempler le spectacle d'un peu plus près.

Dans un soupir, j'ai repris mon chemin vers le long plan de travail de la cuisine. Jason était en train de sortir des sacs de plats à emporter de l'un des placards.

— Qu'est-ce qu'on mange ? ai-je demandé en voulant grimper sur une chaise haute, mais en manquant tomber de l'autre côté.

Bon sang, on pourrait pas concevoir ces trucs avec une assise plus grande ?

Tâchant de rester discrète, j'ai de nouveau pris appui sur le repose-pied de ce machin débile et j'ai posé mon postérieur de biais en essayant d'avoir l'air confortablement installée.

Quand j'ai commencé à avoir mal aux bras à force de chercher un semblant d'équilibre, j'ai renoncé et j'ai sauté en bas de la chaise. J'aurais de toute façon fini par m'écraser par terre.

J'ai ôté ma veste en cuir et j'ai contourné le gigantesque îlot central pour rejoindre Jason.

J'ai jeté un coup d'œil dans l'une des boîtes en carton.

— Oh, des nouilles sautées au poulet ! Il y en a au bœuf aussi ?

— C'est ton jour de chance : il y a deux portions au bœuf et deux au poulet, en plus de tout le reste.

— Génial. Je peux t'aider ?

— Je cherche les baguettes, a-t-il marmonné en continuant à vider les sacs sur le plan de travail. Tu veux bien vérifier dans les tiroirs, sur ta gauche ? J'en ai sûrement gardé, elles doivent être rangées quelque part là-dedans.

— Bien sûr.

J'ai rassemblé les sacs en papier vides sur le côté, puis j'ai essayé de comprendre comment fonctionnaient les tiroirs. Ces derniers n'avaient pas de poignées, alors j'ai appuyé sur le premier qui s'est ouvert automatiquement.

J'ai levé les yeux au ciel.

Ah, les riches...

Le compartiment était rempli de couteaux rangés par ordre de grandeur. Impressionnant, mais pas de baguettes en vue, alors j'ai refermé.

Lorsque j'ai appuyé sur le deuxième tiroir, le troisième s'est brusquement ouvert en même temps et m'a heurtée avec une force inattendue, juste sous le genou. J'ai reculé en poussant un petit cri de douleur.

Tout se serait bien passé si j'avais gardé l'équilibre avec la grâce naturelle censée me caractériser. Au lieu de quoi, l'arrière de mes cuisses a cogné le tiroir que Jason avait ouvert derrière moi et je suis tombée. *OK, je vais atterrir sur les fesses*, ai-je songé, résignée. Simplement, j'aurais préféré que ça ne se produise pas devant Jason Thorn.

Contre toute attente, je ne me suis pas vautrée. Un bras s'est enroulé autour de mon buste et une main s'est refermée sur mon sein gauche. Jason m'a rattrapée *in extremis*. Pendant un instant – un interminaaaaable instant – nous sommes restés figés dans cette position. Puis, la main de Jason s'est ouverte et refermée plusieurs fois, comme s'il vérifiait ma taille de soutien-gorge, tandis que l'autre descendait vers mon ventre.

— Eh merde, a-t-il lancé d'une voix râpeuse, juste à côté de mon oreille.

Ce juron m'a envoyé une décharge de petits frissons tout le long de la colonne vertébrale.

Je l'avoue, j'ai fermé les yeux pour savourer cet instant, mais comment aurais-je pu faire autrement ? Et, oui, il est possible que j'aie un peu cambré les reins, rien qu'un tout petit peu. Possible aussi que j'aie eu beaucoup de mal à contenir un petit gémissement. Et alors ? Je ne suis qu'un être humain, après tout.

Brusquement, Jason a ôté sa main droite de mon ventre, comme s'il s'était brûlé. Les jambes flageolantes, je me suis raccrochée à ce que j'ai pu.

Sa main.

Celle qui couvrait toujours mon sein.

Je vous entends d'ici et, je l'admets, j'ai peut-être vaguement appuyé sur sa main, ce qui l'a peut-être obligé à me presser le sein par mégarde. Peut-on affirmer pour autant que je venais de me peloter moi-même avec sa main ? Allez savoir. Cela dit, est-ce qu'on n'en a pas un peu rien à secouer ? À chaque instant, des seins se font tripoter un peu partout dans le monde. Tenez, je parie qu'en ce moment même, des tas de nichons sont caressés.

— Olive, a-t-il marmonné en m'attirant à lui, le dos contre son torse – *Oh my God, son torse.*

Inspire profondément. Expire.

Encore. Inspire. Expire.

Sa main était toujours posée sur mon sein, et – sans surprise – la mienne était toujours plaquée sur la sienne.

— Je suis vraiment désolée. Attends… Rien qu'une seconde, le temps que je reprenne mes esprits.

Il m'a enlacé la taille un peu plus fermement.

Lorsque j'ai été certaine que je ne risquais plus de m'étaler de tout mon long sur son superbe parquet, j'ai lâché sa main à contrecœur, celle qui était confortablement installée sur ma poitrine.

À son tour, il a desserré son étreinte et s'est écarté lentement.

À court de mots, j'ai baissé la tête et mon regard est tombé sur ces maudites baguettes, dans le troisième tiroir, celui que j'avais ouvert par inadvertance.

Je me suis éclairci la voix, en m'y prenant à plusieurs reprises.

— Je les ai trouvées.

— Super, a-t-il répondu de son timbre grave.

La vache ! Mon rêve est devenu réalité.

Je n'avais pas le courage de le regarder, alors je me suis emparée de deux paires de baguettes, j'ai refermé ce tiroir à la con et je me suis réfugiée devant la baie vitrée. Il fallait que je sorte.

Je devais être rouge comme une tomate, ce qui ne m'empêchait pas de sourire comme une folle. Quand j'ai compris que je ne viendrais jamais à bout de l'ouverture de la baie, je me suis résolue à attendre l'intervention de Jason ; c'était plus sage que de provoquer l'effondrement de la maison sur nos têtes.

Jason m'a rejointe avec deux barquettes de nouilles dans une main et une petite télécommande dans l'autre.

Lorsque tous les panneaux vitrés de la cuisine et du salon ont eu fini de coulisser, j'ai posé un premier pied au paradis et j'ai inhalé une grande bouffée d'air pur.

— Quelle odeur merveilleuse, ai-je murmuré.

Je n'avais toujours pas retrouvé le courage de croiser son regard.

— Ça sent… l'herbe.

— Je sais. J'adore ça. On peut aller s'asseoir au bord de la piscine ? ai-je demandé en avançant.

Il m'a indiqué une grande table sur la terrasse.

— Il y a tout ce qu'il faut ici.

— Je vois, mais j'ai envie de me tremper les orteils.

Il a placé sa main au creux de mes reins et m'a guidée vers la piscine.

Les baguettes enfoncées dans ma poche arrière, je me suis débarrassée de mes chaussures et j'ai retroussé mon jean avant de m'avancer au bord du bassin.

— C'est extraordinaire, chez toi, Jason.

Comme il ne répondait pas, j'ai jeté un coup d'œil derrière moi ; il était en train d'enlever ses chaussures et ses chaussettes. J'ai réprimé un petit sourire en me mordant la lèvre inférieure et j'ai reporté mon attention sur la vue exceptionnelle.

J'ai sorti les baguettes de ma poche pour ne pas les casser et je me suis assise sur le rebord, les pieds dans l'eau.

Paupières closes, j'ai offert mon visage au ciel, en m'autorisant à sourire cette fois. Un léger clapotis m'a révélé que Jason s'installait à côté de moi.

J'ai rouvert les yeux, enfin capable de le regarder.

— Merci de m'avoir invitée.

Il était déjà en train de m'observer. Il m'a rendu mon sourire en secouant la tête, puis m'a tendu mon dîner et m'a subtilisé une paire de baguettes avant que je lui en propose une.

Nous avons commencé à manger dans un silence agréable.

— Tu es différente, a-t-il déclaré au bout d'un moment. Différente de la petite fille de mes souvenirs.

— Qu'est-ce qui a changé ?

— Je ne sais pas encore.

— Mes nichons, peut-être ? ai-je lancé sur le ton de la conversation, après une minute de réflexion.

Il a failli s'étouffer et s'est mis à tousser tandis que je le dévisageais avec franchise et sérénité.

— Oui. Ça doit être ça, a-t-il fini par reconnaître d'une voix étranglée.

Ah, il les avait donc remarqués.

Un point pour mes nichons !

***

Il était presque vingt et une heures lorsque Tom est enfin arrivé.

— Désolé de vous avoir fait attendre. J'ai été retenu par un autre client.

— Je vous en prie, ai-je dit, c'est plutôt moi qui devrais être désolée de monopoliser votre temps alors que vous êtes déjà très occupé. Je n'ai aucune idée de la commission que vous prenez sur ce genre de prestation, mais n'hésitez pas à me le faire savoir que je puisse…

— Tout est réglé, tu n'as pas à t'inquiéter de ça, est intervenu Jason.

— Mais…

— Tout est en ordre, mademoiselle Taylor…

— Ah non, appelez-moi Olive, s'il vous plaît, ai-je protesté en prenant les documents qu'il venait de pousser vers moi sur la table.

— … Olive, a-t-il rectifié en souriant. C'est un contrat plutôt standard, mais nous allons tout de même le passer en revue au cas où l'une des clauses vous préoccuperait.

J'ai acquiescé. Je n'y connaissais rien. Rien du tout.

— La première bonne nouvelle, a commencé Tom tandis que Jason, qui était assis à côté de moi, se levait pour lui servir un verre, c'est que le projet ne tombera pas dans les affres de la phase de développement.

Devant mon regard vide, il m'a donné quelques explications.

— Lorsqu'un producteur ou un studio lance une option d'achat pour obtenir les droits d'adaptation d'un livre, les démarches peuvent prendre douze à dix-huit mois, parfois même bien plus, avant que la production démarre et, même passé ce délai, rien ne garantit que le projet se concrétisera. Mais dans votre cas, les producteurs veulent surfer sur le buzz suscité par votre livre, et comme ils ont déjà réservé un grand nom comme Jason pour le casting, tout devrait très vite se mettre en place.

Il a accepté le verre de whisky – à moins que ce soit du bourbon ? De toute façon, les deux ont un goût infect – que Jason lui tendait avant de poursuivre.

— Jason part au Canada pendant un certain temps pour un autre tournage, ensuite il enchaîne avec la promotion du film *Le Témoin*. Il doit y participer avec les autres acteurs. Mais le studio veut commencer le tournage de votre film dès que Jason sera rentré à L.A. En d'autres termes, Olive, si vous signez ce contrat, nous sommes certains que le projet aboutira. Le casting des rôles secondaires se déroulera pendant que Jason sera au Canada. Cependant, ils attendront qu'il puisse se libérer quelques jours pour l'audition des actrices retenues pour le rôle d'Evie. Ils veulent être sûrs de sélectionner la bonne personne.

Il s'est tourné vers Jason.

— D'ailleurs, il faut qu'on revoie ton emploi du temps. Ils tiennent à ce que tu assistes au casting d'Evie et que tu fasses des essais face caméra avec les candidates. Tu n'auras qu'à revenir à L.A. un jour où tu ne tourneras pas.

Je leur ai décoché un regard interrogateur.

— Des essais face caméra ?

Quand je disais que je n'y connaissais rien, c'était pas du flan.

— Un essai face caméra, c'est une méthode employée par les studios pour déterminer la compatibilité entre un acteur ou une actrice et le personnage qu'il ou elle doit jouer. Comme tout votre roman est centré sur la relation entre Isaac et Evie, il devra y avoir une forte alchimie entre les acteurs à l'écran. Donc les actrices qui réussiront leur audition devront aussi montrer comment elles travaillent avec Jason. C'est pour ça qu'il devra revenir à L.A. lors de la dernière étape du casting.

— Et moi, ils ne comptent pas du tout me faire auditionner ? s'est étonné Jason en fronçant les sourcils. En attendant le scénario, je peux leur proposer la lecture d'un passage du livre d'Olive.

Tom a bu une gorgée de son verre, puis a secoué la tête.

— Depuis qu'ils savent que tu es intéressé, c'est toi qu'ils veulent. Ton talent d'acteur n'est plus à démontrer et ils n'ont pas besoin d'audition pour le savoir. Mais il y a autre chose…

Tom m'a jeté un coup d'œil, puis s'est à nouveau concentré sur Jason avec une mine plus sévère.

— Autre chose dont nous devrons discuter. Sinon, tout ce pour quoi tu t'es démené partira en fumée. Tu n'as pas encore vu ton contrat ; le studio veut t'imposer certaines restrictions côté vie privée.

— C'est bon, j'ai pigé, a rétorqué sèchement Jason. Laisse mes conneries en dehors de ça pour l'instant. On en discutera demain, pendant notre réunion. Ce soir, contente-toi de parler du contrat d'Olive.

Je me suis vivement tournée vers Jason. Il avait employé un ton si dur. Sans un mot de plus, il s'est levé et a disparu.

Déconcertée, j'ai eu beaucoup de mal à me focaliser sur Tom lorsque ce dernier a repris la parole.

Mon contrat stipulait que je n'aurais pas mon mot à dire sur le script final. S'ils décidaient de modifier la fin – comme ils l'avaient laissé entendre – je n'aurais pas droit de véto. Comme j'étais une toute jeune autrice et que ma notoriété n'était pas encore établie, Tom ne voyait pas comment les convaincre de modifier cette clause spécifique. L'option prévoyait un montant forfaitaire, mais le « prix d'achat » initial pour les droits d'adaptation s'élèverait à trois pour cent du financement de départ – avec un plafond, bien entendu. Tom s'était déjà chargé de négocier cette partie, je serais payée au début de la production du film.

En fin de compte, nous sommes tombés d'accord : seuls quelques points valaient la peine d'être révisés avant que je signe, le plus important étant apparemment de déterminer comment serait créditée l'autrice du roman – c'est-à-dire où apparaîtraient mon nom et le titre du livre.

Une fois notre échange terminé, Tom a pris congé et je me suis de nouveau retrouvée seule avec Jason.

— Ils veulent vraiment mon livre, Jason, ai-je dit, les bras autour des genoux, assise sur son beau canapé.

— Ils t'ont fait venir dans leurs bureaux, Olive, m'a-t-il rappelé en s'asseyant à côté de moi. Évidemment qu'ils veulent de ton livre. Tu en doutais ?

— Oui. Je crois que jusque-là, je ne les prenais pas au sérieux.

— Et maintenant ? Comment tu te sens ?

J'ai tourné la tête vers lui, la tempe sur les genoux, et je l'ai considéré à travers mes yeux embués. J'avais du mal à contenir mon sourire.

— Tu vas peut-être me trouver flippante, mais je crois que je vais pleurer.

Je le sentais, mon nez me picotait déjà.

Il s'est levé et m'a tendu la main.

— Allez, viens me faire un gros câlin. Si tu dois pleurer, autant que ce soit dans des bras réconfortants.

Pardon, mais, je peux tomber en pâmoison ? Et l'entraîner dans ma chute pour qu'on se retrouve l'un sur l'autre à faire des choses inconvenantes ?

Rayonnant de joie à travers mes larmes, j'ai pris sa main. Une fois debout, je me suis jetée à son cou et je l'ai serré très fort contre moi. Mes orteils ne touchaient presque plus le sol.

J'avais travaillé si dur et si longtemps sur ce roman. J'avais mis tout mon cœur dans chacune de ces pages. Mes secrets, mes rêves, mes larmes. Il m'avait fallu beaucoup de temps pour être satisfaite de chaque phrase.

Et voilà que ce livre me conduisait tout droit dans les bras de Jason.

J'ai dégluti, puis je me suis écartée pour me noyer dans la chaleur de ses yeux bruns. Ces yeux que je croisais timidement à l'époque où je n'étais qu'une gamine. Ces yeux que j'essayais d'accrocher du regard depuis l'autre bout de la table, au dîner, dès que j'avais eu l'âge de comprendre que j'étais irrémédiablement amoureuse du meilleur ami de mon frère. Ces yeux que j'avais admirés au cinéma pendant des années, pleine de regret et de désir pour ce que je n'avais jamais connu, en manque de ce quelque chose que je n'aurais pu éprouver qu'avec lui.

Jamais je n'avais jamais été aussi heureuse qu'à cet instant.

— Mon histoire sur grand écran !

— Tout à fait.

Il soutenait mon regard en souriant. Le lendemain, j'aurais tout le temps de repenser à chacune des fois où il avait plongé ses yeux incroyables dans les miens, mais là tout de suite… Je n'avais pas envie de commencer à analyser chaque contact visuel ni de compter les secondes d'attention exclusive offertes en bonus.

— Merci pour tout, Jason. Merci, merci mille fois.

— Je n'ai rien fait du tout, mon cœur. Tu ne le dois qu'à toi.

— Le roman, oui, mais ça.

J'ai désigné la copie du contrat que je signerais bientôt si la maison de production acceptait mes modifications.

— Cette étape, je l'aurais complètement foirée si j'avais dû m'en occuper toute seule.

— Tu te serais débrouillée comme un chef et tu le sais aussi bien que moi, Olive.

Il a hésité un court instant, puis il a déposé un autre de ses précieux baisers sur mon front, alors j'ai fermé les paupières et je me suis blottie contre lui. Cette fois, j'allais avoir beaucoup de mal à le lâcher.

11

Jason

— OK les gars, il va falloir faire vite. Dès qu'on a terminé, je fonce à l'aéroport, ai-je annoncé en entrant dans le bureau de mon attachée de presse.

Alvin me talonnait, pianotant sur son téléphone à une vitesse surhumaine. Il devait être en train de s'assurer que tout était prêt pour notre arrivée au Canada.

Megan était assise en face de Tom.

— Alvin, a-t-elle dit en se levant. Tu vas attendre dehors. Et ferme la porte derrière toi en sortant.

Après un petit hochement de tête de ma part en guise de confirmation, il a quitté la pièce.

— Allez-y, balancez. C'est grave, docteur ?

Je me suis installé au centre d'un canapé en cuir, bras écartés sur le dossier pour m'obliger à me détendre. Cet aspect de mon métier – travailler sur mon image, analyser mes conneries –, c'était ce que je détestais le plus.

Megan a pris des documents dans un tiroir de son bureau et est revenue s'asseoir. Tom et elle affichaient une mine sévère.

Ils se sont consultés du regard, comme pour déterminer lequel allait s'exprimer en premier.

— Eh bien, quoi ? ai-je fait.

Quelques instants se sont encore écoulés, puis Tom a soupiré ; quel homme ne céderait pas face à la détermination inflexible de Megan McDowell ? C'était la meilleure attachée de presse, la plus forte, mais c'était d'abord et avant tout la seule femme pour laquelle Tom avait un faible.

— Megan a reçu un e-mail ce matin, un e-mail qui change toute la donne.

— Continue.

— La semaine dernière, tu as bien… eu un rapport sexuel avec Jennifer Widner, dans cette impasse, juste avant que les paparazzis débarquent ?

Inutile de nier. Sinon, ils ne pourraient pas faire le boulot pour lequel je les payais. Alors, j'ai été honnête.

— Oui. Mais ça, ils n'ont pas pu le photographier, même s'il s'en est fallu de peu, je te l'accorde.

J'ai consulté ma montre.

— De toute façon, vous les avez vues, les photos de ce soir-là. On devine qu'on venait de baiser, mais il n'y a pas de preuve formelle. Tu m'as déjà passé un savon pour cette histoire, Megan.

Je me suis levé.

— Si vous m'avez fait venir juste pour me rappeler de bien me tenir au Canada, ce n'était pas la peine.

— Assieds-toi, Jason, m'a ordonné Megan d'un ton sec.

Tom se frottait le front ; ce devait être grave pour qu'il laisse transparaître son malaise comme ça. Il travaillait pour moi depuis le début de ma carrière et il n'y avait plus grand-chose qui l'impressionnait.

— Qu'est-ce qui se passe ?

Megan m'a tendu un papier. La copie d'un e-mail envoyé à son adresse.

Je l'ai lu. Puis j'ai recommencé.

— C'est une blague ?

— Hélas, non, a répondu Megan. Quelqu'un veut te faire chanter.

J'ai relu encore une fois.

— Pour deux millions de dollars ?

J'ai roulé la feuille en boule et je l'ai jetée, puis je me suis penché vers Tom pour le regarder bien en face.

— Tu te fous de moi ? Si vous avez manigancé cette petite plaisanterie pour me faire peur et pour que j'arrête mes conneries, tu dois me le dire tout de suite, Tom. Parce que si je le découvre plus tard, je ne serai vraiment pas content. Et je vous garantis que ça ne vous fera pas rire non plus, ni l'un ni l'autre.

Les mâchoires de Tom se sont contractées et il a serré les poings.

— Parce que tu me crois capable de te faire un truc pareil ? Aurais-tu perdu la boule, par-dessus le marché ?

— Je ne suis pas débile, Tom. Cette impasse était déserte. Si quelqu'un m'avait filmé en train de baiser avec Gemma, ou peu importe comment elle s'appelle…

— Tu n'es même pas fichu de retenir leur nom ?

Le ton montait.

— … je l'aurais vu, ai-je continué. Ces putains de paparazzis ont déboulé de nulle part *après* qu'on a eu terminé. Quand ils nous ont rejoints, on avait juste l'air de s'être pelotés un peu en s'embrassant.

— De toute évidence, il y avait quelqu'un d'autre sur place, Jason, a objecté Megan, détournant mon attention des traits de Tom déformés par la colère. Qu'aurait-on à gagner à te faire croire que tu es victime d'un maître chanteur ? Arrête de faire comme si tu ne savais pas comment ça marche. Qu'elle ait été prise par un paparazzi ou par un inconnu qui passait par là, cette vidéo existe, point.

— Je ne payerai rien à personne, ai-je craché. On n'est même pas sûrs qu'elle existe.

— J'ai répondu à l'e-mail en demandant une preuve, a répliqué Megan. J'espère en savoir plus aujourd'hui. Comme tu viens toi-même de le lire, si tu ne paies pas, il vendra sa vidéo au plus offrant. Et je suis sûre qu'il y aura plus d'un intéressé. Nous enverrons des mises en demeure, mais tu sais comme moi qu'une fois que ce genre de truc circule sur Internet, quoi qu'on fasse, il y reste. Et ça peut bousiller ta carrière en quelques secondes. À ce stade, on ne parle même plus de limiter les dégâts.

— C'est une nouvelle manie ? a lancé Tom. Tu as besoin de les sauter en plein air, comme ça, tout le monde peut profiter du spectacle ?

— Fais gaffe, l'ai-je mis en garde d'un ton las.

Toute ma combativité était en train de m'abandonner.

Mais lui, il n'en avait visiblement pas terminé avec moi ; il s'est levé et s'est mis à faire les cent pas.

— C'est le cinquième incident cette année, m'a-t-il rappelé en se pinçant l'arête du nez. Et ça, c'est rien que cette année, Jason. Les premières fois, on a réussi à étouffer l'affaire, mais là, c'est différent, il y a une vidéo. Si tu refuses de l'acheter avant qu'elle atterrisse dans tous les tabloïds et autres médias, on ne pourra rien faire, *absolument rien*. Cette fois, il ne sera pas question de balayer la poussière sous le tapis. Tu comprends ce que je suis en train de te dire ?

Il s'est arrêté à côté de moi et a poursuivi sa diatribe.

— Deux projets te sont déjà passés sous le nez. Ça, tu l'as compris ? Deux projets très importants, avec de gros noms à l'affiche. Tu les as perdus parce que tu as mauvaise presse, et ce ne sont pas tes films qui sont en cause. Et maintenant ça ? Tu te comportes comme une vulgaire starlette de téléréalité, Jason. Il faut que tu arrêtes. Si tu avais quarante ans, à la rigueur, on pourrait prétexter la crise de la quarantaine, mais non, tu n'as aucune excuse. Aucune.

Il attendait une réponse, mais je ne comptais pas lui en fournir une.

— Que crois-tu qu'il va se passer ? Tu t'es déjà mis tous les producteurs à dos. Tiens, cette tournée de promo que tu étais censé faire, tu sais, la tournée européenne pour *Le Témoin* ? Eh bien, tu n'es plus sur le coup. Ils ne veulent pas prendre le risque que tous les projecteurs restent braqués sur toi alors que tu es censé promouvoir leur putain de film. Pour l'instant, tu es toujours invité à l'avant-première de Londres, mais c'est tout. Tu es en train de foutre ta carrière en l'air.

Je n'ai pas répondu. Jusqu'à un certain point, il avait raison et j'en avais conscience. J'étais en train de foutre ma carrière en l'air pour rien et le pire, c'était que je n'avais aucune raison valable. Ma mère alcoolique s'était suicidée et mon père était mort d'une crise cardiaque dans les bras d'une call-girl de luxe, mais je n'étais pas un écorché de la vie pour autant. Mes parents n'avaient pas eu ce genre d'emprise sur moi. À mes yeux, ils n'étaient que des géniteurs.

— C'est bon, j'ai compris. Tu as raison. Je vais me calmer, tu as ma parole.

— Te calmer ?

Il s'est esclaffé.

— Non, je crois que tu n'as pas bien saisi l'ampleur de la situation, mon ami. Le film de ta petite Olive, tu sais, celui dans lequel, bizarrement, tu tiens tant à jouer ? Tu peux faire une croix dessus. À la seconde où cette vidéo sera divulguée, tu seras viré. Je t'ai prévenu que la maison de production voulait t'imposer des clauses restrictives. Ils comptent entre autres t'interdire d'entretenir la moindre relation pendant toute la durée de tournage et de la promotion de leur film. Ils seront ravis de découvrir cette vidéo de toi alors qu'ils s'apprêtaient à annoncer ta participation au projet, tu ne crois pas ?

Je me suis redressé.

— Mais tu m'as dit toi-même qu'ils ne voulaient personne d'autre que moi pour le rôle d'Isaac.

Il a hoché la tête avec un petit rire sarcastique.

— Oui, Jason. C'est exactement ce que j'ai dit. Je suis d'ailleurs étonné que tu m'aies écouté.

Son petit sourire s'est envolé et il m'a dévisagé avec un regard noir, comme s'il attendait quelque chose.

Tout à coup, l'illumination. Je comprenais enfin ce qu'il essayait de m'expliquer. Je me suis levé d'un bond.

— Oh merde, elle a signé le contrat ! Mais ils ne peuvent pas renoncer au projet parce que j'ai foiré. Ça n'a rien à voir avec le roman d'Olive.

— Tu as raison, ça n'a rien à voir. Mais qu'est-ce que ça peut leur faire ? Le fait qu'Olive ait signé n'a aucune importance. Ce n'est qu'un contrat d'option. Tu sais comment ça se passe : il leur suffit de laisser l'eau couler sous les ponts jusqu'au jour où elle récupérera ses droits.

Du coin de l'œil, j'ai vu Megan se lever et s'installer devant son ordinateur.

— Ils ont contacté Olive Taylor uniquement parce que je leur ai assuré que je pouvais te convaincre de participer au projet, a continué Tom. Tu as lu le livre, non ? Je sais que tu l'as lu. Réfléchis une seconde. On dirait qu'il a été écrit pour toi. Tu as le profil parfait, pourquoi chercheraient-ils quelqu'un d'autre ?

— Mais de quoi tu parles, bon sang ?

— Ce que tu peux être lent à la détente, parfois, a-t-il pesté.

Il s'est approché de moi comme si j'étais un animal dangereux.

— Tu as bien dit qu'Olive et toi étiez amis d'enfance, non ?

J'ai opiné du chef.

— J'ai pour ainsi dire grandi chez elle. Son frère était mon meilleur ami.

— Oui, eh bien, je crois que c'est toi qui lui as inspiré le personnage d'Isaac.

— Non.

— Pourquoi pas ?

— D'abord, je ne me drogue pas, je n'ai jamais touché à ça et tu le sais. Ensuite, Genevieve est l'amie d'Isaac. Ils n'ont jamais habité ensemble. Olive était…

Olive était évidemment mon amie aussi, mais je n'arrivais pas à l'admettre.

— Olive était la sœur de mon pote. Ce n'est pas pareil.

Mon agent a levé les yeux au ciel.

— Oui et alors ? C'est une romancière. Elle se sert de son imagination. Dans sa version, tu te drogues. Dans la réalité, tu sautes à peu près tout ce qui bouge. Et en public. Dans sa version, tu es son ami. Dans la réalité, tu étais l'ami de son frère. Ça revient au même, bordel ! Ce n'est pas un film sur la drogue. C'est l'histoire d'Isaac et Genevieve. Elle voulait peut-être écrire une fin heureuse pour son amour de jeunesse. Ou un truc comme ça, je ne sais pas moi.

Il a repris son souffle avant de poursuivre en baissant d'un ton.

— Je dis juste que les producteurs te voulaient toi parce que tu es parfait pour ce rôle : le gamin paumé d'Hollywood qui tombe enfin amoureux à l'écran. Isaac est un personnage fort ; ce rôle aurait pu tout changer pour toi, t'ouvrir de nouvelles portes. Et puis, je tenais à ce que tu participes à ce projet parce qu'il aurait pu t'aider à restaurer ton image auprès du public. Pour toi, ça n'aurait été qu'un film de plus, mais, pour les spectateurs, ça aurait été bien plus que ça. Ils auraient quitté la salle en pensant à toute la souffrance que tu as endurée. Ils auraient enfin aperçu un autre pan de ta personnalité, découvert un homme capable d'aimer.

— Attends, tu me cherches, là ?

— Tu crois ? Tu as eu des relations stables ces dernières années ? Cite-m'en une seule.

Je me suis passé la main dans les cheveux, puis j'ai commencé à faire les cent pas, reprenant là où Tom s'était arrêté.

— Ça ne veut pas dire que je suis incapable d'aimer. Je n'arrive pas à croire qu'on ait cette putain de conversation. Je ne cherche pas de relation sérieuse, encore moins avec quelqu'un qui fait partie de cette industrie de cinglés, c'est un crime ? Tu parles comme si tu ne connaissais pas mon emploi du temps. Où voudrais-tu que je case une relation sérieuse dans ce foutoir ? Et puis, tu exagères : des histoires d'amour à l'écran, j'en ai déjà eu.

— Non, tu ne me feras pas avaler ça. Tu n'as jamais eu d'expérience amoureuse d'une telle intensité – à l'écran. Et une petite scène de sexe avec l'actrice principale alors que vous fuyez les balles et les obus, ça ne compte pas.

Tom s'apprêtait à assener le coup suivant lorsque Megan nous a interrompus d'un signe de la main.

— Les mecs, vous devriez venir voir ça.

Ce que nous avons fait. Une vidéo était affichée sur son écran d'ordinateur. Elle a cliqué dessus.

Nous avons regardé les quarante secondes d'enregistrement en silence.

— C'est tout ? ai-je demandé à la fin, prenant les devants.

Megan a fait pivoter sa chaise pour me faire face. À cette distance, la fureur était bien visible dans son regard.

— « C'est tout ? » Tu n'as rien d'autre à dire ?

— Ce ne sont que quarante secondes filmées avec un téléphone par un désaxé. Que veux-tu que je te dise ?

Elle a croisé les mains sur ses genoux.

— Donc, d'après toi, personne ne te reconnaîtra…

Elle a jeté un coup d'œil à l'écran.

— … en train de baiser avec Jennifer Widner, c'est bien ça ? Parce que je n'ai aucun problème de vue, Jason, je vois clairement tes hanches aller et venir, et aussi sa robe remontée au-dessus de ses hanches. Je vois presque ta bite entrer et sortir de sa chatte.

J'ai grimacé – ce n'est pas vraiment ce qu'on a envie d'entendre de la bouche de son attachée de presse.

— À moins que tu espères me convaincre que vous étiez juste en train de faire frotti-frotta dans cette impasse ? Parce que si c'est la version que tu comptes me faire servir aux médias, je suis au regret de t'informer que ça ne marchera pas. Entre autres parce qu'on te voit jeter la capote au moment où tu comprends que les paparazzis rappliquent.

Et que c'est justement le moment que notre petit caméraman a choisi pour zoomer sur ta tête, puis sur cette putain de capote *remplie.*

J'ai tressailli et je suis retourné m'asseoir sans autre commentaire.

— On sait si la vidéo est plus longue que cet extrait ? a demandé Tom à Megan.

— Il n'y a rien de précisé. C'est une chance qu'on n'ait pas le son en prime.

— Je ne paierai pas, ai-je de nouveau affirmé.

J'ai détourné les yeux de leurs mines consternées.

— Désolé, mais c'est hors de question, ai-je insisté. Ce con peut vendre la vidéo à qui il veut. Jamais je ne ferai de lui un homme riche. De toute façon, je suis prêt à parier qu'il l'enverra quand même à tout le monde dès qu'il aura reçu son fric.

Tom est venu s'asseoir près de moi.

— Écoute, Jason. C'est très sérieux. Cette histoire va t'anéantir. Si c'était ta seule bêtise, ça aurait pu passer. On serait peut-être même en train d'en rire. Mais il y a déjà eu les photos avec Zoey dans ta voiture, sans parler du reste… Tu ne t'en tireras pas aussi facilement cette fois, pas avec des preuves aussi accablantes.

Je me suis adossé au canapé et j'ai regardé Megan.

— Tu as la meilleure équipe d'Hollywood. Fais quelque chose, merde. Tu n'as qu'à me dégoter une gentille fille à fréquenter, une fille avec laquelle j'irais faire les courses au supermarché, main dans la main, histoire de détourner l'attention du public. « Jason Thorn en couple », voilà un scoop bien plus fracassant qu'une vilaine *sextape* toute floue.

— Parce que tu crois que les gens sont assez idiots pour gober ce genre de coup médiatique ? s'est de nouveau emporté Tom. De nos jours, s'inventer une fausse vie sentimentale est à la portée du premier abruti venu. Personne ne sera dupe.

Son attention a dévié vers Megan qui continuait à m'observer en silence.

— Tu comptes rester là sans rien dire ?

Elle a haussé les épaules.

— Tom a raison ; ce n'est pas une fréquentation prétendument sérieuse qui t'aidera à te sortir de ce merdier. En plus, ta tentative de diversion arriverait au moment où la vidéo éclate au grand jour, comme par hasard. Personne n'y prêtera attention. Néanmoins, si nous pouvions trouver quelqu'un qui…

Quelques coups ont retenti à la porte et la tête d'Alvin est apparue dans l'entrebâillement.

— On va rater notre vol, boss. Il faut qu'on y aille.

— Je suis là dans cinq minutes, ai-je répondu avec un signe de la main.

Une fois la porte refermée, je me suis de nouveau focalisé sur Megan.

— Tu disais ?

— Ça ne va pas te plaire.

— Jusque-là, rien ne m'a plu, alors pourquoi changer ?

— Si nous devons t'inventer une relation, il faut frapper fort. Il faut poser un acte capable d'éclipser cette vidéo et tous tes autres écarts.

— Viens-en au fait, me suis-je impatienté.

Elle a poussé un long soupir et s'est mise à pianoter sur le bureau avec ses longs ongles.

— Il faut que tu te maries.

J'en suis resté bouche bée. Puis, j'ai avisé l'air intéressé de Tom et j'ai éclaté de rire.

— Vous deux, vous avez complètement perdu la tête. Je vous paie pour trouver des solutions, pas pour me sortir des énormités pareilles. Vous venez de me rembarrer quand j'ai proposé de m'afficher avec une fille sérieuse pour faire comprendre aux gens que je m'étais assagi, et maintenant vous me sortez qu'ils voudront bien croire que j'ai trouvé l'élue de mon cœur et que je l'épouse ? Non mais, ça vous arrive de vous écouter parler ?

— Tu refuses de payer, a rétorqué Megan en haussant les épaules, alors je te confirme que quelques photos de toi la bouche en cœur devant une fausse petite copine ne suffiront pas à étouffer cette vidéo. Il faut que tu frappes un grand coup pour effacer ton ardoise une bonne fois pour toutes. Où est le problème ? Je ne suis pas en train de te demander de tomber amoureux. Une fausse petite amie ou une fausse épouse… c'est quasiment du pareil au même pour toi. La seule différence, c'est que tu devras vivre sous le même toit qu'elle pendant quelques années.

— Vivre sous le même toit ? Pendant quelques années ?

Mon hilarité a repris de plus belle.

— Tu es folle. Tom, ne me dis pas que tu es d'accord.

— Tu as une meilleure idée ? Il faut changer la perception que le public a de toi, alors si c'est le seul moyen…

Je me suis levé en les fusillant du regard et je me suis dirigé vers la sortie. J'avais une furieuse envie de les virer tous les deux sur-le-champ, mais ils étaient les meilleurs dans leur domaine et, apparemment, je n'étais plus en position d'imposer quoi que ce soit.

Je me suis arrêté devant la porte.

— Ce qui est sûr, c'est que je ne paierai pas. Laissez ce connard diffuser sa merde comme il veut.

J'ai ouvert. Dans le couloir, un Alvin plus que fébrile a tapoté le cadran de sa montre dans ma direction en haussant les sourcils.

— Jason.

Le ton fataliste de Tom m'a coupé dans mon élan.

— Si ce… Quand toute cette affaire aura éclaté, tu recevras toujours des offres, mais tu peux me croire, ça n'aura plus rien à voir avec celles que tu recevais jusque-là. Tu as joué avec le feu et, pardon, mais franchement tu t'apprêtes à partir en fumée.

Mon poing s'est contracté sur la poignée de la porte. J'ai pivoté sur mes talons pour leur faire face à tous les deux. Avec les années, nous avions tissé des liens. Ils me connaissaient, ils connaissaient mes ambitions et j'avais toujours apprécié leurs conseils. Jamais ils ne m'avaient acculé comme ça. Ils m'avaient toujours proposé plusieurs solutions.

— Je veux faire le film d'Olive, ai-je déclaré à Tom. Débrouille-toi pour que ça marche. Laisse fuiter l'annonce aujourd'hui avant que la vidéo soit divulguée ou peu importe. Ce que je veux, c'est que le studio ne puisse plus se rétracter.

Il a hoché la tête avec réticence.

— Je ferai de mon mieux.

Ensuite, je me suis tourné vers mon attachée de presse.

— Je n'aime pas ta solution, Megan. Je comprends l'idée, mais… enfin soit. Je dois y réfléchir. J'imagine que tu n'as pas de fiancées douces et innocentes à me présenter là tout de suite ?

— J'ai peut-être quelques noms, a-t-elle répondu posément.

— J'aurais dû m'en douter, ai-je bougonné. Quand je rentrerai du Canada, tu pourras me soumettre ta liste et je creuserai la question. C'est tout ce que je peux faire dans l'immédiat.

Cette fois, je me suis tourné pour partir.

— Jason, au Canada, il faut que…

— T'inquiète, Tom. Je ne laisserai aucune fille s'approcher de ma bite, y'a aucun risque. Pas avant un moment, en tout cas.

12
Olive

— Qu'est-ce que tu fabriques là-dedans, Olive ? a demandé Cha.

J'ai sorti la tête du congélateur.

— Tu n'aurais pas vu ma crème glacée ? Je l'avais cachée derrière les petits pois, mais je ne la retrouve pas.

Elle a ri.

— J'ai bien peur que tu arrives trop tard, j'ai vu Lucy l'engloutir hier soir.

— Maudite Lucy, ai-je grommelé, abandonnant les recherches.

— Tu es nerveuse ?

— Qui, moi ? Pourquoi veux-tu que je sois nerveuse ?

Pour toute réponse, Cha a incliné la tête sur le côté d'un air éloquent.

J'ai capitulé et levé les yeux au ciel.

— Il n'est pas parti longtemps, juste quelques mois, et il m'a envoyé des textos, mais oui, c'est vrai, je suis impatiente de le revoir.

Je n'aurais pas dû, bien sûr, mais je l'étais.

— Et comme si ça ne suffisait pas pour mon petit cœur fragile, je vais rencontrer le directeur du casting et assister aux auditions pour le rôle d'Evie. Et ça, c'est dément, je suis trop contente !

— Quelle chance. Je me demande quelles actrices vont se présenter. Si Keira Knightley se pointe, promets-moi de prendre des photos. Des tas de photos. Je veux la voir sous toutes ses coutures.

Je me suis assise sur le plan de travail d'un bond. J'aurais tellement voulu apaiser mes nerfs avec de la crème glacée.

— Euh, Cha, parler de Keira Knightley, ça ne m'aide pas du tout. Si je la croise, je risque de me ridiculiser encore plus qu'à ma première réunion avec les producteurs, et je ne veux surtout pas y penser.

Charlotte a sorti deux petites briques de jus de pomme – achetées la veille à la faveur d'une promo – et m'en a tendu une.

— Ma sauveuse, ai-je dit dans un soupir.

Elle s'est installée sur le plan de travail, en face de moi.

— Je t'aurais bien proposé de l'alcool pour te décontracter un peu, vu ton état, mais ce n'est sans doute pas une bonne idée.

— Non, en effet, ai-je répondu en grimaçant. Je me rattraperai ce soir. Tu viens toujours, hein ? T'as pas intérêt à nous lâcher comme la dernière fois. C'est une soirée karaoké.

— Ça risque pas. Je ne raterais une soirée karaoké pour rien au monde. Alors, ça te fait quoi d'avoir décroché ton diplôme à l'avance ? Tu as des projets ?

— Je ne sais pas trop ce que ça me fait. Je suis heureuse bien sûr, mais aussi un peu triste. J'ai remboursé tous mes emprunts d'étudiant grâce au roman, et c'est pas rien. Je me sens aussi légère qu'une plume. Je n'ai plus beaucoup d'économies à la banque, mais au moins je ne devrai plus me tracasser pour mes dettes.

Charlotte a secoué sa brique de jus avant d'y planter sa paille.

— Oui, je t'avoue que je n'ai pas hâte de commencer à rembourser mes emprunts. J'aimerais tellement avoir le temps d'écrire un livre, moi aussi.

Ça, je l'avais entendu pas mal de fois ces derniers mois. C'est fou, mais il s'avère que quand tu publies un roman et que – ô miracle – il te rapporte un peu d'argent – même si ce n'est qu'une cinquantaine de dollars par mois – il y a tout à coup beaucoup d'écrivains dans ton entourage. Bien sûr, ils sont tous bien plus doués que toi, seulement, eux, ils n'ont pas le temps de rester assis à se balader au pays imaginaire parce qu'ils sont déjà bien trop occupés dans la vraie vie.

— Oh, tu envisages d'écrire un livre ? ai-je demandé avec douceur en étudiant la brique de jus dans ma main.

— Eh bien, je suis étudiante en littérature anglaise moi aussi, alors oui, j'y songe. Je veux dire, si même toi tu y es arrivée… a-t-elle déclaré en gloussant nerveusement.

Je l'ai dévisagée, stupéfaite.

— *Même* moi ?

Son expression était indéchiffrable.

— Oh. Non, ce n'est pas ce que je voulais dire. Je me suis mal exprimée. En fait, tu n'as jamais dit à personne que tu écrivais un roman et puis pouf, tout à coup tu en publies un. C'est surprenant, c'est tout.

Lucy était devenue ma bêta-lectrice le jour où elle avait raflé mon PC portable pour découvrir sur quoi je passais autant de temps, mais je n'avais pas eu le courage de partager mes mots avec quelqu'un d'autre. Pas parce que je n'aimais pas Charlotte, pas du tout, mais j'avais beaucoup trop d'appréhensions.

Au cours du silence qui a suivi, elle a aspiré de longues gorgées de jus de pomme puis a posé sa brique à côté d'elle.

— Enfin soit. Je te demandais si tu avais des projets parce que… tu comptes peut-être déménager ?

— Déménager ? D'ici ?

— Oui. Il reste un semestre, mais comme le film va sûrement te rapporter beaucoup d'argent aussi…

Elle a haussé les épaules.

— … je me disais que tu avais peut-être envie d'avoir ton appartement à toi.

— Dis donc, tu ne serais pas en train d'essayer de te débarrasser de moi ? ai-je demandé, mi-amusée, mi-méfiante.

— Bien sûr que non.

Elle a sauté du plan de travail et a jeté sa brique à la poubelle sans l'avoir terminée.

— Tu connais Lily, je crois ?

J'ai acquiescé.

— Eh bien, son mec l'a foutue à la porte et elle cherche un toit pour le reste du semestre. Je lui ai dit que ta chambre allait peut-être bientôt se libérer.

— Désolée d'apprendre ce qui arrive à Lily, mais je n'ai pas du tout l'intention de m'en aller. J'aime trop vivre avec vous.

— Oh. Pourtant, vu ton attitude envers Marcus ces derniers temps, je croyais que tu ne te sentais plus très bien ici.

Elle semblait sincèrement déconcertée.

— Marcus et moi, on a été amis pendant un an avant de sortir ensemble, et on vit sous le même toit depuis presque trois ans. Je me sens très bien et je n'ai aucun problème avec lui, Cha. On passe beaucoup moins de temps ensemble, c'est tout. C'est plutôt lui qui a un comportement bizarre depuis cette histoire de bouquin.

— Je comprends.

Elle avait le regard fuyant.

J'ai rapproché mes fesses du bord du plan de travail pour descendre.

— Bon. Je suis bien contente qu'on ait mis ça à plat.

— Tu m'en veux ?

— Non, pourquoi ? J'aurais des raisons de t'en vouloir ?

— Non, non. Alors, je peux te poser une question ?

Je me suis réinstallée sur le plan de travail.

— Bien sûr. À quel sujet ?

J'ai happé ma paille et poussé un soupir de satisfaction au moment où le jus de pomme frais a touché ma langue.

— Jason Thorn.

Intriguée, je lui ai fait signe de poursuivre. Charlotte n'était pas du genre à interroger les autres. Elle observait. Elle écoutait. Sa timidité était telle que j'en avais parfois mal pour elle.

— Quand tu as découvert la vidéo de Jason dans l'impasse…

La douche froide. Pourquoi revenait-elle avec ça ?

— … est-ce que ça t'a choquée ?

Est-ce que les oiseaux chient ?

C'est quoi cette question ?

J'ai lâché la paille en arquant un sourcil.

— Où veux-tu en venir, Cha ?

— Nulle part.

Évitant toujours mon regard, elle jouait avec la machine à café que j'avais offerte à Lucy le jour où Amazon m'avait versé ma première paie.

— Je ne veux pas que tu souffres, c'est tout. C'est une star de cinéma, Liv. Je vous ai vus, tous les deux, le jour où il t'a déposée…

— Tu l'as à peine salué, puis tu as dû partir, Cha.

— Je sais. Je sais, mais il suffit de voir dans quel état tu es dès que tu parles de lui.

— Oui, et ?

— Marcus pense que tu es…

— Je me contrefous de ce que pense Marcus, Cha. Et pour répondre à ta première question : oui, cette vidéo m'a fichu un coup, mais pas parce que j'étais jalouse ou je ne sais quoi. Je ne me permettrais jamais de juger sa vie. Pour lui, je ne suis rien de plus qu'une amie, la sœur d'un vieux copain. Et je ne suis pas demeurée au point de me faire des films. C'est vrai, j'aime bien passer du temps avec lui, et alors ? Tu ne ferais pas pareil ? Et puis, ce n'est pas nouveau que Jason, euh, apprécie le sexe, pour ne pas le dire autrement. Sérieux, tous ces gens qui l'ont descendu à la télé ou sur Internet, qu'est-ce qu'ils s'imaginaient ? Qu'il était puceau ?

Elle a hoché la tête, songeuse.

— Il paraît qu'il a été viré de plusieurs projets à cause de cette vidéo. Et d'après certaines rumeurs, ton film pourrait aussi lui passer sous le nez.

— Manifestement, ce n'est pas le cas.

Cette fois, je suis descendue du plan de travail pour de bon et j'ai jeté ma brique vide à la poubelle.

— Quand même, a-t-elle insisté, il me fait l'impression d'une bombe à retardement. Tout ce que j'espère, c'est qu'il ne fera pas foirer ton film.

Soudain, la porte de l'appartement s'est ouverte sur Marcus et Lucy.

Je suis restée concentrée sur Cha.

— C'est un super acteur. Il peut décrocher tous les rôles qu'il veut. D'ici quelques semaines, tout le monde aura oublié cette vidéo. Il suffit qu'une autre célébrité trompe sa femme avec la baby-sitter de ses enfants pour que toute cette attention médiatique se détourne de lui. Qu'est-ce qui te prend aujourd'hui ?

— Je ne vois pas de quoi tu parles, a-t-elle marmonné sans me regarder.

— Salut, Liv, a lancé Marcus en déposant un baiser sur mes cheveux comme si c'était tout naturel avant de poursuivre son chemin vers le frigo.

Stupéfaite, je me suis tournée vers lui. Il a pris une bouteille d'eau, puis a fait demi-tour et est reparti aussi vite. Je me suis ressaisie.

— Attends, c'était quoi, ça ? ai-je lancé dans son dos.

— Je dis bonjour. Pourquoi, c'est interdit ?

Depuis l'entrée, Lucy me faisait de grands yeux.

— Il y a quelque chose qui ne tourne pas rond dans cet appart, aujourd'hui, ai-je déclaré.

À cet instant, mon téléphone a émis un tintement.

Sauvée !

— Mon Uber est là. Je file.

— Mais je viens de rentrer ! a protesté Lucy. Je ne t'ai même pas raconté ce que Jameson m'a fait aujourd'hui, a-t-elle argué avec un air entendu. Dans une classe vide !

— Laisse-moi deviner : il t'a fait chavirer ?

— Ah ça, on peut le dire, a-t-elle répliqué avec un sourire vorace.

— Écoute, je dois vraiment y aller. Envoie-moi un texto avec l'heure où on décolle pour la soirée karaoké, je rentrerai à temps pour me préparer.

J'ai attrapé mon sac à main et j'ai passé la porte sans croiser le regard de Marcus.

***

Enfin arrivée sur les lieux du casting, je suis descendue de mon Uber et je suis restée plantée devant le bâtiment pendant un long moment. Était-ce la perspective de voir mes personnages prendre vie qui m'exaltait à ce point ? Ou bien celle de retrouver Jason ?

— Olive !

J'ai fait volte-face. C'était lui.

Comme au ralenti, il est descendu de sa voiture si sexy, il a claqué la portière et il a enfilé ses Ray-Ban…

Oh là là…

Mini-orgasme imminent, alerte !

Il s'est dirigé vers moi. Plus il s'approchait, mieux je distinguais sa fossette – enfin, *ma* fossette, oui parce que je revendiquais son appartenance. Après tout, je l'avais découverte bien avant ses fans en délire. Première arrivée, première servie, pas vrai ?

— Salut, suis-je parvenue à articuler.

— Salut, toi.

Nous sommes restés comme ça, à nous dévisager, pendant un certain temps. Le sourire de Jason était de plus en plus embarrassé.

Devais-je le serrer dans mes bras ? Ou plutôt : *pouvais*-je le serrer dans mes bras ? Était-ce autorisé ? Pourquoi fallait-il que je sois si bizarre ?

Pour finir, il a éclaté de rire.

— Allez, viens là !

Il m'a gratifiée d'une accolade.

— J'ai l'impression que tu m'as plus manqué que je ne t'ai manqué, Olive. Je suis content de te revoir.

Il aurait pu trouver mieux, mais peu importe ; tant qu'il me serrait contre lui, tout me convenait.

J'ai dû pencher la tête en arrière et soulever ses lunettes de soleil pour enfin croiser son regard.

— Ravie de vous revoir aussi, monsieur Jason Thorn.

Il m'a embrassée sur la tempe en riant. Était-ce le fruit de mon imagination ou ses lèvres s'étaient-elles attardées un peu plus que nécessaire ? Ces deux secondes de bonus avaient-elles une signification particulière ? Et pourquoi opter pour la tempe au lieu de la joue ? Ça n'avait pas la même valeur ?

Toujours est-il que sous l'effet de ce baiser, mon cœur a poussé un soupir d'extase tandis que, dans mon ventre, les papillons étaient à deux doigts de défaillir. C'était ça, l'effet Jason. Paupières closes, j'ai pleinement savouré l'instant.

Après avoir trouvé l'étage où se déroulait le casting, Jason a pris le temps de me présenter à toute l'équipe. L'ambiance était décontractée, pas angoissante du tout. Ainsi, j'ai pu rencontrer le directeur du casting, Bryan, son assistant et le caméraman qui filmait les auditions. Jason semblait tous les connaître.

— Je suis retard ? s'est enquis Jason après avoir échangé une poignée de main avec tout le monde.

Sans détacher les yeux des documents qu'il avait devant lui, le directeur de casting a levé le bras au-dessus de sa tête.

— Pile à l'heure, comme toujours. Tu as pu jeter un coup d'œil au script ?

Ah bon, le script est prêt ?!

Opinant du chef, Jason a pris les feuilles que l'assistant lui tendait.

— Je l'ai reçu ce matin. Quelle scène veux-tu qu'on joue ? a-t-il demandé après avoir parcouru quelques pages.

— On va essayer celle où Isaac retrouve Genevieve pour la première fois.

— OK, super.

Jason a pivoté vers le coin de la salle où j'étais assise et m'a adressé un clin d'œil.

Je lui ai répondu d'un pouce levé – ringard – en souriant.

Il a secoué la tête, visiblement amusé, puis s'est de nouveau adressé à Bryan.

— On attend qui, pour le rôle d'Evie ?

— Il ne reste que trois candidates. On va voir comment vous vous débrouillez face caméra, ensuite on avisera.

Lorsque la première actrice, Claudia Colber, a fait son entrée, j'ai réussi à garder mon sang-froid et je n'en étais pas peu fière. Dommage que personne ne prêtait attention à moi, parce que j'aurais mérité les félicitations du jury.

Claudia portait un tee-shirt blanc simple, un jean noir et une paire d'espadrilles Toms. Ses cheveux relevés en queue-de-cheval avaient une splendeur naturelle avec laquelle je ne pourrais jamais rivaliser. Et, à première vue, elle n'était même pas maquillée. La plupart d'entre nous, simples mortels, aurions été contraints d'appliquer un peu de fond de teint, mais elle, bien sûr, avait hérité d'une peau parfaite, en plus de tout le reste.

Elle a serré la main de Jason, s'est entretenue quelques instants avec le directeur, puis s'est placée devant la caméra, le script à la main, et a attendu que Jason la rejoigne.

Focalisé sur eux, Bryan est allé s'asseoir à côté du caméraman.

— Prêts ?

Jason et Claudia ont acquiescé.

— Vous pouvez lire depuis le début. Par contre, je veux filmer la fin de la scène sous deux angles différents, alors après la première lecture, on fera une petite pause, puis vous referez la dernière partie. Allez-y.

Jason et Claudia ont commencé à se donner la réplique sous l'œil averti de Bryan qui les observait à travers un petit écran posé sur une table. Je me suis penchée sur ma gauche pour tenter d'apercevoir quelque chose, en vain. Qu'à cela ne tienne, je me suis concentrée sur leurs voix et, pour la première fois, j'ai entendu Isaac et Evie.

— Comment as-tu pu m'abandonner, Evie ?

Jason n'était déjà plus tout à fait Jason – son timbre était usé, brisé, désespéré. Il était en train de se métamorphoser en Isaac juste devant moi.

Claudia s'est avancée, la tête penchée sur le côté.

— Je ne t'ai jamais abandonné, Isaac. J'ai essayé, mais c'est impossible. Mais sache que je ne te harcèlerai pas. Je ne veux pas te forcer.

Jason a émis un rire éraillé.

— Me forcer ? Mais me forcer à quoi, Evie ? Que reste-t-il de nous en toi ?

Claudia a encore fait un pas vers lui et a levé une main avant de la laisser retomber et de serrer les poings.

— Je te dégoûte ? C'est pour ça que tu n'arrives plus à me toucher ? a insisté Jason, le regard intense.

Il n'avait pas craché ces mots à la figure de sa partenaire, son jeu était tout en nuances.

Claudia a tressailli et secoué la tête.

— Je ne veux plus te faire de mal, a-t-elle répondu d'une petite voix affligée.

Soudain, Jason a lâché son script, saisi Claudia par les poignets et l'a attirée à lui. Je ne m'y attendais pas du tout.

— Parce que tu crois que tu risques de me faire mal en me touchant ? Tu m'as tué à la seconde où tu m'as laissé entrer dans ton cœur, Evie.

— Isaac, a murmuré Claudia en offrant son visage à Jason. Des larmes brillaient dans ses yeux.

La vache ! Il ne manque que le pop-corn et les mouchoirs !

— C'est toi qui m'as abandonnée, a-t-elle affirmé. Tu m'as brisé le cœur et je n'ai jamais pu m'en remettre, Isaac. Mais ça n'a pas d'importance, n'est-ce pas ? J'imagine que tu ne comptes pas rester. Tu ne resteras jamais.

Holà, une minute !

Ça, ce n'était pas dans mon dialogue. Ils avaient transformé cette scène parfaitement romantique en un truc mièvre à mourir.

Claudia avait l'air dévastée. Une larme s'est même échappée de son œil.

Brusquement, Jason l'a lâchée, comme s'il s'était brûlé.

— Je suis revenu. Je suis revenu en rampant à tes pieds, a-t-il protesté d'une voix étranglée.

Il s'est penché et a pris son visage en coupe, obligeant Claudia à soutenir son regard.

— Evie. Tu es mon seul et unique amour.

Ils ont posé leur front l'un contre l'autre et ont fermé les yeux.

— Emmène-moi, a-t-elle chuchoté. Je ne veux plus que tu me laisses agoniser seule, loin de toi. Je ne veux plus jamais qu'on soit séparés.

Jason lui a embrassé le bout du nez, les paupières, puis s'est écarté de quelques centimètres sans la lâcher.

— Dis-moi que tu m'aimes encore, Evie. J'ai besoin de l'entendre.

Elle s'est hissée sur la pointe des pieds et a déclaré son amour contre ses lèvres. Ensuite, ils se sont cramponnés l'un à l'autre comme si c'était la fin du monde.

Pour moi, ça l'était. Et dire que j'allais devoir subir cette torture avec deux autres actrices. Qu'est-ce qui m'avait pris de dire à Jason que rien ne me ferait plus plaisir que de l'accompagner au casting ?

Ça suffit, maintenant ! Que quelqu'un crie « coupez ! », par pitié !

Lorsqu'ils se sont enfin séparés, Bryan les a remerciés et a réclamé une nouvelle prise sous un autre angle de vue. Ah non ! Pas question de m'infliger ça une deuxième fois. Sur un plateau de tournage, ce serait une autre histoire, mais ici, avec si peu de monde autour d'eux… ça donnait à la scène un côté intime, presque réel. Comme si l'équipe et moi étions des intrus qui gâchaient leur beau moment.

Hélas, je n'avais pas le choix. J'ai donc attendu que Bryan soit satisfait et libère Claudia.

Ensuite, j'ai dû encaisser la même chose avec deux autres magnifiques actrices, très célèbres et très talentueuses. La troisième, Lindsay Dunlop, pulvérisait littéralement l'écran. À tel point que Bryan lui a demandé d'interpréter trois scènes différentes avec Jason. Voilà, ils la tenaient, leur Evie ; le sourire radieux de Lindsay et de Jason en témoignait.

Personne ne m'ignorait ouvertement, mais j'étais un peu isolée dans mon coin et je jurais dans le décor. J'avais le sentiment que ma présence était tout juste tolérée parce que j'accompagnais Jason Thorn. Ces gens n'en avaient rien à carrer que ce soit moi qui ai écrit l'histoire.

Submergée par tous ces baisers, les jeux d'acteur, les répliques… j'ai fini par m'échapper de la salle sur la pointe des pieds – précaution inutile, personne n'aurait rien remarqué de toute façon.

J'étais en train de chercher mon téléphone dans mon sac lorsque quelqu'un m'a heurtée de plein fouet au coin du couloir. J'ai failli tomber à la renverse.

Le choc. La douleur. J'ai baissé les yeux sur mon buste en poussant un petit cri.

Ma blouse était couverte d'une sorte de liquide vert. Ça sentait le café, mais c'était vert.

Et bouillant !

— Oh mon Dieu ! Est-ce que ça va ? a demandé quelqu'un.

— Merde ! Merde ! Merde !

Les yeux brûlants de larmes, j'ai lâché mon sac sur la moquette, j'ai tiré sur le tissu de mon chemisier pour l'écarter de ma peau enflammée et je me suis mise à souffler dans l'espoir d'apaiser celle-ci.

Une fille s'est précipitée vers l'homme qui m'avait bousculée.

— Monsieur, est-ce que tout va…

— Allez chercher quelque chose pour nettoyer la demoiselle, lui a-t-il ordonné sèchement.

Puis il s'est adressé à moi d'une voix radoucie.

— Olive Taylor ?

J'ai relevé la tête. C'était Keith, le producteur aux dents d'une blancheur surnaturelle.

— Oh. Bonjour, ai-je lancé, la lèvre inférieure un peu tremblante.

J'ai risqué un coup d'œil dans mon décolleté ; ma poitrine était rouge écrevisse.

Merveilleux.

La fille est réapparue et a tendu une serviette humide à Keith.

— Laissez-moi faire, a-t-il dit en s'avançant.

J'avais bien trop mal pour décliner son aide, alors j'ai écarté mes cheveux et je l'ai laissé tamponner avec délicatesse la serviette froide sur ma peau.

— Merci. Ça fait vraiment du bien.

Nos regards se sont croisés et il m'a adressé un petit sourire contrit. Il devait avoir autour de trente-cinq ans, mais il était plutôt pas mal pour son âge – abstraction faite de son sourire artificiel. Lorsqu'il a atteint la naissance de mes seins, j'ai dégluti et détourné la tête.

La serviette humide n'était peut-être pas la meilleure solution, mais ça me soulageait. Pour l'instant, du moins. Il fallait que je me débarrasse de ma blouse trempée au plus vite, d'autant que participer à un concours de Miss Tee-shirt mouillé ne figurait pas sur ma liste de priorités.

Au moment où Keith ouvrait la bouche pour parler, quelqu'un m'a saisi par le poignet et m'a brusquement tirée en arrière. J'ai relevé la tête, interloquée.

Jason. Il s'est placé devant moi en fusillant Keith du regard.

— Mais bon sang, qu'est-ce que vous prend ? Ça va pas de la toucher comme ça ?

— Jason ! me suis-je écriée avec un train de retard.

Il me tenait toujours, mais sans rudesse.

Keith a gardé son sang-froid, mais il semblait sidéré par l'agressivité de Jason.

— Jason, ai-je répété en tirant sur son bras pour tenter de capter son attention. Je suis couverte de café, il voulait juste m'aider.

— De smoothie, Olive, a rectifié Keith avec un petit sourire.

Un smoothie chaud ?

Sérieux ?

— En te pelotant ? a grogné Jason, rouge de colère.

Il a enfin baissé les yeux sur moi.

— Ouh là ! s'est-il exclamé en découvrant l'ampleur des dégâts. Ouh là ! Est-ce que ça va, Olive ?

— Ça devrait aller.

J'ai avisé le producteur par-dessus l'épaule de Jason. Le pauvre, il méritait des excuses.

— Je suis désolée, Keith. J'avançais sans regarder. Merci pour votre aide.

Puis je me suis tournée vers Jason et j'ai levé mon bras toujours captif.

— Tu veux bien me lâcher ? J'aimerais y aller.

Bien sûr, il ne l'a pas fait, mais au moins, sa colère était retombée.

— Désolé, vieux, a-t-il dit à Keith. Quand je vous ai aperçus tous les deux… j'ai vu rouge. Mais j'étais à côté de la plaque.

— Et on peut le comprendre. Vous vouliez défendre votre amie.

Jason a pincé les lèvres.

Quelqu'un peut m'expliquer ce qui se passe ?

— À bientôt j'espère, mademoiselle Taylor, a lancé Keith avant de s'éloigner.

Jason m'a enfin rendu ma liberté et a repoussé mes cheveux derrière mes épaules avec précaution.

— On fonce aux urgences.

— Pas question. Pardon, mais c'est quoi ton problème ? Il ne faisait que m'aider. Que voulais-tu qu'il me fasse dans ce couloir, en public ?

Il a eu la décence de détourner les yeux.

— Bon, et moi, qu'est-ce que je peux faire pour t'aider ? a-t-il demandé au lieu de me répondre.

J'ai poussé un soupir.

— Tu devrais retourner là-bas, Jason. J'allais partir de toute façon.

J'ai de nouveau décollé mon chemisier de ma peau. Avec un peu de chance, je dégoterais un Uber dans le coin et je pourrais rentrer chez moi sans croiser trop de monde.

— Le casting est terminé.

Il a plaqué sa main dans le bas de mon dos et m'a poussée vers la sortie.

— Allons-y. Je dois avoir un tee-shirt de rechange dans la voiture. Pendant que tu te changes, on évaluera la gravité de la situation et on décidera si on va aux urgences ou pas.

— D'accord, maman, ai-je bougonné.

Il m'a décoché un regard noir.

— Je maintiens que ta voiture est trop mignonne, ai-je déclaré en arrivant sur le parking.

— C'est une Venom GT Spyder, Olive. Elle n'a *rien* de mignon.

J'ai haussé les épaules derrière son dos. Moi, je la trouvais trop chou, avec ses petits yeux et sa bouche adorable.

Il a déverrouillé les portières et s'est penché pour attraper quelque chose derrière son siège.

Un tee-shirt gris.

— Déshabille-toi, a-t-il dit en se redressant.

— Euh, pardon ?

Il a voulu attraper le bord de ma blouse pour la soulever, mais je l'en ai empêché d'une petite tape sur les mains.

— À quoi tu joues ? a-t-il soufflé.

Deux filles sont passées à hauteur de sa voiture en pressant le pas, leur téléphone collé à l'oreille.

— Olive, il faut bien que je voie si c'est grave. Enlève ça.

Il a approché ses mains et je les ai de nouveau repoussées, en frappant un peu plus fort, cette fois.

— Je ne vais quand même pas me foutre à poil devant tout le monde, si ?

Il m'a dévisagée, incrédule.

— On est sur un parking privé. Personne ne peut entrer ici sans autorisation. Et personne ne peut te voir, tu es protégée par ce SUV et ma voiture. Allez, dépêche-toi.

Il est revenu à la charge, mais naturellement, j'ai de nouveau riposté, encore plus fort, et je lui ai jeté un regard meurtrier.

Cette fois, il a ri.

— Ne m'oblige pas à le faire à ta place, Olive. Je n'ai pas envie de te faire mal.

— Ta bagnole ne t'arrive même pas jusqu'au torse, Jason. Elle ne cache rien du tout.

— Alors, tourne-toi vers le SUV et je vais faire écran de l'autre côté. Sauf si tu préfères aller directement aux urgences. À toi de choisir.

— Non, ai-je rétorqué sèchement.

— Dans ce cas, fais ce que je te dis.

Je l'ai toisé en plissant les yeux.

— T'es pénible.

Nous nous sommes défiés du regard pendant quelques instants, ce qui m'a donné chaud au passage, mais c'est moi qui ai fini par capituler.

Marmonnant dans ma barbe, je lui ai tourné le dos, et j'ai ôté ma blouse. Ce n'était plus aussi douloureux qu'un peu plus tôt, mais j'aurais volontiers appliqué quelques glaçons sur mes seins. J'ai laissé le vêtement tomber à terre et…

Merde ! Le tee-shirt de rechange était toujours dans la main de Jason.

— Donne-moi ce satané tee-shirt, lui ai-je soufflé en m'assurant que personne ne rôdait autour de nous.

— Pourquoi tu parles tout bas ?

Il s'était penché pour chuchoter à mon oreille et son souffle chaud m'a chatouillé la nuque.

J'ai fait volte-face en poussant un petit cri tandis que ce mec aussi beau qu'insupportable s'esclaffait.

— Je croyais que tu devais te tourner dans l'autre sens, me suis-je indignée.

Son regard est tombé sur ma poitrine. Aussitôt, il a détourné la tête en contractant les mâchoires.

— Qu'est-ce que c'est que ça ? a-t-il maugréé entre ses dents serrées.

J'ai croisé les bras devant mes seins.

— À ton avis ? Je crois que ça s'appelle des nichons.

Les trouvait-il trop gros ? Sans doute. La nature ne m'avait pas dotée de jolis petits seins raffinés qui pouvaient se passer de soutien-gorge la nuit.

— Mais pourquoi tu ne portes pas un truc blanc tout simple ?

En dépit du ridicule de la situation, j'ai baissé les yeux sur mon buste et j'ai éclaté de rire.

— Quoi, mon soutien-gorge ? Il ne te plaît pas ? Qu'est-ce que ça peut te faire, d'abord ? Je le trouve très bien, moi.

Il a poussé un soupir agacé.

— C'est… Il… ne cache rien du tout. On voit à travers.

— Oui, et ?

— Tu n'es pas censée porter ce genre de trucs.

— Première nouvelle ! Je suis sûre que tu as déjà croisé bien pire.

J'ai pris une profonde inspiration. Ma patience avait des limites.

— Contente-toi de me passer ce putain de tee-shirt, Jason. Et désolée si ça te dégoûte ou si ça te gêne ou peu importe ce qui t'arrive, ce n'était pas mon intention.

Il a dardé son regard sur le mien.

— Me dégoûter ? Olive, a-t-il commencé en s'avançant.

Je l'ai interrompu avant qu'il se lance dans un laïus de grand frère protecteur qui m'aurait foutu en rogne, ou, pire, brisé le cœur une fois de plus.

— Jason, il y a des gens qui rappliquent. S'il te plaît, donne-moi ton tee-shirt que je puisse me couvrir.

Sa mâchoire a tressauté, mais il a cédé et je me suis vêtue en vitesse.

— Merci.

Il s'est encore avancé et je me suis retrouvée acculée contre le SUV. Il a soulevé le tee-shirt. Juste un peu. Cette fois, je ne l'ai pas repoussé. C'était trop tard, il en avait vu bien plus que ce que j'étais prête à lui montrer.

Délicatement, il a effleuré mon ventre, ses doigts se sont promenés sur ma peau irritée.

Vous voyez ce truc qu'on a dans la poitrine, celui qui bat ? Le mien s'est senti pousser des ailes et s'est envolé, loin, très loin.

Quant au machin que j'avais dans le crâne, il était complètement réduit en compote.

J'ai retenu mon souffle. Mon cœur a ralenti, à tel point que je ne savais plus si j'étais encore en vie ou déjà au paradis. J'ai levé la tête, Jason a plongé son regard dans le mien.

À ce stade, je devais ressembler à une caricature de déesse offerte, un GIF genre « je suis prêêêête ».

— Ça a l'air moins grave ici que sur… qu'au niveau de ton décolleté, a-t-il constaté avec douceur.

Il a laissé retomber le tee-shirt.

Il n'a pas reculé.

Je n'ai pas détourné la tête.

Sa main était toujours au même endroit.

Sur mon ventre.

Sous le tee-shirt.

Pour finir, il s'est écarté en poussant un soupir. Ouf, j'ai recommencé à respirer.

Au lieu de le supplier de me prendre sauvagement, là, tout de suite, contre ce SUV, car, oui, j'en mourais d'envie, j'ai dit :

— Ça va aller. Je mettrai quelque chose dessus en rentrant. Ce n'est pas aussi moche que ça en a l'air.

Il n'était pas convaincu, mais il a ouvert la portière de sa voiture et m'a aidée à monter.

Jason Thorn, mon amour de jeunesse devenu star de cinéma, venait de me caresser le ventre avec tendresse, et je n'étais pas en pleine crise d'hyperventilation.

Hum...

Je commençais peut-être à dompter mes ardeurs (mon obsession).

13

Jason

J'avais déposé Olive chez elle une heure plus tôt et je me retrouvais assis dans le bureau de Megan, à réparer mes bêtises, une fois de plus. Je venais d'étudier douze portraits de jeunes femmes ; j'en reconnaissais certaines, les autres m'étaient totalement inconnues, mais j'étais sûr d'une chose : aucune d'entre elles ne me convenait.

J'ai reposé les photos sur le bureau de mon attachée de presse.

— Je commence à douter de tes compétences, Megan.

Elle m'a considéré d'un air absent en prenant une gorgée de son thé vert, puis a doucement reposé sa tasse.

— Ça fait quoi ? Un mois ? Deux ? Et tu n'as toujours pas jeté ton dévolu sur une fille, Jason. On ne te demande pas de t'engager pour la vie. Choisis-en une, qu'on puisse rédiger un contrat et avancer, bon sang.

— Je refuse d'épouser une de ces starlettes assoiffées de sang qui cherchent juste plus de visibilité. Je ne veux pas me retrouver obligé de la trimbaler partout ; événements, trucs promo à la con et tout le reste. Le mariage forcé est déjà une torture en soi, alors c'est bon comme ça.

Megan a incliné la tête sur le côté.

— Mais Jason, pourquoi crois-tu qu'on fait ça ? Il faut que ce soit gagnant-gagnant. Si elles n'en retirent aucun avantage, à quoi bon t'épouser ?

Aïe.

— Toi, tu as besoin de restaurer ton image, de rappeler au public et, on ne va pas se mentir, à toute l'industrie du cinéma, que tu es un putain de bon acteur avant tout et pas juste une espèce d'exhibitionniste raté. Quant à cette fille, celle que tu choisiras d'épouser, bien sûr qu'elle se servira de toi pour son bénéfice. C'est le jeu, et c'est à prendre ou à laisser.

Je me suis avachi sur ma chaise en me massant les tempes.

— Je n'aime pas ça, Megan. Je n'aime pas ça du tout.

Elle s'est penchée sur son bureau.

— Écoute, Jason. Tu as un talent fou. Tu as le potentiel pour devenir un des meilleurs acteurs de ton époque, mais ce n'est plus l'image que les médias renvoient de toi pour l'instant. Tu as lu les tabloïds dernièrement ?

— Tu sais très bien que je les fuis comme la peste.

— *Toi*, peut-être, mais les gens s'y intéressent. Ils raffolent des potins, ils adorent qu'on leur dévoile les vilains petits secrets des célébrités et lyncher leurs idoles au moindre faux pas ; ils sont sans merci. C'est comme ça et ça ne changera jamais, que ça te plaise ou non. Mais tu es dans la partie depuis assez longtemps pour connaître les règles du jeu.

Elle s'est interrompue pour boire une nouvelle gorgée de thé. J'avais envie de lui arracher cette fichue tasse des mains et de la jeter contre le mur.

— Tu sais ce que le public va découvrir demain ?

— Non, quoi ? ai-je grogné.

— L'interview exclusive d'une étudiante canadienne. Apparemment, tu l'as sautée un peu partout dans Toronto et elle balance votre liaison. Un vrai scoop.

Elle m'a dévisagé, un sourcil arqué, attendant ma réaction. J'ai secoué la tête, estomaqué.

— Quoi ? Mais quelle étudiante ? De quoi tu parles, bordel ? Je n'ai plus touché personne depuis l'histoire de l'impasse.

— Ce n'est pas ce qu'elle prétend.

— Parce que tu te fies plus aux tabloïds qu'à moi, maintenant ?

— Mon opinion ne compte pas. *Moi*, je sais que tu n'as plus couché avec personne parce que je suis restée en contact avec Alvin.

Je l'ai scrutée avec un regard incriminateur. Elle a haussé les épaules.

— Si je veux te protéger, j'ai besoin de savoir ce qui se passe dans ta vie avant tout le monde. Alors, évidemment que je te tiens à l'œil. Le problème, c'est que demain tout le monde va gober l'histoire de cette étudiante, qu'elle soit vraie ou pas. Et les gens se ficheront bien qu'il n'y ait aucune photo pour prouver ce qu'elle avance. Ils avaleront ces salades sans moufter parce que c'est du Jason Thorn tout craché. Tu les as habitués à ça. D'ailleurs, maintenant, dès qu'ils entendent ton nom, c'est à ça qu'ils pensent.

— Il n'y a aucune photo pour le prouver parce qu'il ne s'est rien passé à Toronto.

J'ai poussé un soupir. Quoi que je fasse, je serais perdant.

— Tu es en train de me coller la migraine, Megan.

— Si seulement cette migraine était ton seul souci. Tu connais l'adage : mieux vaut une mauvaise publicité que pas de publicité du tout ? Eh bien, dans ton cas, ça ne marche pas. Le déni, ça ne dure qu'un temps, et ton public n'achète plus ce que tu veux lui vendre. Tu veux être reconnu pour ton travail, pas pour ta vie privée, c'est ce que tu m'as dit le jour où tu m'as engagée, et tu avais raison. Il n'y a que comme ça que tu continueras à obtenir les plus grands rôles. Si tu ne redresses pas la barre très vite, tu vas tout perdre et plus personne ne voudra de toi à l'affiche de son film.

— Et épouser la première venue va régler tous mes problèmes, ai-je répliqué avec un petit ricanement chargé d'amertume.

Je me suis levé. Pendant que nous discutions dans ce bureau, le ciel s'était teinté de rose et d'orange, mais c'étaient des nuages noirs qui s'amoncelaient dans ma vie et menaçaient mon avenir.

— Je n'ai pas dit que ça allait résoudre tous tes problèmes d'un coup de baguette magique. Tout va dépendre de ton comportement *après* le mariage. Tu vas devoir jouer les maris modèles pendant un certain temps. Et éviter de tromper ta femme. On n'est pas obligé d'ajouter une clause de fidélité au contrat, je m'en fiche, tout ce qui compte, c'est que tu n'ailles plus sortir ta queue n'importe où et qu'un vrai changement s'opère dans tes habitudes.

— De toute façon, c'est fini, je ne baise plus avec personne, ai-je maugréé.

Elle a balayé mes considérations d'un revers de la main.

— Bien sûr, il faudra avant toute chose que vous ayez l'air de sortir ensemble pendant un mois ou deux avant d'annoncer votre union. On laissera fuiter de jolis clichés de vous ensemble. Puis on vous inventera une belle idylle et vous vous marierez en secret ou un truc comme ça.

Je me suis passé les mains sur le visage.

— Une belle idylle, ai-je répété d'un air désabusé. Tu parles. Ma vie est en train de se transformer en film d'horreur.

— La prochaine fois, tu te rappelleras à temps qu'il vaut mieux garder ta bite dans ton pantalon, ça t'évitera ce genre de désastre.

— Merci du conseil, ai-je rétorqué avec sarcasme.

— Maintenant, rentre chez toi, Jason, a-t-elle dit d'un ton las. J'ai des coups de fil à passer pour essayer d'ajouter quelques candidates à la liste des « dulcinées » potentielles.

— Parfait, ai-je grommelé en me dirigeant vers la porte.

— Rendez-vous demain à seize heures. Et ne m'oblige pas à te courir après. Tu dois choisir quelqu'un pour qu'on puisse commencer à plancher sur une belle histoire. Ce n'est pas le genre de truc qui se fait du jour au lendemain.

Je suis sorti sans un mot de plus.

***

Moi : Qu'est-ce que tu fais de beau ?

Olive : Je ne vais pas tarder à m'envoyer en l'air et à hurler comme une dingue pour la deuxième fois aujourd'hui.

Moi : Quoi ?!

Olive : LOL ! T'inquiète, c'est pas ce que tu crois, malheureusement. Je suis à une soirée karaoké. Lucy a décidé qu'on allait fêter le lancement du tournage en beuglant. Dans dix minutes, on chante « Marvin Gaye » de Charlie Puth pour la deuxième fois… Et je serais pas étonnée qu'on remette ça plusieurs fois d'ici la fin de la soirée.

J'étais rentré chez moi et j'avais essayé de lire le scénario presque abouti que Bryan m'avait donné, mais plus j'essayais de me détendre, plus je me sentais comme un animal pris au piège, dans ma propre maison – qui ne serait bientôt plus tout à fait la mienne, puisque je serais contraint de la partager avec une inconnue.

Pour arrêter de m'apitoyer sur mon triste sort, j'avais décidé de contacter Olive pour voir si elle était libre et si on pouvait discuter du script. Après tout, elle connaissait Isaac mieux que personne, et même si j'avais lu son roman avec attention deux fois, elle m'aiderait à entrer dans l'esprit et dans le cœur d'Isaac. Je lui demanderais par exemple à quoi elle pensait quand elle écrivait les chapitres de son point de vue à lui. Elle me donnerait peut-être des détails sur son passé, des éléments qu'elle seule pouvait connaître.

Quant aux scènes de sexe débridé… ça, en revanche, je n'étais pas prêt à les aborder avec elle. Maintenant que j'avais terminé le livre, je comprenais pourquoi Olive ne voulait surtout pas que Dylan et son père le lisent. Ils risquaient d'avoir une attaque. En tout cas, ils n'arriveraient plus à la regarder dans les yeux, ce qui serait vraiment une tragédie. Ses yeux étaient si… uniques, magnifiques, envoûtants ; on n'avait qu'une envie, s'en approcher pour mieux les contempler, s'imprégner de leur profondeur, déceler les éclats noisette parmi les nuances lumineuses de vert, admirer leur façon de pétiller quand elle souriait.

Le soir où elle était venue chez moi pour rencontrer Tom, j'avais découvert que je prenais beaucoup de plaisir à la dévorer du regard, ses yeux, mais aussi le reste, ce qui faisait sans doute de moi un beau salaud.

En relisant son dernier texto, j'ai pris conscience que j'étais déçu. J'avais envie de lui parler, de l'écouter surtout, de la revoir tout simplement. D'ailleurs, si je l'avais invitée à assister au casting, c'était pour ça, non ? J'avais été si heureux en l'apercevant devant l'entrée. Et son sourire quand elle m'avait vu arriver. L'espace d'un instant, j'avais oublié qu'Olive était la petite sœur de mon pote Dylan.

Je n'aimais pas du tout la tournure que prenaient mes pensées. J'ai jeté le script à côté de moi en secouant la tête. C'était peut-être le manque de sexe qui me montait au cerveau. Mon téléphone a tinté. Un message d'Olive.

Olive : Et toi, tu fais quoi de beau ?

J'ai souri, puis je suis allé dans le jardin faire quelques pas et lui répondre.

Moi : Je savoure ma liberté tant qu'il est encore temps.

Olive : Quoi ?

Moi : Rien, laisse tomber. J'ai reçu une partie du script et je me demandais si tu étais libre pour en discuter, me parler d'Isaac, bref me faire profiter de tes connaissances.

Olive : Ça fait presque trois ans qu'Isaac ne me quitte plus. De jour comme de nuit. Il est tellement désespéré, et pourtant parfait. Bref, on en cause quand tu veux. Je pourrais en discuter pendant des heures.

Moi : Attends, on parle bien du même Isaac ?

Olive : Il n'y a qu'un seul Isaac dans mon cœur. Même si lui, il a donné le sien à Evie, il m'appartient pour toujours.

Moi : J'ai l'impression que tu as un peu trop bu, petite Olive.

Olive : C'est soirée cocktails !!! Et je veux plus être la petite, Jason ☹ Je veux être la grande Olive. Je suis grande maintenant. Je ne suis plus un pot de colle ni un crampon.

Aucune idée de ce à quoi elle faisait allusion. Après un petit moment d'hésitation, j'ai appelé mon assistant.

— Salut, Alvin.

— Salut, boss. Quoi de neuf ?

J'ai repéré un bruissement en fond.

— Désolé, mec. Je tombe mal ?

— Non, ça va. Tu as besoin de moi ?

— Oui. J'aimerais que tu me trouves l'adresse d'un… euh ce doit être un bar d'étudiants. Ils organisent une soirée karaoké.

Je l'ai entendu allumer son ordinateur.

— D'accord. Tu as plus d'infos, histoire d'affiner la recherche ? Sinon, la liste de résultats risque d'être un peu trop longue à ton goût.

— Ça doit se situer du côté de l'université. Je vais t'envoyer son adresse, comme ça, tu pourras aussi vérifier les bars près de chez elle.

— Chez « elle », c'est de chez Olive Taylor qu'on parle ?

— Oui, ai-je répondu distraitement en rentrant dans la maison.

Si je voulais sortir, il fallait que je me change.

— Tu ne comptes pas aller la rejoindre dans ce bar, j'espère ?

— En admettant que ce soit le cas, ça te pose un problème ?

— Eh bien, ça voudrait dire que tu ne t'es pas encore assez fait engueuler par Megan et que tu en redemandes.

— Ne t'inquiète pas, lui ai-je assuré en riant, elle n'en saura rien.

Je me suis arrêté à côté de mon lit.

— Sauf si tu la mets au courant, mais tu ne feras pas ça, à moins que tu aies envie de te faire virer. Tiens-moi au courant. Je t'envoie son adresse par texto.

Je me suis exécuté tout de suite après avoir raccroché. Ensuite j'ai choisi une tenue « cool » dans mon dressing, une tenue qui m'aiderait à passer inaperçu dans la population étudiante.

Quinze minutes plus tard, je prenais la route avec l'espoir de retrouver Olive dans l'un des cinq établissements qu'Alvin m'avait renseignés par texto.

***

C'est dans le quatrième bar que j'ai fini par tomber sur… quelque chose. Je veux parler d'Olive et de sa copine, celle qu'elle m'avait présentée le premier jour – Lucy ? Ou Charlotte ? Debout sur une petite scène de fortune, elles s'apprêtaient à chanter.

Olive était… merde, elle était superbe. On devinait qu'elle avait relevé ses cheveux sans trop faire attention et le résultat, sorte de chignon négligé, était très joli. Quelques mèches rebelles retombaient sur ses épaules, encadrant son visage et soulignant son magnifique sourire. Elle portait une mini-robe très moulante au niveau de la poitrine.

Mais pourquoi je suis encore en train de mater ses seins ? Fait chier !

Tout à coup, la musique a jailli des baffles à plein volume et Olive a commencé à remuer en rythme. Sans crier gare, elle a défait son chignon et secoué la tête pour déployer ses cheveux, puis elle a dit quelque chose à sa copine avec un grand sourire, mais je n'ai pas pu l'entendre. Comme elle me l'avait annoncé un peu plus tôt, elles ont entonné *Marvin Gaye*, avec un déhanché langoureux. Devant la scène, des sifflements appréciateurs ont fusé d'un groupe d'abrutis qui n'en perdaient pas une miette.

J'ai enfoncé ma casquette de baseball sur mes yeux et je me suis rapproché, tête baissée ; il fallait à tout prix éviter d'attirer l'attention. Je me suis trouvé un petit renfoncement sombre non loin de la scène. Je serais bien allé me chercher une bière au bar, mais c'était un risque inutile. De toute façon, je partirais dès que je serais sûr qu'Olive était en sécurité avec ses amies. Les mains dans les poches, je me suis appuyé au mur lambrissé et j'ai assisté à leur numéro avec un mélange de stupeur, d'amusement et de fascination.

Lorsque son amie a pris le relais et entamé le deuxième couplet, Olive a souri en se mordillant la lèvre inférieure et j'ai été littéralement ensorcelé.

Pris en traître.

Au refrain, elles ont recommencé à chanter ensemble. Olive a tourné le dos à sa partenaire et lui a décoché un petit clin d'œil espiègle par-dessus son épaule. J'étais prêt à parier des millions de dollars que tous les mecs de cette salle surchauffée avaient l'attention braquée sur elle, pas sur sa copine. Cette dernière, une petite brune enflammée, ne faisait pas le poids. La beauté d'Olive catalysait la foule, mais elle n'avait pas l'air de s'en soucier. Pourtant, si l'occasion se présentait, la moitié de ces crétins n'hésiteraient pas à lui sauter dessus.

Sans m'en apercevoir, je m'étais encore rapproché de la scène. Me fondre dans la masse avait été plus facile que je le pensais, je ne prenais pas beaucoup de risques en m'exposant un peu plus.

C'est vrai, les gens ne s'attendaient pas à me voir traîner dans un bar d'étudiants. Même si certains avaient l'impression de m'avoir déjà vu quelque part, avec le taux d'alcool qu'ils avaient dans le sang, ils ne se souviendraient de rien demain matin. Et si quelqu'un se mettait à prendre des photos, je m'éclipserais.

Hypnotisé par le spectacle, ou plutôt par Olive, je n'ai pas remarqué qu'un mec se frayait un passage à côté de moi et je me suis pris un coup de coude dans les côtes qui m'a arraché un grognement de douleur. J'ai vissé un peu plus ma casquette sur ma tête ; il ne fallait surtout pas qu'on distingue mon visage. Je ne pourrais pas passer toute la soirée ici, mais je n'irais nulle part tant que je n'aurais pas parlé à Olive et tant qu'elle risquait de se faire tripoter par un de ces connards bourrés.

Ils ne m'inspiraient aucune confiance ; à coup sûr, un de ces enfoirés en rut tenterait sa chance au moment où elle descendrait du podium.

La température ne cessait de grimper dans la petite salle, mais Olive et sa copine semblaient loin de tout ça, elles savouraient leur moment, elles riaient, elles rayonnaient. Tout à coup, elles se sont retrouvées face à face, chacune à une extrémité de la scène. D'un doigt aguicheur, Olive a fait signe à sa copine de s'approcher et je me suis surpris à avancer dans sa direction, moi aussi.

Nom de Dieu, Jason !

Les paroles de cette chanson parlaient de l'amour, de son pouvoir de guérison, et Olive m'avait totalement embarqué avec elle. Soudain, mon téléphone s'est mis à vibrer dans ma poche. Le nom de Megan s'affichait à l'écran. J'ai ignoré l'appel, mais ça m'a agacé. Trop nerveux, je m'apprêtais à partir lorsqu'un type a braillé :

— Tracasse, ma poule, je vais les soigner, moi, tes chagrins d'amour, et toute la nuit si tu veux !

Le connard.

Alors je suis resté.

C'était moi qui la ramènerais chez elle. Ainsi, elle resterait en sécurité et je me sentirais beaucoup mieux.

À la fin de la chanson, j'étais prêt à remettre plusieurs de ces enfoirés de picoleurs à leur place. Ça me démangeait. C'est ce que Dylan aurait voulu que je fasse, non ?

Olive est descendue de scène et aussitôt le mec que j'avais croisé le jour où je l'avais déposée devant chez elle l'a attrapée par la main. Il les a escortées, elle et sa copine, jusqu'au fond du bar où les attendaient d'autres amis, installés à une table. En leur emboîtant le pas, j'ai remarqué qu'Olive dégageait sa main de celle du mec pour passer son bras sous celui de sa copine.

J'allais les rejoindre lorsque mon regard a croisé celui de la copine en question – celle qui était sur scène avec Olive. Elle m'a tout de suite reconnu. Se pouvait-il que quelqu'un d'autre m'ait repéré aussi, ou, pire, m'ait pris en photo ? Et si c'était pour ça que Megan essayait de me contacter ?

Le temps d'arriver à la hauteur d'Olive, le sourire de son amie s'était tellement élargi qu'il débordait presque de son visage.

Elle allait finir par m'attirer des ennuis.

J'ai toussoté, mais Olive ne m'a pas entendu. En même temps, avec cette musique débile qui allait à fond, personne ne m'avait entendu. J'ai jeté un coup d'œil à sa copine, mais à présent celle-ci regardait partout sauf dans ma direction.

Avec un soupir, j'ai posé la main sur la taille d'Olive.

Un geste qui m'a semblé naturel – un peu trop même.

Elle a fait volte-face en me fouettant avec ses cheveux, qui ont laissé un délicat parfum fruité dans leur sillage. Un parfum délicieux.

Merde.

Non, pas délicieux.

Ma petite Olive était un fruit défendu.

Après avoir survécu à cette attaque capillaire en règle, je me suis aperçu qu'elle me toisait d'un air irrité. Elle a soulevé la visière de ma casquette, m'a reconnu et aussitôt son adorable moue courroucée a cédé la place à un sourire magnifique.

Bon, j'étais rassuré : elle venait de me montrer qu'elle pouvait gérer les inconnus qui se permettaient de la toucher : un coup de fouet capillaire suivi d'un regard noir, jusqu'à ce que l'emmerdeur aille voir ailleurs. En espérant que l'emmerdeur en question ne l'emmène pas voir ailleurs avec lui.

— Jason ! s'est-elle écriée, radieuse.

Elle s'est jetée dans mes bras sans douter de ma capacité à la rattraper.

J'ai dû reculer pour pouvoir accueillir cette étreinte inattendue sans perdre l'équilibre. Son menton s'est planté sur mon torse et j'ai relevé celui-ci en riant.

— Jason, tu sens si bonnnn, a-t-elle déclaré avec une élocution un peu pâteuse. Tu es venu voir la grande Olive ? Parce que je ne suis plus si petite que ça, hein, Jason ? Tu t'en rends bien compte ?

Elle paraissait si vulnérable en même temps si pleine d'espoir. Que pouvais-je bien répondre à ça ?

Comme agissant d'elles-mêmes, mes mains ont pris son visage. Elle a fermé les yeux quelques secondes avant de river son regard au mien.

— C'est vrai. On dirait que tu n'es plus si petite, ma petite Olive.

Elle a froncé le nez.

— Mais tu continues à me traiter de « petite » !

Elle a secoué la tête.

— T'as jaaaaamais été fort pour les surnoms.

Je me suis penché pour lui glisser à l'oreille :

— Oh, tu trouves ? Tu te portes volontaire pour m'aider à m'améliorer ?

Elle a acquiescé avec véhémence et son sourire a refait surface.

Bon sang, ce sourire était irrésistible. Et contagieux.

Nous sommes restés comme ça, face à face, pendant un long moment, mais peu à peu, ma joie s'est évaporée.

Ce n'était pas bien ce que je faisais.

Ce que je *ressentais*.

Heureusement, son amie nous a interrompus en toussotant et a posé la main dans le dos d'Olive.

— Lucy ! a hurlé Olive, au comble de l'excitation.

Elle a dû prendre appui sur moi pour ne pas chanceler.

Plus de doute, elle était vraiment soûle.

Ça m'a donné envie de la serrer très fort contre moi.

Lucy lui a souri.

— Peut-être que Jason devrait te ramener à l'appart avant que quelqu'un le reconnaisse.

Puis elle s'est adressée à moi, la mine désolée.

— Les gens regardent de plus en plus dans ta direction.

J'ai scruté la salle. Autour de nous, plusieurs personnes s'entretenaient en nous observant. Il fallait s'y attendre.

— Ah oui ? a fait Olive.

— Oui, je t'assure, a confirmé Lucy en lui tapotant le bras.

— Bon. Alors c'est d'accord, a cédé Olive.

Puis elle s'est adressée à moi.

— Jason, tu devrais me ramener chez moi avant que quelqu'un me reconnaisse.

J'ai souri.

— Ça marche, Miss Picole.

Incapable de détacher le regard de sa bouche humide, j'ai passé le pouce sur ses lèvres qui se sont entrouvertes.

Elle s'est mordillée à l'endroit exact ou je venais de l'effleurer.

J'ai vite détourné mon attention vers sa copine en réprimant un grognement.

— Merci, Lucy. Désolé d'interrompre votre soirée. Je me faisais du souci pour elle.

— T'inquiète, il y en aura d'autres. Et puis, elle a son compte, je crois. Elle va avoir droit à une méchante gueule de bois, mieux vaut qu'elle en reste là. Elle ne tient pas l'alcool.

C'était le moins qu'on puisse dire. Pourtant, bizarrement, je préférais qu'elle ne tienne pas l'alcool plutôt qu'elle ait hérité d'une bonne descente. J'ai pris Olive par la main et j'allais l'emmener lorsque son autre amie, Charlotte, nous a arrêtés.

— Tiens, a-t-elle fait en me tendant une clé par-dessus l'épaule de Lucy. Olive n'a pas la sienne.

— Cha, je t'aime ! a lancé Olive.

Elle a bousculé Lucy pour se jeter au cou de son autre colocataire.

— Eh ! a protesté Lucy.

— Je t'aime aussi, a répondu Charlotte avec un petit rire pincé. On se retrouve à l'appart.

Olive a hoché la tête avant de revenir vers moi la main tendue, comme à l'époque où elle n'avait que dix ans.

Un souvenir a resurgi brutalement dans mon esprit. Celui du jour où Dylan et moi avions retrouvé Olive assise sur les marches de l'école, en pleurs parce qu'un gamin s'était moqué des cicatrices de brûlure que sa mère avait au bras. Dylan s'était précipité pour retrouver la petite merde qui avait mis sa sœur dans un tel état et Olive m'avait tendu la main, me demandant en silence de rester avec elle.

Marqué par ce souvenir que j'avais conservé inconsciemment, j'ai pris sa main et je l'ai serrée fort comme ce jour-là, des années plus tôt.

J'ai senti un autre regard peser sur moi. J'ai tourné la tête et je l'ai aperçu, à gauche de Lucy : le mec de l'autre fois, Marcus. Il me toisait. En voilà un qui n'était pas ravi de me revoir.

Je l'ai ignoré et, après avoir salué une dernière fois ses copines, j'ai quitté le bar avec Olive.

Enfin dans la rue. Enfin de l'air frais.

Lorsque nous sommes arrivés devant mon SUV noir, Olive a pilé net.

— Que se passe-t-il ? Tu ne te sens pas bien ? me suis-je inquiété.

Elle a plissé les yeux.

— Non. Enfin, je crois pas. Elle est où, ta voiture ?

Elle a regardé dans tous les sens. Elle cherchait ma Spyder.

— Je n'ai pas sorti la Spyder, elle était un peu trop voyante pour ce soir. Allez viens, celle-ci est à moi aussi.

Elle a caressé la carrosserie, la mine déconfite.

— La vache. Ce monstre t'appartient aussi ? Mais t'en as combien ?

— Cinq, ai-je répondu, amusé par sa réaction, en déverrouillant le SUV.

Ses épaules se sont affaissées et elle a grogné, mais elle m'a laissé l'aider à monter sans rechigner.

— Tu t'éloignes de plus en plus, Jason Thorn, a-t-elle balbutié tandis que j'attachais sa ceinture.

J'ai ri sans trop comprendre.

— C'est parce que tu as trop bu. Je suis juste là. Allez, je vais te mettre au lit, ça ira mieux après une bonne nuit de sommeil, quand tu auras cuvé tout ça.

— Voilà, a-t-elle marmonné juste avant que je referme la portière.

***

Le trajet s'est déroulé dans le plus grand calme puisqu'elle s'est assoupie. Une fois garé devant son immeuble, je me suis précipité pour l'aider à descendre avant qu'elle ne s'étale de tout son long, mais lorsque j'ai ouvert sa portière, elle dormait toujours. Que faire ? La porter jusqu'en haut ou tenter de la réveiller ? À cet instant, une voiture est arrivée à notre hauteur. Le conducteur a baissé sa vitre et nous a crié un truc avant de repartir en trombe.

Crétin.

Olive a entrouvert les yeux.

— Jason ?

Sa voix était somnolente, sexy.

Merde !

— Je suis là, mon cœur. Est-ce que tu pourras marcher si je t'aide ?

L'air désorientée, elle a tenté de se lever et a failli basculer en bas de son siège. Je l'ai rattrapée par la taille.

— Holà, tout doux.

Sa robe s'était retroussée dans la chute et sa petite culotte blanche en dentelle essayait de m'aveugler.

— D'a… d'accord. Je crois qu'il est grand temps d'aller au lit, Olive. Je vais te soutenir, mais tu veux bien m'aider un peu, histoire d'arriver là-haut en un seul morceau ?

— Qu'est-ce que tu fais ici ? a-t-elle demandé, paupières mi-closes.

Après avoir fermé le SUV, j'ai passé un bras autour de sa taille, elle s'est cramponnée à moi et je l'ai guidée jusqu'à son appart en la portant à moitié.

Enfin arrivé, j'ai eu un mal de chien à trouver l'interrupteur et j'ai fini par renoncer. Pas besoin de lumière, surtout quand la sœur de ton pote est à moitié nue dans tes bras.

— Olive ? Tu es en état de m'indiquer ta chambre ?

— Mmh ?

Puis sa tête est retombée sur mon épaule.

— Mon cœur, ai-je marmonné sans la lâcher.

Je lui ai soulevé le menton, elle a rouvert les yeux.

— Jason.

On aurait dit qu'elle me voyait pour la première fois. Son sourire a surgi.

— Salut, ai-je dit en repoussant ses cheveux de son visage.

Elle a appuyé ses deux mains sur mon torse.

— Salut, Jason.

Elle avait ponctué sa réponse d'un hoquet.

Ses jambes ont flanché et je l'ai retenue en gloussant. Elle a regardé autour d'elle, puis a braqué ses grands yeux sur moi.

— Qu'est-ce que tu fais là ?

— Je te ramène chez toi. Tu peux me montrer ta chambre ?

Elle a désigné une porte sur sa gauche.

— Et Lucy ? Et Charlotte ? Elles sont où ?

— Toujours au bar. Les gens commençaient à me reconnaître, alors on a dû partir tu te rappelles ? Elles ne devraient pas tarder.

Elle a haussé les épaules et s'est mise à bâiller.

En entrant dans sa chambre, je me suis arrêté net. C'était là qu'elle dormait ? Un pauvre lit contre un mur ? Elle n'aurait pas pu caser grand-chose de plus, cela dit, mais tout de même. Sur la droite, une petite commode venait compléter le triste ensemble, mais ça ne comptait pas vraiment.

— Désolée, a-t-elle dit d'une petite voix.

Comment avait-elle fait pour deviner mes pensées ?

— C'est sûr qu'à côté de ta villa, cet appartement…

Elle a désigné sa chambre d'un geste circulaire.

— … cette pièce doit te sembler minuscule.

— Allez, viens.

Ignorant sa réflexion, je l'ai guidée vers le lit.

Elle s'est laissée choir sur le matelas, puis a basculé sur le côté.

— Tu veux bien mettre mes jambes sur le lit, s'il te plaît ? Je crois que j'ai pas le courage de me déshabiller.

— Bonne nouvelle, ai-je grommelé en m'agenouillant.

Je n'osais imaginer si j'avais dû me retrouver avec une Olive nue. Je lui ai enlevé ses talons et j'ai délicatement soulevé ses chevilles.

En fait, pas besoin qu'elle soit nue, ses jambes dévêtues me mettaient déjà au supplice. Et comme si ça ne suffisait pas, elle s'est étirée et a commencé à se tourner dans un sens, puis dans l'autre en poussant de petits grognements. Sa robe était de nouveau remontée bien trop haut. En voulant la baisser, j'ai effleuré la peau douce de ses cuisses.

Un gémissement s'est échappé de ses lèvres. Je me suis figé, fasciné par le frisson que ce simple contact avait fait naître sur ses jambes. C'est justement ce moment d'inattention de ma part qu'elle a choisi pour se retourner sur le ventre – et sur ma main ! – en étreignant son oreiller.

— Eh ! Non !

J'ai extirpé ma main tant bien que mal, non sans avoir touché des parties de son corps dont je n'aurais jamais dû m'approcher, et je me suis redressé en poussant un long soupir.

C'est là que mon regard a croisé ses fesses bien rondes.

— Oh, pitié…

— Jason, a-t-elle murmuré alors que j'étais toujours plongé dans la contemplation de sa silhouette alanguie.

— Oui ? ai-je fait d'une voix rauque, désarmé.

Elle a souri, mais ses paupières sont restées closes.

— Est-ce que tu reviendras dormir dans la chambre de Dylan ? Je sais que tu étais son ami, pas le mien, mais j'adorais quand tu passais la nuit chez nous. Pourtant, tu m'as brisé le cœur, mais même après ça, je n'ai jamais réussi à te détester. Pas complètement, disons.

Elle devait faire allusion à mon départ, après le suicide de ma mère. Je me suis assis et j'ai écarté ses cheveux de son visage.

En examinant la pièce, j'ai avisé un plaid bleu à l'extrémité du lit, parfaitement plié. Soulever Olive et tirer ses draps pour la couvrir aurait été trop compliqué, alors j'ai placé ce plaid sur ses jambes.

Au lieu de m'en aller tout de suite comme j'aurais dû le faire, j'ai encore veillé sur elle pendant un moment. Ensuite, je me suis levé et j'ai déposé un petit baiser sur sa tempe.

— Je suis désolé si je t'ai déçue, mon cœur. Je n'ai jamais voulu te faire de mal, ni à toi ni à ta famille.

Je me suis dirigé vers la porte le plus discrètement possible, mais j'avais dû mal à la laisser. Son souffle était devenu régulier, je retrouvais mon Olive.

Pas *mon* dans le sens « qui m'appartient »… mais quand même… Peut-être… Oh, j'étais dans la mouise jusqu'au cou…

Je n'étais pas prêt à l'admettre, mais que ce soit sur le parking du studio ou à l'instant, j'avais aimé caresser sa peau, bien plus que je ne l'aurais dû.

De toute façon, je ne craignais rien. Rien ne pouvait m'arriver.

Pour l'instant, du moins.

Le séducteur d'Hollywood, Jason Thorn, aperçu en charmante compagnie

Il y a quelques semaines à peine, l'acteur nous laissait sous le choc et défrayait la chronique. La raison ? Une vidéo amateur dans laquelle on le découvrait en pleine « action » avec l'actrice de vingt-cinq ans, Jennifer Widner, dans une ruelle, à la vue de tous. Si l'émoi suscité par cette affaire est vite retombé, nous ne sommes pas près de l'effacer de nos mémoires.

Toutefois, Jason Thorn, vingt-six ans, semble déjà avoir oublié sa partenaire de jeu Jennifer, tout comme la liaison éclair qu'on lui prête au Canada et qui faisait la une de tous les tabloïds la semaine dernière. C'est en tout cas ce que laissent supposer les dernières photos qui nous sont parvenues. Si nous n'avons pas encore pu identifier la jeune femme, force est de constater que Jason a l'air complètement subjugué par cette mystérieuse beauté.

Un témoin direct raconte : « On aurait dit que sa blouse était sale ou abîmée et Jason l'aidait à l'enlever. On a d'abord cru qu'ils allaient se sauter dessus, là, sur le parking tellement l'attraction entre eux était palpable. Elle, elle avait l'air un peu nerveuse, mais ils n'arrêtaient pas de se dévorer du regard. Après ça, elle a enfilé un tee-shirt et Jason lui a caressé le ventre. C'était un geste assez intime et on a été assez surpris de voir Jason Thorn reculer juste après. Ils avaient l'air fous amoureux l'un de l'autre. »

Après analyse des clichés en question, notre équipe ne peut que corroborer ce témoignage. Il suffit de regarder la photo où Jason embrasse tendrement sa mystérieuse amie sur la tempe. On fond littéralement, non ?

Selon la rumeur, Jason aurait déjà perdu deux rôles majeurs à cause de ses frasques très médiatisées. Pourtant, à le voir comme ça, on ne dirait pas qu'il s'en soucie beaucoup, vous ne trouvez pas ?

Sur les photos, on voit le couple partir ensemble, mais, d'après nos sources, ils ne se sont pas rendus chez Jason, à Bel Air.

L'équipe qui gère la communication de Jason n'a pas encore réagi. À votre avis, s'agit-il d'une conquête de plus ; cette jeune femme finira-t-elle, elle aussi, dans une impasse ? Ou bien la star serait-elle en train de se racheter et de succomber à l'amour ? Ce serait une grande première, pas vrai ? Nous vous tiendrons bien sûr informés de l'évolution de la situation, vous pouvez compter sur nous.

14

Jason

— Il est huit heures du matin, Megan. Qu'est-ce que tu fais là ? ai-je maugréé en m'écartant de son chemin. Je croyais que la réunion était à midi ?

Elle est entrée en coup de vent et a pris la direction du salon en faisant claquer ses talons avec vigueur. Je me suis frotté les yeux. Elle paraissait bien trop fraîche et dispose, alors que, de mon côté, je n'avais qu'une envie : retourner au lit et donc me débarrasser d'elle au plus vite.

— Toi, tu n'es pas encore passé sur Internet, a-t-elle deviné en jetant son sac sur un repose-pieds.

— Je dormais, Megan. En fait, je dors toujours. Ça ne peut vraiment pas attendre la réunion ?

Elle a extirpé son téléphone de son sac.

— J'ai bien peur que non. Mais tu as peut-être envie d'aller enfiler quelque chose avant de passer à la suite. C'est vrai, on ne rêve pas toutes de t'avoir à moitié nu sous les yeux dès le matin, a-t-elle lâché en me désignant avec dédain.

J'ai considéré mon torse nu en bâillant.

— Pourquoi tu es là ? Je n'ai pas fait de connerie, je continue à bien me tenir, au cas où tu serais venue vérifier.

Elle a envoyé un texto, puis a posé son téléphone pour en sortir un autre. Il était bien trop tôt pour que je m'inflige sa présence.

— Tom va arriver, m'a-t-elle annoncé sans lever les yeux de son écran.

— Merveilleux, ai-je raillé en étouffant un nouveau bâillement. Pile ce dont j'avais besoin : vos deux tronches dès le mat…

— Arrête de geindre et va t'habiller pendant que je passe un appel. J'ouvrirai à Tom.

— Ce petit enfoiré connaît le code ; qu'il se démerde pour entrer. Et il a intérêt à avoir prévu le café et le petit déj.

— Tom a demandé à Alvin de nous rejoindre, il t'apportera tout ce que tu veux.

— Ah parce que vous donnez des ordres à mon assistant aussi, maintenant ? Tu n'as pas encore assez de gens à ta botte, Megan ?

Elle a balayé ma réflexion d'un regard dur, sans rien ajouter.

— De mieux en mieux, ai-je bougonné en m'éloignant.

Lorsque je suis ressorti de ma chambre, fraîchement douché et vêtu selon les exigences de Megan, Tom et Alvin étaient arrivés. Ils bavardaient tous les trois calmement dans le salon.

— Alors, cette urgence qui ne pouvait pas attendre quelques heures de plus ? ai-je lancé en m'asseyant face à eux.

— On doit faire une déclaration à la presse, a commencé Megan avant de mettre un morceau de muffin dans sa bouche.

Alvin a distribué les cafés. Je l'ai remercié et je me suis servi un muffin à la myrtille avant de revenir à Megan.

— Mais je voulais t'en parler d'abord, a-t-elle poursuivi, une fois sa bouchée terminée.

— Dans ce cas, pourquoi avoir convoqué Tom et Alvin ? Et une déclaration à quel sujet ?

— J'ai pensé que la conversation intéresserait Tom, a-t-elle répondu sans regarder ce dernier. Et puis, tu as confiance en lui.

— Tu ne t'es pas encore connecté aujourd'hui ? a demandé Alvin en camouflant son demi-sourire derrière son café.

J'ai haussé un sourcil.

— C'est moi qui ai appelé Alvin, m'a informé Tom en toisant ce dernier avec sévérité. Parce que si nous avons ton feu vert, il fera partie des rares personnes qui seront dans le coup.

J'ai jeté un coup d'œil perplexe à mon assistant qui m'a répondu d'un haussement d'épaules, comme pour dire : « Je suis aussi largué que toi. »

— Vous êtes venu m'annoncer que je vais mourir ou quoi ?

Megan et Tom se sont consultés d'un air mystérieux. J'ai bu une gorgée de café noir en attendant qu'ils se décident à cracher le morceau.

— Je crois que nous avons trouvé celle qu'il te faut, a enfin déclaré Megan.

Tom fuyait toujours mon regard.

— Quoi, tout ça pour ça ? ai-je lâché en grattant ma barbe naissante. Bon sang, j'ai cru qu'une nouvelle cinglée criait sur tous les toits que je l'avais baisée dans un ascenseur ou un truc comme ça. Mais alors, qu'est-ce que j'ai loupé sur Internet ? ai-je demandé en me laissant aller contre le dossier du fauteuil, soulagé.

Tom a soupiré. Megan a penché la tête sur le côté.

— Doit-on craindre de nouvelles révélations de ce genre, Jason ?

J'ai souri.

— Pas à ma connaissance.

Elle m'a longuement dévisagé, comme si elle attendait une confession de ma part.

Tom a rompu notre affrontement silencieux.

— Megan a raison, Jason. Je crois qu'on t'a trouvé la fille idéale. C'est un vrai coup de chance. On ne peut pas passer à côté.

— Ça, c'est à moi d'en décider, pas à toi et encore moins à Megan. Mais de quel coup de chance tu parles ?

Megan a allumé sa tablette et m'a regardé droit dans les yeux.

— Pas de décision hâtive, je veux que tu réfléchisses avant de donner une réponse. Mais on n'aurait pas pu inventer mieux ; c'est l'histoire parfaite servie sur un plateau d'argent. Un coup de com involontaire et naturel. D'ailleurs, tu vas forcément t'en rendre compte. C'est la solution parfaite, Jason. Tout ce que je te demande, c'est d'y réfléchir. D'accord ?

Je l'ai dévisagée sans ciller.

— Ce que je vois surtout, c'est que, pour une raison qui m'échappe encore, tu es toute folle à l'idée que cette fille devienne ma chère et tendre, mais je te l'ai déjà dit, Megan, je refuse d'épouser la première venue juste pour l'exhiber et contribuer à sa notoriété. Si je dois partager ma maison, autant que ce soit avec quelqu'un que j'apprécie sur le plan humain.

— Oh je crois que ça ne posera pas de problème avec la demoiselle en question, a répliqué Tom en souriant.

Après m'être massé le front quelques secondes, j'ai tendu la main à Megan, résigné. J'avais creusé ma propre tombe, le moment était venu de m'y allonger.

— Très bien, fais voir.

Elle m'a confié sa tablette sans rien ajouter.

J'ai vivement relevé la tête en découvrant la première photo ; on m'y voyait embrasser Olive sur la tempe.

— Attends, c'est quoi, ça ? Quelqu'un a photographié Olive hier ?

— Continue à faire défiler, m'a conseillé Megan.

J'ai obéi. Il n'y avait que ça : des photos d'Olive et moi, prises la veille. Moi qui la rejoignais au petit trot devant les studios, moi qui l'embrassais sur la tempe, elle qui fermait les yeux – avec un gros plan de son visage, bien en évidence dans un putain de cercle rouge – au moment où je la serrais contre moi. Et ce n'était pas tout. On la voyait aussi après l'incident du smoothie, avec mon tee-shirt sur le dos. La colère enflait en moi. Une chance qu'ils n'aient pas réussi à l'avoir en soutien-gorge. En revanche, le moment où nous nous étions un peu trop rapprochés et où je lui avais caressé le ventre ne leur avait pas échappé. Je n'avais même pas remarqué que je me tenais si près de ses lèvres.

Le résultat n'était pas de bonne qualité, certaines images étaient même floues, mais il s'en dégageait une intimité indéniable.

Flous ou pas, nous étions rayonnants, ça sautait aux yeux.

— Bon sang, mais c'est quoi ce délire ? Qui a pris ça ?

Je me suis rendu compte qu'Alvin regardait par-dessus mon épaule.

— Sûrement un employé des studios ou un simple visiteur, a répondu Megan. Personne n'était au courant que tu serais là, et les photos ne sont pas d'assez bonne qualité pour être l'œuvre d'un paparazzi. Il y a un article qui va avec. Lis-le.

Oui, le responsable était forcément un amateur. J'ai continué à faire défiler la page jusqu'à ce que je parvienne à l'article.

Sa lecture n'a fait que décupler ma colère. Je me suis levé et j'ai jeté la tablette sur le canapé, entre Tom et Megan.

Il régnait un grand silence.

— Il faut que j'appelle Dylan, et ses parents. Il va y avoir un gros malentendu, s'ils voient ça.

— Dylan ? s'est enquis Alvin, debout, bras croisés.

— Le frère d'Olive. Et mon pote, ai-je expliqué en jetant un coup d'œil à Tom.

Cet enfoiré savait que le frère d'Olive était mon ami. Bon sang, où avais-je abandonné mon téléphone, la veille en rentrant ?

— On peut se servir d'elle, est intervenue Megan sans me laisser le temps de réfléchir.

— Pardon ?

Je n'avais sûrement pas bien entendu.

Tom a fait taire Megan d'un regard cinglant.

— Allons, allons. Viens t'asseoir, on va en discuter, Jason. Tu l'as dit toi-même, il est très tôt. Sa famille et elle n'ont pas encore vu ça, j'en suis sûr. Tu les appelleras dès que nous serons repartis.

Il avait raison, même si je n'avais aucune envie de l'admettre. Je ne ferais qu'alarmer les parents d'Olive en les appelant à une heure pareille, d'autant qu'il était en effet peu probable qu'ils soient déjà au courant.

Je suis donc retourné poser mes fesses dans le fauteuil et j'ai pris mon café que j'ai englouti presque en une fois. Puis, je me suis relevé pour aller jeter le gobelet en carton dans la poubelle de la cuisine.

— OK. Alors, qui est l'auteur de ce torchon ? ai-je demandé lorsque j'ai été à peu près sûr de maîtriser mon sang-froid.

— Ça a été publié en ligne après minuit. J'ai essayé de t'appeler tout de suite, mais tu n'as jamais répondu. C'est pour ça que j'ai préféré venir ici dès ce matin au lieu d'attendre midi. Il faut qu'on anticipe et que tu prennes une décision.

— Tu as bien fait, merci de ne pas avoir attendu la réunion. Je ne veux pas que sa famille l'apprenne par quelqu'un d'autre. Ça m'étonnerait aussi qu'Olive soit déjà tombée là-dessus. Vu sa soirée d'hier, c'est même quasiment impossible.

Derrière moi, Alvin a toussoté et s'est dirigé vers la cuisine.

— Je vais y aller, moi. Puisque votre réunion a été avancée, il faut que je réorganise ton emploi du temps.

— Quelle soirée ? m'a interrogé Megan en regardant Alvin battre en retraite.

J'ai fait un geste vague de la main.

— Autant que tu le saches, au cas où quelqu'un aurait pris des photos à mon insu : j'étais dans un bar d'étudiants avec Olive hier soir. Elle fêtait le lancement de la production du film avec ses amis. Je l'ai juste raccompagnée. Je n'ai fait qu'entrer et sortir, ça n'a pas pris plus dix minutes. Et, hormis ses potes, personne ne m'a reconnu. Pas de quoi s'inquiéter.

— Jason, tu trouves ça intelligent ? a lancé Tom. Surtout en ce moment, alors que tu essaies de faire profil bas ? Si ça se sait, n'importe qui aurait pu t'inventer une liaison avec une étudiante.

— Si j'avais été repéré, ce serait déjà placardé partout dans cet article. Ils ne s'en seraient pas privés, tu peux me croire. De toute façon, j'ai été réglo.

Le regard acéré de Megan était toujours braqué sur moi.

— Alors, quelle est ta décision ?

— Ma décision ? Mais à quel sujet ?

— C'est une occasion unique, Jason. Est-ce qu'on l'exploite ou pas ? Tu as toutes les cartes en main. Si tu acceptes, je n'aurai plus qu'à révéler son identité et fournir à la presse une jolie petite histoire. Je raconterai que vous étiez amis d'enfance et…

— C'est la *sœur* de mon ami d'enfance, ai-je rectifié en grognant.

Megan a continué comme si de rien n'était.

— … et que, par un merveilleux coup du hasard, il s'avère qu'elle est l'autrice du roman dont est adapté le film dans lequel tu t'apprêtes à tourner… Bref, tout va se mettre en place bien plus facilement qu'on l'espérait. Personne ne se doutera que ton mariage est bidon. Tout ce qu'on verra, ce sont deux amis qui se retrouvent après des années et qui tombent amoureux. Le public va adorer ! C'est la couverture parfaite, Jason. Et tu le sais.

— Non, Megan. Pour toi, c'est peut-être parfait, mais jamais je ne me servirai d'Olive. Pas question.

— Qui te demande de te servir d'elle ? Ce sont tes attachés de presse qui vont se servir de votre passé pour créer une belle romance. Pas toi. Olive est ton amie, non ? Pourquoi ne serait-elle pas prête à te rendre service ? Vous vous entendez déjà très bien, alors, être colocataires pendant quelques années, qu'est-ce que ça change ?

— Elle a raison, Jason, a renchéri Tom. Ça ne dérangera sûrement pas Olive. Et puis, tu n'as pas oublié ce que je t'ai expliqué sur son livre… Mon petit doigt me dit qu'elle sera même ravie de t'aider.

J'ai laissé tomber ma tête dans mes mains. Olive, ma femme ? Dylan allait me faire la peau. Et ses parents, que penseraient-ils de moi ? Je n'osais même pas l'imaginer.

Tom m'a de nouveau tendu la tablette.

— Tiens. Regarde bien ces photos et dis-moi que j'ai tort.

— L'alchimie qu'il y a entre vous parle d'elle-même, Jason. Tu as déjà l'air à moitié amoureux d'elle là-dessus, a argué Megan. Il ne manque pas grand-chose pour convaincre les gens que tu l'épouses pour les bonnes raisons.

J'ai saisi la tablette – un peu trop vivement – et j'ai de nouveau examiné les fameux clichés.

Nous avions bel et bien l'air épris l'un de l'autre. Bizarre.

Cette fois, plus de doute, j'étais dans la merde.

15

Olive

— Debout là-dedans ! Debout ! Debout ! Debout !

— Va-t'en, ai-je grommelé en balançant un oreiller en direction du raffut.

— Lève-toi, Olive. Il faut que tu voies ça. Tu es partout sur Internet !

Évidemment, c'était Lucy qui m'arrachait au sommeil. Jamais la douce Cha ne se serait abaissée à ça. Pourquoi, vous demandez-vous ? Parce que Cha n'était pas aussi cruelle. Et que Lucy avait visiblement un gros problème avec les gens qui dormaient. Non, Lucy avait un gros problème tout court.

— Génial. Maintenant, bonne nuit, ai-je grommelé en tournant le dos à sa voix.

Le matelas a remué. Elle venait de s'asseoir près de moi.

— Je crois que tu n'as pas bien compris, Olive.

Elle m'a agrippé l'épaule et m'a fait basculer sur le dos. C'est qu'elle avait la force d'un Hulk au féminin, du haut de son mètre soixante.

— Mais je n'ai pas envie de comprendre. J'ai un mal de crâne pas possible, Lucy, l'ai-je implorée en plissant les yeux dans sa direction.

J'ai lentement rabattu les draps sur mon visage.

— Tu n'as qu'à repasser dans quelques heures, j'écouterai tout ce que tu veux. Je hocherai même la tête.

— Bon. Alors tu te fiches qu'Internet soit rempli de photos intimes… de toi et Jason Thorn…

— Quoi ?

Je me suis redressée un peu trop brusquement pour mon pauvre crâne.

— Aie. Ouille.

— Tiens, regarde.

Elle a placé son ordinateur sur mes genoux et a attendu ma réaction, l'air bien trop éveillée et excitée. C'était même agaçant. J'ai fait défiler la page en écarquillant un peu plus les yeux à chaque photo.

— Oh putain, ai-je lâché en commençant la lecture de l'article.

— N'est-ce pas ? Tu vas avoir des bébés à fossette avec Jason Thorn. Je serai une tatie super cool, tu verras. Je garderai les petits, ça me donnera plein d'occasions de reluquer ton mari à moitié à poil.

Un petit rire m'a échappé ; un peu forcé, certes, mais quand même.

— Tu as fumé quoi, toi ? De quoi tu parles ?

J'ai parcouru la série de photos une deuxième fois, incapable d'en détacher le regard.

Lucy m'a dévisagée comme si j'étais la dernière des idiotes, puis elle a soupiré et s'est allongée sur le lit – une fois de plus.

— Faut vraiment que tu arrêtes de coucher avec moi, ai-je râlé en la poussant.

— Il est amoureux de toi, tu es amoureuse de lui : ça y est, a-t-elle jubilé en se frottant les mains. Mon rêve est en train de se réaliser !

— *Ton* rêve ? Pitié, dis-moi ce que tu prends, j'aimerais planer sur le même petit nuage que toi.

— Oh la ferme.

Par une manœuvre sournoise, elle a réussi à se glisser sous mes draps et à me piquer mon oreiller. Après avoir repoussé ses jambes une dernière fois, j'ai fini par me lever.

— Qu'est-ce que je vais faire, Lucy ?

— Comment ça ?

— Tu es aveugle ? Ce n'est pas Jason qui a l'air amoureux, sur ces photos, c'est moi !

— Et ?

— Et il ne voudra plus jamais m'adresser la parole. Et Dylan va péter les plombs quand il verra ça.

Elle a levé les yeux au ciel, puis s'est installée un peu plus confortablement.

— C'est plutôt toi qui es devenue aveugle à force de rester devant ton ordinateur pour écrire. Vous avez tous les deux l'air complètement sous le charme.

— Bébé ? a lancé quelqu'un, devant la porte de ma chambre.

J'ai fait des yeux ronds.

— Jameson ? Encore ? ai-je articulé en silence vers Lucy.

Comme pour me répondre, Jameson a passé la tête dans l'entrebâillement. Il n'avait même pas frappé !

— Ah, tu es là, a-t-il continué en ouvrant la porte tout à fait. Je me disais bien que j'avais entendu ta voix.

Il était torse nu et…

— Nom de Dieu, Jameson ! On voit ton… pénis ! me suis-je écriée, la rétine brûlée. Habille-toi, merde !

J'ai plaqué mes mains sur mes yeux.

— Oh, salut Olive. Je ne t'avais pas vue, s'est-il excusé en riant. Je me disais bien que Lucy était venue achever sa nuit ici.

J'ai risqué un coup d'œil entre mes doigts. Toujours vautrée dans mon lit, Lucy profitait du spectacle avec un petit sourire en coin satisfait. J'ai reporté mon attention sur Jameson en m'efforçant de ne pas regarder vers le bas – mais bon, comment voulez-vous y arriver ? Au moins, il couvrait ses attributs avec sa main, même s'il ne se débrouillait pas très bien.

J'ai poussé un grognement exaspéré.

— Bébé, j'ai cours de bonne heure ce matin. Si tu n'as plus besoin de moi, je vais y aller.

Lucy a haussé les épaules et Jameson lui a adressé un clin d'œil.

— Encore félicitations pour ton livre, Olive. Hâte de découvrir le film.

— Merci, ai-je maugréé en fixant un point au-dessus de son épaule.

Enfin, il est parti. Après avoir entendu la porte de Lucy s'ouvrir et se refermer, je me suis vivement tournée vers cette dernière. Elle avait les cheveux ébouriffés et un petit sourire malicieux aux lèvres.

— Il en a une grande, hein ? a-t-elle lancé en frétillant des sourcils. C'est pour ça que, nous, on ne l'appelle pas « pénis », comme tu viens de le faire. C'est presque une insulte.

J'ai secoué la tête de dépit. Elle était infernale… mais, en effet, il était plutôt bien monté. *Tant mieux pour elle.*

— Jameson te sert de joujou, en fait ?

— Tu ne ferais pas pareil, à ma place ? Tu as vu la taille du monstre qu'il a entre les jambes, non ? Et ses tatouages ? La vache… rien que d'y penser, je…

— Si tu achèves ta phrase, je te jette en bas du lit, Lucy.

Elle a ouvert grand les bras en riant.

— Chiche, « mystérieuse beauté ».

J'ai poussé un geignement et je me suis adossée à la porte pour éviter une autre visite surprise des parties intimes de Jameson.

— Qu'est-ce que je vais faire ?

— Rien.

— Comment ça, « rien » ?

Elle a tapoté le matelas pour m'inviter à m'asseoir, ce que j'ai fait en m'efforçant de ne pas trop me tordre les mains.

— Tout ce que tu as à faire, ma chérie, c'est attendre gentiment que Jason t'appelle.

— Qu'est-ce qui te fait croire qu'il va appeler ?

— Ces photos n'ont pas pu échapper à son entourage. Fais-moi confiance, dès qu'il les aura vues, il t'appellera.

***

Trois heures plus tard, j'étais allongée sur le canapé, les doigts scotchés à mon ordinateur portable.

Quelqu'un a tourné sa clé dans la porte de l'appart. Aussitôt, j'ai redressé la tête, mais ce n'était que Cha.

— Salut, ai-je lancé. Tu rentres tôt, aujourd'hui.

— Ouais, le professeur Kindley a eu une urgence, il a dû interrompre le cours.

Elle a déposé son sac et ses notes dans sa chambre, puis elle est venue s'asseoir à côté de moi.

— Qu'est-ce que tu fais ?

— Je contemple bêtement mon écran.

— Rien de neuf, alors ?

— Non. J'avais écrit quelques pages, mais j'ai relu et j'ai tout effacé. Je crois que je fais partie des auteurs qui connaissent un seul succès avant de sombrer dans l'oubli. C'est comme si ma créativité était à sec. À moins que je n'aie jamais été créative et que mon roman soit juste un coup de bol.

— Mais non, je suis certaine que ça ne marche pas comme ça, m'a assuré Cha en se massant les tempes.

— Migraine ?

— Oui. Je ne suis pas très en forme depuis ce matin.

— Tu veux que je te prépare du bouillon de poulet ?

— Non merci, ça ira. Tu as une idée de ce que tu veux écrire ou tu bloques sur le début ?

— Oh les premiers mots me viennent sans problème, mais je n'arrive pas à entrer dans l'histoire, alors au bout d'un moment je supprime tout.

Elle m'a dévisagée avec ses yeux bleus lumineux.

— Alors, ce n'est pas la bonne histoire. Quand tu auras trouvé la bonne, tu le sauras tout de suite.

— Je n'en suis pas si sûre. Mes doigts me démangent, mais il n'y a absolument rien qui me vient. Nada.

— Si je peux faire quoi que ce soit pour t'aider, n'hésite pas. Pour l'intrigue ou que sais-je.

J'ai posé mon ordinateur sur le sol.

— Je vais te faire du thé, ai-je décrété en me levant. Tu commences à perdre ta voix.

Elle a grogné, puis a ramassé mon ordinateur.

— Est-ce que Jason t'a déjà contactée, pour les photos ?

— Non.

J'ai rempli la bouilloire et, tandis que l'eau chauffait, j'ai ouvert le placard.

— Tu préfères une tisane ou un thé noir normal ?

— Une tisane, merci. Tu devrais voir les commentaires.

J'ai relevé la tête. Cha était sur le site qui avait publié les photos et l'article sur Jason et moi. J'ai pris deux mugs et placé les petits sachets dedans.

— Ils se défoulent sur nous ?

— Non, non. En fait, les gens vous trouvent adorables. Et il y en a qui sont persuadés que tu es sa nouvelle copine, que tu es une actrice débutante, des trucs de ce genre.

J'ai lâché un reniflement moqueur.

— J'ajoute du miel à ta tisane et c'est non négociable, pas de discussion.

Cha détestait le miel ; quand elle tombait malade, nous devions presque la forcer à en avaler. L'eau a bouilli et j'ai rempli les mugs.

— Merci, maman Olive.

— Avec plaisir, belle enfant.

J'ai regagné le canapé et je lui ai tendu sa tasse.

Elle s'est penchée pour renifler la mienne.

— Qu'est-ce que tu as pris, toi ? Ton thé sent meilleur que le mien.

— Un thé noir tout simple, Earl Grey.

J'ai jeté un coup d'œil à l'écran toujours posé sur ses genoux.

— Celle-ci, c'est ma préférée, a déclaré Cha en indiquant le cliché où on devinait que la main de Jason était cachée sous le tee-shirt que je portais. Vous avez l'air complètement fascinés l'un par l'autre.

— Pourtant on ne l'était pas du tout. Quelqu'un avait renversé une espèce de smoothie chaud sur moi et Jason vérifiait juste que je n'étais pas blessée. Je ne sais pas quel genre de taré a pris ces photos ni comment il s'y est pris pour capter des émotions qui n'existent pas. C'est un voyeur très doué, il faut lui concéder ça.

— Peut-être, mais pour une fois, je suis plutôt d'accord avec Lucy.

J'ai failli renverser mon thé bouillant sur moi en me tournant brusquement.

Elle a levé les mains pour m'apaiser.

— Attends avant de me tuer. Tout ce que je dis, c'est qu'il est impossible d'obtenir ce genre de résultat s'il n'y a vraiment *rien* entre les deux personnes. C'est pas comme si tu étais toujours amoureuse de Marcus, pas vrai ?

— Non, bien sûr. De toute façon, on le sait, nous, que je suis toujours dingue de Jason, donc c'est normal que Lucy et toi vous vous en rendiez compte.

— Olive.

Elle a refermé l'ordinateur et l'a posé à côté d'elle.

— Je ne veux pas te donner de faux espoirs, mais…

— Mais… ? Mais quoi ?

— On peut pas dire que Jason te regarde comme si tu étais juste la petite sœur de son meilleur pote. En tout cas, pas sur ces photos, a-t-elle affirmé en désignant l'ordinateur. Bien sûr, je ne sais pas du tout comment il se comporte avec toi quand vous êtes ensemble.

J'ai bu une gorgée de mon thé en faisant un geste vague.

— Oh, il est…

Mon téléphone s'est mis à sonner. En panique, j'ai braqué les yeux sur Cha qui a arqué un sourcil.

— Où est ton téléphone ? a-t-elle demandé.

— Je ne sais pas. Dans ma chambre ?

La sonnerie continuait à retentir.

— Et, euh, tu ne réponds pas ?

J'ai secoué la tête avec véhémence.

— J'ai trop peur.

— De quoi ?

Cette saleté de téléphone s'est enfin tue, pour recommencer aussitôt à claironner.

— C'est peut-être Dylan. Je ne veux pas m'occuper de ça maintenant. Va savoir comment il va réagir. Quand on était enfants, il n'aimait pas que je tourne autour de Jason, alors ça m'étonnerait qu'il soit enchanté de ces photos, s'il les a vues.

— Et si c'est Jason ?

C'était encore pire.

— Eh bien, si c'est lui et qu'il est en colère, je fais quoi ?

Elle a froncé les sourcils.

— En colère contre toi ?

— Peu importe.

Elle m'a fourré sa tasse dans la main et s'est levée.

— Tu es ridicule.

— Cha ! Ne regarde pas ! me suis-je écriée, les deux mugs sur les bras. Je ne veux pas savoir. S'il te plaît.

— Trop tard.

Elle s'est appuyée au chambranle de ma porte et a décroché en me fixant du regard.

— Salut, Jason. Non, c'est la copine d'Olive, Charlotte.

J'ai secoué la tête avec une grimace.

— Je ne suis pas là, ai-je chuchoté. Sortie ! Je suis sortie. Je me suis évaporée dans la nature !

Charlotte a roulé des yeux.

— Mmh-mmh. Oui, oui, elle est là. Bien sûr. À bientôt.

J'ai poussé un gros soupir plaintif.

Elle a lâché le téléphone à côté de moi et a repris sa tasse.

— Je vais me reposer dans ma chambre, histoire de me débarrasser de ce fichu mal de crâne. Merci pour le thé. À toute !

— Traître ! Tu penses pouvoir faire confiance à quelqu'un, et bim, il te poignarde dans le dos. Vous n'êtes qu'une bande de traîtres !

Elle a fermé sa porte derrière elle sans même me jeter un dernier regard.

J'ai pris mon téléphone en soupirant.

— Allô ?

— C'est qui, les traîtres ? s'est enquis Jason d'un ton amusé.

J'ai fermé les yeux, laissant mon cœur batifoler au son de sa voix douce et rauque à la fois.

— Mes potes, ai-je répondu, morose.

Il a gloussé.

— Comment vas-tu, Olive ?

— Je respire toujours, c'est déjà ça.

— Ah bon, mais tu n'étais pas soûle à ce point-là, hier. Tu as toujours la gueule de bois ?

— Non, non, je vais bien. Ce n'est rien, je t'assure. Je n'arrive pas à écrire, c'est tout.

— Mmmh. Tu as vu les photos ? C'est à cause de ça que tu as du mal à trouver l'inspiration, peut-être ?

Pendant une fraction de seconde, j'ai envisagé de feindre de n'avoir aucune idée de ce dont il parlait, mais j'ai renoncé. Je n'étais pas assez douée en improvisation.

— Oui, Lucy me les a montrées ce matin.

— Tu m'en veux ?

Interloquée, j'ai bu une gorgée de thé avant de répondre.

— Pourquoi est-ce que je t'en voudrais ?

— À cause de ce qu'ils racontent dans l'article et… eh bien, à cause des photos volées. Ça fait partie de mon quotidien depuis un bout de temps, j'ai l'habitude de ne plus avoir de vie privée, mais toi tu n'as rien demandé, et surtout pas à te retrouver partout sur Internet. Tu as déjà parlé à tes parents ? Ils ont vu les photos ?

— Oui, euh… non. Je croise les doigts pour qu'ils ne tombent pas dessus. Et si ça arrive… ce n'est pas si grave. On n'a rien fait, après tout. Je suis sûre qu'ils ne goberont pas ces bêtises. Ce n'est pas comme si on avait réellement une « liaison secrète ».

— Exact.

J'ai replié mes jambes contre moi et posé ma tasse sur un genou.

— Au moins, l'article dit que je suis belle. C'est plutôt sympa pour mon ego, non ? ai-je plaisanté avec un petit rire gêné.

En réalité, j'étais ravie qu'on me trouve jolie, surtout en compagnie de Jason.

— Évidemment que tu es belle, Olive. Pas besoin de l'avis des tabloïds pour le savoir.

À ce stade, j'étais complètement liquéfiée, je ne faisais plus qu'un avec le canapé.

— Merci, ai-je marmonné lorsque mon cerveau a de nouveau été capable de formuler un mot.

Le silence s'éternisait un peu trop.

— Et toi, tu m'en veux ? ai-je demandé.

— Moi ? Mais pourquoi je t'en voudrais ?

— Je ne sais pas.

J'ai posé mon mug sur la petite table basse.

— Après toutes les… histoires qui sont déjà sorties sur toi, tu n'avais peut-être pas besoin d'être aperçu en compagnie de… je ne sais pas.

Je me suis frappé le front… puis j'ai recommencé. Quelle bécasse.

— Non, mon cœur, je ne t'en veux absolument pas.

Mon cœur ?

Deuxième liquéfaction.

— Bon, a-t-il repris, maintenant qu'on sait qu'on n'est pas fâchés ni l'un ni l'autre, je t'appelais surtout pour t'inviter à dîner quelque part.

— Qui, moi ? À dîner quelque part, genre, *quelque part* ?

— Oui. Il y a un truc dont j'aimerais te parler et je me suis dit que c'était l'occasion de passer un bon moment ensemble autour d'un bon repas. C'est mieux que de rester enfermés chez moi.

— Je ne vois pas comment on pourrait se sentir enfermé chez toi, Jason. Et si c'est ton cas, tu as un problème.

Sa villa était un véritable paradis, pour moi du moins… surtout quand Jason était sur place.

Il souriait ; je l'ai entendu à sa voix quand il a repris la parole.

— Je suis content que ma maison te plaise, Olive, mais même si je suis d'accord avec toi, en tout cas sur ce point, j'aimerais t'emmener ailleurs.

— Je dois avoir peur ? Tu vas m'annoncer une mauvaise nouvelle pour le film ou un truc comme ça ? Parce que je ne suis pas hyper fan des mauvaises surprises et c'est un peu à ça que ça ressemble pour l'instant.

— Non, non, tout se passe à merveille pour le film. Le tournage démarre dans quelques semaines. Tu n'auras qu'à venir sur le plateau avec moi pour t'en rendre compte.

Je me suis redressée.

— C'est vrai ? Je pourrai t'accompagner sur le tournage ?

— J'ai pensé que ça t'intéresserait. Je me trompe ?

— Tu veux rire ? Rien ne me ferait plus plaisir ! Je promets de me faire toute petite et de ne pas te déranger. Même rien qu'une fois, ce serait déjà dément !

— On en reparle ce soir, d'accord ? Tu es libre ?

— Oui. Oui. Pour dîner. Ce soir ? Où veux-tu qu'on se retrouve ?

Pour lui, j'étais libre comme l'air. De toute façon, le seul rendez-vous que j'avais, c'était avec mon ordinateur.

— Je passerai te prendre vers dix-neuf heures. Ça ira pour toi, tu seras prête ?

J'ai baissé mon téléphone pour vérifier l'heure. Il était presque dix-sept heures.

— Bien sûr.

— Super ! À tout à l'heure alors, mon cœur.

Mon cœur…

Ah là là... C'est toi, mon cœur.

— D'accord. À tout à l'heure.

Dès que j'ai eu raccroché, je me suis précipitée dans la chambre de Cha.

— Il va m'emmener sur le tournage ! ai-je clamé en ouvrant la porte.

Elle était en train de pianoter sur son téléphone.

— Oh, pardon. Tu es occupée ? ai-je demandé.

— Non. Non. Entre.

Elle a rangé son téléphone sous son oreiller et m'a fait signe de la rejoindre.

— Alors tu vas assister au tournage. Quand ?

Je me suis assise au bord du lit.

— D'ici quelques semaines, d'après lui. On nage en plein délire, Cha. Je crois que je commence à perdre les pédales. Est-ce que tout ça m'arrive réellement ? Pour du vrai de vrai ?

Je ne tenais plus en place.

— C'est on ne peut plus réel, m'a-t-elle confirmé en souriant.

— Il m'invite à dîner ce soir, apparemment pour me parler d'un truc. Je ferais mieux de me préparer. Et je vais commencer par sauter dans la douche.

Je me suis levée, puis je n'ai plus bougé. J'avais envie de lui demander son aide, mais elle avait une attitude étrange ces derniers temps. Elle soufflait le chaud et le froid… Je ne savais plus quoi penser. Peut-être la pression du dernier semestre.

— Quand j'aurai fini, tu voudras bien me donner un coup de main pour choisir ma tenue ? Je suis restée plantée devant mon ordinateur toute la journée, je me sens un peu à côté de la plaque.

— Bien sûr. Fonce à la salle de bains. Je te rejoins dans ta chambre.

— Merci, Cha.

Je l'ai embrassée sur la joue.

— Pas le temps pour la guimauve. Allez, ouste !

J'ai filé en sautillant.

***

Ce soir-là, j'étais une véritable boule de nerfs. J'aurais bien eu besoin des encouragements de Lucy, mais celle-ci étudiait avec d'autres filles de son cours, et Cha… Eh bien, outre le fait qu'elle soit malade, Cha n'était pas de nature très encourageante.

Jason m'a appelée pour m'annoncer qu'il n'était plus qu'à quelques minutes de l'appart et j'ai décidé de l'attendre dehors pour éviter le regard implacable de Marcus.

Lorsque la Spyder s'est immobilisée au bord du trottoir, je me suis ruée sur la portière côté passager sans laisser le temps à Jason de descendre.

— Qu'est-ce que tu faisais dehors ? Quelque chose ne va pas ? a-t-il demandé d'emblée.

J'ai pris une profonde inspiration et j'ai failli tomber en pâmoison, imprégnée par son odeur.

— Mmh ? ai-je fait distraitement. Oh, non, ce n'est rien. Je ne voulais pas te faire attendre.

Il m'a lentement détaillée du regard.

— Tu es superbe, Olive.

Comme je n'avais aucune idée de l'endroit où il m'emmenait, Cha avait estimé qu'il valait mieux jouer la sécurité et opter pour une petite robe noire toute simple. J'ai frotté mes mains sur mes cuisses dans l'espoir d'allonger un peu celle-ci, manœuvre qui s'est avérée inutile, alors j'ai laissé tomber et j'ai croisé les doigts sur les genoux. Elle me semblait trop courte par moments, mais elle m'allait très bien quand j'étais debout. Le rendu était même canon de profil, le tissu épousant mes fesses à la perfection.

— Où allons-nous ? ai-je demandé après avoir attaché ma ceinture.

Jason avait regagné la circulation.

— Au Soho House. J'ai pensé que là-bas, on aurait un peu d'intimité. Au moins, personne ne nous prendra en photo.

— Oh, le club privé ? Tu es membre ?

— Oui. Ce n'est pas l'endroit que je préfère, pour être honnête je me sens mieux chez moi, mais pour les déjeuners d'affaire et autres réunions avec les gens du milieu du cinéma, c'est pas mal.

— Je comprends.

Était-ce sa façon de me dire que notre dîner n'était qu'une réunion professionnelle ?

Le reste du trajet s'est déroulé dans un silence embarrassé. Apparemment nous n'avions rien d'autre à nous raconter ; ce n'était pas de très bon augure.

Jason s'est garé dans le garage privé de l'établissement et s'est occupé des formalités à l'entrée avant de placer nonchalamment sa main juste au-dessus de mes fesses – mon cœur a bien failli jaillir de ma poitrine – et de me guider vers les ascenseurs.

— Est-ce que tout va bien ? ai-je fini par m'inquiéter lorsque son mutisme est devenu insoutenable.

Les silences sereins ne me dérangeaient pas, mais là, j'avais le sentiment que quelque chose clochait. Jason était ailleurs.

Pourtant, il a semblé étonné par ma question.

— Bien sûr. Pourquoi ?

— Je ne sais pas. Tu ne dis rien, tu as l'air tendu, comme si tu aurais préféré être ailleurs, lui ai-je confié avec un petit sourire triste.

Ses traits se sont adoucis et il a tiré sur une mèche de mes cheveux.

— Ce n'est pas à cause de toi, Olive. J'ai eu une journée difficile.

J'ai hoché la tête en déglutissant, puis je me suis détournée de ses yeux empreints de chaleur.

L'ascenseur s'est arrêté au dernier étage, ensuite nous avons encore gravi un escalier et traversé un bar bondé avant de déboucher dans la salle de restaurant la plus cool que j'aie jamais vue.

Un vaste toit-terrasse rempli d'oliviers et d'autres plantes luxuriantes dont les branches étaient ornées de lanternes et de petites lampes scintillantes. Le décor parfait pour une soirée romantique. Toutefois, à en juger par la mine de Jason, nous n'étions pas là pour ça. M'efforçant de faire abstraction de la vue imprenable sur Los Angeles, j'ai suivi la serveuse qui nous avait accueillis jusqu'à une table située à l'abri des regards.

— Jason ! a crié quelqu'un au moment où nous allions nous asseoir.

Le propriétaire de cette voix n'était pas dans mon champ visuel, mais Jason lui a fait signe avant de s'asseoir en face de moi.

— L'un des producteurs de mon dernier film, m'a-t-il expliqué en souriant.

Je lui ai rendu son sourire, mais la conversation n'a pas pris.

Nous avons passé notre commande, puis j'ai simplement attendu que Jason se décide à vider son sac.

— Je me suis dit que l'ambiance te plairait, a-t-il hasardé au moment où on nous a apporté nos boissons.

Jason a avalé son whisky d'une traite et en a réclamé déjà un autre avant même que notre pauvre serveur ait déposé ma vodka-citron. Tout à coup, il s'est levé en repoussant bruyamment sa chaise.

— Je reviens tout de suite, je dois saluer quelques personnes, a-t-il décrété avant de s'éloigner.

Les yeux rivés à son dos, sous le choc, j'ai saisi mon cocktail et j'ai bu une gorgée, puis une autre, plus grosse.

Quand le serveur a apporté le deuxième verre de Jason, ce dernier n'avait toujours pas reparu. L'homme m'a considérée d'un air snobinard et j'ai dû me forcer à sourire.

— Merveilleux, ai-je grommelé en sortant mon téléphone pour écrire à Lucy.

Moi : Je suis installée sur un magnifique toit-terrasse, entourée d'oliviers, de loupiotes scintillantes et… je suis toute seule.

Lucy : Comment ça, « toute seule » ?

Moi : Je ne pige pas trop. Il y a un truc qui cloche chez Jason. On s'est assis, on a commandé et puis, pouf, il s'est levé et il est parti dire bonjour à d'autres gens.

Lucy : Ça ne m'a pas l'air inquiétant. Je suis sûre qu'il va arriver.

Moi : Si, c'est inquiétant. Depuis que je suis montée dans sa voiture, je le trouve bizarre. Il ne me regarde pas, il ne me parle pas ni rien.

Je me suis penchée en avant pour tenter de le repérer. Sans surprise, il était debout à côté d'une table autour de laquelle une dizaine de personnes étaient en train de dîner. Une ravissante blonde a rejoint le petit groupe et, dès qu'elle a aperçu Jason, elle est allée se coller à lui au lieu de s'asseoir. Sans lui lâcher le bras, elle s'est approchée de son oreille pour lui susurrer quelque chose. Quelque chose d'hilarant, visiblement, car Jason a renversé la tête en arrière et a éclaté de rire. Lorsqu'il lui a enlacé la taille… j'ai préféré me redresser.

De mieux en mieux.

Je me suis rappelé que je ne dînais pas en compagnie de Jason, mais du *grand Jason Thorn*. Ça n'a apaisé en rien mes inquiétudes. J'aurais tout donné pour échanger la star contre l'autre.

Moi : Je ne me sens pas très bien, Lucy. J'ai envie de rentrer.

Lucy : Arrête, ça va très bien se passer. Tu es un chat, un chat heureux, tu ronronnes de bonheur. Je suis sûre qu'il veut te parler du film. C'est toi-même qui me l'as dit, non ? Et s'il fait le con, t'inquiète, je lui botterai le cul.

Ses histoires débiles de chat qui fait ronron ne marcheraient pas cette fois.

Je n'ai pas eu le temps de répondre, Jason a regagné notre table en marmonnant un mot d'excuse. Il a attrapé son verre en m'étudiant d'un air étrange.

Découragée, j'ai continué à siroter mon cocktail en triturant le bord de la table. Je n'avais qu'à me concentrer sur la vue magnifique.

À un certain moment, Jason m'a posé quelques questions sur mon prochain roman, auxquelles j'ai donné des réponses ridiculement longues. Ensuite, il s'est mis à envoyer des textos à son agent et j'ai renoncé à engager une vraie conversation.

Nos plats sont arrivés – nous avions choisi du saumon tous les deux – et – ô stupeur ! – nous avons mangé en silence.

Si tant est qu'on puisse appeler « manger » le fait de picorer quelques morceaux de ce pauvre poisson.

Mon téléphone a vibré à deux reprises, mais je n'ai pas vérifié ce dont il s'agissait. Lucy pouvait m'inonder de messages si elle le voulait, je n'étais pas un chat – et j'étais loin de ronronner de bonheur. Arrivée à la moitié de ce repas gênant et pour le moins décevant, j'ai renoncé à achever mon assiette et je me suis adossée à ma chaise pour contempler la ville. En règle générale, je détestais bouder, mais alors, me retrouver à bouder devant Jason… eh bien, il n'y avait rien qui allait là-dedans. Cela dit, je ne me voyais pas faire semblant de passer la meilleure soirée de ma vie non plus.

— Olive ?

J'étais tellement perdue dans mes pensées que j'ai sursauté au son de la voix grave de Jason.

— Oui ?

Il inclinait la tête sur le côté, sourcils froncés.

— Tout va bien ?

— Je ne sais pas. Et toi ?

Il a gratté sa barbe de trois jours.

— C'est-à-dire ?

— Depuis que nous sommes arrivés ici, tu m'as à peine adressé la parole, Jason. Et on ne peut pas dire que tu aies été beaucoup plus bavard dans la voiture ; je ne suis même pas sûre que tu m'aies adressé vingt mots en tout. Comme c'est toi qui m'as invitée, je n'ai pas la moindre idée de ce qui se passe, mais je vais gentiment attendre que tu aies terminé ton assiette pour te demander de me ramener chez moi. Ou, encore mieux, il y a peut-être moyen d'appeler un taxi… Enfin, si ça se fait, ici ? Bref, ça m'arrangerait, parce que je peux très bien rentrer chez moi toute seule.

Quelques tables plus loin, un grand éclat de rire a jailli d'un groupe de clients, détournant mon attention. Pourquoi n'étions-nous pas en train de nous amuser comme eux ? Bon sang, Jason avait promis de m'emmener sur un plateau de tournage, et pas n'importe lequel : celui qui serait inspiré de l'univers que j'avais créé, moi. J'allais bientôt découvrir la chambre d'Isaac, toucher le lit où il éveillerait Evie au beau milieu de la nuit, trop impatient de l'embrasser pour la première fois. C'était moi qui aurais dû être en train de m'éclater comme une folle, au lieu de tirer la gueule devant un dieu du sexe.

Certes, ce n'était pas *mon* dieu du sexe, mais si j'avais été conçue avec des yeux, c'était pour profiter de toutes les beautés de la nature, après tout.

Jason semblait très troublé lorsque je me suis de nouveau focalisée sur lui.

— Quel pauvre con, a-t-il grommelé dans sa barbe.

Il a achevé son deuxième whisky d'une traite, il s'est levé et il est venu se placer à côté de moi.

J'ai dû me dévisser le cou pour soutenir son regard.

Il m'a tendu la main.

— Viens. Je ne peux pas faire ça ici, pas avec tout ce monde autour de nous. Allons-y.

Mais moi je suis prête à faire tout ce que tu veux n'importe où.

— Où ça ? ai-je demandé avec méfiance.

Visiblement, il ne pouvait plus attendre que je me décide. Il a reculé ma chaise alors que j'étais toujours assise et s'est emparé de ma main.

J'ai à peine eu le temps d'attraper la petite pochette empruntée à Cha qu'il m'entraînait déjà loin de notre triste table. Je me suis efforcée d'ignorer l'onde de chaleur qui se diffusait dans tout mon corps au simple contact de sa peau.

Lui tenir la main, c'était déjà un peu réaliser mon rêve d'enfant. Et dire que ce n'était pas la première fois qu'il me touchait aujourd'hui. Finalement, cette soirée était un franc succès, non ? Le seul bémol, c'était que je n'avais aucune idée de ce qui m'attendait.

Tu parles d'un rêve…

16

Olive

Au lieu de me déposer chez moi, Jason a pris la direction de son petit paradis privé, à Bel-Air.

— Tu veux boire quelque chose ? m'a-t-il proposé, une fois chez lui.

— Non, ça va, merci.

— Moi, je vais me servir un truc.

Et il s'est exécuté… mais à ce stade, je ne prêtais même plus attention à ce qu'il buvait. Debout au milieu du salon, j'ai resserré mes bras autour de moi. Il fallait avouer que je m'étais déjà sentie mieux.

— Tu aurais dû me ramener chez moi, lui ai-je fait remarquer alors qu'il me tournait toujours le dos. Cette sortie, ce n'était pas une bonne idée. Franchement, si tu regrettes de m'avoir promis de m'emmener sur le tournage ou, je ne sais pas moi, si tu trouves mon roman à chier… à moins que ce soit à cause de ces putains de photos, ce qui serait tout à fait compréhensible, je…

— Stop, Olive. Stop.

Il a enfin délaissé sa bouteille d'alcool pour me rejoindre. Il a pris mon visage en coupe et a plongé son regard dans le mien.

— Ton livre est excellent. Et toi, tu es géniale. Arrête de tout le temps te dévaloriser. Il faut que… non, *j'ai besoin* de te dire quelque chose, ou plutôt de te demander quelque chose. Eh merde…

Il m'a lâchée pour me tourner le dos, une fois de plus.

— Je ne comprends pas pourquoi j'en fais tout un plat. C'est juste que… je ne sais pas comment m'y prendre… par où commencer.

J'ai jeté ma pochette sur un fauteuil qui paraissait très confortable.

— Eh bien, pour l'instant, j'ai l'impression que tu vas m'annoncer que tu dois m'assassiner, alors ça ne peut pas être bien pire. Crache le morceau, qu'on en finisse.

Il a passé une main dans ses cheveux déjà en bataille – ce qui l'a rendu encore plus sexy, puis il a longuement expiré.

— Tu as raison. D'accord. Viens, sortons. La dernière fois, tu as bien aimé t'asseoir dehors.

Il m'a de nouveau attrapée par la main et m'a entraînée dans le jardin.

— Tiens, tu as installé des transats, ai-je noté.

En effet, six superbes chaises longues avaient pris place autour de la piscine. Il y avait aussi des coussins géants, les gros moelleux dans lesquels on peut buller ou même dormir.

— Tout ça n'était pas là, la dernière fois que je suis venue.

— Non, en effet. J'ai demandé à Alvin de me dégoter de quoi accueillir mes invités, en particulier ceux qui préfèrent s'installer près de la piscine plutôt qu'à table.

Il avait investi là-dedans à cause de moi ?

Je n'ai pas pu m'empêcher de sourire.

On a arrangé deux coussins face à face, au bord de l'eau.

— Bon, assez tourné autour du pot. Je me lance.

Je me suis redressée, prête à l'écouter.

— Voilà : mon attachée de presse veut que je me marie.

Euh... Pardon ? Quand j'ai dit que j'étais prête, ce n'était certainement pas à entendre ça !

— Tu peux répéter ?

— Depuis le scandale de la vidéo dans l'impasse, j'ai perdu plusieurs contrats ; apparemment les gens s'imaginent que ça fait de moi un mec pas sérieux et les grosses maisons de production ne veulent pas de ce genre de publicité. Les studios ont eu peur des retombées négatives de mes coups médiatiques, donc ils ont mis fin à notre collaboration. Et si la situation ne change pas très vite, Tom est persuadé que ce n'est qu'un début.

Attends. Quoi ?

J'avais à peine écouté ses explications. Il allait se marier ?

Fallait-il donc que je sois maudite ? Pardon, mais quelle injustice, merde. J'avais renoncé à mon amour de jeunesse depuis si longtemps, puis on s'était revus, on commençait à passer un peu de temps ensemble… Et voilà qu'il allait se marier ?

J'ai secoué la tête.

— Attends une seconde. Je ne comprends pas. Quel est le rapport entre ta carrière et le fait que tu te maries ?

— C'est comme ça que ça marche dans ce milieu, Olive. On peut t'inventer une vie de toutes pièces pour plaire au public. Au besoin, on te forge un tout nouveau personnage qui correspond aux attentes des gens. Tout n'est qu'illusion. Et parfois, même dans ta vie privée, tu es obligé de jouer un rôle. Tu as une nouvelle copine : tes attachés de presse se concertent et pondent un contrat. Ça se finit toujours par un contrat. Tout est régi par des clauses spécifiques. Bien sûr, il existe de vrais couples à Hollywood, mais c'est difficile de bâtir une relation solide avec quelqu'un qui fait partie de l'industrie du cinéma.

— Alors pourquoi tu ne te trouves pas juste une fausse copine ?

Une relation amoureuse bidon, ça ne ferait déjà pas mes affaires, mais alors une fausse épouse ?! J'avais lu assez de romances pour savoir que ces mariages arrangés finissaient presque toujours par déboucher sur un véritable amour. Quelle femme saine d'esprit ne tomberait pas amoureuse de Jason après avoir passé un peu de temps en sa compagnie ?

— Non. Mon équipe a peur que les médias ne soient pas dupes, et s'il venait à se savoir que j'essaie de berner les gens, ça ne ferait qu'aggraver ma situation. Pour te la faire courte, Megan pense que si je me marie et que je joue bien mon rôle d'époux modèle pendant quelques années, tout le monde changera d'opinion sur moi. Ça me permettra de me concentrer sur le boulot et de ne plus devoir limiter la casse chaque fois que la presse s'empare de mes conneries.

Le cœur de plus en plus serré, je m'efforçais de ne pas trahir ce que je traversais – une agonie atroce.

— Alors, les félicitations sont de rigueur, ai-je dit, sans le moindre entrain. Waouh. Tu te maries. Tu l'as déjà annoncé ?

Il a ri, et son rire n'avait rien de joyeux. Loin de là.

— Euh, non.

Je me suis penchée pour plonger la main dans l'eau. La nuit était fraîche, mais je ne ressentais plus rien.

— Ça fait un petit moment que mon attachée de presse et Tom me soumettent des portraits de jeunes actrices, mais je n'ai jamais réussi à en choisir une.

Il continuait à me lacérer le cœur.

— Eh bien, figure-toi qu'ils ont fini par en sélectionner une à ma place.

À partir d'une simple photo ? La bonne blague. Trouver la bonne épouse parmi une galerie de portraits. Décidément, je n'étais pas faite pour Hollywood. Et l'amour dans tout ça, les gars ?

J'ai forcé mes lèvres à s'incurver.

— Et qui est l'heureuse élue ?

Au lieu de me répondre, il m'a posé la plus déroutante des questions.

— Tu te rappelles le jour où on s'est rencontrés ? La toute première fois, quand tu étais cachée sur le palier et que je suis tombé sur toi en haut de l'escalier ?

Mon sourire est devenu sincère.

— Vaguement.

Faux : bien sûr que je me souvenais.

Il a remué sur son coussin.

— Bon, alors permets-moi de répondre à la question que tu m'as posée ce jour-là.

Il a marqué une courte pause, puis :

— Oui.

Je l'ai dévisagé, bouche bée, complètement perdue.

— Quoi ?

Je devais lui avoir demandé s'il aimait la tarte aux pommes. Ou pas. En fait, je ne me rappelais pas lui avoir posé de question.

— Oui à quoi ?

— Ah, tu ne te souviens pas, a-t-il marmonné en grattant sa barbe de trois jours.

Il a pris une profonde inspiration et m'a rafraîchi la mémoire.

— Ce jour-là, tu m'as demandé si je voulais bien t'épouser… Alors à mon tour… veux-tu m'épouser, Olive ?

J'ai éclaté de rire. Un fou rire, un bon gros « MDR ». Puis j'ai remarqué son expression.

— Attends. Tu es sérieux ?

Une grosse, une énorme boule s'est formée dans ma gorge, m'empêchant presque de respirer. Risquait-il d'entendre les battements de mon cœur ? De s'apercevoir que mes mains s'étaient mises à trembler ?

— Tu n'es pas sérieux, n'est-ce pas ? ai-je insisté.

Mon sourire s'était évaporé depuis longtemps.

Il a lâché un petit rire sarcastique.

— Apparemment, nos photos ont convaincu tout le monde qu'on était amoureux, et comme on a déjà un passé commun, Megan pense que le public ne remettra pas en question notre mariage. Tout le contraire, même, paraît-il.

— Notre mariage ? suis-je parvenue à dire dans un hoquet.

Ce n'était donc pas une blague. Je le lisais dans ses yeux.

— Si tu acceptes, bien sûr.

— Wow.

Je me suis levée et j'ai fait quelques pas en chancelant.

— Wow, ai-je répété.

Dans ma tête, j'étais partagée entre bondir dans ses bras en hurlant de joie : « Oui ! Bien sûr que j'accepte de t'épouser. OUI ! » jusqu'à m'en bousiller les cordes vocales pour être sûre qu'il comprenne bien. Après tout, je rêvais de ce moment depuis que j'avais huit ans, non ? Mais d'un autre côté… eh bien, il n'y avait pas d'autre côté. Apparemment, mon amour fou pour Jason Thorn n'avait d'égal que ma sottise. J'ai sursauté lorsqu'il a posé la main sur mon épaule pour que je me tourne vers lui. Je ne l'avais même pas entendu se lever.

— Je vais sûrement tout gâcher, mais avant que tu me donnes ta réponse, laisse-moi t'expliquer un peu mieux le projet.

Je devais avoir hoché la tête, parce qu'il a continué.

— Si tu acceptes, on se mariera d'ici quelques semaines.

Un petit rire cynique m'a échappé. Croyait-il m'aider avec cette information ? Parce que ça ne m'aidait pas. Pas du tout, du tout.

— Bien sûr, tu vivras ici avec moi jusqu'au divorce.

Nous n'étions pas encore mariés qu'il planifiait déjà notre divorce ?

— Dans le contrat que j'ai signé pour Âmes en peine, les producteurs ont ajouté une clause selon laquelle je ne peux avoir aucune liaison pendant toute la durée du tournage et de la campagne de promotion. Cela dit, comme tu es l'autrice du roman dont est tiré leur film, notre mariage va représenter un coup de pub phénoménal et inespéré pour eux.

Il s'est arrêté et m'a regardée droit dans les yeux.

— Megan et Tom s'imaginent que c'est à moi que tu pensais quand tu as écrit ton livre.

Mon cœur a cessé de battre. Je me suis totalement figée, jusqu'à ce qu'il reprenne la parole.

— Mais ils se fourrent le doigt dans l'œil, pas vrai ?

— Évidemment, me suis-je empressée de confirmer.

— C'est bien ce que je me disais. Mais le public, lui, aura la même impression que Megan et Tom, a-t-il murmuré en sondant mon regard. D'après eux, les producteurs seront ravis d'apprendre la nouvelle, parce que ça va attirer encore plus d'attention sur leur film. Quand notre histoire éclatera au grand jour, tout le monde ne parlera plus que de nos retrouvailles après tant d'années, de la star de cinéma qui s'éprend de l'autrice qui a raconté leur propre histoire. Dans le film, les gens ne verront plus que moi qui tombe amoureux de toi. Plus on parlera de nous, plus on mettra en lumière ton livre et leur film. Et puis, tu vas devenir la fille qui m'aura remis dans le droit chemin.

J'ai ouvert la bouche, mais rien n'a pu en sortir parce qu'il a pris mes mains.

— C'est vrai, ça va m'aider à me débarrasser de toutes les casseroles que je me traîne et je pourrai de nouveau me concentrer sur ma passion sans me soucier de toute cette merde médiatique, mais ça peut aussi booster ta carrière, Olive. Tu peux déjà être certaine que ton prochain roman sera un best-seller avant même d'avoir fini de l'écrire.

Ça, ça ne me faisait pas plaisir. Pas du tout, même. Je ne voulais pas que les gens me lisent parce que j'avais épousé leur acteur fétiche. Je voulais tracer mon propre chemin, pas marcher dans l'ombre de Jason.

— Mais la vérité, Olive, c'est que je préfère mille fois t'épouser toi plutôt qu'une parfaite inconnue, une fille quelconque qui chercherait juste à profiter un max de ma notoriété.

Quelle petite veinarde je suis.

N'était-ce pas la demande en mariage dont rêvaient toutes les filles de la part de l'amour de leur vie ?

— Nous, on est amis, pas vrai ? a-t-il demandé quand il a remarqué que je restais muette.

Toujours sous le choc, je devais déployer beaucoup d'efforts pour suivre son raisonnement. J'ai acquiescé. Sans doute pouvait-on appeler ça de l'amitié.

— On vivrait de nouveau ensemble, ça pourrait être sympa. Tu aurais ta chambre juste en face de la mienne, comme au bon vieux temps, sauf que Dylan ne serait plus là pour t'embêter. De toute façon, je suis absent la plupart du temps, toujours en tournage.

Il a promené un regard circulaire sur son jardin – pour peu que ce vaste espace paradisiaque puisse être qualifié de jardin – en exerçant une légère pression sur ma main.

— Tu auras cet endroit pour toi toute seule, Olive. Ce sera plus facile d'écrire ici plutôt que dans un appartement plein de colocataires, non ?

— Je n'écris plus, ai-je lâché, comme une idiote.

— Quoi ?

— Je crois que je suis en panne d'inspiration. Plus rien ne vient. Si ça se trouve, mon roman restera à jamais le seul et l'unique.

Il a penché la tête sur le côté et m'a éblouie avec sa fossette.

— Peut-être qu'ici, tes problèmes d'inspiration se résoudront.

Mon regard était prisonnier de sa bouche.

Bon sang, qu'est-ce que c'est censé vouloir dire ?

À grand-peine, j'ai détourné mon attention de ses lèvres. J'étais en train de rêver que nous nous embrassions, dans un monde parallèle. Un monde dans lequel, lorsque l'amour de ta vie te fait sa *putain* de demande en mariage, tu ris de bonheur, tu verses peut-être même quelques larmes, et ça se conclut par un baiser passionné. Alors que ce qui était en train de m'arriver, ce n'était pas mon rêve d'enfant qui se réalisait, n'est-ce pas ? Non, le deal, c'était juste de vivre sous le même toit que Jason Thorn, de faire semblant d'être amoureuse en public, peut-être de lui tenir la main, de l'embrasser sur la joue à la rigueur.

Mon cœur survivrait-il à Jason Thorn ?

— Qu'est-ce que tu en penses ?

— De ?

— De m'épouser…

Ne devinait-il vraiment rien de ce que je ressentais pour lui ? Pas même un tout petit peu ?

— Je ne suis pas certaine d'être en état de penser, là tout de suite, Jason, ai-je reconnu.

— Tu me sauverais la vie, Olive.

Mais qu'adviendrait-il de moi dans le processus ? Là était toute la question. Mon cœur avait envie d'accepter sa proposition ; il était de toute façon impensable pour moi de refuser et d'assister à son mariage en sachant très bien que ça aurait pu être moi, à la place de l'heureuse élue – même si ce n'était qu'un mensonge. Cependant mon esprit, lui, ne voulait rien entendre et s'obstinait à m'envoyer tout un tas de signaux d'alerte.

— Je peux y réfléchir ?

— Bien sûr, a-t-il répondu en lâchant mes mains.

J'ai eu froid, tout à coup. Très froid.

Ne sachant que faire de moi-même, j'ai croisé mes bras et j'ai observé mes pieds.

Jason a relevé mon menton et s'est penché pour accrocher mon regard. Il souriait, ses yeux étaient doux.

— Si tu préfères refuser, ça ne pose aucun problème. Pour être franc, je n'avais pas prévu de me lancer là-dedans non plus cette année.

S'était-il rapproché de moi ? Involontairement – euh, non, c'était tout à fait volontaire – je me suis avancée pour réduire encore la distance entre nous. Son regard était mon phare dans la nuit.

Que décelait-il dans le mien ?

Ses yeux se sont posés sur ma gorge et, du bout des doigts, il a effleuré la base de mon cou. J'ai retenu mon souffle. Lorsque j'ai dégluti, son regard a bondi sur le mien, comme s'il avait été surpris. Puis, sa main est remontée en déviant vers ma nuque et s'est enchevêtrée dans mes cheveux, un contact tendre et inattendu qui a fait frémir tout mon être.

Mes paupières se sont fermées et j'ai humé son odeur.

Il était si près de moi.

De mon cœur.

Son pouce a caressé ma joue et j'ai incliné la tête pour aller à la rencontre de sa paume.

— Olive.

Cette voix…

J'ai frissonné. J'étais mouillée… Mon corps était en train de me sortir toutes les réactions qu'on peut trouver dans les romances.

Jason allait m'embrasser !

Si ça se produit, surtout ne flippe pas, Olive.

Tu es une paisible chute d'eau, un putain de chat qui ronronne.

D'abord, il a posé son front contre le mien et nous sommes restés comme ça pendant un moment, aspirant le souffle de l'autre.

Tendresse. Lenteur.

Puis son nez a frôlé le mien et…

Rien. RIEN ! La sonnerie de son téléphone a retenti, ses mains se sont raidies sur ma peau chauffée à blanc. J'avais l'impression qu'il était là, avec moi, que nous étions seuls au monde… et l'instant d'après, plus rien.

Son fichu téléphone était un vrai tue-l'amour.

Il a fait quelques pas en arrière et n'a brisé le contact visuel qu'au moment de décrocher. Était-ce le fruit de mon imagination, où, juste avant, son regard était-il assombri de désir ?

J'ai porté mes doigts à mes lèvres ; j'avais la sensation qu'elles avaient été caressées par les siennes. Comment était-ce possible, il ne les avait même pas touchées ?

Je suis rentrée dans la maison et j'ai récupéré ma pochette là où je l'avais laissée.

Lorsque Jason m'a rejointe à l'intérieur, j'étais résolue à partir avant de faire une bêtise.

Je devenais folle.

17

Olive

La porte de l'appart à peine franchie, j'ai foncé tout droit dans la chambre de Lucy.

— Pour l'amour de tous les mignons petits chiots du monde, s'il y a un pénis qui pendouille ici, planque-le, ai-je lancé, les mains sur les yeux.

Le rire de Lucy a résonné dans la pièce.

— Je suis toute seule, patate.

J'ai refermé la porte et me suis adossée à celle-ci. Lucy s'est redressée sur son lit et a coupé son ordinateur portable.

— Que s'est-il passé ? Tu n'as plus répondu à mes textos.

J'ai pris une profonde inspiration que j'ai relâchée lentement.

— Jason m'a demandée en mariage.

Lucy m'a dévisagée avec des yeux ronds.

J'ai levé les bras devant moi.

— J'en ai les mains qui tremblent.

— Pardon, tu peux répéter ?

— J'ai les mains qui tremblent.

— Pas ça. Ce que tu as dit juste avant ? Je crois que je n'ai pas bien compris.

— Il m'a demandée en mariage.

— Okayyyy. Je ne rêve pas, tu es vraiment devant moi en train de m'expliquer que Jason Thorn veut t'épouser ?

J'ai plongé le visage dans mes mains en geignant.

— Tu peux venir, s'il te plaît ? a demandé Lucy posément.

Je suis allée m'asseoir à côté d'elle et elle m'a pincé la cuisse.

— Ne perds pas ton temps, je n'ai pas arrêté de me pincer pendant le trajet de retour, l'ai-je informée. Je te confirme que ce n'est pas un rêve.

Elle a plaqué sa main sur sa bouche.

— La vache ! Merde, ma caille ! Ça, c'est du rapide. Tu lui as jeté un sort ou quoi ?

— Lucy, tu vas m'écouter très attentivement. Tu peux faire ça pour moi ?

— Je crois que je n'attends que ça. Au cas où tu ne l'aurais pas remarqué, je suis hyper impressionnée et complètement sous le choc.

— Oui, eh bien tu vas trouver ça beaucoup moins impressionnant dès que tu auras entendu toute l'histoire.

Son oreiller calé contre son ventre, elle m'a fait signe de poursuivre.

— Apparemment, l'épisode de l'impasse…

— Non, attends !

Elle a pressé un doigt sur mes lèvres avant de bondir de son lit.

— Je vais chercher la tequila que j'ai planquée dans la cuisine. Il faut qu'on fête ça.

— Il n'y a rien à fêter, Lucy !

Trop tard, elle était déjà partie.

Elle a réapparu avec deux verres à liqueur et une bouteille à moitié pleine. Elle m'a tendu les verres et les a remplis de tequila.

— Il n'y a rien à fêter, ai-je répété.

— Bon. Avale ça quand même. J'ai besoin d'alcool pour t'écouter. Allez, pour me faire plaisir.

Nous avons donc pris un shot de tequila, puis elle s'est rassise en serrant la bouteille dans ses mains.

Je pouvais reprendre.

— Donc, l'épisode de l'impasse, tu sais, la fameuse vidéo ? Eh bien, elle aurait causé plus de dégâts qu'on le pensait.

— Ah bon, mais pourquoi ?

— Pas de questions.

Elle a rouvert la bouche, mais j'ai posé ma main dessus pour la faire taire.

— J'ai besoin que ça sorte d'un coup, d'accord ? J'ai déjà bien assez de mal à rester calme. J'enlève ma main, mais je te préviens, plus un mot.

Elle a hoché la tête.

— Bon, quand faut y aller… Je disais donc que cette vidéo lui pourrit la vie. C'est pour ça que son attachée de presse et son agent veulent qu'il se marie.

Lucy a écarquillé les yeux, mais au lieu de m'interrompre, elle a pris une gorgée de tequila directement à la bouteille, grimaçant au moment où le liquide lui a brûlé la gorge.

— L'idée, c'est de prouver à la terre entière qu'il s'est racheté et qu'il mène une petite vie bien rangée, tu vois ? Donc ils lui ont montré tout un tas de portraits de filles, pour qu'il choisisse. Comme dans un putain de catalogue, non mais tu le crois, ça ?

Sans desserrer les dents, Lucy a opiné du chef avec enthousiasme.

— Eh bien, moi, j'ai du mal à l'avaler. Bref. Pour faire court, aucune des fiancées potentielles qu'on lui a proposées ne lui plaisait. Et c'est là que j'interviens. Depuis que les photos de nous ont été diffusées dans la presse, tout le monde croit qu'on est amoureux et qu'on nage dans le bonheur. Du coup, son attachée de presse lui a suggéré que j'étais la fiancée idéale, entre autres parce qu'on a un passé commun. D'après elle, personne ne se doutera que notre union est juste un coup de com pour qu'il puisse se racheter une conduite auprès de l'opinion publique. Visiblement, Jason approuve cette brillante idée, parce qu'il m'a demandé si je voulais l'épouser et devenir sa colocataire.

— Je peux en placer une, maintenant ?

— Je t'en prie.

— Juste une seconde.

Elle a repris une lampée de tequila, puis m'a tendu la bouteille. J'ai bu deux grosses gorgées.

— Tu as accepté, j'espère ? m'a-t-elle implorée tandis que j'essuyais ma bouche avec le dos de ma main. Pitié, ne me dis pas que tu as refusé. Parce que si tu as fait ça, je te colle direct mon poing dans la figure. Et un œil au beurre noir, je doute que ça fasse joli en couverture des tabloïds.

— J'ai flippé, je suis partie.

— Mais tu as perdu la tête, ma parole !

Elle m'a donné une bourrade, puis elle s'est levée et a posé sa main sur mon front.

— Pourtant tu n'as pas de fièvre.

J'ai repoussé sa main.

— Qu'est-ce que je dois faire, Lucy ?

Elle s'est penchée pour me regarder dans le blanc des yeux.

— Épouser Jason Thorn, quelle question !

Je me suis laissée tomber à la renverse sur son lit.

— Je ne crois pas que ce soit une bonne idée.

— Mais enfin, pourquoi ?

— Ce ne sera pas un vrai mariage. Et si jamais il…

— Ah non ! s'est-elle écriée en joignant l'index à la parole. Tu ne vas pas commencer avec les « et si ». « Et si » mon cul !

Je me suis redressée brusquement.

— Tu as entendu ?

Elle a tendu l'oreille vers la porte.

— Non, je n'entends rien.

— On aurait dit une porte qui s'ouvrait. Les autres sont là ? Normalement, je ne suis censée parler de ça à personne. Jason m'a bien prévenue avant de me déposer.

— Marcus est sorti et Cha ne se sentait pas très bien. La dernière fois que je suis passée la voir, elle dormait.

Je me suis détendue.

— Bon. On va tout de même baisser d'un ton.

— Ce mariage arrangé, c'est l'occasion ou jamais pour toi, Olive. Tu vas pouvoir le séduire.

— Est-ce qu'on parle toujours bien de la même chose ?

— Écoute, a-t-elle commencé en adoptant un ton très « je suis la patience incarnée ». Tu aimes toujours Jason, n'est-ce pas ? Tu l'as toujours aimé et je ne pense pas me tromper en affirmant que tu l'aimeras toute ta vie. J'ai vu vos photos, Olive. Tu lui plais aussi. On ne peut pas simuler ce genre d'attirance. D'accord, il n'est peut-être pas fou amoureux, du moins pas encore. Mais tu dois au moins te laisser une chance. Allez quoi, tu viens de le dire toi-même : vous allez vivre ensemble. Que te faut-il de plus ?

Mes réticences étaient en train de s'envoler. Je me suis tournée vers Lucy, pleine d'espoir.

— Tu as raison. Bien sûr que tu as raison. Je vais l'épouser ! Mais n'oublie pas qu'on parle du « grand » Jason Thorn. Si c'était un mec normal, avec un boulot normal, j'aurais foncé sans hésiter. Mais là, c'est Jason Thorn. Je veux dire, il n'a qu'à claquer des doigts pour dégoter mille fois mieux que moi.

Elle a souri.

— Mais c'est toi qu'il a choisie, non ? Et puis merde à la fin, qu'est-ce que tu as à perdre ? Même si ça ne marche pas entre vous, rien qu'en l'épousant, tu peux déjà être certaine que tes dix prochains bouquins seront des best-sellers.

— Tu es la deuxième personne à me dire ça ce soir.

Je me suis de nouveau affalée sur son lit en poussant un long soupir.

— Je meurs d'envie de me marier avec lui, Lucy.

Elle s'est allongée à côté de moi.

— Qu'est-ce qui te retient ?

— J'ai peur. Peur d'être si proche de lui, et de tomber encore plus amoureuse. Il m'a déjà brisé le cœur une fois.

Je n'étais encore qu'une gamine et il n'en a même pas eu conscience à l'époque. Mais cette fois-ci, il risque de me détruire complètement.

J'ai fermé les yeux et je me suis concentrée sur ma respiration pour m'éclaircir les idées.

— Tout à l'heure, j'ai bien failli lui sauter dessus et me cramponner à lui comme si ma vie en dépendait. J'étais à ça de le faire, ai-je avoué en rapprochant mon pouce de mon index pour illustrer mon propos.

J'ai roulé sur le côté pour la regarder.

— Tu savais que je l'avais déjà demandé en mariage ? La toute première fois où il a mis les pieds chez moi ? Je devais avoir huit ans.

Elle s'est redressée sur un coude.

— Non. Raconte.

Je lui ai expliqué tout ce dont je me rappelais de ce jour-là.

— Même moi, j'avais oublié cette anecdote, mais pas lui, apparemment.

Le silence est retombé pendant quelques instants.

— Je crois que je vais accepter.

— Mais c'est évident !

— Tu crois que je devrais lui envoyer un texto tout de suite ?

Elle m'a jeté son oreiller au visage en gloussant.

— Mais non, banane ! Laisse-le mariner un peu. Tu le lui annonceras demain.

J'ai repoussé l'oreiller.

— Et maintenant, qu'est-ce que je dois faire ?

— Aller te coucher et dormir ?

— Oui, alors ça, ça risque plus de m'arriver avant un moment.

— Tu veux qu'on établisse un plan d'attaque ? a-t-elle suggéré, les yeux brillant d'espièglerie.

— Un plan pour quoi ?

— Pour séduire Jason Thorn, voyons !

— Sans moi.

— Mais si, on va bien rigoler.

— Je n'en doute pas, mais j'ai déjà un plan.

Je me suis levée et j'ai commencé à battre en retraite vers la porte.

— Je vais me contenter de l'aimer juste sous son nez.

— À la bonne heure ! Montre-lui comment on fait, mon Olive.

— Mais si tout m'explose à la tronche, tu m'aideras à ramasser les morceaux de mon pauvre cœur, hein ?

Elle a sauté en bas du lit et m'a serrée fort dans ses bras.

— Les frangines passent avant les pines. Toujours.

— Super. Maintenant, je vais aller essayer de me calmer dans ma chambre.

— Moi, je vais quand même dresser une liste de tout ce que tu pourrais lui faire. Comme ce truc qui fait bander Jameson au quart de to…

— D'accord, moi aussi je t'adore. Allez bonne nuit !

Après avoir quitté la chambre de Lucy le plus discrètement possible, j'ai rejoint mon propre lit et j'ai contemplé le plafond pendant des heures avant de finir par m'endormir avec un petit sourire aux lèvres.

La mystérieuse beauté n'est plus un mystère !

Mauvaise nouvelle, Mesdemoiselles, il semblerait que notre coqueluche, Jason Thorn, ne soit plus un cœur à prendre, ou un sexe à prendre si vous préférez.

Vous vous rappelez sûrement la mystérieuse beauté avec laquelle notre dieu du sexe avait été surpris récemment ? Eh bien sachez que le voile a été levé sur l'identité de cette jolie jeune femme aux cheveux blond vénitien. Elle s'appelle Olive Taylor et c'est une amie d'enfance de Jason, mais elle est aussi l'autrice d'un best-seller primé par le *New York Times* qui fait en ce moment même l'objet d'une adaptation pour le grand écran. Et devinez un peu qui sera l'acteur vedette de ce film ? Bingo ! C'est bien Jason Thorn qui endossera le rôle d'Isaac, un acteur tourmenté qui renoue avec son premier et seul amour, un amour qu'il a abandonné des années plus tôt. Se pourrait-il que Mlle Taylor ait écrit ce roman pour attirer l'attention d'un ancien amour de jeunesse ? Si c'est le cas, sa technique s'avère payante. Après avoir décroché la première place dans tous les classements des meilleures ventes, va-t-elle aussi décrocher le cœur de notre bad boy ?

Le couple, qui était sur toutes les lèvres en ville cette semaine, a été aperçu dans le très select club Soho House. D'après nos sources, les deux tourtereaux ont pu profiter d'un dîner romantique sur le toit-terrasse. « Ils se parlaient avec les yeux, ils rayonnaient de bonheur. C'était un rendez-vous amoureux, c'est sûr », affirme notre témoin. « Je refuse de croire qu'ils sont juste amis. Ce qu'il y avait entre eux était bien trop intense. »

Notre star au physique de rêve n'a abandonné Mlle Taylor qu'une seule fois pour aller saluer un groupe de collaborateurs qui dînaient à une table voisine. Toutefois, la petite virée a été abrégée, Jason ayant décrété qu'il ne pouvait plus attendre. Ainsi, sans avoir terminé son assiette, il a attrapé notre romancière à succès par la main et s'est précipité vers la sortie.

« C'est la chose la plus romantique que j'aie jamais vue. Ils étaient là, en train de déguster leur cocktail en échangeant des sourires, et l'instant d'après ils couraient vers la sortie main dans la main », rapporte un autre témoin.

Jason serait-il tombé amoureux de son amie d'enfance ? Les gens qui ont épié le moindre de leurs mouvements durant ce rendez-vous torride en sont convaincus.

À votre avis, Olive Taylor fera-t-elle long feu ? Jason aurait-il trouvé chaussure à son pied si sexy ?

18

Jason

— Ils ne perdent pas de temps, ces enfoirés, ai-je commenté après la lecture de l'article qui nous était consacré.

J'ai posé la tablette sur la table, à côté de mon assiette vide.

— Je ne vois pas du tout qui a pu nous espionner comme ça hier. Bande de petits curieux. Et leur façon de décrire la scène… le seul truc qui est vrai, c'est que je n'ai laissé qu'une seule fois Olive seule. Le reste n'est qu'un ramassis de conneries. C'est à peine si on s'est adressé la parole de tout le repas.

J'ai secoué la tête et j'ai picoré une frite oubliée dans l'assiette de Tom.

— Leur version des faits t'arrange bien, alors arrête de te plaindre, si je peux me permettre, a rétorqué ce dernier.

Je n'ai pas relevé. J'ai léché le sel sur mon pouce. La veille, je m'étais complètement ridiculisé devant Olive. À l'origine, j'avais prévu d'aborder le sujet au restaurant, mais je ne sais pas pourquoi, au dernier moment, j'avais trouvé ça nul de lui faire ma demande à cette table, comme si nous étions à un dîner d'affaires. En fin de compte, j'avais quand même tout fait foirer, mais au moins nous étions seuls quand ça s'était produit. Cela dit, mettre un genou à terre et sortir le grand jeu n'y aurait rien changé. Il n'existe pas de bonne façon de demander quelqu'un en mariage dans le seul but de sauver sa carrière et de sortir de la tombe qu'on s'est creusée tout seul.

Toujours est-il que je n'avais plus aucune nouvelle d'Olive.

— Ne t'emballe pas. Elle n'a pas encore répondu.

— Ça va donner un énorme élan à sa carrière de romancière, a souligné Tom. Elle serait folle de refuser. Ça va lui changer la vie bien plus qu'à toi, Jason.

— Tu sais, elle n'est pas comme toutes ces femmes, ai-je répliqué avec un geste circulaire.

— Toutes ces femmes ?

— Oui, je veux parler de toutes les harpies de l'industrie du cinéma, ou de ces mannequins dont tu apprécies parfois la compagnie.

Il m'a considéré d'un air circonspect.

— Et puis-je te demander ce qui la rend si différente ?

J'ai haussé les épaules.

— C'est Olive. Je la connais. Si – et je dis bien « si » – elle accepte, ce sera avant tout pour m'aider. Bon, et j'ai l'impression qu'elle est tombée amoureuse de ma villa, détail qui joue indéniablement en ma faveur.

Tom a secoué la tête en ricanant.

— Toi, tu as vraiment de la merde dans les yeux.

— Tu peux développer ?

Il s'est levé.

— Laisse tomber. Cela dit, ne te fâche pas, mais j'ajoute que tu n'as pas idée de la chance que tu as.

— Et je repose ma question : peux-tu développer ?

— Ce que j'essaie de te dire, tête de nœud, c'est qu'il y a bien plus désagréable à regarder que ta chère petite Olive, tu ne trouves pas ? Même quand tu es au fond du trou, t'es un petit veinard.

J'ai toussoté.

— C'est vrai. Olive est magnifique.

Et elle était devenue une femme, ce qui la rendait doublement redoutable.

— Pour l'instant, tout ce que Megan a laissé filtrer dans les médias, c'est qu'Olive était ton amie d'enfance et que tu allais jouer dans le film adapté de son roman. Tout le monde est en train de s'inventer sa propre version de l'histoire. Si elle accepte, vous devrez encore vous afficher ensemble quelques fois, puis vous pourrez commencer à jouer le petit couple épanoui devant les photographes. Et une fois que tout ça sera fait, alors on pourra lancer l'annonce de votre mariage.

— Dis donc, tu es mon attaché de presse ou mon agent ?

— Ces derniers temps, j'endosse un peu toutes les casquettes pour te sauver les miches, figure-toi.

— Ouais, eh bien vivement qu'on en parle moins, de mes miches. J'en ai marre de lire mon nom partout et de voir ma tronche dans tous les tabloïds.

Notre serveur s'est approché et a ramassé nos assiettes.

— Vous désirez autre chose ?

— Non merci, pas pour moi. Et toi, Tom ?

— Je vais prendre un expresso.

— Au fait, est-ce que tu as réussi à contacter Jackson Merritt ? lui ai-je demandé un peu plus tard, tandis qu'il buvait son café.

— Tu n'es pas sans savoir que l'interview de l'étudiante canadienne t'a fait perdre un autre contrat. Ton emploi du temps s'est tout à fait vidé pour l'année qui vient. On devrait peut-être étudier les quelques offres que tu reçois encore au lieu de courir après les cinéastes et les projets qui t'intéressent. Ce ne sont pas de mauvaises offres, en plus.

— Il ne s'est rien passé avec cette satanée Canadienne. Combien de fois vais-je devoir le répéter ? ai-je grondé, éveillant l'attention de nos voisins de table.

— Mets-la en veilleuse.

— J'ai travaillé dur pour arriver là où j'en suis, Tom, ai-je insisté en baissant d'un ton. Ce n'est pas parce que ma vie privée n'est pas très reluisante que je vais renoncer et me laisser lyncher par l'opinion. Mon boulot, je le fais bien. Et puis, j'ai vachement calmé le jeu, non ? Si me marier n'est pas la solution, alors qu'est-ce qu'on est en train de foutre ?

Je me suis avachi sur ma chaise en toisant Tom.

— Puisque mon nouvel emploi du temps le permet, je veux faire le film de Jackson. Il y a quelques mois à peine, c'est lui qui me courait après, il me voulait pour le rôle principal. On a dû décliner parce que mon agenda était plein à craquer. Maintenant que ce n'est plus le cas, je veux ce rôle. Débrouille-toi pour que je l'obtienne.

— Tout doux, a répondu Tom en repoussant sa tasse. Il est encore un peu tôt pour quémander. Voyons d'abord comment toute cette histoire se met en place et faisons le point d'ici un mois ou deux. Si Jackson n'est pas revenu vers toi de lui-même, alors on ira le chercher. Tu m'as toujours fait confiance, Jason, c'est pour ça que notre collaboration marche bien. Jamais je ne te proposerais un rôle qui ne te fera pas prendre une longueur d'avance, mais tu dois me laisser faire mon boulot.

Son regard s'est durci.

— On ne peut pas se permettre de montrer à quel point toute cette merde est en train de t'affecter et d'affecter ta carrière. Contente-toi de laisser ta queue bien au chaud dans ton pantalon et de convaincre Olive de t'épouser, tu seras bientôt remis sur les rails, je te le garantis.

Cette putain de vie me fatiguait, il ne me restait plus qu'à me ranger à l'avis de mon agent.

Mon téléphone s'est mis à vibrer sur la table. Le nom d'Olive clignotait à l'écran.

— C'est elle, ai-je grommelé en croisant brièvement le regard de Tom.

— Super. Pourquoi tu ne réponds pas ?

— Quoi ?

— Le téléphone. Tu ne comptes pas décrocher ?

— Si, si.

Mais je n'ai pas cillé.

Au bout de quelques secondes, j'ai saisi l'appareil, mais je n'ai pas réussi à aller plus loin.

— Qu'est-ce qui m'arrive, Tom ?

— À toi de me le dire, mon grand.

Il semblait aussi dérouté que moi.

J'ai réfléchi un instant.

— Merde, je crois que j'ai peur qu'elle refuse, ai-je compris en riant. En fait, je ne suis pas certain de réussir à respecter le plan « génial » de Megan, et le tien, si Olive n'est pas dans le coup.

Dans ma main, le téléphone a cessé de vibrer.

Tom a éclaté de rire. Un bon rire bien gras, genre « Eh, les mecs, visez-moi ça, c'est la meilleure du siècle, qu'est-ce que je me marre ». *Enflure !*

— Tu l'aimes bien, hein ? Tu l'aimes *vraiment* bien, cette Olive.

Il commençait à me taper sur les nerfs.

— Évidemment que je l'aime bien. Elle a toujours beaucoup compté pour moi.

Le rire de Tom s'est mué en gloussements et il a levé les mains.

— J'aurais dû m'en douter… Tu n'as même pas bronché quand on t'a proposé son nom, alors que tu as trouvé à redire avec toutes les autres. Espèce de petit fils de pute. Ça va vraiment être amusant à suivre, cette affaire.

— Oh la ferme.

Je me suis levé et je suis sorti. J'ai attendu d'être dans le petit jardin qui servait de fumoir aux clients du café pour composer le numéro d'Olive. Elle a aussitôt décroché.

— Jason !

Sa voix était terrifiée. Tout mon corps s'est tendu.

— Quelque chose ne va pas ?

— Jason, je… je suis coincée. Il y a des gens devant le café.

— Calme-toi, Olive. Des gens devant le café ? Comment ça ?

— Je veux dire qu'il y a une dizaine de personnes, peut-être plus, qui attendent juste devant la porte. Je suis morte de trouille, Jason.

— D'accord, mon cœur. Respire un bon coup et raconte-moi tout depuis le début.

Son souffle m'a indiqué qu'elle suivait mon conseil, ce qui a semblé l'apaiser un peu.

— D'accord. Excuse-moi. Je suis dans un café qui s'appelle Dreamers, juste à côté du campus. J'étais censée y retrouver Lucy et Cha pour déjeuner pendant leur pause entre deux cours, mais j'ai pris mon ordinateur et j'y suis allée à l'avance. J'espérais écrire quelques lignes avant qu'elles arrivent et… Pardon, je me disperse.

— Tout va bien. Maintenant, dis-moi : qui t'attend dehors ?

— Eh bien, pour finir, Lucy et Cha m'ont prévenu qu'elles ne pouvaient pas se libérer, alors comme je n'arrivais de toute façon pas à rentrer dans mon histoire, j'ai décidé de rentrer, sauf qu'il y a plein de paparazzis, Jason. Je ne les avais même pas remarqués. Au moment où je suis sortie, il y en a un qui a crié mon nom et qui s'est mis à me mitrailler avec son appareil photo en me bombardant de questions. Je suis retournée me réfugier dans le café, mais ils sont toujours là.

— Ah merde.

Je suis rentré et me suis tout de suite dirigé vers ma table.

— Tu as vu les derniers potins qui sont sortis sur nous ? lui ai-je demandé.

— Si tu parles de l'article où ils décrivent ce qu'on a mangé hier soir, oui, Lucy me l'a flanqué sous le nez ce matin. Mais qu'est-ce que ça a à voir avec ce qui se passe ici ?

— Juste une petite seconde, Olive.

Je me suis adressé à Tom.

— Il faut que j'y aille. Elle est coincée dans un café encerclé de paparazzis, elle ne peut plus sortir.

— Tu as besoin de moi ?

Il avait retrouvé un ton professionnel.

— Non, je m'en occupe. Je t'appelle plus tard, d'accord ?

— Bon. Dès que tu auras la réponse d'Olive, n'oublie pas de prévenir Megan. Elle doit gérer la suite et lancer la partie.

J'ai attrapé la clé de ma voiture en poussant un petit grognement et j'ai filé.

— Voilà, je suis en chemin, Olive. J'arrive.

— Merci. Comment ont-ils su que j'étais ici ?

— Quelqu'un a dû te reconnaître et leur a envoyé le tuyau. Tu sais qu'on a déjà un hashtag sur Twitter ?

— Génial, a-t-elle soupiré. Je n'ai pas de voiture. Je suis venue à pied. Ce n'est qu'à dix minutes de chez moi, mais je ne pourrai pas repartir s'ils me collent au train.

— Non, ne bouge pas. Je viens te chercher. Je suis désolé, Olive, j'aurais dû me douter que ça arriverait. Envoie-moi l'adresse exacte où tu te trouves par texto. J'y vais.

J'ai raccroché, j'ai sauté dans ma voiture et j'ai démarré sur les chapeaux de roues.

***

Il régnait une grande agitation autour du Dreamers quand je suis arrivé. Olive s'était trompée. Ce n'étaient pas dix, mais une vingtaine de paparazzis au moins qui étaient agglutinés devant l'entrée, et ces parasites étaient impitoyables, j'en savais quelque chose. Lorsqu'ils m'ont aperçu, ils ont tout de suite compris que je venais à la rescousse et qu'ils avaient décroché le gros lot.

Une fois à l'intérieur, j'ai fouillé la salle du regard. Il ne m'a fallu que quelques secondes pour repérer Olive dans un coin, recroquevillée derrière son écran d'ordinateur.

Je me suis précipité vers elle.

Dès qu'elle m'a vu, elle s'est levée, le visage blême.

— Merci d'être venu si vite, a-t-elle murmuré en jetant des coups d'œil furtifs dans tous les sens.

Comme mues d'elles-mêmes, mes mains ont pris son visage et j'ai sondé son regard décontenancé.

— Tu vas bien ?

Elle a posé ses mains sur les miennes pendant un court instant, comme pour s'assurer que j'étais bien là, avec elle.

— Oui, ça va. C'est juste qu'ils criaient tous en même temps, je ne savais pas quoi faire, quoi leur dire. Et la gérante du café n'est pas ravie de la situation.

Du menton, elle a discrètement désigné le comptoir, sur sa droite.

— Elle m'a déjà demandé de partir.

En effet, debout derrière le bar, une femme nous surveillait, la mine sévère.

— On va y aller. Ma voiture est garée juste à côté.

— Jason, je ressemble à rien, a-t-elle objecté, tête baissée, en touchant ses cheveux relevés dans un chignon négligé.

À mes yeux, elle était tout aussi jolie qu'à notre dîner de la veille.

— Je devais juste déjeuner avec les filles. Tu vas me trouver superficielle, mais tant pis ; je n'ai pas envie de me voir partout en photo avec une tronche pareille. Encore moins à côté de toi, a-t-elle ajouté en me pointant du doigt, surtout quand tu es aussi stylé.

— Jason Thorn ? Vous êtes bien Jason Thorn ?

Je me suis tourné vers la personne qui venait de nous interrompre.

— Oh mais oui ! C'est bien vous. On peut faire un selfie ? Il faut trop que mes potes voient ça. Sans preuve, ils voudront jamais me croire.

J'ai plaqué un sourire sur mes lèvres.

— Bien sûr.

Je ne refusais jamais un autographe ou une photo à un fan. Pourtant, ce n'était pas mon truc, même si, là tout de suite, j'aurais aimé que ça le soit. J'ai donc laissé cette fille coller son visage à quelques centimètres du mien et se serrer contre moi comme si on se connaissait depuis des années, et prendre son fichu selfie.

À peine s'était-elle éloignée que cinq autres personnes ont trouvé le courage de m'accoster pour me réclamer des autographes et des photos.

J'ai cherché Olive du regard. Elle s'était rassise, elle fixait son ordinateur fermé. De plus en plus de gens se pressaient autour de nous. Il fallait absolument qu'on ait une petite conversation avant d'être noyés dans la masse. Et si la nouvelle de ma présence ici se répandait sur Internet, on aurait bientôt du mal à s'échapper de cet endroit.

J'ai tiré Olive par le bras pour qu'elle se lève.

— Où sont les toilettes ? ai-je demandé en attrapant son ordinateur de l'autre main.

— Là-bas.

Elle indiquait un petit couloir, à l'arrière. Je l'ai entraînée dans cette direction et, une fois à l'intérieur des minuscules toilettes, j'ai veillé à bien verrouiller la porte.

— Si on s'attarde trop, de plus en plus de gens vont apprendre que je suis ici, et là, on aura un vrai problème. Il faut qu'on parte.

Elle a opiné du chef.

— Mais avant qu'on sorte d'ici, je dois te demander… Je suis désolé, je ne veux pas te mettre la pression, Olive, mais j'ai besoin de savoir pour…

— Oui, m'a-t-elle interrompu avec précipitation, mais d'une voix claire. Si tu parles de… de ce que tu m'as proposé hier, la réponse est oui.

Mon cœur a poussé un soupir et la tension nerveuse qui m'habitait s'est dissipée. Sa main était toujours dans la mienne, je l'ai étreinte en souriant.

— Oui ?

Elle s'est mordillé la lèvre inférieure, détournant mon attention de ses yeux vifs. Sa bouche rose était bien pleine.

— Oui, a-t-elle confirmé, presque en chuchotant.

Dans un petit toussotement, j'ai arraché mon regard à ses lèvres tentatrices, dangereuses.

— Alors on se lance dans cette aventure ?

Elle a hoché la tête en souriant.

— Je crois bien, oui.

Sans la quitter du regard, j'ai tiré le verrou et ouvert la porte. Je m'apprêtais à sortir lorsqu'elle m'a brusquement tiré en arrière.

— Attends, donne-moi mon ordinateur.

Je l'avais complètement oublié, celui-là. Je le lui ai rendu et elle l'a fourré dans son énorme sac à main. Ensuite, j'ai voulu lui prendre la main, mais elle a reculé.

— Encore une minute.

Nous allions finir par nous retrouver coincés dans ces maudites toilettes.

Elle a enlevé l'épingle qui maintenait son chignon et ses cheveux se sont déployés autour de son visage. Elle a vivement passé les doigts dedans pour leur donner du mouvement, puis elle a relevé vers moi son beau visage aux joues rosies.

Un petit grognement m'a échappé. Bon sang, maintenant, je n'avais plus qu'une envie : enfoncer ma main dans son opulente chevelure pour voir ce que ça faisait. Pire : avec cette allure séduisante, Olive semblait tout droit sortie du lit. Comme si elle venait de faire l'amour. Avec moi. Et c'est exactement la conclusion à laquelle parviendraient les paparazzis.

— Tu n'aurais pas dû faire ça, Olive.

Elle a jeté un coup d'œil dans le miroir.

— Pourquoi ? C'est encore pire ? Je suis désolée. C'est tout ce que je peux faire.

— Et c'est déjà plus qu'assez, j'ai envie de te dire. Viens, il faut y aller maintenant.

Cette fois, c'est elle qui m'a pris la main.

— Surtout, tu n'ouvres pas la bouche et tu ne regardes jamais directement dans leur objectif, lui ai-je conseillé. Tu te contentes de me suivre, sans un mot. Mon attachée de presse s'occupera du reste.

Elle a acquiescé et nous sommes enfin sortis des toilettes. Plusieurs personnes nous attendaient, mais pour la première fois de ma carrière, je me suis excusé et j'ai refusé d'accéder à leurs requêtes.

Lorsque j'ai posé le pied dehors avec Olive accrochée à mon bras, les paparazzis étaient fin prêts pour le deuxième round. Tous sans exception se sont mis à nous héler en beuglant. Les questions et les flashes fusaient de tous côtés, sans répit.

Les yeux braqués sur le sol, Olive se démenait pour tenir le rythme, mais j'ai tout même dû ralentir pour qu'elle reste alignée sur mes longues enjambées. Soudain, elle a relevé la tête, nos regards se sont croisés et nous avons échangé un sourire. Hélas, je n'ai pas pu en profiter, car cet instant suspendu n'avait pas échappé à l'œil de lynx des paparazzis qui nous cernaient. Ils ont redoublé d'ardeur et se sont mis à hurler nos noms.

Malgré les photographes déchaînés, nous avons fini par rejoindre ma Spyder en un seul morceau et j'ai aidé Olive à monter.

Tandis que nous roulions loin de toute cette folie médiatique, je savais déjà quelle photo ferait la une le lendemain.

19

Jason

— Ça, c'est fait, a ironisé Olive au bout de quelques minutes de silence.

Je l'ai observée du coin de l'œil.

— Bienvenue dans mon monde. Tu es sûre que ça va ?

Elle a levé les bras devant elle.

— Un peu secouée, mais toujours en vie. Et toi ?

— Oh ça ne m'impressionne plus, tout ça. On finit par s'habituer à ne pas pouvoir mettre un pied dehors sans être assailli par les photographes.

— Les joies du métier, je suppose.

En effet. La plupart du temps, je parvenais à passer inaperçu grâce à mes lunettes de soleil et une casquette de baseball, mais ça ne marchait pas toujours.

— Je crois qu'on devrait aller voir mon attachée de presse tout de suite. Il faut qu'on mette au point une stratégie.

— Maintenant ?

— Oui. On ne pourra pas leur échapper éternellement. Et je ne veux plus qu'on se retrouve pris au piège comme ça. Parce que dorénavant, ils te harcèleront aussi, ils ne se contenteront plus de moi. Et plus on s'obstinera à garder le silence, plus on aura du mal à se débarrasser d'eux.

— Je suis désolée, j'aurais dû mieux gérer la situation, s'est-elle excusée d'une petite voix.

J'ai tourné à gauche, puis, sans quitter la route des yeux, je lui ai pris la main. Ça m'arrivait souvent, ces derniers temps.

Lui tenir la main. La serrer contre moi. Humer son parfum. La toucher. Contempler ses fesses. Mais surtout passer du temps avec elle. *Bordel.*

— Si ça devait se reproduire quand je ne suis pas là, je veux que tu m'appelles directement. Si je ne peux pas venir moi-même, j'enverrai quelqu'un à ton secours. Si on se lance dans cette aventure ensemble, je veux que tu te sentes bien. Je ne veux surtout pas que tu aies peur de sortir à cause de moi.

Elle a posé sa main toute menue sur la mienne.

— Ne t'inquiète pas, Jason. Quand on leur aura confirmé qu'on est ensemble et qu'ils auront compris qui je suis, ils se lasseront vite.

— Ça m'étonnerait, ai-je soupiré. En tout cas, ça va prendre un certain temps. L'histoire est trop croustillante, ils ne vont pas se priver.

Elle a retiré sa main, alors j'ai dû faire pareil.

Je lui ai tendu mon téléphone pour qu'elle compose le numéro d'Alvin.

— Ça va, patron ? Tom vient de m'appeler, il m'a prévenu que tu aurais peut-être besoin d'aide.

— Tout va bien, Alvin. On s'en est sortis. Tu sais où je peux trouver Megan ? Si elle est à son bureau, j'aimerais passer la voir tout de suite. Olive est avec moi et je crois qu'on a besoin de s'asseoir et d'avoir une bonne conversation.

— D'accord. Je reviens vers toi dans une minute.

Lorsqu'Alvin a rappelé, j'étais presque arrivé à l'agence de Megan.

— Elle n'est pas au bureau, boss. Elle termine un dîner d'affaires au Château Marmont.

— Parfait, on la rejoint là-bas.

— C'est ce que je lui ai suggéré, mais apparemment vous devez avoir cette conversation en privé. Elle m'a dit de te dire d'aller à l'agence, elle sera là d'ici quinze minutes. Tu veux que je la recontacte ?

— Non, ça ira. Je suis presque arrivé, on va l'attendre.

Sur place, la secrétaire était déjà au courant de notre venue et nous a emmenés dans le bureau de Megan.

— Je ne t'ai même pas demandé si tu avais le temps, me suis-je reproché, une fois seul avec Olive. J'espère que tu étais libre.

— Pour une réunion ? Oui, pas de souci. Je vais devoir signer des trucs. Enfin, j'imagine.

Elle m'interrogeait du regard.

— Uniquement si tu en as envie, Olive. Tu n'es pas obligée, je te fais confiance.

La secrétaire est venue nous avertir que Megan serait là d'ici quelques minutes et nous proposer des boissons.

Nous avons décliné tous les deux.

— De quoi va-t-elle nous parler ? s'est inquiétée Olive après le départ de la secrétaire.

— Tu ne veux pas t'asseoir ?

Elle a regardé autour d'elle, comme si elle prenait seulement conscience de la présence d'un canapé, tout au fond de la pièce, à gauche, et de la paire de fauteuils qui faisaient face au bureau de Megan.

— Non, ça ira.

Je me suis approché d'elle et j'ai posé les mains sur ses épaules.

— Megan ne révélera que ce qu'on sera d'accord pour révéler. C'est pour ça qu'elle a besoin de nous parler. Et puis on doit établir un plan d'attaque pour le mariage, et tout ça. Enfin, si tu es tout à fait décidée, Olive.

Elle a hoché la tête en frottant ses paumes sur ses cuisses.

— Oui, je le suis. Comme tu l'as dit toi-même : au pire, on s'amusera bien.

J'ai pris ses mains.

— Oh, on va bien s'amuser, c'est sûr, ai-je murmuré, envoûté par ses beaux yeux.

— Voilà, c'est comme ça que je veux que les gens vous voient ! a exulté Megan en faisant irruption dans la pièce.

Olive a sursauté. J'ai levé la tête vers le plafond en soupirant.

— Bien le bonjour à toi aussi, ma chère Megan.

J'ai lâché une des mains d'Olive pour me tourner vers mon attachée de presse.

— Olive, je te présente Megan, une belle emmerdeuse.

Cette dernière s'est approchée pour me tapoter la joue avec un sourire féroce.

— Sans moi, tu ne serais rien.

— Si tu le dis, ai-je bougonné en exerçant une légère pression sur la main d'Olive qui souriait.

J'avais beaucoup de mal à détacher mon regard de ses lèvres. Elle a remué un peu le bras, mais je ne voyais aucune raison de la lâcher. Lorsqu'elle a braqué sur moi ses incroyables yeux verts un peu contrariés, j'ai dû me résoudre à lui rendre sa liberté. Aussitôt, elle a échangé une poignée de main et quelques plaisanteries avec Megan.

— Bien, asseyons-nous, nous serons plus à l'aise pour bavarder, a décrété Megan en prenant place derrière son bureau.

Olive s'est installée au bord de l'un des deux fauteuils. Son corps trahissait son stress à travers toutes sortes de signaux : jambes qui sautillent, mains froides, mordillement des lèvres…

Dans un autre contexte, le mordillement des lèvres pouvait être très agréable. Oh oui, je voyais très bien comment rendre ça agréable pour elle.

— Vous êtes parvenus à un accord, je présume, a lancé Megan, interrompant – heureusement ! – le fil de mes pensées.

— Oui, a confirmé Olive en posant les yeux sur moi.

Elle attendait une réaction de ma part.

Je lui ai souri et j'ai réussi à lui arracher un petit sourire.

— Vous pouvez garder les minauderies pour la presse. Devant moi, pas besoin de faire semblant.

À cet instant précis, j'aurais volontiers assassiné Megan. La mine stupéfaite, Olive s'est empressée de détourner la tête et a évité mon regard pendant presque tout le reste de la réunion, qui ne s'est pas révélée des plus passionnantes.

— D'abord et avant tout, il faut que nous fassions une demande de contrat de mariage confidentiel. Plus vite ce sera rayé de la liste, mieux je me sentirai. Il ne faut surtout pas que la nouvelle s'ébruite.

— Mais n'est-ce pas justement ça, le but ? Que les gens apprennent notre mariage ? s'est étonnée Olive.

— Si, en effet. Mais nous voulons qu'ils l'apprennent quand nous serons prêts, a précisé Megan avant de se tourner vers moi. Tu dois acheter une bague de fiançailles à Olive. Fais-le avant ton départ. Il faut qu'elle soit vue en train de la porter.

— On ira la choisir ensemble ? ai-je proposé à Olive.

— Non, est intervenue Megan, sans lui laisser le temps de réagir. Personne ne doit vous surprendre dans une bijouterie. Tu sais quoi ? Oublie ce que je viens de dire. Vous allez sûrement être traqués et il est trop tôt pour donner ce grain-là à moudre aux médias. Arrange-toi plutôt avec Alvin, il s'occupera de tout.

Apparemment satisfaite de ses consignes, elle a hoché la tête, puis s'est lancée dans une explication détaillée des moments où nous serions autorisés à nous afficher ensemble et de la manière de nous comporter en public.

— Je vais vous imprimer une liste d'endroits où je veux que vous soyez pris en photo avant le départ pour Londres.

— Quand part-il ? a demandé Olive à Megan.

— Je suis là aussi, tu sais, tu peux t'adresser à moi directement, lui ai-je rappelé avec douceur.

Elle a enfin daigné se tourner vers moi, les joues rouges.

— Pardon.

Son trouble était très séduisant.

— Je pars pour Londres la semaine prochaine, mais ce n'est que pour quelques jours.

— Et tu y vas avec lui, a annoncé Megan en s'adressant à Olive.

— Ah bon ? a-t-elle couiné.

— Oui. Tu commenceras à porter la bague à l'avant-première de Londres. Si on vous pose des questions, donnez des réponses courtes – mais ne parlez surtout pas de mariage – et changez vite de sujet pour revenir à la promotion du film. Le fait que vous assistiez à la soirée de lancement en couple, ça fera une excellente publicité pour le film aussi. À part ça, Jason, je ne veux pas que tu parles d'Olive à la presse avant votre départ. Quand vous serez abordés ici en ville, soyez naturels, souriez aux photographes… À la rigueur, vous pouvez vous tenir la main, mais n'en faites pas trop. Ce qu'on veut, c'est que tout le monde parle de vous, mais personne ne doit savoir si vous êtes ensemble ou pas ; il faut semer le trouble. Les gens auront le fin mot de l'histoire le soir de l'avant-première de Londres, quand vous apparaîtrez en couple et qu'Olive aura une bague au doigt.

— Je ne dois rien signer ? a demandé Olive lorsque Megan a eu terminé de donner ses instructions.

Megan m'a interrogé du regard, mais je me suis contenté de la dévisager en restant de marbre.

— Les avocats de Jason se chargeront de cet aspect-là, a-t-elle fini par trancher.

Elle s'est penchée pour regarder Olive droit dans les yeux.

— À propos, ce sera précisé dans le contrat, mais il est évident que tu ne dois parler de ça à personne. Pas même à tes parents ni à tes amis. Ne te le répète même pas à toi-même. Si jamais le bruit venait à se répandre que tout ceci n'est qu'un coup monté, on se sera donné tout ce mal pour rien.

— He bien… a fait Olive avec une petite grimace embarrassée.

— Tu en as déjà parlé ? À qui ? l'a interrogée Megan avec hostilité.

Elle ne pouvait pas s'adresser à Olive sur ce ton, c'était intolérable.

— Megan, l'ai-je mise en garde, mécontent.

— Lucy est au courant, mais je te jure qu'elle ne le répétera à personne, Jason, m'a promis Olive en fixant un point quelque part au-dessus de mon épaule.

Je me suis légèrement incliné pour obtenir un vrai contact visuel.

— Ce n'est pas grave. J'ai confiance en toi et si tu as confiance en Lucy, alors…

J'ai haussé les épaules.

— … c'est réglé. Tu peux passer à autre chose, Megan.

Lorsque nous avons quitté l'agence après avoir passé en revue tout un tas d'autres détails concernant l'attitude que nous devions adopter en public, Olive et moi n'étions pas loin de la mort cérébrale.

Une fois de retour dans la voiture, je n'ai même pas tenté de démarrer.

— Pfiouuu, a fait Olive en fixant le pare-brise d'un air lessivé. Qui aurait cru qu'il faudrait que je fasse gaffe à tant de choses ? Pardon, mais elle était sérieuse quand elle m'a conseillé de ne pas trop mater les autres acteurs ? Mon moment préféré, c'est quand elle m'a vivement encouragée à tout faire pour te dissuader de te taper un plan cul en vitesse à Londres.

— Elle était on ne peut plus sérieuse, j'en ai bien peur. Moi, ce que j'ai préféré, c'est quand elle a insisté pour que te me regardes – non, pardon – pour que tu me « couves d'un regard adorateur » sur les photos. Tu crois que ça ira pour le regard adorateur ? Si tu veux, on peut s'entraîner, ça ne me dérange pas.

— Comme c'est attentionné de ta part, mon cher futur époux.

J'ai poussé un geignement.

— Ah non, pitié, pas ça. Appelle-moi comme tu veux, mais pas « mon époux ». Je ne sais pas pourquoi, je déteste ce mot. Mon époux, mon « conjoint »... beurk. Pas question. Tu n'as qu'à employer le bon vieux « mon mari ».

Non, mais qu'est-ce que j'étais en train de raconter, moi ?

Olive a pouffé.

— D'accord. De toute façon, je compte bien te donner un petit surnom affectueux. Que dirais-tu deeeee... Mmh, notre petite réunion avec Megan doit m'avoir grillé quelques neurones, il n'y a rien qui me vient, là tout de suite. Mais t'inquiète, je finirai bien par trouver.

En mon for intérieur, j'étais ravi.

— J'ai hâte d'entendre ça, mon cœur.

Oh oui, vraiment hâte.

Dehors, quelques badauds ont pointé du doigt ma Spyder et se sont mis à siffler dans notre direction. J'ai soupiré.

— Tu es sûre de toi, Olive ? Il est encore temps de changer d'avis.

Elle s'est contorsionnée sur son siège pour se mettre face à moi.

— J'ai accepté, Jason. Je veux t'aider et je ne ferai pas marche arrière. Par contre, si toi, tu as changé d'avis...

J'ai renversé la tête contre l'appuie-tête.

— Non. Tu es la seule fille que j'aie envie d'épouser pour de faux.

La tempe posée sur son propre appuie-tête, elle a émis un petit rire amusé.

— Ah ouais ?

Elle était en train de m'étudier. J'ai tiré sur une mèche de ses cheveux, ce qui m'a valu l'un de ses adorables sourires sincères.

— Tout ça devrait se tasser d'ici quelques semaines, ne te tracasse pas, l'ai-je rassurée. Et ce ne sera pas si mal, je te le promets.

— Je ne suis pas inquiète. Enfin, pas trop. En plus, toutes les filles rêvent de se marier avec toi. Faux ou pas, ce mariage, ça va être… quelque chose. Non, vraiment, je ne me fais aucun souci. Mais à ta place, je m'en ferais un peu.

— Pourquoi ?

Elle s'est humecté la commissure des lèvres.

— Eh bien, si on n'a vraiment pas le droit d'en parler à qui que ce soit, ce n'est pas moi qui irai annoncer à mes parents que j'ai épousé un mec sur un coup de tête. S'il faut mentir, tu n'y échapperas pas.

À mon tour de grimacer.

— Ta mère et ton père, je crois que je pourrai les mettre dans ma poche, mais Dylan… Je ne suis pas pressé d'avoir cette discussion, j'avoue.

Elle a repris place normalement dans son siège et a fermé les yeux.

— Récapitulons. On se mariera juste après notre retour de Londres. Un petit truc vite fait bien fait chez toi, sans invités ni rien. Le soir même, j'emménagerai chez toi. Ensuite, quand le tournage d'Âmes en peine commencera, je devrai t'accompagner sur le plateau, au moins les premiers jours, histoire que les gens aient des moments spontanés de tendresse à se mettre sous la dent et que la promotion du film puisse démarrer en même temps.

— Voilà, tu as très bien résumé la situation, ai-je marmonné en me frottant les yeux.

J'ai allumé le moteur.

— Tu n'es pas Isaac et je… ne suis pas Evie. Ça, ils l'ont bien compris, n'est-ce pas ? a-t-elle demandé avec une pointe d'hésitation.

— Dans leur tête, on sera ce qu'ils ont envie qu'on soit, Olive.

20
Jason

Vous savez ce qui se passe quand on fait semblant d'être amoureux d'une fille ? Ou plutôt, non, oubliez l'amour. Vous savez ce qui se passe quand on fait semblant de sortir avec une fille, et de craquer pour elle ? Non ? Vous ne savez pas ?

Je vais vous le dire, moi, ce qui se passe : on se laisse prendre au jeu et on finit par s'imaginer qu'on est *réellement* en couple avec elle. En même temps, quand on passe ses journées à se tenir par la main, à se regarder dans le blanc des yeux, à rire et à profiter de la vie ensemble, faut pas s'étonner, pas vrai ?

Oui, mais voilà, cette situation particulière, c'est un aperçu de l'enfer, parce qu'on ne peut pas profiter des avantages d'être en couple.

Les jours qui ont suivi notre réunion avec Megan ont été emportés dans un tourbillon d'activités. Autant je détestais voir ma tête un peu partout dans les médias, autant quand Olive y apparaissait avec moi, ça ne me dérangeait plus tellement. Ça, je ne pouvais pas le nier. Et puis, à force de croiser ces maudites photos de nous ensemble, toujours en train de rire, d'échanger des sourires épanouis, de se tenir par la main – ça, c'était non-stop, de vrais siamois – bref, je voyais très bien ce que Tom et Megan avaient repéré dès le début : le bonheur.

Et moi, j'avais peur. Peur de finir par croire à ce mensonge que nous avions soigneusement échafaudé. Petit à petit, j'étais en train de me persuader qu'Olive m'appartenait, à moi et à moi seul.

Soirée cinéma ?

Fait.

Les courses au petit marché fermier ?

Fait.

Aller prendre un café ?

Fait.

Déjeuner ensemble ?

Fait.

Dîner ensemble ?

Fait.

On suivait les instructions de Megan à la lettre, et tandis qu'on cochait les cases de sa liste l'une après l'autre, toute une bande de paparazzis nous collait aux basques. Ils nous suivaient partout – et quand je dis partout, c'était vraiment partout. Tout le monde semblait avoir oublié mes « exploits » sexuels, il n'y en avait plus que pour notre histoire d'amour naissante. Et à en juger par la quantité d'articles et de vidéos qui proliféraient sur le sujet, les gens raffolaient de l'idylle qu'on leur proposait. Tous les lecteurs d'Olive – et ça représentait un paquet de gens – la soutenaient, ils voulaient qu'elle gagne mon cœur. Ils adoraient l'idée de la star de cinéma tourmentée qui succombe au charme d'une fille ordinaire, une fille qui aurait pu être leur voisine.

Ce qu'ils ignoraient, c'est qu'Olive était tout sauf ordinaire.

***

Après un long vol jusqu'à Londres, nous étions enfin arrivés à l'hôtel.

— Voilà donc notre chambre. Ou plutôt notre palace, a déclaré Olive après avoir balayé la suite du regard. Hauts plafonds, gigantesques baies vitrées et deux balcons déments, excusez du peu.

J'ai pouffé.

— Dois-je en déduire que ça correspond à tes attentes ?

— Complètement. Même si j'avoue que je ne suis pas mécontente que tu te charges de la note.

J'ai continué à la suivre dans chaque pièce en écoutant ses réactions et surtout en m'efforçant de regarder autre chose que ses fesses.

— Jason ! a-t-elle hoqueté en entrant dans la salle de bains principale.

Elle a jeté un coup d'œil par-dessus son épaule pour s'assurer qu'elle avait toujours mon attention. À mon grand dam, elle avait *toute* mon attention, encore plus lorsqu'elle s'est penchée en avant pour examiner le… le… aucune idée, en fait ; tout ce que je voyais, moi, c'était sa jupe qui remontait et son putain de petit cul.

— Jason, tu as vu ça ?

Elle s'était redressée et m'interrogeait de ses pétillants yeux verts. Tout l'émerveillait, même les plus petits détails. J'en savais quelque chose, parce que dans l'avion elle n'avait pas arrêté de s'extasier, même sur la bouffe.

« Oh comme tout est bien rangé dans son petit compartiment. C'est trop mignon, tu ne trouves pas ? En plus, ils n'arrêtent pas de nous resservir du champagne et de quoi grignoter. Et les viennoiseries, on en parle ? C'est le paradis ! »

De mon côté, tout ça me passait par-dessus la tête. Ce que je constatais surtout, c'est qu'elle me déstabilisait complètement.

Après avoir boulotté deux de mes viennoiseries en plus des siennes, elle s'était assoupie contre moi.

Je n'avais pas bougé d'un millimètre pendant tout le reste du vol.

— Non, quoi ? ai-je demandé, m'arrachant à mes pensées.

— Il y a une baignoire rétro, avec des pieds.

Sa voix résonnait contre les murs carrelés.

— Génial.

Puis j'ai battu en retraite avant de perdre les pédales. *Ah, je pourrais lui en faire, des choses, dans cette baignoire...* Non, vraiment, mieux valait que je sorte de cette salle de bains.

Quelques minutes plus tard, elle est venue me retrouver dans ma chambre.

— Il n'y a que deux chambres, a-t-elle annoncé depuis l'embrasure de la porte.

Je l'ai considérée d'un air perplexe.

— Oui et ? Ce n'est pas assez ? Tu en voudrais combien ?

— Non, ce n'est pas ça. Cette suite est si spacieuse que je m'attendais à ce qu'il y en ait plus, c'est tout. Il y a même une salle à manger, tu te rends compte ? Très utile au cas où on voudrait inviter nos amis imaginaires. Enfin soit, tu choisis cette chambre-ci ?

Elle est entrée et s'est assise sur le lit.

— L'autre est plus grande, tu sais ? m'a-t-elle fait remarquer. Je crois que je me sentirais plus à l'aise ici. Tu serais d'accord pour échanger ?

Lorsque nous avions atterri, le ciel commençait déjà à s'obscurcir, mais j'avais tout de même ouvert les rideaux en arrivant ici pour profiter des lumières de la ville et ne pas être obligé d'allumer les lampes.

Je m'apprêtais à sortir quand Olive est revenue à la charge.

— OK alors, c'est quoi la suite du programme ? a-t-elle lancé en observant le plafond, étalée sur le lit.

Oh, j'ai plein d'idées d'occupations.

Elle a poursuivi.

— Est-ce que notre soirée va ressembler à ça : vingt heures, quitter l'hôtel, veiller à se faire photographier main dans la main avec Jason Thorn. Vingt heures trente, entrer dans le restaurant main dans la main avec Jason Thorn. Vingt et une heures, sortir du restaurant en riant, accrochée au bras de Jason Thorn.

Je me suis assis à côté d'elle en souriant. Son visage était toujours tourné vers le plafond.

— Je ne savais pas que me tenir la main était si agaçant.

— Te tenir la main… ça ne m'ennuie pas du tout. C'est cette façon qu'a Megan de tout détailler dans ses instructions qui est bizarre. Elle est vraiment obligée de préciser qu'il faut que je sourie quand je te regarde ? C'est vrai, merde, de quoi a-t-elle peur ? Que je te gifle en public ? Et si, moi, je veux juste te regarder normalement et profiter du moment ?

J'ai arrêté de jouer avec une mèche de ses cheveux soyeux.

— Dis-m'en un peu plus sur ce moment dont tu aimerais profiter et j'essaierai de te répondre au mieux, ai-je déclaré d'une voix un peu rauque.

Elle a roulé sur le flanc vers moi, l'air sur ses gardes, mais elle n'a pas eu l'occasion de réagir. Mon putain de téléphone s'est mis à vibrer, annonçant l'arrivée d'un texto.

— C'est Megan. Une voiture nous attend pour nous emmener dîner. Et apparemment, elle se joint à nous.

Olive s'est laissée retomber sur le dos en poussant un grognement, un bras posé sur les yeux.

— Elle va nous exposer son plan d'attaque pour demain en long et en large. On est foutus.

***

Le dîner s'est déroulé exactement comme Olive l'avait prédit : Megan nous a livré ses instructions détaillées sur ce que nous pouvions dire, ne surtout pas dire, etc. Vers la fin, elle s'est concentrée sur Olive et lui a expliqué le déroulement de l'avant-première qui avait lieu le lendemain. Lorsque ni Olive ni moi n'avons plus été capables de garder les paupières ouvertes, elle a accepté de conclure la soirée et nous avons tous regagné notre chambre.

J'ai consulté le réveil sur ma gauche. Onze minutes à peine s'étaient écoulées depuis que j'avais laissé Olive sur le balcon, après avoir déposé un petit baiser sur son front. Jusque-là, c'étaient mes seuls « vrais » baisers, toujours sur le front, hormis quelques-uns, encore plus innocents, sur la joue. Oui, j'avais découvert que je préférais l'embrasser sur le front plutôt que sur la joue. Cette façon qu'elle avait de me regarder juste après me désarmait toujours ; je prenais ce que je pouvais.

Une autre minute est passée. Était-elle toujours en train de papoter avec sa copine ? C'était notre première nuit sous le même toit, cette pensée m'obsédait.

J'ai fini par entendre une porte se refermer et des pas s'éloigner discrètement. Olive regagnait sa chambre. *J'aurais peut-être dû dégoter une suite avec une seule chambre.*

J'ai pris une longue inspiration.

Soudain, un cri perçant a retenti. Olive. En moins d'une seconde, j'avais bondi de mon lit et je me ruais vers sa chambre. Je venais d'arriver dans le salon lorsqu'elle s'est heurtée à mon torse nu. J'en ai eu le souffle coupé.

— Olive, qu'est-ce qui se passe ?

Mon cœur battait à tout rompre.

Elle tremblait comme une feuille dans mes bras, essayant de reprendre son souffle. Je lui ai agrippé les épaules et l'ai écartée un peu de moi.

— Qu'est-ce qui ne va pas ?

Sa poitrine se soulevait et s'abaissait vivement. Elle a croisé mon regard.

— Il y a quelqu'un. Dans la penderie, est-elle parvenue à articuler d'une voix hachée.

Comme pour confirmer ses dires, un cliquetis nous est parvenu depuis sa chambre. J'ai serré son bras.

— Va dans ma chambre. Fonce. Appelle la sécurité.

Elle a acquiescé, mais elle n'a pas bougé.

— Vas-y, mon cœur. Tout ira bien, l'ai-je rassurée d'un ton plus doux.

Cette fois, elle s'est éloignée sans poser de question.

En pénétrant dans sa chambre, j'ai identifié l'odeur d'Olive, son parfum que je reconnaissais désormais entre mille : fleurs et pommes fraîches. Mais en avançant, un autre parfum, beaucoup plus lourd, s'est imposé.

— Le service de sécurité de l'hôtel sera là dans une minute. Si vous ne voulez pas d'ennuis, vous feriez mieux de vous montrer tout de suite.

À ces mots, une blonde élancée est sortie de la garde-robe, vêtue d'un ensemble de lingerie noire qui ne laissait aucune place à l'imagination. À partir de là, j'ai veillé à rester focalisé sur son visage.

— Comment êtes-vous entrée ? ai-je demandé en serrant les poings.

J'avais beaucoup de mal à ne pas laisser transparaître dans ma voix la colère qui bouillonnait en moi.

Et si Olive ne l'avait pas remarquée à temps et que cette cinglée lui avait fait du mal ?

La fille a haussé les épaules et m'a adressé un petit sourire. Ce n'était pas la première fois que des fans ou des désaxés soudoyaient un employé de l'hôtel pour pénétrer dans ma chambre, mais cette fois Olive était avec moi…

Ça changeait tout.

Elle s'est avancée en promenant son regard sur mon torse nu et s'est humecté les lèvres. J'ai croisé les bras.

— Je me doutais que tu l'amènerais ici avec toi, a-t-elle déclaré, mais j'avais envie de te donner un peu plus de choix, ce soir. Je suis partante pour un plan à trois, si jamais.

Contractant les mâchoires, j'ai dû déployer de gros efforts pour ne pas le foutre dehors sur-le-champ.

— Jason ? Est-ce que ça va ?

La douce voix d'Olive venait de résonner juste devant la porte de la chambre.

— Tout va bien, Olive. Va ouvrir pour que la sécurité puisse entrer directement.

Je me suis à nouveau tourné vers la cinglée qui, cette fois, semblait stupéfaite.

— Si vous n'avez pas envie que tout le monde vous voie comme ça, je vous conseille de vous rhabiller.

— Mais… Mais je t'aime, Jason ! a-t-elle protesté en s'approchant encore. S'il te plaît, donne-moi une chance. Je suis dingue de toi ! J'ai vu tous tes films au moins cent fois !

J'ai serré les dents et je me suis éloigné d'elle. Qu'est-ce qu'ils foutaient, les mecs de la sécurité ?

Au lieu de se vêtir, elle a continué à m'implorer.

— Je ferai tout ce que tu veux, Jason. Accorde-moi une nuit, s'il te plaît, rien qu'une nuit. C'est tout ce que je demande. Tu pourras me faire tout ce que tu veux. Même me sauter en public, devant des tas de gens, je m'en fiche. Je suis prête à accepter tout ce qui t'excite.

Soudain, des voix ont résonné dans le couloir. J'ai tourné le dos à la fille sans lui accorder un regard et je suis sorti de la chambre en m'efforçant d'ignorer ses suppliques de plus en plus désespérées. Le chef de la sécurité de l'hôtel – Daniel… je-ne-sais-plus-comment – que j'avais rencontré à notre arrivée, m'a rejoint.

— Quel est le problème, Monsieur ?

— Quelqu'un a réussi à pénétrer dans la suite en notre absence et était planqué dans le dressing de l'une des chambres. Je vous conseille de l'embarquer avant que je porte plainte.

— Mais c'est impossible. Notre…

J'ai levé une main.

— Je n'ai pas le temps de discuter de ça avec vous. Visiblement, elle a trouvé un moyen. Sortez-la d'ici, c'est tout ce que je veux.

Le regard de l'homme s'est durci, mais les deux hommes qui le flanquaient et lui n'ont pas eu le temps d'intervenir ;

la folle a jailli de la chambre, toujours dans le même accoutrement.

— C'est toi, tu me l'as pris ! a-t-elle hurlé en se ruant vers la sortie.

Qu'elle s'échappe ou qu'elle se fasse escorter, peu importait, du moment qu'elle débarrassait le plancher. C'est là que mon regard a capté ce qu'elle serrait dans son poing : un Taser. Elle a fondu sur Olive qui était restée près de la porte d'entrée.

Mon cœur a bondi dans ma gorge, j'ai crié pour prévenir Olive. Je n'avais plus le temps d'intervenir. Par chance, un des mecs de la sécurité a intercepté l'enragée, l'a plaquée au sol et l'a forcé à lâcher son arme en lui maintenant fermement les bras dans le dos.

Je me suis précipité près d'Olive, je tremblais autant qu'elle, si pas plus, et j'ai saisi son visage entre mes mains pour l'obliger à me regarder.

— Est-ce que ça va ?

Elle a ouvert la bouche, mais aucun son n'en est sorti. Elle a fini par hocher la tête.

Je l'ai serrée contre moi tout en m'efforçant d'apaiser les battements de mon cœur.

Elle va bien. Elle n'a rien.

Pendant ce temps-là, les types de la sécurité n'avaient pas l'air très pressés d'évacuer la harceleuse qui pleurnichait.

— Mais virez-la d'ici, *bordel* !

J'ai emmené Olive aussi loin que possible de l'entrée. Sa peau était froide.

— Monsieur, voulez-vous que nous…

— Dehors !

J'en avais plus qu'assez. Heureusement, ils n'ont pas insisté. Le dernier d'entre eux allait fermer la porte lorsque Megan a jeté un coup d'œil dans l'entrebâillement.

— Mais bon sang, que se passe-t-il, ici ? C'est quoi, tous ces hurlements ? Quelqu'un a essayé de s'introduire dans la suite ?

J'ai lâché Olive quelques secondes, le temps d'aller claquer la porte au nez de Megan. Je n'étais pas en état de discuter avec elle.

Ensuite, j'ai pris le visage d'Olive dans mes mains, avec plus de douceur cette fois. Son regard s'est rivé au mien.

— Je suis désolé, Olive.

Elle s'était raidie à mon contact, mais elle a semblé se détendre lorsque j'ai caressé délicatement ses joues avec mes pouces. Son visage restait blême et ça ne me plaisait pas, mais au moins elle n'était plus secouée de tremblements.

Elle s'est agrippée à mes avant-bras.

— Ce n'est pas ta faute, Jason. Je crois que ma réaction a été un peu excessive. C'est juste que…

Elle a rompu le contact visuel.

— Quand la porte de la penderie s'est ouverte et que j'ai repéré son reflet dans le miroir…

— Ne t'excuse pas, mon cœur.

Si, c'était ma putain de faute, j'aurais dû amener mon propre garde du corps.

— Je suis désolé, Olive, ai-je à nouveau murmuré en l'attirant tout contre moi.

Ses bras hésitants se sont glissés autour de ma taille et, aussitôt, la tension a quitté mon corps.

— Je crois que je viens de perdre dix ans d'espérance de vie, ai-je marmonné contre ses cheveux en maintenant sa tête sur mon torse.

— Tout va bien, Jason. Calme-toi. Je vais bien.

Elle m'avait fait une de ces peurs ! En avait-elle seulement conscience ?

— Ne refais jamais un truc pareil, l'ai-je gentiment grondée en l'écartant un peu pour pouvoir la regarder. Tu n'aurais pas dû rester plantée dans le chemin.

Elle a froncé les sourcils et, tout à coup, son visage a retrouvé des couleurs.

— Mais j'étais en train d'a…

— Pas de discussion. Après l'arrivée de la sécurité, tu aurais dû retourner attendre dans ma chambre.

Cette fois, tout son front s'est plissé de contrariété, à l'instar du mien.

— Tu vas dormir avec moi, ai-je décrété sans lui laisser le temps de protester.

Là, elle a eu l'air sidérée, sa jolie petite bouche s'est ouverte toute grande.

Il y en aurait, des choses à faire, avec cette bouche. Et des choses à dire, devant ces yeux envoûtants.

— Quoi ? Comment ça ?

Je l'ai doucement poussée vers ma chambre.

— Le lit est assez grand, Olive. Tu viens dormir avec moi, point.

— Bon. D'accord.

— Quoi, c'est tout ? Pas de contestation ?

— Eh bien, j'ai eu une sacrée trouille à cause de *ta* groupie, alors c'est le moins que tu puisses faire… pour me protéger, bien sûr. Donnnnnc… je ne serai pas fâchée de partager ton lit, j'avoue.

Elle m'a jeté un regard innocent par-dessus son épaule.

— De toute façon, tu ne comptais pas me toucher, n'est-ce pas ?

J'ai secoué la tête en réprimant un petit rire.

— Pas touche, t'inquiète.

Elle a fait mine d'essuyer son front avec sa main.

— Pfiouuu. Pendant un instant, tu m'as fait peur. Allez, au dodo.

Nous nous sommes arrêtés une fois entrés dans la chambre. Ma main effleurait à peine son dos.

— Oh, tiens…

Elle a brusquement fait volte-face, entre le pied du lit et moi. Je me tenais peut-être un peu trop près d'elle.

Elle a considéré mon torse d'un air éberlué, comme si elle s'apercevait seulement qu'il y avait un homme à moitié nu devant elle. Elle a baissé le regard, plus bas, toujours plus bas. Un frisson a parcouru ma peau et j'ai dû lutter pour empêcher mon corps de répondre à ses beaux yeux baladeurs.

— Je… je voulais prendre une douche… alors, je vais…

Tout à coup, son regard a bondi pour atterrir quelque part entre mon visage et ma clavicule.

— … je vais aller chercher mes affaires dans l'autre chambre. Je reviens tout de suite.

Elle m'a tapoté le bras et s'est éclipsée.

J'ai grimpé sur le lit en gloussant.

Vingt minutes plus tard, elle a enfin posé un genou sur le matelas. Le lit était si grand qu'on ne risquait pas de se toucher, mais au lieu de se coucher tout au bord comme moi, Olive a pris ses aises en plein milieu, sans un mot.

Tout mon corps s'est contracté.

Peut-être était-ce simplement pour qu'on puisse partager les draps sans devoir tirer dessus toute la nuit ? Ou alors elle était du genre à avoir un sommeil très agité et elle se plaçait loin du bord pour éviter de tomber ? De toute façon, je comptais rester de mon côté, donc ça ne posait pas de problème.

Tout se passerait très bien.

Au bout de dix minutes, j'étais toujours bien éveillé ; merci Olive qui ne cessait de remuer.

Chaque fois qu'elle se tournait, se retournait, bourrait son oreiller ou poussait un petit soupir, c'était comme si elle rappelait sa présence à mon corps qui, bien sûr, réagissait au quart de tour. Même sa respiration commençait à me faire de l'effet.

J'ai fini par rouler sur moi-même en grognant et je me suis retrouvé face à son dos.

— Jas… a-t-elle commencé dans un murmure.

Sans lui laisser le temps d'achever mon nom, j'ai tendu le bras, posé ma main sur son ventre – Dieu merci, elle portait quelque chose – et je l'ai attirée contre moi, en cuillères.

Elle a poussé un petit hoquet, puis n'a plus bougé. Ne sachant quoi faire de ma main, j'ai fini par poser celle-ci sur le matelas, devant elle, mais j'ai laissé mon bras contre son ventre. Ainsi emprisonnée, elle arrêterait peut-être de gigoter dans tous les sens et on pourrait enfin roupiller.

— Jason ? Tu dors ? a-t-elle chuchoté sans tourner la tête.

— À ton avis ? ai-je grommelé.

— Désolée. Je peux m'en aller si tu veux…

— Fais dodo, Olive.

Le torse toujours plaqué contre son dos, j'ai reculé mon bassin de quelques centimètres – pour ne pas risquer qu'elle sente quelque chose qu'elle n'aurait pas dû – et j'ai doucement raffermi l'étreinte de mon bras.

— Bon, d'accord, a-t-elle capitulé.

Quelques minutes plus tard, j'étais enfin en train de m'assoupir lorsqu'elle a commencé à remuer les fesses. Cette coquine est parvenue à les poser juste au-dessus de mon sexe. Il suffisait d'un mouvement malencontreux pour que ma queue déjà déchaînée se presse contre son petit cul tout rond et bien galbé – c'est pas comme si j'avais passé beaucoup de temps à le contempler…

Et là, alors que sa position m'infligeait une torture sans nom, son souffle est peu à peu devenu régulier. De mon côté, il m'a fallu des heures pour réussir à trouver le sommeil, des heures de lutte acharnée pour ne pas céder à l'urgence de m'avancer, juste un peu, pour accorder à mon sexe un aperçu des délices que le corps d'Olive avait à offrir.

***

Les paupières encore closes, j'ai pris une profonde inspiration et j'ai souri. Le soleil matinal se déversait par les fenêtres aux rideaux ouverts, réchauffant ma peau. C'était si agréable. Mais il y avait encore plus agréable : l'odeur d'Olive, dans ma chambre.

J'ai voulu lever le bras pour m'étirer, mais un poids m'en a empêché. J'ai ouvert les yeux et j'ai découvert le front d'Olive, à quelques centimètres de mon nez.

Merde !

À un certain moment au cours de la nuit, j'avais dû rouler sur le dos et elle s'était blottie contre moi. Je ne sais pas comment sa jambe avait atterri là, mais celle-ci était en train d'écraser mon érection matinale contre mon ventre. J'ai tenté de me dégager en douceur, mais ça n'a fait qu'empirer la situation. Olive a remué les hanches et pressé un peu plus fermement sa cuisse contre mon sexe. Un gémissement m'a échappé.

Elle a de nouveau bougé, cette fois pour venir enfouir son visage dans mon cou.

Oh putain, je suis fichu !

De ma main libre, j'ai baissé un peu sa cuisse, mais ma paume est restée posée sur… sa peau nue ? Je n'ai pas pu m'empêcher de remonter les doigts jusqu'à ce que je frôle le bord de sa petite culotte.

Nom d'un chien…

Pourtant elle n'était pas nue lorsqu'elle m'avait rejoint dans le lit. Avait-elle complètement perdu la raison ?

J'ai redressé la tête pour jeter un petit coup d'œil à travers mes paupières mi-closes. Elle portait bien un grand tee-shirt, mais ce dernier était remonté jusqu'à sa taille.

J'ai laissé retomber ma tête sur l'oreiller en soupirant, mais j'ai pris conscience un peu trop tard que je m'étais mis à lui masser la cuisse, juste sous les fesses.

Après être resté immobile pendant quelques secondes, j'ai vite ôté ma main.

Olive a émis un petit grognement dans son sommeil, puis a tenté de me grimper dessus.

— Oh là là non ! ai-je protesté à voix basse.

J'ai réussi à l'en empêcher à temps. Brusquement, elle a ôté sa jambe et s'est tournée tout à fait de l'autre côté. Soupir de soulagement. On ne se touchait plus du tout. Ne vous méprenez pas, ses fesses étaient toujours à découvert et il me suffisait de baisser les yeux pour trouver le paradis, mais je savais me maîtriser.

J'ai palpé mon sexe. Par contre, j'avais hérité de l'érection matinale du siècle, il allait falloir que je m'occupe de ça sous la douche. Me redressant sur un coude, j'ai considéré Olive et j'ai de nouveau soupiré.

Si belle, si innocente. Et dire qu'elle deviendrait ma femme d'ici quelques jours à peine.

Juste pour voir, j'ai effleuré son bras du bout des doigts en descendant jusqu'à son poignet.

Pas de réaction.

Ensuite, je suis remonté jusqu'à son épaule.

Rien. Tout au plus a-t-elle enfoncé un peu plus la tête dans son oreiller.

Dégoûté de moi-même, j'ai arrêté. On aurait dit un obsédé. Il était temps que je m'occupe de ça sous la douche avant de commettre une bêtise. Jouer avec le feu ne servirait à rien.

Je me suis penché pour déposer un petit baiser sur sa tempe. Elle a poussé un gémissement.

Un bruit que mon sexe indiscipliné appréciait un peu trop.

Mauvaise idée, Jason. Très mauvaise idée, putain !

Je me suis levé et j'ai sauté dans la douche pour soulager mon érection sous l'eau chaude.

21

Olive

Jason avait été très occupé et j'avais passé presque toute la journée seule. Nous nous trouvions à présent à bord d'une limousine avec Megan, en route pour le cinéma où devait avoir lieu la fameuse avant-première.

— Tu te rappelles tout ce que j'ai dit, Olive ? s'est inquiétée Megan après avoir enfin fini de s'entretenir avec Jason.

J'ai dû faire un gros effort pour ne pas lever les yeux au ciel.

— Oui, Megan. Je laisserai toujours la parole à Jason, je me contenterai de sourire en essayant de ne pas avoir l'air trop moche à côté de lui.

Au bout de quelques secondes, j'ai levé le doigt comme si quelque chose venait de me revenir.

— Oh, j'ai failli oublier : je ferai bien attention à montrer ma bague, mais sans la fourrer sous le nez de tout le monde non plus.

Jason a pouffé et m'a tendu la main.

— Allez, on est presque arrivés.

J'ai pris sa main avec un sourire bête. Toutefois, il m'était toujours impossible de croiser son regard. J'ai tâché de ne pas repenser à la conversation que j'avais eue avec Lucy ce matin-là, en vain.

Moi : J'ai dormi dans le même lit que Jason !!

Lucy : Tu as vu sa robinetterie ?! Je veux une description détaillée ! Tout de suite !

Moi : Non, Lucy ! Je n'ai pas vu sa… je n'ai rien vu. Mais si un jour j'ai ce privilège, je n'appellerai pas ça « sa robinetterie ».

Lucy : T'es pas drôle. Alors qu'est-ce que tu foutais dans son pieu ? Ne me dis pas que tu l'as regardé dormir, petite dépravée ?

Moi : Parfois, j'ai des doutes sur notre amitié…

Lucy : Ça te passera, t'inquiète. Allez, crache le morceau.

Moi : En gros, une fan complètement barrée l'attendait dans sa chambre, sauf qu'en fait, c'était ma chambre. Elle a été embarquée par la sécurité et Jason a insisté pour que je passe la nuit avec lui, il voulait veiller sur moi.

Lucy : Trop meugnon. Tu as entendu ce bruit ? C'est moi qui viens de défaillir sur le parquet. Attends, je t'appelle !

Je n'avais pas eu le temps de l'avertir que je ne pouvais pas lui parler tout de suite : son visage clignotait déjà sur mon écran.

— Peux pas te parler, ai-je lancé directement en décrochant. Je suis censée me préparer. Je passe à la coiffure et au maquillage dans quelques minutes.

— Bonjour à toi aussi, ma meilleure amie chérie. Coiffure et maquillage ? La vache ! Tu te souviendras encore de moi dans quelques jours ?

— Sérieux, c'est moi qui ai commencé à t'écrire il y a deux minutes.

— Oui, eh bien, je n'arrivais pas à te communiquer toute mon excitation par texto, il fallait que je partage ça de vive voix. Avoue que tu es contente de m'entendre de toute façon.

Je suis sortie sur le balcon pour être sûre que personne ne puisse écouter.

— D'accord, d'accord. Tu as bien fait. J'ai autre chose à te raconter, mais tu ne t'emballes pas, OK ? Parce que si tu t'emballes, je vais m'emballer aussi et je ne peux pas me le permettre.

— Rah mais à force de t'entendre répéter ça, je suis déjà en train de m'emballer, patate !

— Il faut vraiment que j'y aille avant qu'ils rentrent. Je ne voudrais surtout pas que Megan se foute en rogne. Bref, comme je te disais, on a dormi dans le même lit, ai-je répété en sautillant.

Rien que d'en parler, j'étais dans tous mes états.

— Oui, oui. Et après ? Continue !

— Au beau milieu de la nuit, j'ai été réveillée par quelque chose sur ma jambe.

— Quoiiiiiii ? a retenti sa voix criarde, m'obligeant à écarter le téléphone de mon oreille. C'était son « machin » ?

— Non, Lucy. Sa bite n'a pas attrapé des petits pieds pour marcher jusqu'à moi comme par magie. Il dormait toujours, mais sa main était posée sur ma cuisse, il…

J'ai baissé la voix, les yeux rivés au sol.

— … était en train de me masser.

Lucy a eu un hoquet.

— Il t'a touché la jambe ! C'est un scandale. Continue. J'adore la tournure que ça prend.

Je me suis mordu la lèvre pour m'empêcher de sourire.

— Après ça, il m'a soulevé la jambe et…

— Oh mon Dieu ! m'a-t-elle interrompu. Il l'a posée sur son truc ! Jameson fait souvent ça quand il s'éveille ! Tu as touché sa queue !

— Merci d'avoir flingué ma chute, ai-je maugréé, même si je souriais.

— Olive ?

La voix de Jason m'a arrachée à mes souvenirs.

— On y est. Tu es prête ?

J'ai regardé par la fenêtre de son côté et, lorsque j'ai aperçu ce qui nous attendait de l'autre côté, je me suis tout de suite sentie beaucoup moins bien. Je commençais à m'habituer aux paparazzis – j'avais même mes chouchous –, mais ça ? Je comprenais pourquoi Megan tenait tant à ce que je me concentre exclusivement sur Jason.

— Eh, m'a doucement soufflé ce dernier.

Je l'ai dévisagé, en proie à une panique que je peinais beaucoup à contenir.

J'étais fichue.

— Ça va aller ? a-t-il demandé.

— Nous n'avons plus le temps pour ça, Jason, est intervenue Megan.

— Pour Olive, je prendrai tout le temps qu'il faudra. Si tu es si pressée, vas-y, je ne te retiens pas.

Il a désigné la portière.

Megan a pris une énorme inspiration et lui a décoché un regard noir.

— Tâche de faire vite.

Elle est descendue de la limousine, nous laissant seuls.

— Ça va aller, Olive ?

— Il y a tellement de monde, me suis-je lamentée, perturbée par tous ces gens qui hurlaient autour du tapis rouge.

Jason a saisi mon menton pour capter mon attention.

— Est-ce que tu te sentiras mieux si je te promets de ne pas te quitter des yeux ?

Son regard était si tendre. Il se souciait plus de moi que de tout ce qui l'attendait là-bas. Quelqu'un a frappé à la vitre. J'ai sursauté.

J'ai jeté un coup d'œil à l'arrière de la voiture ; nous étions en train de créer un embouteillage.

— Ne fais pas attention à eux.

Jason a de nouveau ramené mon visage vers le sien. Cette fois, il a effleuré ma lèvre inférieure du pouce.

J'ai respiré à fond plusieurs fois, puis j'ai acquiescé.

— Ça me ferait vraiment plaisir que tu ne m'oublies pas, quand on sera là-bas.

Il a incliné la tête sur le côté.

— Olive. C'est trop tard, je crois que je ne pourrai plus jamais t'oublier tout court.

Mon regard s'est posé sur sa fossette.

Était-il sincère ?

Cette maudite fossette était en train de me rendre complètement gaga lorsque quelqu'un a ouvert la portière de Jason et s'est penché dans l'habitacle.

— Monsieur Thorn ?

— Allez, qu'on en finisse, a grommelé Jason en me prenant par la main. En plus, tu vas me voir torse nu, en train d'abattre tout un tas de méchants.

J'ai fermé les yeux et il m'a aidée à descendre de la limousine.

La foule a vite repéré son acteur préféré et les cris ont commencé à fuser tout autour de nous, m'obligeant à rouvrir les yeux pour braver la tempête.

Jason a scruté mon regard en serrant un peu plus ma main ; ce qu'il y a trouvé a dû le satisfaire, car il a avancé en m'entraînant avec lui.

Tout en m'efforçant de rester à sa hauteur, j'ai furtivement défroissé ma jupe de ma main libre. Ah oui, car je portais une robe Burberry blanche démente dont je ne voulais même pas connaître le prix. Jason avait demandé à Jewel, sa styliste personnelle, de me choisir une tenue, et après avoir étudié ses différentes propositions, nous avions jeté notre dévolu sur cette robe Burberry. Je n'avais jamais rien porté d'aussi beau. Le bustier se mariait parfaitement à mon teint et faisait des merveilles sur ma poitrine, tandis que la jupe ample apportait la touche de glamour indispensable. Je ne voulais plus jamais l'enlever, encore moins depuis que j'avais surpris Jason en train de loucher sur mon décolleté.

Quoique, vu la mine anxieuse qu'il adoptait dès que son regard s'attardait plus bas que mon menton, difficile de déterminer s'il adorait cette robe autant que moi ou s'il la détestait.

Lorsque nous avions quitté l'hôtel, je me sentais tout à fait à ma place à côté du beau Jason Thorn qui faisait perdre la tête à toutes les femmes dans son costume noir. Mais à présent… perdue au milieu des autres acteurs et actrices à l'affiche qui donnaient des interviews ou prenaient la pose pour les photos, je me sentais aussi minuscule qu'une fourmi.

Lorsque nos pieds ont foulé le tapis rouge, Jason m'a entraînée sur la gauche, en direction d'un groupe de fans en délire. Combien étaient-ils ? Impossible à deviner. Les barrières et les gardes postés de façon stratégique semblaient à peine les contenir tellement ils poussaient pour atteindre Jason. Certaines admiratrices étaient en larmes.

Toujours main dans la main, nous nous sommes dirigés vers la foule, mais un type en costume gris s'est approché de Jason pour lui parler. Entre-temps, Megan m'a emmenée à l'écart et j'ai dû lâcher Jason. Il m'a cherchée d'un regard soucieux pendant un instant, mais il devait affronter ses fans et signer les autographes qu'on lui réclamait.

Un mouvement a retenu mon attention sur la gauche ; un enfant, qui devait avoir à peine huit ou neuf ans, s'est mis à courir en direction de Jason. Il avait réussi à échapper aux vigiles, mais l'un d'eux s'est précipité pour le rattraper avant qu'il atteigne sa cible. Toute cette agitation a attiré l'attention de ce Jason – et de tout le monde, d'ailleurs, tant l'enfant braillait et se débattait pour échapper à son ravisseur – qui a fait signe au garde de lâcher le petit. Jason s'est agenouillé devant le petit garçon. Je n'ai pas pu entendre ce qu'ils se disaient, mais le petit rayonnait et avait beaucoup de mal à contenir sa joie. Il a fourré quelque chose dans la main de Jason qui a rédigé un autographe dessus avec le sourire. Ensuite, l'enfant a regardé dans ma direction et a dit quelque chose qui a fait rire Jason. Le petit s'est vite désintéressé de moi, mais mon « fiancé », lui, a accroché mon regard et m'a adressé un clin d'œil tandis qu'il ébouriffait les cheveux de son petit pote. Le vigile qui était intervenu un peu plus tôt s'est avancé et a escorté le petit garçon jusqu'à son père. Après ça, Jason a encore échangé quelques mots et signé quelque bras.

Lorsque j'ai cru qu'il avait enfin terminé, il a jeté un coup d'œil par-dessus son épaule et m'a fait signe de le rejoindre.

J'ai voulu consulter Megan pour avoir son aval, mais comme celle-ci me tournait le dos, trop occupée au téléphone, je me suis avancée vers Jason d'un pas hésitant. Impossible d'entendre quoi que ce soit, mais en m'approchant, j'ai remarqué qu'il tenait quelque chose d'épais. Un livre.

Mon livre.

Faisant de mon mieux pour ne pas trahir mon effarement, je me suis placée à côté de lui et je l'ai interrogé du regard. Pourquoi m'avait-il appelée ?

Il a posé sa main chaude sur ma nuque et s'est penché à mon oreille.

— Ils veulent que tu signes leur livre.

— Moi ?

Il a acquiescé et m'a tendu celui qu'il tenait avec un grand sourire. Quelqu'un s'est matérialisé à côté de moi et m'a tendu un stylo. C'est ainsi que, hébétée, je me suis retrouvée à signer plus d'une vingtaine d'autographes.

Plus de vingt bouquins !

Megan s'est approchée pour nous signaler qu'il fallait qu'on continue notre chemin, alors Jason m'a prise par la main – ce qui a fait redoubler les cris hystériques – et nous avons progressé sur le tapis de manière que les photographes puissent prendre l'acteur vedette en photo.

Les flashes crépitaient de tous côtés, les gens hurlaient le nom de Jason – mais aussi le mien.

J'évoluais comme dans un rêve, à moins que ce ne soit un cauchemar, je n'arrivais pas à me décider.

Tandis que nous prenions la pose, la main de Jason a atterri dans mon dos et il m'a rapprochée de lui. Suivant les instructions de Megan à la lettre, j'ai levé le bras de façon à bien mettre ma bague en évidence et j'ai caressé le ventre de Jason – un ventre dur qui s'est contracté lorsque je l'ai touché, un ventre que j'avais contemplé, et peut-être même effleuré, plus d'une fois au cours de la nuit précédente, pendant qu'il dormait.

J'étais en train de me dire que tous ces flashes n'allaient pas tarder à me rendre aveugle lorsque l'un des paparazzis a crié :

— Jason ! Un baiser ! Une photo avec un baiser !

Je vous jure que j'ai tout donné, vraiment tout, pour empêcher un rictus jubilatoire d'étirer mes lèvres, genre chat du Cheshire, mais lorsque Jason s'est tourné vers moi, je l'ai gratifié du plus large des sourires, c'était plus fort que moi.

Alors que tout le monde continuait à s'époumoner, il m'a effleuré la joue et, autour de moi, tout le reste a disparu. Un grand silence régnait désormais dans mon esprit. Cette fois, j'y étais. D'ici une poignée de secondes, j'embrasserais l'homme de mes rêves.

J'ai regardé sa bouche descendre vers la mienne. Mon cœur se démenait pour jaillir de ma poitrine. Dans mon ventre, les petits papillons s'apprêtaient à prendre l'envol de leur vie.

Mais…

Mais ça ne s'est pas passé comme dans les rêves qui peuplaient mes nuits, et mes jours, depuis aussi loin que je me souvienne. On en était même très loin.

Je m'apprêtais à vivre le plus beau premier baiser de l'histoire des premiers baisers, et je n'ai récolté qu'un petit bisou vite fait bien fait, un petit bécot. Un putain de bécot de rien du tout ! Les lèvres de Jason ne sont restées sur les miennes que deux secondes, trois, maximum.

Quelle arnaque !

Moi qui rêvais de ce baiser depuis si longtemps – euphémisme –, j'ai eu beaucoup de mal à cacher ma déception. Ainsi, il est possible qu'au moment où il s'est écarté, j'aie froncé le nez de dépit pendant une seconde – non, une fraction de seconde. Après quoi je me suis empressée de plaquer un sourire sur mes lèvres et je l'ai laissé m'entraîner plus loin, là où il devait donner de courtes interviews à de nombreux médias.

Conformément aux instructions de Megan, je suis restée en retrait et j'ai fait de mon mieux pour conserver un sourire naturel.

Le pire, c'est que je ne pouvais même pas me leurrer en me disant qu'il n'était pas très démonstratif en public : le mec avait été pris en flagrant délit dans des situations tellement plus indécentes ! Combien de clichés avais-je vu défiler au fil des ans, sur lesquels on le voyait enfoncer sa langue au fond de la gorge d'une actrice ou d'un mannequin ?

Manifestement, il n'arrivait pas à me considérer autrement que comme une amie. Mais merde, même moi je me serais mieux débrouillée si j'avais dû rouler une pelle à un pote.

— Tu tires la tête. Souris, m'a ordonné Megan, juste à côté de moi.

Je lui ai montré mes dents en grimaçant et elle a soupiré d'un air désapprobateur.

Une fois les interviews terminées, Jason a dû rejoindre les autres acteurs du film pour les photos de groupe.

On avait presque atteint la ligne d'arrivée, non ? Cela dit, après le baiser le plus décevant de l'histoire, que pouvait-il m'arriver de pire ? La soirée ne pouvait pas être plus désastreuse qu'elle ne l'était déjà.

Je me trompais. Jennifer Widner avait le pouvoir de noircir encore plus le tableau. Et c'est exactement ce qui s'est passé. Sortie de nulle part, l'actrice a rejoint ses comparses. Elle aurait pu se placer près de n'importe qui d'autre, mais non, elle a choisi de se mettre juste à côté de Jason, et elle a même posé la main sur son ventre, comme je l'avais fait quelques minutes plus tôt.

Imaginez ma surprise lorsqu'elle a cherché mon regard et m'a adressé un clin d'œil.

Jason avait-il repéré cet affront ? J'étais bien trop loin de lui pour déchiffrer son expression. Ils ont pris une tonne de photos, mais lorsqu'il m'a rejointe, sa fossette était toujours bien visible.

Moi ? Oh, j'étais beaucoup moins souriante.

***

À la fin de cette soirée haute en couleur, nous avons réussi à regagner notre hôtel en un seul morceau. J'ai souhaité une bonne nuit à Megan en la remerciant pour son aide. Sans ses consignes, j'aurais eu l'air d'un poisson hors de l'eau. Enfin, encore plus, disons.

Jason et moi avons retrouvé notre suite et avons pris soin de bien verrouiller la porte.

— C'était une soirée magnifique, Jason, ai-je dit avec un petit sourire fatigué. Merci pour tout.

Que devais-je faire à présent ? J'ai posé une main sur son bras et, après un moment d'hésitation, je me suis levée sur la pointe des pieds pour déposer un petit baiser sur sa joue.

Lorsque je me suis écartée, sa fossette était là, joueuse, mais je déclarais forfait pour ce soir. Je n'avais même plus la force d'apprécier le regard de Jason, qui scannait tout mon corps de la tête aux pieds, ni sa beauté renversante, avec les manches de sa chemise retroussées comme ça, ni… bref, la liste était longue. Je me suis débarrassée de mes escarpins à talons en grimaçant de douleur.

Mes pieds étaient décédés. Paix à leur âme.

— Tu ne m'as pas dit ce que tu avais pensé du film.

— Ah non ? Désolée. C'était génial. Tu es fantastique dedans. Merci de m'avoir emmenée ici.

Son visage s'est illuminé.

J'ai soulevé mes chaussures en guise de salut et j'ai commencé à battre en retraite.

— Bon, je vais au lit. Bonne nuit, Jason. Et merci encore.

Il avait demandé au service de sécurité d'inspecter chaque centimètre carré de la suite, il ne pouvait pas y avoir de fan enragée dans ma chambre. Par conséquent, plus rien ne m'empêchait de dormir dans mon propre lit.

Il a froncé les sourcils.

— Tu vas déjà te coucher ?

— Megan a dit que notre vol avait été modifié et qu'on décollait tôt demain matin. Et puis, j'ai super mal aux pieds, alors oui, pour moi la soirée s'achève ici.

Avec un dernier petit signe de la main, je me suis tournée vers ma chambre, mais sa voix m'a coupé dans mon élan.

— Tu vas dormir là-bas ?

Le ton n'était pas spécialement sec, mais il n'était plus aussi doux que quelques secondes plus tôt non plus.

J'ai jeté un coup d'œil par-dessus mon épaule.

— Oui. Bonne nuit, Jason.

J'ai tout de suite pris la direction de la salle de bains où j'ai rempli la baignoire à pieds magnifique, puis j'ai ôté ma robe non moins magnifique et je suis entrée dans l'eau chaude en poussant un soupir de délectation.

***

Au beau milieu de la nuit, j'ai été réveillée par du mouvement dans mon lit. Un peu confuse au début, j'ai vite pris conscience qu'il ne s'agissait pas d'un rêve. Hurlant, j'ai rejeté les draps sur l'intrus – comme si ça allait suffire à l'effrayer – et j'ai roulé sur le côté pour sauter du lit, mais j'ai atterri sur Jason.

Sa grande main plaquée au niveau de mon estomac, il m'a ramenée contre son torse puissant ; j'en ai eu le souffle coupé.

— Arrête de crier, a-t-il bougonné derrière moi.

— Jason ? Jason !

Le cœur dans la gorge, j'ai giflé sa main toujours posée sur mon ventre et j'ai rugi encore un peu, juste pour faire bonne mesure.

— Tu es fou ? J'ai failli avoir une crise cardiaque !

— Comment pouvais-je deviner que tu allais te réveiller ?

— Quoi ? Qu'est-ce que ça veut dire ?

Je me suis contorsionnée pour tenter de me mettre face à lui, mais il s'est collé un peu plus à moi, le bras fermement enlacé autour de ma taille.

Cette fois, j'ai eu le souffle coupé pour une tout autre raison.

— Arrête de gigoter. J'essaie de dormir.

— Oh et qu'est-ce que je faisais avant que tu déboules, à ton avis ? La roue ?

Il a marmonné quelque chose d'inintelligible, puis le silence est retombé.

— Jason, qu'est-ce que tu fiches ici ? ai-je insisté. Franchement, tu ne pouvais pas frapper à la porte et me réveiller avant de te glisser dans mon lit ? J'ai cru qu'une de tes cinglées de groupies avait de nouveau réussi à s'introduire ici en pensant que c'était toi !

— Eh bien, comme tu vois, ce n'est que moi. Mais… c'est quoi ce bruit ?

— Quoi ? Oh ça. « Feu qui crépite et vent dans les arbres. »

— Feu qui crépite et… vent… dans les arbres ? a-t-il répété d'un ton perplexe.

— Oui.

Je me suis dévissé le cou pour le regarder par-dessus mon épaule. Il m'a dévisagée comme si j'étais devenue complètement folle.

— Ben quoi ? Ça me détend avant de m'endormir, ai-je argué, vexée.

— Rassure-moi, tu arrives à dormir sans écouter ce truc ?

— Évidemment. Mais de temps en temps, j'aime bien.

J'étais très tendue, pourtant à force de me caresser le bras, il m'a aidée à me décontracter et j'ai fini par me blottir contre lui.

Tout à coup, il a posé le menton sur mon épaule et a avisé mon téléphone, à côté de mon oreiller. Son souffle chaud m'a chatouillé la nuque, mais je suis parvenue à rester tranquille. Plus ou moins.

— Ce vent, c'est un peu sinistre, Olive.

— Je peux changer. Tu préfères la pluie ?

Il a enfoui son visage dans mon cou en gloussant.

— Essaie pour voir.

J'ai saisi mon téléphone, j'ai coupé le vent et j'ai sélectionné « pluie sur un toit ».

Au bout de quelques secondes, Jason a approuvé.

— C'est beaucoup plus sympa.

— Il y a aussi « océan » ou « chute d'eau ».

— Non, la pluie et le feu qui crépite, c'est très bien. Tu te souviens, quand tu étais petite, tu t'asseyais toujours à côté de la fenêtre, les yeux fermés, pour écouter la pluie tomber ?

— Bien sûr.

Mais comment se faisait-il que *lui* s'en souvienne ?

— Tu avais un sourire épanoui quand tu faisais ça, comme si ton esprit était à des années-lumière. Oh et quand tu sortais sous la pluie sans parapluie… ça agaçait toujours ta mère. Tu tombais malade à chaque fois, mais rien ni personne n'aurait pu t'empêcher de recommencer.

— C'est vrai, ai-je admis d'une voix empreinte de nostalgie. Et toi, tu essayais de détourner l'attention de ma mère quand tu me voyais essayer de me faufiler dehors à son insu.

— Ce n'est pas facile d'échapper à l'œil de lynx d'Emily. Il fallait au moins être deux pour y arriver.

Après ça, le silence s'est installé pendant un petit moment.

— Je crois que le chauffage ne va plus dans ma chambre, a-t-il fini par expliquer, mais je ne voyais pas l'intérêt d'appeler la réception juste pour ça alors qu'on a une deuxième chambre parfaitement chauffée.

— Et… ?

— Et on va encore devoir partager le même lit cette nuit, voilà. Maintenant, tu peux te rendormir.

— Ça, ça risque pas de se produire avant longtemps. J'entends encore les battements de mon cœur.

— Fais voir, a-t-il chuchoté.

Sa main est remontée de mon ventre vers mon cœur, en évitant soigneusement mes seins – *zut !*

— Mmh, tu as raison ; je sens ton cœur.

Je n'étais plus capable de parler. Plus aucun son ne sortait de ma bouche, rien.

Il a pris une profonde inspiration dans mon cou et tout mon corps a frissonné.

— Rendors-toi, Olive.

Sa main est revenue se loger sur mon ventre et, une minute plus tard, son souffle est devenu régulier. Il avait trouvé le sommeil.

Comme si de rien n'était.

De mon côté, j'ai encore veillé pendant des heures.

Le fiancé qui embrassait mal

Avez-vous vu les dernières photos du couple le plus médiatisé d'Hollywood ? La semaine dernière, nos tourtereaux étaient photographiés un peu partout en ville et semblaient sur un petit nuage, mais apparemment, les choses prennent une mauvaise tournure pour Olive Taylor.

Hier soir, la jeune romancière et l'idole hollywoodienne assistaient à l'avant-première du dernier film de Jason Thorn à Londres. Si le couple magnifique a ravi le cœur des fans en signant tous les autographes qu'on leur réclamait, tout a basculé au cours de la séance photo.

Depuis des jours les rumeurs les plus diverses circulent sur les deux amoureux ; on pense notamment qu'ils tenteraient de renouer une ancienne relation après s'être perdus de vue pendant des années. Sur la deuxième photo, on aperçoit Mlle Taylor arborant fièrement une bague ornée d'un diamant. La rumeur dirait-elle vrai ? Combien d'entre vous, Mesdemoiselles, donneraient leur vie pour être à sa place ?

Et pourtant, voilà que l'impensable s'est produit. Alors que les photographes réclamaient un baiser au couple, Jason n'a daigné accorder à sa douce qu'un petit bisou en vitesse ! Oui, vous lisez bien ! Le séduisant acteur, plutôt réputé pour ses prouesses sexuelles et les nombreuses partenaires qu'on l'a vu dévorer avec passion à l'écran, n'a gratifié Mlle Taylor que d'un ridicule bécot de rien du tout ! Et le plus drôle, c'est la déception flagrante qui se lit sur le visage de l'intéressée.

Il faut dire que, comme la pauvre Olive, tout le monde s'attendait à un baiser enflammé. De là à penser que Jason Thorn est très doué à l'écran, mais embrasse mal dans la vraie vie, il n'y a qu'un pas. Oserions-nous le franchir ?

22

Olive

Une semaine et demie que nous étions rentrés de cette avant-première à Londres. Une semaine et demie que ma photo – celle que personne ne semblait pouvoir arrêter de commenter – faisait la une de tous les tabloïds. Si Jason n'y faisait jamais allusion, Megan, elle, était furieuse. Elle m'avait appelée plusieurs fois juste pour s'assurer que j'avais bien conscience que j'étais en train de tout foutre en l'air. Après ces échanges virulents avec l'attachée de presse, je m'étais attendue à ce que Jason en personne me téléphone pour m'annoncer gentiment que notre mariage bidon tombait à l'eau.

Mais le coup de fil fatidique n'était jamais arrivé.

À vrai dire, nous nous étions à peine croisés depuis notre retour de Londres. Je m'étais occupée en faisant mes cartons et j'avais enfin écrit les premières pages de mon nouveau roman. Si j'étais heureuse que l'inspiration soit revenue, j'étais en revanche très triste de ne rien pouvoir raconter de ce qui se passait dans ma vie à mes parents ni même à Dylan. Au début, ils n'avaient pas cru à cette histoire de romance entre Jason et moi et avaient décidé de ne pas accorder le moindre crédit à ce qu'ils lisaient dans la presse, mais après avoir découvert les photos de l'avant-première, ils m'avaient appelée et m'avaient demandé de but en blanc si c'était la vérité. Je détestais leur mentir, mais si je voulais garder une chance que ça se concrétise avec Jason, je n'avais pas le choix.

Inutile de préciser qu'aucun d'eux n'avait été heureux pour moi. Mon père m'avait à peine adressé la parole et ma mère était… affligée, elle avait peur que je commette une bêtise. Comme le tournage d'Âmes en peine était sur le point de commencer, je ne pouvais même pas aller leur rendre visite. Car je n'irais pas là-bas tant que Jason ne serait pas libre pour m'accompagner. Il n'était pas question que j'affronte seule ma famille. Jamais de la vie.

Ce qui nous amenait à ce matin. Ce matin, à Bel-Air, dans la villa qui valait plusieurs millions de dollars de Jason Thorn, j'étais officiellement devenue Mme Olive Thorn. Hormis Lucy, Tom et Megan, personne n'avait été témoin de notre union sacrée. Cha n'avait même pas réussi à se libérer ; elle avait plein d'examens.

Deux heures après la « cérémonie », Jason m'avait laissée avec Lucy sous prétexte qu'il était attendu dans les studios pour des répétitions et d'autres trucs. Peu après, Lucy avait dû partir à son tour, elle avait cours.

C'est ainsi que mon petit cul de jeune mariée et moi, on s'était retrouvés seuls chez Jason. Au fil des heures, je m'étais octroyé une visite complète de la demeure et j'avais découvert avec joie que Jason possédait une immense salle de cinéma privée avec des fauteuils en cuir d'un confort presque indécent. Après avoir erré longtemps sans but, à l'intérieur, à l'extérieur, je m'étais obligée à m'installer au bord de la piscine avec mon ordinateur pour écrire quelques lignes.

Voilà où j'en étais, toujours seule. Le jour commençait à décliner, alors j'ai décidé de prendre un verre pour célébrer mon mariage. Ce verre en a entraîné un autre, puis un autre et encore un autre.

Putain, je me suis débrouillée comme un chef. Joyeuse nuit de noces à moi !

Ce dont je me souviens ensuite, c'est d'avoir appelé Lucy.

— Être la femme de Jason Thorn, c'est pas…

J'ai hoqueté.

— … aussi glamour que je croyais.

— Tu as bu ? s'est étonnée Lucy.

— Ouais, et alors ? Qu'est-ce que ça peut faire ? T'es en train de baiser avec Jameson ? Tant mieux pour toi, si c'est ça. Et tant mieux pour tous les gens qui baisent en ce moment même. En théorie, c'est ma nuit de noces. Eh ben, tu crois que je suis en train de m'envoyer en l'air ? Nan. Rien. Nada. Que dalle. Voilà. Je te laisse méditer là-dessus. Ça t'en bouche un coin, hein ?

Lucy s'est esclaffée pendant une bonne minute.

— Toi, tu es complètement bourrée, a-t-elle constaté sans cesser de glousser. Je crois que tu devrais lever le pied, ma caille.

— Quoi, ça t'en bouche pas un coin ? C'est vrai, non ? Qui est mieux placé que le grand Jason Thorn pour ça ? Mais tu crois qu'il est en train de m'en boucher un, de coin ? Nan. Mon vagin n'a toujours pas vu la couleur du pénis de Jason Thorn. Bordel, même ma bouche est intacte.

— C'est bizarre qu'il ne soit pas encore rentré.

J'ai entendu des bruissements en fond et elle a murmuré quelque chose à quelqu'un.

— Tu étais en train de baiser avec Jameson ! me suis-je écriée. Je le savais ! Tout le monde est en train de s'envoyer en l'air !

— Tu veux que je vienne ? Et pour ta gouverne, espèce de jeune mariée en chaleur, je ne baisais pas avec Jameson. On était… juste allongés au lit. Il dormait, même, figure-toi.

Je me suis redressée vivement, manquant de renverser ma coupe de champagne.

— Oh toi, tu es en train de tomber amoureuse !

— D'accord, là tu divagues complètement. J'arrive.

J'ai achevé mon champagne d'une traite.

— Non. C'est moi qui arrive. Je ne veux pas rester ici une minute de plus. Sinon je vais finir par aller me frotter à ses draps dans sa chambre.

— À t'entendre, on dirait bien que c'est déjà fait.

— Pas tout à fait. Et si tu me racontais plutôt comment tu as enfin compris que c'était l'amour fou avec Jameson ? Tu es morte de trouille ? Raconte, steuplèèèèèè.

Silence.

— Écoute, ne bouge pas, je viens te chercher, a lancé Lucy.

***

— Il sent teeeellement bonnnnn, Lucy. J'ai tout reniflé dans sa chambre. Tout sent bon. Pourquoi tu ne sens pas comme lui ?

J'ai titubé jusque dans ses bras et j'ai fourré le nez dans ses cheveux.

— Non, tu ne sens toujours pas comme lui.

— Là tout de suite, ça me rassure plutôt, je t'avoue. Bon, arrête de gesticuler comme ça ! Tu vas nous faire tomber dans l'escalier, et là, je te garantis que tu ne pourras plus jamais sentir Jason.

— Ah non, je peux pas tomber. J'ai envie de le sentir et de le lécher partout.

— Super, alors aide-moi un peu pour les dernières marches, qu'on puisse aller te flanquer dans un lit.

Je me suis mise à fredonner un air qui me trottait dans la tête et, avec l'aide de Lucy, je suis parvenue à atteindre le palier de l'appart.

— Ça y est, j'y suis ! ai-je éructé en jetant les bras en l'air. Je l'ai fait ! Qu'est-ce que j'ai gagné ? Une nuit avec Jason ?

Lucy a plaqué sa main sur ma bouche.

— Tais-toi, bon sang !

Au lieu de sortir sa clé, elle a frappé à la porte.

C'est Marcus qui a ouvert.

— Qu'est-ce qui se pa…

— Marcus !

Je me suis pendue à son cou.

Il m'a rattrapée *in extremis*, puis nous a considérées toutes les deux d'un air déconcerté.

— Je suis mariée, lui ai-je annoncé en lui fourrant mon alliance sous le nez. Tu vois ?

— Je vois ça, en effet, a-t-il répondu en me soutenant. Qu'est-ce qui lui arrive ? a-t-il demandé à quelqu'un derrière moi.

J'ai tourné la tête. Ah oui, c'était Lucy qui m'avait ramenée à l'appart, me suis-je rappelé. Puis j'ai remarqué que mes mains étaient en contact avec de la peau nue.

J'ai avisé le torse nu de Marcus en fronçant les sourcils.

— Pourquoi t'es à poil ?

— Je crois que tu as perdu le privilège de me poser cette question, tu ne penses pas ?

J'ai froncé encore plus les sourcils.

— Quel prev… li… privel… ?

— Oh ! Arrêtez tous les deux ! s'est emportée Lucy. Soit tu m'aides à la faire entrer, soit tu dégages de mon chemin pour que je puisse…

Sans lui laisser le temps d'achever sa phrase, Marcus m'a soulevée dans ses bras.

— Waouhhh, ai-je pouffé. Tu ne m'avais jamais portée, Markynou. Pourquoi tu ne m'as jamais portée comme ça, hein dis ? Beuh, je crois que je ne me sens pas très bien, ai-je ajouté en posant ma tête sur son épaule.

Appuyée au chambranle de sa chambre, Charlotte assistait à la scène avec un air indéchiffrable.

— Cha, tu m'as manqué aujourd'hui, ai-je déclaré en tendant la main vers elle.

Elle m'a tourné le dos en secouant la tête et a claqué sa porte.

Lucy s'est précipitée derrière nous.

— Eh ! Tu vas où, Marcus ? Emmène-la dans ma chambre.

— Qu'est-ce qui ne va pas chez Cha ? ai-je demandé, mais ni Marcus ni Lucy n'ont prêté attention à moi.

— Marcus, tu m'entends ? a insisté Lucy.

Ce dernier est entré dans sa chambre et m'a délicatement posée sur son lit.

Je me suis roulée en boule.

— Il se passe de drôles de trucs, dans mon ventre, ai-je murmuré.

— Mais qu'est-ce qui te prend, Marcus ?

— Je m'occupe d'elle. Il faut bien que quelqu'un le fasse.

— Et qu'est-ce que tu crois que j'étais en train de faire ?

— Vous faites trop de bruit, me suis-je lamentée en m'accrochant aux draps dans l'espoir que la pièce arrête de tourner.

— Viens, Olive. On va dans ma chambre.

— Fiche-lui la paix, est intervenu Marcus. Jameson est toujours dans ta chambre et celle d'Olive est quasiment vide. Elle a besoin de dormir pour évacuer tout ce qu'elle a bu. Et son soi-disant mari, il est où ?

— Ce ne sont pas tes oignons, a rétorqué Lucy.

Quelqu'un s'est assis à côté de moi et a entrepris d'écarter mes cheveux de mon visage. C'était agréable. Pourquoi Jason ne pouvait-il pas me caresser comme ça ? Ce devait être Marcus parce que, dans mon souvenir, Lucy n'avait pas de si grandes mains.

— Moi je crois que si, au contraire. En tout cas, pour ce qui est de veiller sur elle, on ne peut pas dire que tu fasses du super boulot, Lucy.

Je leur ai tourné le dos en gémissant. J'étais bien trop fatiguée pour les écouter se chamailler.

23

Jason

Furieux, je luttais de toutes mes forces pour ne pas coller mon poing à la figure de l'ancien colocataire d'Olive qui était aussi son ex.

— Appelle-la, ai-je grondé pour la deuxième fois.

— Elle n'est pas en état de te voir pour l'instant. Je te suggère de repasser demain matin.

À ces mots, il a tenté de me refermer la porte au nez, mais j'ai frappé le battant du plat de la main et je l'ai obligé à rouvrir.

J'étais rentré tard, j'étais tombé sur une bouteille de champagne vide ainsi que sur l'ordinateur d'Olive près de la piscine, mais pas d'Olive.

J'avais essayé de l'appeler, mais son téléphone sonnait dans la chambre en face de la mienne, *sa* chambre. Fou d'inquiétude, j'avais fouillé le répertoire pour trouver le numéro de sa copine Lucy, c'était ainsi que j'avais appris qu'Olive était chez eux.

— Olive ! ai-je crié dans l'appartement.

Mais c'est Lucy qui est apparue derrière cet enfoiré de Marcus, les yeux ensommeillés.

— Qu'est-ce qui se passe ? Jason ? Tu es venu chercher Olive ?

— Oui, ai-je répondu à travers mes dents serrées en tenant Marcus à l'œil. Tu veux bien la prévenir que je suis là ?

Lucy a tiré sur le bras de son coloc pour le faire reculer, mais il n'a pas bougé. Ce fils de pute me toisait.

— Tu as perdu la tête, Marcus ? C'est son mari !

— C'est ça, je vais te croire, a-t-il lâché avec un petit rire dépourvu d'humour. Quand je vois l'état dans lequel elle a débarqué ici…

— Quoi ? Est-ce qu'Olive va bien ? ai-je tout de suite demandé à Lucy, en proie à une nouvelle inquiétude. Il s'est passé quelque chose ?

Les traits de Lucy se sont adoucis.

— Elle va bien, Jason. Elle a juste un peu trop bu. Elle dort, c'est pour ça qu'au téléphone, je t'ai conseillé de venir la rechercher demain matin.

— Comme si tu en avais quelque chose à foutre, a craché Marcus.

Bon, ce connard commençait à me taper sur le système. Sans crier gare, j'ai foncé dans l'appart comme un bulldozer.

— Eh !

Qu'est-ce qu'il y a, mon grand ? Allez, viens me chercher. Viens, que je puisse t'en coller une.

— Où est-elle ? ai-je demandé à Lucy.

Charlotte, l'autre colocataire, observait la scène sans broncher depuis le pas de sa porte. Je me suis dirigé vers elle, mais elle a fait « non » de la tête.

— Elle est dans la chambre de Marcus.

À bout de patience, j'ai fait volte-face vers ce dernier.

— Espèce de fils de pute ! Tu l'as touchée ?

— Qu'est-ce que ça peut bien te foutre ? Tu n'es rien pour elle.

Il avait haussé le ton et s'était avancé vers moi en bombant le torse. Au moment où j'allais me jeter sur lui pour défoncer son beau petit visage de minet, Lucy m'a agrippé par le bras.

— Arrêtez, tous les deux ! Il n'a rien fait, Jason. Personne ne lui a rien fait. C'est de la provoc, nom de Dieu ! C'est moi qui dormais à côté d'elle. Allez, viens.

Elle m'a entraîné vers une porte fermée en décochant un regard courroucé à Marcus.

Mes poings me démangeaient, je brûlais de leur faire tâter la mâchoire de ce connard, mais j'ai laissé la frêle Lucy m'éloigner de lui.

Je l'ai suivie dans la chambre où Olive dormait, recroquevillée au beau milieu d'un lit. À sa vue, ma colère s'est volatilisée et mon cœur s'est apaisé. Quand j'aurais une minute, il faudrait quand même que je m'interroge sur l'effet qu'elle produisait sur moi et sa signification.

Prenant appui avec un genou sur le matelas, j'ai glissé mes bras sous elle et je l'ai soulevée avec le plus de précautions possible. Sa délicieuse odeur a imprégné mes narines.

Elle a entrouvert les yeux en battant des paupières. Un sourire s'est dessiné sur ses lèvres.

— Jason, a-t-elle murmuré.

Puis elle a posé la tête sur mon torse et a refermé les yeux.

Son haleine empestait l'alcool.

Je me suis éclairci la voix.

— C'est moi, mon cœur. Je te ramène à la maison.

— Je ne veux pas partir, a-t-elle protesté dans un souffle. On était en train de faire l'amour.

Elle a resserré les bras autour de mon cou et a pressé un peu plus son visage contre moi.

Mon corps régissait à sa proximité, ça devenait une habitude ces derniers temps, mais je me suis efforcé de faire abstraction de toutes ces sensations. *Pas ici.*

Soucieux, j'ai interrogé Lucy du regard.

— Mais de quoi elle parle ?

— Rien, rien, s'est-elle empressée de répondre en réprimant à grand-peine un fou rire. Elle devait être en train de rêver que vous faisiez l'amour. En venant ici, elle n'arrêtait pas de marmonner des trucs sur la nuit de noces.

Pardon ?

— Oh.

Ah bon, d'accord.

En traversant le salon, j'ai repéré Marcus, toujours campé près de la porte d'entrée, les bras croisés, le visage assombri par la fureur.

Arrivé à sa hauteur, j'ai marqué une pause.

— Ne te mets *plus jamais* en travers de mon chemin, lui ai-je conseillé d'une voix menaçante.

— Je me fiche de qui tu es. Quand toute cette comédie sera terminée et que tu l'abandonneras, complètement détruite, je serai là pour elle.

Lucy l'a contourné et m'a ouvert la porte, mais je n'ai pas bougé. Ce con dépassait les bornes, j'avais beaucoup de mal à partir en le laissant s'en tirer aussi facilement.

— Tu ferais mieux de ramener Olive chez toi, Jason, a plaidé Lucy qui tenait toujours la porte. Elle a froid.

J'ai baissé les yeux. Effectivement, Olive avait la chair de poule, ses bras en étaient couverts.

Sans accorder un regard de plus à Marcus, j'ai remercié Lucy et j'ai foncé à la maison. Il était plus que temps de mettre Olive au lit, chez elle.

***

Arrivé dans le garage, je me suis adossé à mon siège le temps d'une grande respiration. À côté de moi, roulée en boule, Olive émettait un léger ronronnement. J'ai contourné la voiture et j'ai ouvert sa portière.

— Olive, on est à la maison. Réveille-toi, mon cœur.

— Va-t'en, a-t-elle marmotté sans même ouvrir les yeux.

Elle me tournait le dos.

— Olive, bébé, tu veux bien m'aider à te mettre au lit ?

Pas de réponse.

Bon, très bien...

Je me suis penché et je l'ai à nouveau soulevée avec la plus grande délicatesse. Sans hésiter une seconde, elle a enroulé ses bras autour de mon cou et s'est blottie contre moi.

— Tu es bien chaud, a-t-elle chuchoté.

En remuant, ses lèvres m'ont caressé dans le cou.

J'ai contracté les mâchoires pour m'empêcher de gémir, voire pire… Mais elle s'était déjà rendormie.

Transporter une Olive à peine consciente dans la maison s'est révélé plus compliqué que je ne l'aurais cru. Quand j'ai enfin atteint le hall de nuit sans causer de dégâts irréversibles, j'ai hésité entre nos deux portes. Le mieux, c'était sans doute de la déposer dans sa propre chambre, mais d'un autre côté, je préférais veiller sur elle cette nuit, au cas où son état s'aggraverait. Si je me fiais à mon odorat, elle avait descendu plus d'une bouteille de champagne à elle toute seule.

Lorsque je l'ai posée sur mon lit, elle n'a même pas ouvert un œil pour vérifier où elle était. Après m'être étiré, j'ai allumé une petite lampe de chevet pour m'assurer qu'elle allait bien. La faible lueur chaude a éclairé la pièce et j'ai pu examiner le visage d'Olive. Puis j'ai avisé ses vêtements. Fallait-il que je la déshabille ? Non, ai-je décidé en me frottant la nuque. Je l'ai laissée tranquille et je suis allé prendre une petite douche.

À mon retour, elle était en train d'essayer de déboutonner son jean, sans succès. Par contre, elle avait réussi à enlever sa blouse – heureusement, elle portait toujours son soutien-gorge, encore un modèle en dentelle transparente qui laissait entrevoir ses tétons dressés. Enfin, au point où nous en étions, c'était toujours mieux que rien.

— Olive, arrête.

Je me suis dépêché de la rejoindre et j'ai placé mes mains sur les siennes.

— Arrête.

— Fait trop chaud. Je veux l'enlever, a-t-elle insisté, la mine chiffonnée.

Elle a secoué les jambes et a recommencé à se battre avec le bouton de son jean.

Je me suis frappé le front du plat de la main et me suis attaqué à son pantalon en ayant d'abord pris soin d'éteindre.

Lorsque mes doigts ont effleuré la peau douce de son ventre, un frisson a remonté tout le long de mon épine dorsale, m'obligeant à fermer les yeux. Dans mon caleçon, mon sexe a tressauté en me maudissant.

J'étais on ne peut plus d'accord avec lui.

Olive a enfin décidé de coopérer et a soulevé les hanches pour m'aider à faire glisser son jean le long de ses jambes. Pendant toute l'opération, j'ai veillé à regarder autre chose que son corps. Ensuite, je lui ai tourné le dos et j'ai replié son pantalon pour m'occuper les mains. J'ai posé celui-ci sur la commode, j'ai ramassé la blouse qu'elle avait jetée à l'autre bout de la pièce et je l'ai repliée aussi.

Quand je me suis de nouveau approché du lit, je n'ai eu aucun mal à deviner la silhouette allongée d'Olive, la tête en plein milieu du lit, ni sa culotte en dentelle blanche. L'étoffe épousait à merveille ses superbes fesses rondes et fermes. Il n'y avait rien de plat chez mon Olive. Absolument rien.

Lorsque j'ai enfin réussi à détacher les yeux de son petit cul, je me suis demandé si elle avait décidé de rester étalée en travers de mon lit juste pour le plaisir de me torturer, parce que ça en avait tout l'air. J'ai pris une chemise dans mon dressing pour lui enfiler. Elle avait beau avoir trop chaud, lorsqu'elle émergerait pour de bon, elle ne serait sûrement pas ravie de se découvrir en sous-vêtements dans mon lit.

D'autant que ça ne me ferait pas de mal qu'elle soit un peu plus couverte.

J'ai rapporté un verre d'eau de la cuisine et je l'ai réveillée pour lui faire boire quelques gorgées. Au lieu de prendre le verre, elle a attrapé ma main et a pris de grosses gorgées d'eau en marmottant, sans me lâcher.

Ensuite, elle est retombée sur les oreillers. Je me suis débattu quelques instants avec la chemise, puis avec les draps, mais j'ai fini par réussir à la couvrir. J'ai poussé un soupir de soulagement.

Ce n'était tout de même pas si compliqué.

Ça a été beaucoup plus facile pour moi. Je me suis glissé dans le lit en me plaçant bien au bord, mais je suis resté concentré sur Olive pour surveiller sa respiration. J'ai dû m'assoupir tout de même, parce que je me suis réveillé en sursaut en sentant ses cheveux me chatouiller le bras. J'ai redressé la tête. Elle était à moitié couchée sur moi et… elle… était en train de se frotter à ma jambe ?!

Hein ?

En poussant un grognement, j'ai tenté de soulever sa cuisse, mais par une manœuvre habile, elle est parvenue à monter sur moi à califourchon. Jamais je n'aurais cru ça possible de la part de quelqu'un d'aussi imbibé.

— Olive !

J'ai retenu mon souffle lorsque sa culotte humide est entrée en contact avec mon bas-ventre.

Elle a baissé ses yeux mi-clos sur moi.

— Alors ça y est, place au sexe ?

En dépit du danger de la situation, je n'ai pas pu m'empêcher de pouffer, mais mon rire s'est vite mué en protestation crispée lorsqu'Olive a commencé à remuer le bassin sur moi. J'ai serré fermement ses cuisses entre mes mains pour l'interrompre. Si elle descendait un peu plus bas, ma queue n'aurait plus qu'à se baigner dans la moiteur de son excitation.

— Mon cœur, qu'est-ce que tu fais ?

— Je veux consommer le mariage. Maintenant.

Un gémissement m'a échappé et j'ai dû fermer les yeux pour ne pas perdre le nord. De ses mains fines, Olive a attrapé le bord de mon tee-shirt.

— Enlève ça, m'a-t-elle ordonné.

Revenant un peu à moi, j'ai trouvé la force de la soulever et de la poser à côté de moi sur le lit.

— Je n'enlèverai rien du tout.

Au lieu de vives protestations, j'ai eu droit à un gros soupir boudeur.

— Mais j'en ai besoin, a-t-elle grommelé.

Puis elle a entrepris d'ôter la chemise que j'avais eu tant de mal à lui enfiler.

J'ai attrapé les pans et je les ai baissés.

— Toi non plus, tu n'enlèves rien, Olive.

— Mais j'en ai tellement envie, Jason.

Dans l'obscurité, elle m'a dévisagé, l'air contrariée, les yeux brillants. Elle a lâché sa chemise pour effleurer mes lèvres du bout des doigts, puis mes joues.

— J'adorais te regarder sourire, a-t-elle susurré, paupières à moitié closes, comme si elle se replongeait dans notre passé.

Ses traits se sont empreints de mélancolie.

— Dès que j'étais sûre qu'on ne me remarquerait pas, je t'observais, j'attendais qu'elle apparaisse. Je veux parler de ta fossette. Elle me donnait le tournis. Tu veux bien me la montrer ? Lucy dit que je devrais la lécher.

Elle a haussé des sourcils pleins d'espoir.

— Je peux ?

J'ai secoué la tête en souriant.

— Mon cœur, tu es soûle. Et si on dormait ?

Elle a donné un coup rageur dans le matelas.

— Mais j'ai envie de…

— De quoi ?

J'ai écarté les mèches qu'elle s'évertuait à souffler de son visage en vain.

— De Jason.

Elle avait dit ça d'une telle façon… J'avais l'impression d'entendre une petite fille prononcer son vœu d'anniversaire en fermant les yeux très fort, juste avant de souffler les bougies. Un vœu si simple, si innocent, qui avait pourtant le pouvoir de me laisser abasourdi.

Puis, d'un coup, comme si on avait appuyé sur un bouton, sa voix est devenue éraillée.

— J'ai envie de jouir.

Elle a soulevé ses hanches avec un petit gémissement.

— Olive, tu racontes n'importe quoi. Allez, couche-toi. Il faut dormir pour pouvoir dessoûler, tu comprends ?

— Tu veux bien me donner mon jouet, Jason qui n'est pas Jason ? J'en ai vraiment besoin.

Je n'ai pas eu le temps de lui demander à quoi elle faisait allusion ; elle a saisi mon poignet et a enfoncé ma main dans sa culotte.

Voilà, l'heure de ma mort avait sonné.

Une mort douce et pure.

J'étais condamné à brûler en enfer comme dans la vie.

J'ai fermé les yeux et j'ai tâché de bien respirer pour ne pas perdre le contrôle, mais ça n'a fait qu'empirer les choses parce que l'odeur de son désir a pénétré dans mon organisme. Ne me jugez pas trop vite : j'ai bien essayé de récupérer ma main, mais elle a été plus rapide que moi et elle a plaqué la sienne sur celle-ci pour m'empêcher de fuir.

— Je suis trempée, Jason.

Elle a commencé à se donner du plaisir avec mes doigts qui ont vite été trempés, eux aussi.

— Olive, ai-je sifflé en serrant les dents. Olive, s'il te plaît, arrête.

J'ai de nouveau tenté de me libérer, mais elle s'est cramponnée à mon poignet.

Le front appuyé contre sa tempe, j'ai continué à plaider ma cause :

— Olive, mon cœur, c'est de la torture. S'il te plaît, lâche ma main.

Oh.

Elle a écarté les jambes et a pressé un de mes doigts contre son clitoris.

Son odeur était en train de me rendre fou, son souffle haletant électrisait mon sexe, comme si elle l'enveloppait avec sa bouche. Mon érection était dure comme la pierre. S'il lui prenait l'envie de balader sa main sur mon pantalon de survêtement, elle risquait de se faire des idées. J'ai reculé mon bassin, juste au cas où. Cette fois, j'ai trouvé le courage d'arracher ma main à son intimité sans lui laisser l'occasion d'intervenir et j'ai déposé un baiser sur sa tempe.

— C'est l'alcool qui parle, Olive. Tu ne sais pas ce que tu fais.

Soudain, elle s'est jetée sur moi en me faisant basculer en arrière, sur le dos. Elle a enfoui son visage dans mon cou, mais lorsque j'ai senti de l'eau couler sur ma peau, j'ai relevé son menton.

Elle pleurait en silence.

— Bébé, qu'est-ce qui ne va pas ? me suis-je inquiété, sous le choc.

J'ai essuyé ses larmes avec mes pouces. Ses beaux yeux ont croisé les miens et mon cœur s'est brisé en mille morceaux.

— Je voulais juste consommer le mariage avant qu'on me prenne Jason.

Elle a reniflé avant de se blottir à nouveau dans mon cou.

Ça n'avait aucun sens, bon sang. Comment était-il possible qu'elle soit toujours ivre à ce point ? Qu'avait-elle ingéré exactement en mon absence, et pendant combien de temps ?

— Oh, bébé.

Il fallait que je l'apaise.

Ce n'était pas Olive qui parlait. Dommage, parce que si elle n'avait pas été dans un tel état, on aurait pu… euh… remédier à ça. En parler ? S'envoyer en l'air ? Peu importe. J'aurais satisfait ses besoins.

— Je peux avoir mon jouet, maintenant ? a-t-elle réclamé entre deux reniflements.

Bordel de merde !

Faisait-elle allusion à une peluche avec laquelle elle dormait ou un truc comme ça ?

Je l'espérais de tout cœur, mais…

— Ce jouet… c'est quelque chose que tu utilises pour te faire jouir, mon cœur ?

Les yeux pleins de larmes, elle a acquiescé en se mordillant la lèvre inférieure.

Pas question que j'aille fouiller ses affaires en quête d'une bite en plastique. Cela dit, ma propre bite avait beau revendiquer le contraire, il n'était pas question non plus que je cède et que je lui fasse l'amour.

— Et si on faisait juste un câlin ? ai-je fini par proposer.

Les filles adorent ça, non ? Et si c'était avec Olive, l'idée me tentait aussi.

— D'accord, a-t-elle murmuré.

La tension est retombée. Si elle n'avait pas été aussi soûle, rien ne m'aurait fait plus plaisir que lui donner ce dont elle avait besoin, mais là, non. Pas alors qu'elle s'en souviendrait à peine le lendemain.

Elle a trouvé une position confortable, face à moi, et peu à peu son corps s'est appesanti contre le mien. Le sommeil était en train de la rattraper. Je l'ai enlacée et j'ai empli mes poumons de son parfum.

J'ai déposé un autre baiser sur sa tempe. Elle avait enfin refermé les paupières, alors je l'ai imitée et je me suis décontracté. Bientôt, son souffle s'est apaisé. Cette fois, elle dormait pour de bon, lovée contre moi.

Ce que je ressentais avec Olive à cet instant précis, il y avait longtemps que je ne l'avais plus ressenti – je n'étais même pas sûr que ça me soit déjà arrivé…

J'étais passé à côté de quelque chose. Je n'avais pas saisi toute l'intensité de ce qui se passait entre nous. À mes yeux, elle n'était plus la sœur de Dylan. Elle était devenue mon

Olive le jour où nous nous étions retrouvés. Et désormais, elle était ma femme.

Chaque fois qu'elle me regardait dans les yeux, le cœur grand ouvert, elle s'emparait un peu plus de moi. Si toute cette histoire avait commencé comme une mascarade, je n'étais plus certain de parvenir à la laisser partir le moment venu.

Je me suis placé de façon à épouser parfaitement sa fine silhouette avec mon corps ardent, mais ce n'était pas encore assez. J'ai glissé mon bras sous sa tête et j'ai soulevé sa jambe pour la poser sur ma cuisse. Voilà, c'était ça que je voulais.

Un sourire aux lèvres, je lui ai susurré :

— Fais de beaux rêves, ma femme chérie.

Il a fallu un moment pour que ce mot me prenne aux tripes.

Il en a fallu un autre pour comprendre à quel point il sonnait juste.

Et dire que le lendemain, au réveil, elle ne se souviendrait de rien à part peut-être du moment où je l'avais ramenée chez nous. Quel dommage.

24

Olive

— Comment se fait-il que tu ne m'en aies pas parlé avant ?

— Megan a décidé ça à la dernière minute, Olive. T'inquiète, on va bien se marrer. Je suis sûr que tu vas adorer.

J'ai plissé les yeux.

— Ah oui ? Tu en es vraiment sûr, Jason ?

Il a fait mine de se concentrer sur son téléphone, mais ses lèvres ont tressailli. Quelqu'un a pouffé sur le côté. Je me suis tournée vers Alvin avec un regard appuyé.

J'avais fait la connaissance de l'assistant de Jason quelques jours plus tôt après avoir failli entrer en collision avec lui à la maison. Je ne savais pas grand-chose de lui, mais il avait l'air réglo. Une chose était sûre, c'était qu'il était au courant de tout. Et d'après ce que j'avais vu ces derniers jours, c'était lui qui gérait quasiment toute la vie de Jason. Et rien que pour ça, il méritait une médaille.

— Tu étais au courant ? lui ai-je demandé.

— Évidemment, Olive. C'est lui qui organise mon emploi du temps.

— C'est comme dit le boss, a acquiescé Alvin.

— Super. Merveilleux. Et aucun de vous n'a jugé bon de m'informer que j'allais participer à une séance photo pour un magazine ? Je ne sais pas moi, ne fût-ce que quelques jours à l'avance ?

Je n'arrêtais pas de me tordre les mains.

— Ne sois pas si nerveuse. Ça aurait servi à quoi, à part te faire flipper comme tu es en train de le faire ? a argué Jason.

— Non, mais je rêve ? Si j'avais pu commencer à flipper il y a quelques jours, je serais beaucoup plus calme maintenant. Et puis, ne suis-je pas censée recevoir des consignes de Megan, un briefing ou un truc du style ? Comment veux-tu que je sache ce que je peux ou ne peux pas faire, sinon ?

Il a enfin relevé la tête vers moi.

— Pas besoin de briefing pour un bête shooting, Olive. Contente-toi d'être toi-même, je me charge du reste.

Séance photo, shooting... Chaque fois que j'entendais ces mots, je me remettais à trembler.

Apparemment, l'idée de Megan, c'était d'annoncer notre heureux mariage au monde entier par le biais du magazine féminin le plus célèbre de cette maudite planète. Pendant un temps, il avait même été question d'une interview en direct, mais, par chance, c'était tombé à l'eau. Vu de ma fenêtre, la séance photo était un moindre mal, ce qui ne voulait pas dire pour autant que j'étais aux anges, surtout qu'on me mettait presque devant le fait accompli.

— On y est, a annoncé Alvin.

La voiture s'était immobilisée devant un bâtiment industriel de taille raisonnable.

J'ai respiré un bon coup et je les ai suivis.

— La vache ! ai-je murmuré en pénétrant dans l'immeuble.

Il s'agissait d'un loft entièrement meublé d'une beauté époustouflante – abstraction faite des gens qui grouillaient un peu partout, cela va de soi. Tandis que j'enregistrais tout ce qui se passait autour de moi, ma nervosité s'est envolée. Jason a placé sa main au creux de mes reins et m'a guidée un peu plus loin.

Quelques secondes plus tard, Alvin est revenu vers nous à petits pas rapides, accompagné d'une femme.

Quand s'était-il éloigné ?

J'ai tâché d'oublier le décor pour me concentrer sur la femme. Le temps de nous rejoindre, son regard de braise et son sourire aguicheur avaient déjà fait l'amour à Jason plusieurs fois.

— Bonjour, monsieur Thorn.

Jason lui a serré la main.

— Je vous en prie, appelez-moi Jason. Julie, c'est bien ça ?

Elle a acquiescé avec un sourire encore plus éclatant lorsqu'elle a compris que Jason avait mémorisé son nom.

— Oui. On a trop hâte de travailler avec vous.

Ils se sont enfin lâchés et elle a poursuivi :

— On vous attend tous les deux au maquillage et à la coiffure. Dès que vous serez prêts, on pourra commencer le shooting. L'interview aura lieu après, au premier étage.

J'ai toussoté pour attirer son attention.

C'est à peine si elle a rougi.

— Ravie de faire votre connaissance, Olive. Moi, c'est Julie.

Pas trop tôt.

Je lui ai serré la main en lui servant le sourire le moins forcé possible.

Tout de suite après, elle a frappé dans les mains une fois.

— Bien. Alors je vous emmène au maquillage, ensuite je vous présenterai notre photographe.

Elle continuait à s'adresser exclusivement à Jason. De toute évidence, ma présence était anecdotique.

Jason m'a attrapée par la main et mon cœur a bondi dans ma poitrine. Une petite réaction agaçante qui me prenait au dépourvu à chaque fois ; pourtant, je n'arrêtais pas de me répéter que ce n'était qu'un mec, mais le cœur a ses raisons, n'est-ce pas ? En tout cas, le mien était bien décidé à se rouler aux pieds de Jason jusqu'à ce que ce dernier daigne le ramasser.

Quel loser, ce cœur.

J'ai emboîté le pas aux autres en me retenant de lever les yeux au ciel.

Deux interminables heures plus tard, nous étions enfin prêts. Heureusement, les pros n'avaient pas eu la main trop lourde sur le maquillage puisque – ils me l'avaient assez répété – ils cherchaient à me donner l'air le plus naturel possible, dans la mesure où je n'étais « personne ». Bon, ils n'avaient peut-être pas employé ce mot-là, mais l'intention y était, croyez-moi.

Soit. Le look naturel me convenait de toute façon.

Nous avons pu passer en salle d'habillage. Et là, on s'est retrouvés face à des tas de vêtements. *Des rayonnages entiers.* Les stylistes ont passé plus d'une heure à sélectionner les pièces les plus adaptées. À un certain moment, ils m'ont demandé si j'étais d'accord de n'être vêtue que d'un drap blanc tandis que Jason serait à moitié à poil, mais Jason m'a devancée et a mis son véto. Tout ce bazar pour, en fin de compte, nous choisir trois tenues à chacun, n'était-ce pas un peu excessif ? Cela dit, encore une fois, qui étais-je pour juger ?

La première tenue qui nous a tous mis d'accord pour moi, c'était une robe semblable à celle que j'avais portée à l'avant-première de Londres. Rien de trop osé, pas de décolleté plongeant ni de jambes dénudées à outrance, mais rien de trop prude non plus. Pour la deuxième, plus décontractée, ils avaient opté pour un jean noir et un tee-shirt blanc noué dans le dos qui dévoilerait un peu mon ventre.

Quant à la troisième tenue… c'était de loin ma préférée. Du blanc, un dos nu, des découpes à l'avant et un tissu très moulant.

La perfection.

Le résultat une fois sur moi ? Aucune idée.

Ils ont insisté pour que j'essaie la troisième tenue en premier. Une fille de l'équipe m'a emmenée dans une cabine d'essayage improvisée pour que je passe la robe en vitesse.

Je suis rentrée dedans sans problème, mais il n'était pas question que je sorte comme ça de la cabine. Sur le cintre, c'était magnifique, en revanche sur moi… c'était trop. On voyait presque la raie de mes fesses à l'arrière et à l'avant… eh bien, à l'avant, c'était ma poitrine, le problème, même si elle n'était pas si découverte que ça. Lorsque j'ai réclamé le soutien-gorge qui allait avec la tenue, la fille s'est contentée de secouer la tête. Non, dans ces conditions, c'était impossible : on devinait mes tétons à travers le tissu.

— Olive ? C'est bon, tu es prête ?

La voix de Jason avait résonné juste devant la cabine.

Aussitôt, j'ai croisé les bras, comme s'il risquait de voir mes seins à travers le rideau. Si je l'autorisais à regarder, je savais déjà que mes mamelons lui sortiraient le grand jeu.

— Jason, je ne peux pas sortir comme ça, ai-je chuchoté.

— Comment, « comme ça » ?

— Je… eh bien…

Brusquement, le rideau beige s'est ouvert et Jason s'est engouffré dans la cabine. J'ai vacillé.

— Holà, a-t-il fait en me rattrapant par les épaules avant que je tombe.

Lorsque nous avons tous les deux été sûrs de tenir debout, il m'a lâchée et a reculé d'un pas.

— Bon alors, qu'est-ce qui ne va pas ?

J'ai fait la moue.

— Il n'y a rien qui va, ai-je commencé d'un ton malheureux. C'est beaucoup trop. En plus, ils ne veulent pas me donner de soutien-gorge et mes nichons…

J'ai écarté les bras pour lui montrer l'ampleur de la catastrophe.

— Holà, a-t-il fait de nouveau, en écarquillant les yeux.

— Eh oui. Et de dos…

Je me suis tournée en le regardant par-dessus mon épaule.

— Tu vois ? Ça ne me va vraiment pas.

Il haussait tellement les sourcils que ceux-ci atteignaient presque la naissance de son cuir chevelu ; il semblait hypnotisé par mes fesses.

— Ça me fait un cul énorme, non ? Jason, s'il te plaît. Je ne veux pas mettre ça. Ce n'est pas adapté à ma morphologie.

Constatant que ses yeux ne décollaient plus de mon postérieur, j'ai repris ma position initiale en tirant sur les longues manches de la robe.

— Wow wow wow, a-t-il lâché.

— Quoi ? Quoi ?! On va se foutre de moi, c'est ça ? Je ne suis pas grosse, c'est juste cette robe…

— Mais de quoi tu parles, Olive ? a-t-il demandé, dubitatif.

Je me suis frotté les yeux.

— Eh bien, toi, tu ressembles à ça, lui ai-je expliqué en le désignant. Et moi, bah, je ressemble à ça… ai-je conclu en me pointant de la main, dépitée.

Je sentais les larmes me monter aux yeux.

Je devais lui faire un dessin ou quoi ?

Sa voix s'est adoucie.

— Mon cœur, pardon, mais je vais encore te le demander : de quoi tu parles ? Tu es… tu es superbe ! Éblouissante ! Si je pouvais, je…

Son regard est tombé sur mes seins, mais il l'a détourné aussi vite. Il s'est avancé et a pris mon visage entre ses mains.

— Attends, qu'on se comprenne bien : je ne suis pas ravi non plus que tu portes cette robe, mais j'ai peur que ce ne soit pas pour les mêmes raisons. Moi, c'est parce que je voudrais que personne ne puisse te reluquer là-dedans.

Il a de nouveau jeté un petit coup d'œil à ma poitrine et a ajouté :

— Heureusement, ce sont surtout des femmes qui travaillent ici. En plus, s'ils doivent encore perdre une heure pour te choisir une autre tenue, je vais devenir dingue. Et si on sortait simplement d'ici, qu'on leur donnait quelques bonnes prises et hop, terminé, bonsoir, hein ? Après on n'aura plus qu'à retrouver tes copines pour la soirée du studio. Tu avais trop hâte, tu te rappelles ? Plus vite on aura fini ici, plus vite on pourra les rejoindre.

Avec la panique, cette petite soirée m'était complètement sortie de la tête. La société de production avait réservé tout un bar afin que l'équipe et les acteurs du film puissent faire connaissance avant le début du tournage qui était programmé d'ici quelques jours. La plupart d'entre eux devaient déjà se connaître, mais lorsque Jason m'avait demandé si je voulais y aller et inviter mes copines, j'avais sauté sur l'occasion.

— Tu me jures que je ne suis pas horrible ?

Une lueur a traversé son regard.

— Promis, m'a-t-il assuré d'une voix grave.

Il m'a tendu la main et je l'ai prise sans hésiter.

— On va commencer au deuxième étage, nous a annoncé Amélie, la photographe, lorsque nous l'avons enfin rejointe. Ensuite, en fonction du résultat, on prendra quelques photos ici ou peut-être dans l'escalier. On verra bien comment ça se passe.

Jason a hoché la tête et m'a guidée vers l'escalier, la main sur mon dos dénudé. Cette façon que j'avais de frôler l'agonie dès qu'il me touchait… c'était affolant.

Amélie et sa petite équipe nous ont précédés, mais je me suis arrêtée au bas des marches.

— Jason, lui ai-je soufflé en tirant sur sa main pour attirer son attention avant qu'il entame la montée.

Quelque chose avait changé dans sa façon de me regarder, quelque chose qui provoquait des trucs bizarres dans mon cœur, mais ce n'était pas du tout le moment de se pencher là-dessus.

— Si tu ne veux pas qu'Alvin et tous ceux qui sont encore en bas aient une vue imprenable sur mon cul, je ferais mieux d'éviter cet escalier, en tout cas avec cette robe. À moins que je retrousse le bord et…

Sans crier gare, Jason m'a soulevée dans ses bras. Mon petit cri de surprise a résonné dans tout l'escalier. J'ai vite porté les mains dans le bas de mon dos, mais Jason veillait au grain et camouflait la naissance de mes fesses avec son avant-bras.

Tous ceux qui assistaient à la scène – y compris Alvin qui nous suivait – arboraient un petit sourire en coin tandis que je m'accrochais aux épaules de Jason. Tirant parti de la situation, j'ai fermé les yeux et j'ai blotti mon front dans son cou tout chaud. Je me suis tout de même abstenue de suivre le contour de ses biceps saillants du bout des doigts. Je n'ai pas pu en profiter bien longtemps, nous étions déjà arrivés à l'étage et il m'a reposée délicatement. Je peux vous jurer que toutes les femmes présentes dans le loft ont poussé un soupir et sont tombées un peu plus amoureuses de mon mari à cet instant.

Jason a repris ma main en toussotant.

— OK. Alors je voudrais que vous vous mettiez devant ce mur, a déclaré Amélie en nous indiquant un mur en béton.

Et des projecteurs aveuglants, super.

J'ai pris place et j'ai attendu les instructions d'Amélie, mais… que faisait-elle ? Elle a brandi son objectif et s'est mise à nous photographier. Décontenancée, j'ai interrogé Jason du regard, mais il s'est contenté de me sourire.

— Qu'est-ce que je suis censée faire ? ai-je chuchoté.

En attendant, je m'efforçais de fixer l'objectif en souriant, mais le rendu devait être affreux.

Jason s'est approché de mon oreille et m'a susurré :

— Tu es censée m'aimer, ma jolie femme.

Des picotements dans tout le corps…

J'en suis restée bouche bée, mais Jason, lui, était impassible. Les yeux dardés sur moi, il s'est appuyé contre le mur et m'a attirée contre lui. Je devais être rouge pivoine. Maintenant, c'était sûr, tout le monde pouvait mater mon cul à peine couvert et mon dos nu, mais à ce stade, les paroles de Jason me faisaient tout oublier.

— Pardon ? ai-je lâché dans un souffle, le regard prisonnier du sien.

— Parfait, s'est réjouie la photographe, quelque part derrière moi. Je veux capturer l'alchimie naturelle qu'il y a entre vous. S'il vous plaît, Olive, essayez de vous détendre. Oubliez-nous.

La ferme, Madame.

Jason a plongé dans mon cou et ses lèvres ont chatouillé mes oreilles tandis qu'il murmurait :

— Ils ne savent pas encore qu'on est mariés, mais ils croient qu'on est fiancés.

Puis il s'est redressé.

— Prends exemple sur moi, Olive, regarde-moi comme si tu m'aimais.

De quoi ?

Avait-il perdu la tête depuis qu'il avait enfilé cette chemise blanche et ce pantalon noir ?

Soudain, son attention s'est déportée quelque part au-dessus de moi.

— Amélie, vous voulez bien nous laisser une minute ? Ça ne vous dérange pas ?

Le cliquetis de l'appareil s'est interrompu.

Jason m'a embrassée sur le bout du nez.

— Si on veut leur faire croire qu'on est amoureux, il va falloir que tu sois un peu plus convaincante. Je vais devoir… te toucher.

— Me toucher ? ai-je couiné.

Il a acquiescé, l'air tout à coup obnubilé par ma bouche.

— Et tu vas devoir me toucher aussi comme si tu avais des sentiments pour moi.

Il a pris ma main et l'a posée sur son torse.

— Mais oui. Tu as raison, ai-je admis, reconnaissant à peine ma propre voix.

— Ça va aller vite, t'inquiète. Le supplice ne devrait pas durer trop longtemps.

— D'accord. Pas de supplice. Une simple formalité. C'est bon, j'ai pigé.

— Prête ?

J'ai relâché les épaules et j'ai opiné du chef. Faire comme si je l'aimais ? *Un jeu d'enfant.*

Il a fait signe à la photographe et la séance a repris.

Jason s'est un peu écarté du mur en m'entraînant avec lui. La main toujours plaquée dans le bas de mon dos, il m'a serrée contre lui, pressant mes seins contre ses pectoraux.

— Olive, vous pouvez regarder par ici pendant que Jason reste focalisé sur vous ?

Obéissante, j'ai fixé ce fichu objectif.

— Génial. Maintenant, placez vos mains sur son torse et penchez-vous légèrement vers lui.

J'étais déjà scotchée au mec, comment voulait-elle que je « me penche » sur lui ?

J'ai jeté un coup d'œil à Jason et mon cœur a tressauté. Était-ce donc comme ça qu'il me dévisagerait s'il était réellement amoureux de moi ? Le regard enflammé par la passion, les lèvres légèrement entrouvertes, le souffle irrégulier.

J'ai fermé les yeux et j'ai inspiré. Je pouvais y arriver. Il suffisait que je m'autorise à profiter de l'intimité du moment sans tout faire foirer.

Après tout, moi aussi j'avais envie de jouer.

Oubliant les directives d'Amélie, j'ai lentement remonté ma main sur son torse pour aller caresser sa joue rugueuse, à l'endroit où se cachait sa fossette. L'intensité de son regard s'est encore accentuée et il a renforcé son étreinte.

Ohhh... Mes tétons ont beaucoup apprécié.

J'ai défié son air interrogateur.

— Moi aussi, j'ai envie de jouer, Jason.

Je me suis hissée sur la pointe des pieds et je me suis arrêtée à un souffle de sa bouche.

— Et maintenant, j'ai l'air amoureuse de toi, dis ? ai-je demandé à voix basse, envoûtée par ses lèvres entrouvertes.

Vas-y. Je suis juste là. Embrasse-moi. Rien qu'une fois.

Mais non.

Il a fini par déposer un rapide baiser au coin de ma bouche, sans se départir de son regard ardent.

— On a l'air raides dingues l'un de l'autre, a-t-il confirmé dans un murmure, resserrant ses doigts dans mon dos.

Il a incliné la tête et a promené ses lèvres sur ma gorge.

— On dirait qu'on ne peut pas s'empêcher de se toucher, que c'est plus fort que nous.

En un éclair, il a pivoté en m'entraînant avec lui et je me suis retrouvée plaquée contre le mur, le front sur le sien. Lorsque ma peau nue est entrée en contact avec le béton froid, j'ai aspiré l'air en me mordillant la lèvre. Je me suis cambrée et j'ai enlacé son cou en veillant à bien appuyer mes seins contre lui.

Sur notre droite, Amélie n'en perdait pas une miette.

Que voyait-elle, elle, à travers son objectif ? Avait-elle deviné que ce n'était qu'un jeu ?

Avec un petit sourire en coin, Jason a saisi mes hanches et a attiré le bas de mon corps contre son bassin.

La tête appuyée contre le mur, j'ai senti son… sexe… pénis… machin qui pendouille (*dixit* Lucy), sauf qu'il ne pendouillait pas du tout, au contraire, il était dur, si dur… Un petit gémissement m'a échappé, j'ai pressé les paupières.

Je ne le laissais donc pas totalement insensible ? Dans un sens, c'était plutôt un bon début, non ? L'espoir fait vivre.

— Là, on a carrément l'air à deux doigts de s'envoyer en l'air, m'a-t-il susurré à l'oreille.

Enhardie, j'ai déposé un baiser sur sa joue, pile à l'endroit où sa fossette creusait parfois celle-ci ; je l'aurai retrouvée les yeux fermés.

— Mais c'est ce que tu es en train de faire, Jason. Me baiser.

C'était presque le cas. Il suffisait qu'il soulève ma robe pour me pénétrer, là, tout de suite, devant tout le monde. J'étais plus prête que jamais à l'accueillir en moi.

Il a titillé mon menton avec ses dents – ni trop fort ni trop en douceur. J'ai retenu mon souffle. Mais il s'est écarté et m'a ordonné de rouvrir les yeux d'une voix rauque.

J'ai obéi.

Parce que j'étais une gentille fille obéissante.

Ce que j'ai découvert dans son regard… a tout fait disparaître autour de nous. Les projecteurs, Amélie, Alvin, tous les gens qui occupaient le bâtiment. Tout. Il ne restait plus que nous. *Mon* Jason et moi. Pas la star de cinéma, pas Jason Thorn, pas celui qui faisait saliver toutes les femmes. À cet instant précis, il était mon Jason, celui qui n'appartenait qu'à moi.

Le garçon de *mes* rêves.

Mon amour de jeunesse.

Mon premier amour.

Mon seul amour.

Et désormais mon prétendu mari.

Une éternité était en train de s'écouler.

Je me suis mordillé la lèvre inférieure.

Son regard était brûlant.

— Tu aimes ça, Olive ?

J'étais captive de ses yeux, de tout son corps.

— Plus que tu le crois, ai-je avoué dans un douloureux murmure.

Lentement, il s'est penché vers moi, s'est emparé de ma lèvre inférieure et l'a tendrement caressée avec sa langue.

Oh purée. C'était reparti pour la caricature de la déesse offerte. Le GIF avec les yeux révulsés d'extase.

— Pose tes mains sur son torse, m'a conseillé Amélie, juste à côté de nous.

La vache ! D'où était-elle sortie ? Avait-elle tout entendu ?

Au fond, quelle importance ? Me contentant de suivre sa consigne, j'ai laissé glisser mes mains de son cou jusqu'à ses pectoraux en prenant soin d'écarter le col de sa chemise pour m'insinuer sur sa peau. Lorsque j'ai senti les battements rapides de son cœur, je me suis arrêtée.

J'entendais à nouveau le « clic-clic-clic ».

— OK, c'était incroyable. On passe à la tenue suivante, a annoncé Amélie, toujours à côté de nous, brisant le lien.

J'étais toujours dans ses bras, il ne m'avait pas encore lâchée, mais il s'est écarté. Son regard commençait déjà à tiédir. J'ai dégluti.

Il était doué. Quel acteur, quand même.

Je me suis fait embarquer par la même fille qu'un peu plus tôt pour aller me changer. Et sans doute était-ce mieux ainsi.

Le reste de la séance a été beaucoup plus sage. Jason et moi n'avons plus pris d'initiatives, nous nous sommes contentés de suivre les directives d'Amélie. Moins dangereux. J'ai tout de même eu droit à un baiser sur le front et à un autre sur la joue.

Ensuite, lorsque le moment de l'interview est arrivé, nous avons lâché notre petite bombe. Un grand moment. La tête qu'ils ont faite en apprenant que nous étions en réalité mariés valait son pesant d'or.

25

Jason

Après un rapide dîner au cours duquel Lucy et Olive ont réussi à me faire éclater de rire plusieurs fois avec leurs anecdotes, nous avons pris la direction du bar où nous devions retrouver les autres acteurs et l'équipe du film. Plus qu'une fête, c'était une façon de renouer le contact et de faire connaissance avec les nouvelles têtes avant de tous être emportés dans le tourbillon du tournage. Charlotte, la copine d'Olive, n'avait pas pu se libérer. Si Olive était triste, elle ne le montrait pas, mais je voyais bien qu'elle était troublée par l'attitude de son ancienne colocataire. Toutefois, je me suis abstenu de poser des questions.

Lucy portait un jean et une blouse très décolletée, mais Olive avait préféré opter pour une jupe à paillettes argentée et un tee-shirt blanc décontracté. Les cheveux encore un peu humides de la douche qu'elle avait prise juste après la séance photo, elle s'était à peine maquillée, mais à mes yeux elle était parfaite.

Pour ma part, je n'étais pas encore tout à fait remis de ce shooting et j'avais beaucoup de mal à détacher mon regard d'Olive. Chaque petit détail prenait une importance absurde. Le rose de ses joues quand elle riait, les œillades qu'elle me jetait en douce ou encore les étincelles dans ses yeux chaque fois que je lui prenais la main. Impossible de ne pas remarquer toutes ces petites choses chez elle.

Impossible de ne pas apprécier toutes ces petites choses.

Depuis cette nuit où elle avait pleuré dans mes bras après avoir essayé de se faire jouir avec mes doigts, je m'obligeais à dormir dans ma chambre, mais ma volonté s'amenuisait.

Pour être franc, j'aurais pu lui écarter les cuisses et la prendre, là, tout de suite. Chaque regard volé, chaque contact innocent, chaque petit sourire mystérieux… tout ça ne faisait que nous rapprocher de l'inévitable.

J'ai descendu ma deuxième bière de la soirée en suivant Olive et Lucy du coin de l'œil. Je voulais la laisser un peu tranquille avec sa copine parce qu'elles se manquaient beaucoup, ça, je m'en rendais bien compte. Depuis que Lucy avait posé le pied dans la voiture, elles n'avaient pas arrêté de papoter. L'éloigner de ses amis n'était pas du tout mon intention ; mon métier m'avait un peu trop habitué à ne plus jouir de ma liberté.

Elles avaient enchaîné quelques shots de tequila qu'elles faisaient passer avec de la bière. Olive n'avait pas l'air ivre, et ce n'était pas son genre de faire semblant, mais je ne pouvais pas en être sûr. Si elles reprenaient une tournée de tequila, il faudrait que j'intervienne. Car si je ne demandais pas mieux qu'être de nouveau confronté à une Olive un peu trop soûle, je tenais absolument à ce qu'elle soit sobre à notre retour à la maison.

La petite fête avait commencé depuis une heure lorsque plusieurs membres de l'équipe de tournage avaient décidé de sortir l'appareil à karaoké pour chanter à tue-tête, devenant *de facto* le spectacle de la soirée. De temps en temps, certains grimpaient sur la scène et remettaient ça, martyrisant les oreilles de tout le monde. À part ce petit groupe, personne d'autre n'avait pris le micro jusque-là, et c'était mieux ainsi, si vous voulez mon avis.

J'étais installé au bar avec Tyler Cameron, l'assistant réalisateur, avec qui j'avais déjà travaillé et pour qui j'avais beaucoup de respect, lorsque la voix d'Olive a résonné dans les enceintes.

— Salut tout le monde. Moi, c'est Olive.

Elle a toussoté et a tapoté le micro avec le doigt.

Quelqu'un a sifflé.

— Je crois que c'est ta femme, Jason, m'a informé Taylor en jetant un coup d'œil par-dessus son épaule.

Il était le premier ce soir à qui j'avais appris que nous étions mariés. Tyler n'était pas du genre à colporter les potins, encore moins si je lui demandais expressément de rester discret.

Ma femme. Eh oui. C'est vrai. J'étais marié.

J'ai pivoté sur mon tabouret pour faire face à la scène.

— C'est bien elle, ai-je confirmé en avisant les courbes d'Olive avec gourmandise.

J'ai appuyé un coude sur le bar, derrière moi, et j'ai bu une gorgée de bière.

— Je viens de perdre un pari contre ma copine Lucy là-bas, a-t-elle expliqué avec un sourire dans la voix.

Rayonnante, Lucy a répliqué en sifflant.

— Et donc, en tant que bonne perdante, je suis censée vous casser les oreilles pendant quelques instants. J'espère que vous ferez preuve de clémence. C'est un slow, vous ne devriez pas trop souffrir.

— Elle sait chanter ? Parce que si on doit encore se coltiner des braillements, je ne suis pas sûr de rester, s'est plaint Tyler en accordant néanmoins toute son attention à Olive.

— Oh oui, elle chante très bien, même. Ne te tracasse pas.

— Tu m'as l'air en forme, Jason, a constaté Tyler d'un ton hésitant.

J'ai détaché mes yeux d'Olive qui essayait de se hisser sur un tabouret de bar, sur scène.

— Qu'est-ce que tu entends par là ?

— Je sais qu'il ne faut pas croire tout ce qu'on lit dans les tabloïds, mais après toutes ces photos, ces vidéos et compagnie… eh bien, on avait l'impression que tu étais une bombe prête à exploser au moindre faux pas. Je suis bien content que tu sois de retour parmi nous, et si c'est grâce à elle… eh bien, tant mieux pour toi.

J'ai grogné en guise de réponse, puis j'ai reporté mon attention sur Olive.

Elle n'avait pas réussi à grimper sur le tabouret, comme d'habitude. C'est donc debout qu'elle a entonné *Kiss Me* d'Ed Sheeran, serrant le micro d'une main, l'autre posée sur le tabouret. Lorsque la chanson a commencé à grimper dans les aigus, sa voix sublime s'est envolée dans toute la salle, réduisant le public au silence. Tout le monde était conquis.

— Elle m'a l'air douée pour beaucoup de chose, ta femme, a déclaré Tyler.

J'ai acquiescé ; c'était tout ce dont j'étais capable pour l'instant.

Quelque part au milieu de la chanson, ses yeux ont enfin trouvé les miens au milieu de l'assistance et sa voix a pris une coloration plus éraillée tandis que, comme le voulaient les paroles, elle m'ordonnait gentiment de l'embrasser. J'ai soutenu son regard parce que j'avais besoin de cette connexion. Il était clair que nous étions en train de tomber amoureux. Elle me voyait tel que j'étais et je la voyais aussi, sans doute pour la première fois. Sa voix exerçait sur moi une attraction aussi puissante que la splendeur de ses yeux. Alors, lorsqu'elle s'est détournée, je me suis surpris à traverser la salle pour la rejoindre.

Je voulais qu'elle me regarde.

Je voulais qu'elle me voie, *moi*, pendant que je l'embrasserais.

Et j'avais besoin qu'elle me rende ce baiser.

Lorsque les dernières notes ont résonné et qu'elle a rouvert les yeux, je me tenais juste devant elle. Elle a souri comme si elle avait toujours su que je serais là.

J'ai fait un pas, réduisant un peu plus la distance qui nous séparait, je lui ai pris le micro et je l'ai posé sur le tabouret.

— Est-ce que tu me vois, Olive ? lui ai-je demandé en plaçant ma main sur sa nuque.

Cette question était importante pour moi. Sa réponse, encore plus. Parce que ce n'était pas l'acteur, la star Jason Thorn, qui s'apprêtait à l'embrasser dans un moment d'égarement. C'était moi. Jason. Son ami. L'homme qui voulait désespérément la posséder.

Un frisson a secoué son corps tandis qu'elle posait une main tremblante sur ma joue.

— Je n'ai jamais vu que toi, Jason, a-t-elle répondu dans un murmure.

Mes lèvres se sont jetées sur les siennes ; ses lèvres se sont jetées sur les miennes. Nous nous sommes embrassés longtemps, assez longtemps pour couvrir toutes ces années. Devant tout le monde, je m'appropriais sa bouche, je revendiquais son souffle, parce que j'en avais besoin plus qu'elle n'en avait besoin.

J'avais conscience des sifflements et des applaudissements sans vraiment les entendre. Plus rien ne comptait que la femme que je tenais dans mes bras. Dans mon esprit, nous étions seuls, juste elle et moi, enlacés au milieu d'une pièce sombre dans laquelle nous nous étions enfermés avant de jeter la clé sans réfléchir. Elle a légèrement incliné la tête en arrière comme pour inviter ma langue à approfondir son exploration.

Ce n'était pas assez.

Brûlant de désir, je lui ai enserré la taille et je me suis penché davantage en l'obligeant à s'incurver en arrière, pour l'embrasser avec encore plus d'avidité.

Plus fort.

Plus profondément.

J'ai mis dans ce baiser tout ce que je ressentais pour elle depuis des semaines.

Notre premier baiser.

Je voulais qu'il compte pour elle, qu'il y ait un avant et un après ce baiser dans sa vie. Je voulais que ce soit le premier de tous les premiers baisers qu'elle ait connus.

C'était la première fois que je touchais son cœur ; il fallait que ce soit mémorable, que chaque seconde reste gravée en elle.

Elle a enroulé les bras autour de mon cou et a enfoncé ses doigts dans mes cheveux, m'arrachant un petit grognement.

Elle a répondu par un gémissement, le corps frémissant.

Oui, elle se souviendrait de tout.

Non, ce n'était pas encore assez. Alors j'ai glissé ma main jusqu'à sa queue-de-cheval et j'ai délicatement tiré sa tête en arrière, juste assez pour qu'elle puisse reprendre son souffle tandis que j'embrassai la commissure de ses lèvres, le siège de tous ces petits sourires dont elle avait le secret, ceux qu'elle esquissait lorsqu'elle écrivait, perdue dans un monde parallèle qu'elle créait d'un bout à l'autre, pierre par pierre. Je voulais que ces sourires m'appartiennent tout autant que son cœur d'or. Je voulais être sa raison de vivre.

Lorsqu'à son tour, elle a pris possession de ma bouche, je l'ai laissée faire, je lui ai donné ce qu'elle exigeait tout en savourant ce qu'elle m'offrait.

On a continué à s'embrasser. Encore.

Et encore.

Et encore.

Et encore.

Sans lâcher sa tête, j'ai lentement laissé mon autre main dévaler son dos pour rejoindre ses fesses et la presser plus fermement contre mon sexe palpitant qui ne cessait de s'allonger.

Si nous n'avions pas été cramponnés l'un à l'autre, je serais tombé à genoux tant ma faim d'elle était puissante, tant mon univers était en train de basculer.

J'étais prêt à lui confier mon cœur pour l'éternité.

Plus moyen de m'arrêter.

Pas alors que mon corps brûlait de sentir ses mains.

Pas alors que sa bouche me donnait quelque chose que, sans en avoir conscience, j'attendais désespérément d'elle. D'elle et de personne d'autre.

Et encore moins alors qu'elle s'agrippait à moi comme si sa vie en dépendait.

Soudain, elle s'est écartée et m'a dévisagé avec convoitise, mais aussi avec une certaine stupeur.

— Salut, a-t-elle dit d'une voix râpeuse.

J'ai effleuré ses lèvres avec les miennes et elle m'a accordé l'un des sourires dont elle avait secret.

Mon tout premier.

— Tu en as mis du temps, a-t-elle lancé avant d'enfouir son visage dans mon cou.

Son souffle chaud sur ma peau trahissait son émoi.

— Tu attendais que je t'embrasse ? lui ai-je demandé, sans prêter attention à la salle remplie.

Elle est sortie de sa cachette pour soutenir mon regard avec le plus doux des sourires.

— Depuis que je suis toute petite. Tu viens de réaliser mon rêve d'enfant. Merci, a-t-elle ajouté en m'embrassant sur la joue.

Je me consumais d'amour pour une petite fille qui, en quelque sorte, m'avait toujours appartenu ?

— Et est-ce que ça valait la peine d'attendre ? me suis-je inquiété, le cœur battant à tout rompre.

Elle a froncé le nez, focalisée sur mes lèvres.

— Le jury délibère encore. Tu crois qu'on pourrait réessayer ?

— Euh… les gars ? est intervenue Lucy avec de l'urgence dans la voix.

Elle se trouvait juste devant la scène.

Olive s'est raidie dans mes bras, comme si elle venait de se rappeler qu'on se donnait en spectacle dans une salle bondée, mais je lui ai caressé le dos et elle s'est laissée aller contre moi.

— J'adore ce qui est en train de se passer ici, a poursuivi Lucy en nous désignant tous les deux, mais les gens sont en train de vous filmer. Et comme vous avez l'air à deux doigts de vous sauter dessus, je me suis dit que ça vous intéresserait de la savoir avant de commencer à arracher vos vêtements.

Merde.

— On ferait mieux de s'en aller, ai-je déclaré avant d'aider Olive à descendre de la scène.

Cependant, nous aurions beau fuir le plus vite possible, le mal était fait, nous serions au centre de toutes les conversations de la soirée. Et même des prochains jours, entre ces nouvelles vidéos et l'annonce de notre mariage.

26
Olive

J'ai laissé Jason prendre les rênes lorsque, en sortant du bar, nous sommes tombés nez à nez avec une poignée de paparazzis. Ces derniers se sont rués sur nous et les flashes ont commencé à crépiter à quelques centimètres de nos visages. Le plus grand sourire que j'aie arboré de ma vie s'est envolé aussi sec et j'ai attrapé la main de Lucy pour l'empêcher de tomber dans la débâcle. Mon autre main était dans celle de Jason qui était en tête, mais il a ralenti l'allure avant de se placer derrière nous tel un berger avec son troupeau. J'ai jeté un coup d'œil à Lucy. Tête baissée, elle avait du mal à garder le rythme perchée ses talons aiguilles.

C'était surtout moi que les paparazzis bombardaient de questions, et lorsqu'ils ont commencé à se montrer plus insistants, ma panique a grimpé en flèche. L'un d'entre eux – un blond au total look surfeur – me collait un peu trop à mon goût si bien que j'ai failli renverser Lucy en voulant m'éloigner de lui. Témoin de la scène, Jason a repoussé le photographe d'une violente bourrade à l'épaule. Lucy a voulu m'entraîner à l'écart, mais Jason s'était arrêté, alors nous l'avons imité.

— Eh ! Ne me touche pas, mec, s'est indigné le surfeur blond en baissant son objectif. Je prends ces jolies demoiselles en photo, je ne fais que mon boulot.

Était-il en train de provoquer Jason ?

— J'en ai rien à foutre, de ton putain de boulot. Je ne veux pas que tu la touches.

J'ai tiré sur le bras de Jason pour l'encourager à avancer avant que la situation dégénère.

L'autre crétin l'a toisé avec un rictus moqueur.

— Du calme, mec, t'as peur de quoi ? Remarque, elle a peut-être besoin d'un homme qui la touche comme il se doit. Parce que j'ai entendu dire que t'étais un peu foireux, de ce côté-là.

Quelques rires contenus ont fusé du reste de la troupe qui immortalisait toute la scène. Pour eux, c'était du caviar. Jason a fait un pas vers le surfeur ; je sentais tous ses muscles se tendre alors que j'essayais de le retenir sans trop de succès.

— Olive, fais quelque chose, sinon il va péter les plombs, m'a supplié Lucy.

— Jason, me suis-je empressée d'intervenir en le voyant serrer les poings. Il faut qu'on y aille.

Sans quitter le surfeur des yeux, la mâchoire toujours contractée, il m'a adressé un petit hochement de tête et nous avons repris notre progression. Les paparazzis sont revenus à la charge et, même s'ils gardaient désormais une certaine distance, ils ont continué à m'abreuver de questions sur le baiser médiocre de l'avant-première londonienne.

J'étais presque tentée de m'arrêter et de me jeter dans les bras de Jason pour réitérer notre premier baiser – celui de ce soir, bien sûr, pas celui de l'avant-première qui ne comptait pas et ne compterait jamais – histoire de leur clouer le bec, mais, tout bien pesé, mieux valait nous barrer de cet enfer le plus vite possible.

Peut-être aurais-je d'autres occasions de lui rouler une pelle en public ?

Enfin, nous avons réussi à monter en voiture et échapper à la petite foule de harceleurs, mais cela n'a pas aidé Jason à se calmer. Lucy avait beau faire de son mieux pour dédramatiser la situation, il n'a pas desserré les dents de tout le trajet.

Après avoir déposé Lucy, Jason a attrapé son téléphone et a appelé son attachée de presse sans m'adresser un seul mot.

— Megan. Oui. Désolé de te déranger. Je voulais juste te prévenir que plusieurs personnes de l'équipe de tournage nous ont filmés, Olive et moi. On était en train de s'embrasser sur scène. Oui, à la soirée organisée par la maison de production. D'accord. Très bien.

J'ai vite compris qu'ils discutaient de l'impact négatif que risquait d'avoir ce moment qui, pour moi, avait été magique, et ça ne me plaisait pas du tout. J'ai frotté mes mains sur mes cuisses et j'ai regardé les voitures qui passaient à côté de nous par la vitre.

Où allaient-elles ? Qu'est-ce qui les attendait, à la fin du trajet ? Peut-être roulaient-elles sans but, se contentant de parcourir le chemin de la vie.

Tu racontes n'importe quoi, ma vieille. Ferme le clapet de ton cerveau trop bavard.

— Je sais, a rétorqué Jason d'un ton sec. On n'a jamais promis l'exclusivité au magazine pour le mariage. Voilà. Bon, continue et prépare un communiqué pour réagir aux vidéos. Non, ce n'est pas tout.

Il a marqué une pause, le temps de pousser un gros soupir. J'avais l'impression d'épier leur conversation, d'être un intrus, mais impossible de leur laisser un peu d'intimité.

Cette histoire de retombées médiatiques était en train de gâcher le plus beau jour de ma vie.

— Quelqu'un a dû mettre les paparazzis sur le coup, parce qu'ils étaient tout un groupe à nous attendre à la sortie du bar. Il y en a un qui s'est un peu trop approché d'Olive et je l'ai poussé.

J'ai fermé les yeux, le front posé contre la vitre.

— Non. Il a failli la faire tomber, putain !

Je me trouvais juste à côté de lui, mais je n'entendais pas ce que disait Megan. Enfin, je distinguais le ton qui montait, mais pas les paroles.

— Je ne présenterai pas d'excuses, s'est rebiffé Jason. Jamais je ne les laisserai lui marcher dessus sous prétexte qu'elle est trop polie pour leur demander de reculer. J'appelais juste pour te prévenir. Maintenant que tu es au courant, fais ce que tu veux.

Et il a raccroché.

Il s'est muré dans le silence pendant tout le reste du trajet et je me suis abstenue d'engager la conversation. Il n'était pas d'humeur. Est-ce qu'il regrettait de m'avoir embrassée ? À moins que tout ça ne soit qu'un jeu pour lui. Si ça se trouve, il avait continué à faire semblant, comme pendant le shooting, et moi, trop prise dans mes émotions, je n'avais rien remarqué. Était-il aussi cruel ? Ou alors, il était furieux que les paparazzis aient remis sur le tapis la photo de l'avant-première qui avait fait les gros titres…

Si c'était ça, la raison de sa colère, je ne voyais pas comment y remédier. Je m'attendais à ce qu'il réagisse le jour où cette maudite photo était sortie, mais je n'avais jamais eu le courage d'aborder le sujet moi-même. Alors, quand j'avais compris qu'il ne crèverait pas l'abcès de lui-même, j'avais préféré continuer comme si de rien n'était… C'est vrai, pourquoi tenter le diable ? Cela dit, peut-être que si je lui présentais mes excuses, il m'adresserait au moins la parole.

Raaaah... Son mutisme me donnait mal au crâne, en plus de me fendre le cœur.

Quand il a tourné au coin de sa rue, nous avons repéré des paparazzis en embuscade devant chez lui.

— Fait chier ! a tonné Jason en appuyant sur l'accélérateur.

Heureusement, il a atteint la grille avant que les photographes aient le temps de s'interposer entre celle-ci et la voiture pour nous bloquer l'accès.

J'ai caché mon visage avec ma main quand ils ont actionné leurs flashes pour tenter de nous identifier. Pouvaient-ils voir à travers les vitres teintées ? Quoi qu'il en soit, je ne me sentais pas d'attaque pour les sourires forcés.

Jason a réussi à nous faire entrer dans la propriété sans heurts.

— Soit ils ont du neuf à se mettre sous la dent et on n'est pas au courant, soit ils ont appris qu'on était mariés, a déduit Jason en remontant l'allée.

J'ai acquiescé en silence. Une fois la voiture garée à l'abri des regards, je me suis précipitée dehors.

Jason m'avait donné ma propre clé, mais je l'ai tout de même attendu pour entrer dans la maison. Quoi qu'il en dise, ce palace restait chez lui. Moi, j'étais plus une colocataire privilégiée qu'une véritable épouse.

J'ai évité tout contact visuel avec lui tandis qu'il me rejoignait et ouvrait la porte.

Pour être honnête, j'avais prévu de foncer dans ma chambre et de m'y terrer pendant quelques mois, mais nous avions à peine franchi le seuil et refermé derrière nous que Jason m'a saisie par la main et m'a plaquée sauvagement contre le mur.

J'en ai eu le souffle coupé.

— Jason, ai-je hoqueté, sous le choc.

Il a pris mon visage entre ses mains et mon cœur a fait un bond vertigineux lorsque j'ai découvert l'expression qu'il arborait.

— Recommence.

— Recommencer quoi, Jason ? ai-je demandé, le souffle court, les yeux rivés aux siens.

— Embrasse-moi comme tout à l'heure.

Ça sonnait presque comme une menace. J'ai avalé ma salive en considérant sa bouche.

— Ce n'est pas moi, ai-je objecté d'une voix à peine audible. C'est *toi* qui m'as embrassée.

J'ai serré les poings contre le mur. Tout mon corps tremblait ; des années que je le désirais, que j'avais besoin de lui…

Bon sang, j'avais rêvé qu'il me regarde exactement comme il était en train de le faire depuis que je savais ce qu'embrasser voulait dire. C'était lui, mon homme idéal.

— Oh non, mon cœur, c'est toi, a-t-il affirmé en plongeant le nez dans mon cou.

Il était en train de me respirer, de s'imprégner de *mon* odeur !

Ses lèvres ont caressé les miennes ; j'ai pris une courte inspiration. Lorsqu'il s'est écarté de quelques centimètres à peine, me privant de sa chaleur, je me suis surprise à le suivre comme un pantin.

Il a incliné la tête sur le côté.

— Embrasse-moi, Olive.

J'étais si affamée que je me suis jetée à son cou pour l'amener à moi. C'était l'invitation qu'il attendait. Aussitôt, il m'a repoussée contre le mur et m'a laissée prendre tout ce que je voulais.

Lorsque j'ai renversé un peu la tête en arrière pour approfondir le baiser et goûter sa langue, il a poussé un petit grognement. Il a glissé sa main sous ma jupe, remontant jusqu'à mes fesses, et m'a soulevée.

J'ai gémi dans sa bouche, mais il n'a pas interrompu notre baiser. C'est là qu'il a pris les choses en main pour m'offrir une expérience que je n'avais connue avec aucun autre homme.

J'ai enroulé mes jambes autour de sa taille, je me suis cramponnée à ses cheveux.

Il a grondé. Un son si brut, si excitant, qui a vibré à travers moi, accentuant la moiteur chaude de mon entrejambe désormais si proche de son sexe. J'ai resserré les jambes. Je brûlais de me frotter à ce membre dur encore emballé dans son jean. Comme s'il avait lu dans mes pensées, il a raffermi sa prise sur mes fesses et il a pressé son bassin contre moi, pile à l'endroit où j'en avais besoin. *Oui !*

Il a libéré mes lèvres et j'ai pris une grande goulée d'air tandis qu'il traçait un sillon de petits baisers et de mordillements tout le long de ma mâchoire puis dans mon cou. Son souffle était aussi haché que le mien. Il m'a donné un nouveau coup de bassin, visant dans le mille. J'ai rejeté la tête en arrière en poussant un petit cri de plaisir et j'ai heurté le mur dans un bruit sourd. Je venais sûrement de perdre quelques neurones.

Pas grave, je voulais bien tous les sacrifier, tant que Jason m'embrassait.

C'est justement ce qu'il a recommencé à faire au moment où il m'a emportée avec lui. Où ça ? Je m'en fichais complètement, pourvu qu'il continue à me dévorer comme ça. Je me suis accrochée à lui, plus affamée que jamais moi aussi.

Lorsque mes fesses ont rencontré un support solide, j'ai rouvert les yeux. Jason s'affairait déjà à remonter ma jupe et à retirer ma petite culotte. On était dans la cuisine, il m'avait déposée sur l'îlot central.

Wow, c'est hot !

Moment d'anthologie en vue !

Ma culotte est restée coincée au niveau de mes chaussures et il l'a presque arrachée, suscitant un nouveau hoquet de surprise de ma part. L'éclairage du jardin suffisait pour que je distingue ses yeux brûlants de désir. Et c'était pour moi qu'ils brûlaient. Il a continué à me caresser les cuisses, mais nous nous sommes longuement dévisagés, à bout de souffle.

S'humectant les lèvres, il a glissé ses grandes mains à l'intérieur de mes cuisses et les a écartées pour pouvoir se placer entre celles-ci.

Je me suis penchée en avant pour appuyer mon front contre le sien, les yeux toujours soudés aux siens. Ce que j'éprouvais pour lui était si profond, jamais je ne pourrais revenir en arrière, j'étais foutue pour toujours.

— Est-ce que tu mouilles pour moi ? Si je te touche là, est-ce que c'est mouillé ? a-t-il susurré contre ma bouche.

Ses doigts taquins traçaient un sentier imaginaire entre mon genou et mon sexe sans jamais parvenir tout à fait jusqu'à ce dernier, mais assez près pour me rendre folle.

Le cœur tambourinant comme un sourd, j'ai hoché la tête.

— Oh oui, je suis toute mouillée.

— Parfait.

Enfin, *enfin*, il m'a effleurée, juste *là*.

Paupières fermées, j'ai renversé la tête en arrière en gémissant.

Aussitôt, il m'a saisie par la nuque pour ramener mon front contre le sien.

— Non, bébé. Je veux que tu jouisses en me regardant dans les yeux. Je veux que tu t'en souviennes.

Comme si je risquais d'oublier...

Il m'a rendu ses doigts, mais cette fois pas pour me caresser ou me taquiner, non, il les a enfoncés en moi sans hésiter en appuyant le pouce sur mon clitoris. Mes poumons se sont vidés d'un coup.

Les jambes parcourues de tremblements, je tentais d'aspirer de l'air. Jason restait immobile. Pourtant j'avais désespérément besoin qu'il bouge en moi. Il ne me faudrait que quelques secondes pour jouir. Quelques va-et-vient et je ne répondrais plus de rien.

— S'il te plaît, l'ai-je imploré en prenant son visage entre mes mains pour le regarder droit dans les yeux, comme il l'avait exigé.

— Tu as envie de moi ?

Sa voix était méconnaissable.

— Oui, ai-je exhalé.

Et depuis tant d'années. J'avais déjà envie de lui à l'époque où il dormait dans la chambre de mon frère, si proche de moi, et pourtant si loin. Ensuite, l'eau avait coulé sous les ponts, mais j'avais continué à le désirer en secret, quand je regardais ses films. Il avait toujours été dans mon cœur, même quand c'était impossible.

— Oui, ai-je répété avec émotion.

— Alors, embrasse-moi, Olive.

Cette fois, je n'ai pas hésité, je l'ai embrassé avec douceur. Il m'a récompensée d'un léger aller-retour de ses doigts et son pouce a caressé mon clitoris avec la même douceur que mon baiser. J'ai enlacé sa taille avec mes jambes et je l'ai rapproché de moi pour l'embrasser plus profondément. Toujours avec la même délicatesse, j'ai introduit ma langue plus loin dans sa bouche pour jouer avec la sienne, pour le goûter tout entier.

Il s'est mis à exercer de lents va-et-vient en moi, enduisant ses doigts de ma sève, tandis que je gémissais dans sa bouche en soulevant les hanches pour en réclamer plus.

Soudain, il a exercé une pression à cet endroit bien spécifique, le centre de toutes les voluptés. J'ai arraché mes lèvres des siennes et me suis agrippée à ses épaules de toutes mes forces en écartant encore plus les cuisses.

— Oh là là, Jason.

Une vague de chaleur s'est répandue dans tout mon corps et ma peau s'est couverte de frissons. Ça montait.

— J'y suis presque, ai-je murmuré en fermant les yeux.

Il a ajouté un doigt en moi et j'ai brutalement cambré le dos, électrisée.

Oh oui, putain, j'y étais presque.

J'allais avoir un orgasme long et intense. Rien de démentiel, enfin rien de *trop* démentiel, mais malgré tout, un de ces orgasmes langoureux qui te transportent ailleurs.

Jason continuait à me combler avec ses doigts, un geste lent, profond. Chaque fois qu'il effleurait mon clitoris, je chavirais un peu plus.

Lâchant ses épaules, je me suis appuyée en arrière sur le plan de travail pour m'ouvrir encore plus à lui. Il m'en fallait plus, toujours plus.

Mais il n'a pas accéléré la cadence, il me laissait en vol stationnaire.

— Jason, s'il te plaît.

— Tu en as vraiment besoin ? a-t-il demandé, une inflexion grondante dans la voix.

J'ai vivement hoché la tête en me mordant la lèvre.

— Dis-moi ce que je dois faire, a-t-il ordonné. Dis-moi ce que tu veux.

J'avais déjà tant de mal à rester lucide. Et le bruit de succion provoqué par ses doigts… j'étais trempée, il devait bien se rendre compte à quel point il m'excitait…

— Plus fort. Plus vite, ai-je fini par réclamer en me perdant dans son regard intense, consciente d'être en train de rougir.

Visiblement, ça lui suffisait. Il a accéléré le rythme et accentué la pression sur mon clitoris. Un petit cri s'est échappé de mes lèvres, mêlé à son nom, et puis c'est arrivé. D'abord entre mes cuisses, puis dans tout mon être. Mes orteils se contractaient. J'ai crié plus fort tandis que Jason continuait, toujours plus vite, toujours plus profond.

Jamais je n'avais eu d'orgasme aussi long. Et tout ça, juste avec ses doigts.

J'étais plus que prête à essayer sa queue.

Lorsque j'ai trouvé la force de rouvrir les yeux, Jason offrait une vision incroyable.

Le souffle impétueux, les yeux enflammés, il a continué à me prodiguer ses caresses jusqu'à ce que les derniers frissons quittent mon corps. Quand tout a été fini, il a placé sa main dans mon dos pour m'attirer à ses lèvres affamées et m'a entraînée dans un baiser sauvage.

Morsures passionnées, coups de langue effrénés, nous nous dévorions littéralement. Nous prenions autant que nous donnions. C'était fabuleux. L'extase totale. Jamais on ne pourrait faire mieux.

Il a enroulé mes cheveux autour de sa main et m'a tiré la tête en arrière. Mes joues étaient rouges, mes lèvres enflées, je le sentais, pourtant j'avais besoin de plus. J'avais encore faim de lui.

Lentement, j'ai laissé ma main glisser de son épaule et dévaler son torse en direction de la grosse bosse que l'on devinait sur son jean dans l'obscurité. Lorsque Jason a compris mon objectif, il a intercepté mon poignet.

— Oh non. Je n'en ai pas encore terminé avec toi.

À ces mots, il m'a enlevé mon tee-shirt et a contemplé ma poitrine qui débordait légèrement de mon soutien-gorge.

Sans dégrafer ce dernier, il a placé ses mains en coupe sous mes seins et les a soulevés, comme s'il voulait les soupeser ou déterminer leur envergure.

— J'ai envie de te faire tellement de choses, Olive, a-t-il déclaré lorsqu'il est parvenu à détacher les yeux de mon buste.

— J'ai envie que tu me fasses tellement de choses, ai-je chuchoté en retour tandis que les battements de mon cœur repartaient de plus belle.

Il a arqué un sourcil.

— C'est vrai ?

— Oui.

— Bon. Alors je vais te faire tout ce qu'il est possible de faire. D'accord, mon Olive ?

Mon esprit a tressailli. Elle commençait à me plaire, sa façon de m'appeler « mon Olive ». J'ai acquiescé, puis j'ai trouvé le courage d'ajouter :

— Je veux tout, Jason.

Les paupières mi-closes, il a esquissé un sourire.

— Et moi, tout ce que je veux, c'est toi, Olive. Allonge-toi. Je vais devoir me laver les mains, tu m'as bien arrangé.

Mes joues se sont embrasées et j'ai hésité pendant une seconde. *Faut-il que je m'excuse ?*

Il a remarqué mon incertitude.

— Viens ici, mon cœur.

Une main sur ma joue, il a embrassé mes lèvres encore sensibles après l'étreinte précédente.

— Est-ce que je peux te goûter ? Parce que ton odeur me rend fou, j'ai un besoin urgent de te lécher là, a-t-il murmuré dans ma bouche.

Profitant de ma distraction, il a inséré ses doigts dans mon soutien-gorge et a pincé l'un de mes tétons, m'arrachant un petit grognement plaintif.

— Allonge-toi pour moi, bébé.

J'ai obéi. Un peu timidement, peut-être, mais je me suis retrouvée allongée sur le dos, toujours sur l'îlot de la cuisine.

Jason m'a écarté les jambes tout en caressant mon corps du regard, mes seins d'abord, puis de plus en plus bas.

Il a entrouvert mon sexe avec deux doigts et a baigné ceux-ci dans ma chair trempée avant de remonter les essuyer sur mes mamelons.

Lorsqu'il a aspiré dans sa bouche l'un de mes bourgeons durcis, une décharge de désir a fusé en moi et j'ai fermé mes paupières tremblantes. Tandis qu'il engloutissait mes seins, les léchant, les mordillant, il a délicatement soulevé mes jambes pour les caler sur ses épaules.

Puis, il m'a maintenu les hanches et sa langue a entrepris sur ma peau une descente torride entrecoupée de divins mordillements. Lorsqu'il est arrivé au bout de ce sentier aphrodisiaque, je n'étais plus qu'un amas frémissant.

— J'adore ta chatte, a-t-il murmuré.

Son souffle chaud produisait toutes sortes d'exquises sensations sur ma chair sensible.

Il m'a donné un grand coup de langue, de bas en haut, avant d'enrouler celle-ci autour de mon clitoris en exerçant une certaine pression. Je me suis cambrée.

Puis il a déposé une pluie de petits baisers sur l'intérieur de ma cuisse.

— Combien d'hommes tu as laissé te toucher comme ça ?

— Quoi ?

— Combien d'hommes ont eu la chance de te voir comme ça ? Trempée, chaude, les joues toutes roses ?

Mince... Oui, j'avais tendance à rougir, on commençait à le savoir. J'étais sortie avec trois mecs au total, mais hormis Marcus, on pouvait difficilement les qualifier d'hommes. Le premier, ça remontait au lycée, après le départ de Jason. Le deuxième, je ne l'avais fréquenté que quelques mois au cours de ma première année d'université. Des trois, Marcus était le seul qui m'ait… léchée à cet endroit. Que fallait-il que je lui réponde ?

— Tu es en train de compter ?

Il a ponctué sa question en suçant mon clitoris.

Nouveau sursaut érotique.

J'ai secoué la tête.

— Non. C'est juste que… je ne sais pas trop comment répondre.

Il m'a pénétrée avec un doigt. Il voulait sa réponse.

J'ai capitulé.

— Un seul mec a utilisé sa bouche comme ça sur moi, ai-je murmuré.

— Marcus, a-t-il deviné d'un ton menaçant.

Ça, je ne comptais pas y répondre.

Il a ajouté un deuxième doigt en moi.

— Jason…

Un nouvel orgasme s'amorçait déjà.

— À partir de maintenant, ce connard ne touchera plus à un seul de tes cheveux, a-t-il grondé depuis mon entrejambe avant de se mettre à me lécher avec vigueur.

Le corps traversé de frissons, je me suis raccrochée à ce que je pouvais, en l'occurrence ses cheveux.

Je ne savais pas ce qui m'excitait le plus : l'idée que Jason soit jaloux de Marcus ou le fait qu'il soit aussi doué avec sa bouche. Le mélange des deux, sans doute.

De plus en plus impérieuse, sa langue a recommencé à tournoyer autour de mon clitoris tandis que sa barbe naissante tourmentait à merveille ma chair tendre. Toujours agrippée à ses cheveux, j'ai soulevé le bassin pour presser son visage contre mon sexe.

Soudain, j'ai pris conscience que j'allais trop loin et j'ai lâché Jason qui a arrêté ce qu'il faisait.

Et ce qu'il faisait, c'était de la magie, croyez-moi.

Il a relevé la tête entre mes cuisses.

— Tu peux y aller avec moi, tu sais. C'est pas le moment d'hésiter, Olive.

Ses lèvres étaient rouges et luisantes. J'avais envie de les dévorer. D'ailleurs, c'était bien mon intention.

— Accroche-toi à mes cheveux, fais tout ce que tu veux avec moi, a-t-il insisté.

Ce mec est un fantasme ambulant !

Alors, j'ai replongé les doigts dans sa toison, le regard prisonnier du sien. Il semblait avoir besoin de moi autant que j'avais besoin de lui, c'était hallucinant.

Il a recommencé à embrasser et lécher mon sexe et j'ai dû lutter pour ne pas de nouveau projeter le bassin vers le haut. Sans crier gare, il m'a tirée vers lui et je me suis retrouvée avec les fesses à l'extrémité du plan de travail.

Puis il a plaqué sa bouche sur mon clitoris et s'est mis à sucer celui-ci par petites impulsions. J'ai labouré son cuir chevelu en hurlant son nom.

C'était trop.

— Jason… Je ne peux pas… Oh, mon Dieu… il faut que tu arrêtes.

Au lieu de quoi il a de nouveau introduit deux doigts en moi et a localisé mon point G. En un clin d'œil, j'ai replongé la tête la première dans l'océan de la jouissance. Le corps tout entier secoué de tremblements, mes propres cris résonnant à mes oreilles… J'aimerais me dire que la scène était magnifique, mais je sais que ce n'est pas le cas. Cherchant à prolonger le plus possible ce moment de pure volupté, je soulevais et abaissais les hanches.

Quand tout a été terminé, que j'ai arrêté de me contracter autour de ses doigts, tous mes os semblaient avoir déserté mon corps. Je n'étais plus qu'une nouille géante et euphorique.

Jason s'est redressé, non sans m'avoir gratifiée d'une dernière caresse buccale électrisante. Lorsque ses lèvres ont rejoint les miennes, j'ai renoncé à mon sourire béat pour lui sucer la langue.

Il a poussé un grognement, mais il m'a laissé jouer avec sa bouche aussi longtemps que j'en avais envie.

Ensuite, je me suis de nouveau envolée dans ses bras et nous avons changé de décor. Pendue à son cou, cramponnée à ses cheveux, je parvenais à peine à garder les jambes enroulées autour de sa taille.

Je planais au septième ciel, j'étais aux anges, au paradis. Mais je crois que même en enfer, j'aurais été heureuse, du moment que j'étais dans ses bras. Lorsque mon dos a rebondi sur un matelas moelleux, j'ai rouvert les yeux. Il m'avait emmenée dans sa chambre.

La lueur de la nuit provenant de la fenêtre suffisait pour que je le voie se déshabiller. Je me suis redressée sur les mains et je n'ai pas boudé mon plaisir tandis qu'il ôtait son jean, puis sa chemise.

Oh, ces abdos…

Un fantasme ambulant, je vous dis…

J'avais une idée très précise de la manière dont j'allais lécher le relief de son corps, embrasser chaque saillie.

— Remonte un peu, Olive, a-t-il demandé juste avant d'enlever son caleçon, en m'indiquant les oreillers du menton.

Ce n'était pas plus mal, parce que je n'étais pas certaine de pouvoir le regarder enlever son caleçon sans émettre un commentaire gênant que je regretterais dans la foulée. J'ai donc détourné la tête le temps de m'installer plus haut sur son lit. J'étais à peine allongée que Jason se plaçait au-dessus de moi, les mains de chaque côté de mon visage.

Nos regards se sont rencontrés…

J'étais fichue.

Sans me lâcher du regard, il a tendu le bras sur la gauche et ouvert un tiroir, sans doute pour y prendre une capote – j'avais fouillé sa chambre, je savais que c'était là qu'il les rangeait.

Il a coincé l'emballage métallique entre mes dents, j'ai serré et il a tiré d'un coup sec pour l'ouvrir.

— Mets-le-moi, Olive, a-t-il susurré dans mon cou en déposant le préservatif sur mon ventre.

S'il n'arrêtait pas de m'embrasser et de me lécher comme ça, comment voulait-il que je fasse ? Quand il a remarqué que je ne bougeais pas, il a enfoui son nez dans mon cou.

— S'il te plaît, Olive. Je suis en train de devenir dingue.

Les mains tremblantes, j'ai pris le préservatif sans le regarder et j'ai cherché à tâtons jusqu'à ce que je touche quelque chose de dur et d'épais qui se balançait. Avant que j'aie pu tenter quoi que ce soit, Jason s'est à nouveau emparé de ma bouche. Oubliant ce que j'étais en train de faire, j'ai remonté les bras sur ses épaules, mais Jason s'est écarté. Sans me laisser l'occasion de m'immerger dans ce nouveau baiser.

— N'arrête pas. Enfile-le-moi, bébé.

Sa voix était si suave, si envoûtante.

— Mais comment veux-tu…

D'un genou, il a écarté mes jambes et a pressé son érection contre mon sexe.

Oh mon Dieu…

J'ai ouvert un peu plus les cuisses, prête à l'accueillir.

— Si tu me veux en toi, regarde-moi dans les yeux et enfile-moi ce truc, a-t-il répété.

Parvenant à peine à soutenir son regard, j'ai attrapé sa longue queue et je l'ai caressée une fois, deux fois.

Dans un grognement guttural, Jason s'est mis à me mordiller le cou, à sucer ma peau.

Je n'en pouvais plus, je voulais le sentir en moi, alors j'ai arrêté de jouer et j'ai lentement déroulé le préservatif sur lui.

Et déroulé.

Et déroulé.

Et déroulé.

La vache !

Dès que je l'ai lâché, Jason s'est avancé et a appuyé son gland à l'entrée de mon sexe, suscitant chez moi un hoquet de plaisir et de douleur mêlés.

Quelque part dans la maison, son téléphone s'est mis à sonner.

— N'y pense pas, a-t-il murmuré en s'introduisant un peu plus en moi.

Je n'y pensais déjà plus. La tête rejetée en arrière, j'ai poussé un cri assez puissant.

— Encore ? a-t-il demandé avant de me pénétrer jusqu'au bout sans attendre ma réponse.

— Oh oui, l'ai-je supplié, pantelante.

Il s'est retiré pour rentrer aussitôt.

Mon corps commençait à s'habituer à lui, alors j'ai tâché de soutenir son regard pour qu'il puisse lire dans le mien tout le bien qu'il me faisait.

Soudain, il a atteint un endroit magique et j'ai fermé les yeux. Il s'est arrêté. Il ne sortait pas, mais il ne s'enfonçait plus.

Je me sentais comblée, dans tous les sens du terme. Je frémissais de tout mon être sous lui. Sans se redresser, il a posé les genoux sur le matelas. Il a repoussé mes cheveux et a déposé un baiser sur ma tempe. J'ai rouvert les yeux pour les plonger dans les siens.

— Olive.

Un mot.

Comment ce seul mot prononcé par sa bouche pouvait-il produire un tel effet sur moi, m'atteindre en plein cœur ?

— Je veux être le premier pour tout ce qui compte à tes yeux, Olive. Tu comprends ?

Si seulement il savait à quel point c'était déjà le cas. Il était le premier pour moi à tous les égards, et quand ce mariage arrangé prendrait fin, il serait sans doute aussi mon dernier. Rien ni personne ne pourrait me faire ressentir ce que je ressentais avec lui en ce moment.

J'ai acquiescé.

Ses lèvres ont effleuré les miennes avec une infinie tendresse. Je lui ai rendu son baiser en pressant les paupières pour cacher mes sentiments. Il a repris les va-et-vient langoureux, en y mettant progressivement plus de force.

— Tu es parfaite, mon cœur. Tu es parfaite et maintenant, tu m'appartiens tout entière.

Ses mouvements prenaient une allure effrénée et j'ai commencé à émettre des petits gémissements, mais il n'a pas dessoudé ses lèvres des miennes.

Il a même avalé mon petit cri au moment où un coup de reins plus puissant m'a projetée vers le haut.

— Jason, ai-je dit lorsqu'il m'a laissée reprendre mon souffle.

— Pour toi aussi, c'est incroyable ?

Il y avait quelque chose dans sa voix, une note d'étonnement.

Je lui ai répondu par un sourire aguicheur.

Qu'il m'a rendu.

— Non mais, regarde-toi en train de me prendre tout entier, a-t-il chuchoté.

Un autre coup de reins impétueux m'a arraché un hoquet.

— Tu vas si profond, ai-je haleté.

— Tu aimes ça, mon cœur ? Tu aimes quand c'est profond ?

Sachant très bien ce qu'il faisait, il a de nouveau touché ce point qui m'expédiait dans le cosmos et j'ai poussé une plainte lascive.

— Parle-moi, mon cœur, a-t-il insisté en grognant dans l'effort.

— C… c'est si boonn, ai-je hoqueté entre deux gémissements.

J'ai senti une larme s'échapper de mon œil et se réfugier dans mes cheveux. Oh non !

Jason a saisi mon visage et, avec les pouces, a essuyé les larmes qui affluaient.

— Doucement, bébé.

— Désolée, ai-je chuchoté tandis qu'il continuait à bouger en moi, mais plus en douceur. Je crois que je suis… un peu dépassée par mes émotions.

— Je sais, a-t-il murmuré en embrassant mes paupières closes. Je sais, bébé.

Il avait totalement pris possession de moi, de mon corps, mais aussi de mon âme.

Il alternait à présent longs allers-retours langoureux et petites pénétrations énergiques. J'étais à bout de forces. Nos gémissements résonnaient dans la chambre ; chaque bruit émis par Jason me stimulait, me poussait un peu plus loin.

— Je te sens toute crémeuse sur ma queue. Est-ce que tu vas jouir pour moi, ma belle ? m'a-t-il susurré sans cesser de me pénétrer au plus profond.

Son souffle dense et chaud a propagé des frissons dans mon oreille, dans mon cou, dans tout mon corps.

— Oh Jason, c'est si bon.

Je me suis accrochée à lui, enfonçant les doigts dans ses avant-bras, et j'ai essayé de répondre à ses assauts en remuant les hanches.

En moi, la pression montait, montait, montait… Ça me rendait folle.

J'étais en train de perdre pied.

— Jason, je vais jouir.

— Oui, bébé, je sens que ça vient. Tu commences te resserrer autour de moi.

— Plus vite, s'il te plaît.

— Non. Ce sera meilleur comme ça. On n'est pas pressés. Laisse-toi aller, mon cœur. Donne-moi tout ce que tu as.

Il a continué à aller et venir à son rythme, sans accélérer ni ralentir.

J'ai remonté les mains sur ses épaules, ses muscles se contractaient sous mes paumes. Il était solide, bien réel, mais, comme moi, il avait beaucoup de mal à garder le contrôle.

J'essayais de coordonner le mouvement de mon bassin avec le sien lorsqu'il a tapé en plein dans le mille, et je me suis sentie basculer.

— Embrasse-moi, Jason, ai-je ahané en m'agrippant à ses bras.

Il a happé ma bouche et j'ai tout lâché. J'ai libéré tout ce que je contenais depuis si longtemps.

En proie à un orgasme ravageur, j'ai senti mon sexe se contracter autour du sien. Jason s'est mis à accélérer la cadence. Alors que l'extase ultime balayait tout mon être avec l'intensité d'un tsunami, les larmes ont de nouveau jailli, glissant sur nos lèvres scellées. J'ai pris son visage entre mes mains et j'ai donné encore plus de profondeur à notre baiser.

Je tremblais comme une feuille.

— Oh, bébé.

Sa voix rauque a vibré à travers moi et il s'est mis à me pilonner sans relâche. La caresse de son sexe, intense, profonde, est parvenue à m'instiller encore plus de plaisir et un deuxième séisme m'a frappée de plein fouet tandis que Jason se libérait en moi.

Une douce chaleur s'est répandue dans ma poitrine et je lui ai mordillé les lèvres jusqu'à ce qu'il s'immobilise avec un long soupir repu. Le visage enfoui dans mon cou, il s'est peu à peu apaisé en moi. Après avoir déposé une myriade de petits baisers sur ma peau, il a redressé la tête et m'a offert sa fossette.

— Salut, a-t-il murmuré.

J'ai pris appui sur mes coudes pour me redresser et embrasser sa joue rugueuse pile sur cette fossette conçue dans le seul but de nous torturer, moi et l'humanité tout entière.

Lorsque je me suis laissée retomber sur l'oreiller, son sourire irradiait.

— Comment tu te sens ? s'est-il inquiété.

— Divinement bien, ai-je répondu en lui rendant son sourire.

— Il faut que je m'occupe du préservatif.

— Tout de suite ?

Il m'a embrassée sur le nez.

— Oui, mon cœur.

Il s'est retiré en douceur, le sexe encore à moitié dur, et s'est dirigé vers la salle de bains.

Je me sentais si vide, tout à coup. Et maintenant ? Jamais je n'aurais imaginé que la soirée se termine comme ça. Qu'allait-il se passer ? N'étais-je qu'un coup d'un soir de plus ? Maintenant que je savais ce que ça faisait de l'avoir rien que pour moi et en moi… j'avais une seule envie : recommencer. Si ça ne se reproduisait pas, allais-je mourir le cœur brisé ?

C'était comme ça que ça marchait ?

Je n'ai pas eu le temps de réfléchir à ce que j'allais bien pouvoir lui dire parce qu'il a réapparu à côté de moi, a rabattu les draps sur nous et m'a serrée dans ses bras. Il avait remis un caleçon, ce détail ne m'avait pas échappé.

Je suis restée allongée sans bouger d'un iota.

Il gardait le silence, mais il continuait à me caresser le bras. Qu'est-ce que ça signifiait ?

C'était si bon de se blottir contre lui. Certes, j'étais nue et pas lui. Pas grave, c'était bon quand même. Il ne m'avait pas demandé de regagner la solitude de ma chambre, et ça, c'était déjà quelque chose en soi.

J'aurais dû ouvrir mon fichu clapet pour lui demander : et maintenant ? Ou n'importe quoi d'autre. Mais rien ne sortait de ma bouche. Ni de celle de Jason.

Des questions, j'en avais plein, mais j'avais bien trop peur de ses réponses.

Et lui, pourquoi ne disait-il rien ?

Il ne m'avait pas rejointe depuis très longtemps lorsque son bras s'est arrêté sur ma taille. Il s'était endormi.

Jason et Olive filmés en train de s'embrasser passionnément !

Pfiouuu ! On ne sait pas vous, mais nous, quand on a découvert les images du baiser enflammé de Jason Thorn et Olive Taylor, ça a été la douche froide !

Et comme si ça ne suffisait pas, voilà qu'une source proche du couple répand une rumeur pour le moins saisissante. En effet, Jason et Olive se seraient mariés en toute discrétion dans la somptueuse villa de Jason, à Bel-Air, et feraient tout pour ne pas ébruiter la nouvelle avant d'avoir pu prévenir la famille d'Olive de cette union inattendue. Toujours d'après notre source, Jason, trop pressé d'épouser sa belle, a décidé d'écourter les fiançailles et de surprendre Olive avec une cérémonie sans chichis. Une chose est sûre, ils sont fous l'un de l'autre, tout le monde en est maintenant convaincu.

Si de nombreux fans de Jason Thorn sont sous le choc et ne savent pas comment accueillir cette annonce, les fans d'Olive, de leur côté, semblent unanimes pour soutenir cette union. À l'heure actuelle, et après la sortie de cette vidéo torride, rien ne nous permet d'affirmer que la rumeur est fausse.

À propos, pourrions-nous revenir un instant sur cette vidéo ? Franchement, que n'aurions-nous pas donné pour être une mouche posée sur le mur de la villa de Jason Thorn au moment où ces deux-là se sont retrouvés seuls, après leur baiser mémorable ? Non seulement Jason Thorn donne une bonne leçon à tous ceux qui l'ont accusé d'embrasser comme un manche, mais il prouve qu'Olive Taylor est sans doute la fille la plus veinarde du monde. Comme si on ne le savait pas déjà…

Et ce n'est pas tout ! Au moment de quitter le bar où se tenait la petite fête qui marquait le début du tournage d'Âmes en peine, Jason a failli en venir aux mains avec un photographe qui s'était permis d'approcher sa chérie d'un peu trop près. Après ses nombreuses frasques, qui aurait cru que Jason Thorn ferait un mari jaloux ?
Il est vrai que ces deux dernières années, Jason Thorn a fait preuve d'un redoutable appétit sexuel. Croyez-vous qu'Olive Taylor – ou devrions-nous dire Olive Thorn ? – parviendra à combler notre insatiable acteur ? Ou bien ce dernier continuera-t-il à s'octroyer une distraction de temps en temps ?

27
Jason

Je me suis réveillé avec l'impression que mon sang bourdonnait dans mes veines. Mes mains ont rencontré une peau douce qui ne m'appartenait pas. J'ai poussé un petit grognement. J'étais brûlant de l'intérieur. J'avais aussi un poids sur le corps. J'ai remué le bassin et un petit gémissement m'est parvenu.

Tout sourire, j'ai caressé une paire de cuisses installées de part et d'autre de mon corps.

— Mmmh, qu'est-ce que tu fais là ? ai-je demandé à Olive en serrant ses hanches placées un peu trop haut à mon goût.

Lorsque des lèvres ont commencé à tracer un sillon de baisers sur mon torse, j'ai ouvert les yeux et j'ai été accueilli par ceux d'Olives, verts, pétillants. Timidement, elle a pressé ses lèvres sur les miennes, puis s'est redressée pour me dévisager. De la main droite, j'ai rassemblé ses cheveux dans mon poing et je l'ai attirée vers moi. Elle a entrouvert la bouche et je l'ai embrassée comme elle aurait toujours dû être embrassée, comme elle méritait d'être embrassée. Elle s'est laissée aller contre moi en gémissant et notre baiser s'est mué en pure démonstration de luxure.

— Est-ce que ça va ? a-t-elle demandé à voix basse.

— Ça ira encore mieux quand je serai en toi.

Je l'ai sentie sourire contre mes lèvres.

— Tu n'es pas assise à la bonne place, lui ai-je signalé.

— Je t'attendais.

Bon sang, si elle voulait m'éveiller tous les matins en me grimpant dessus pour me chevaucher, elle était la bienvenue. Cela dit, ses baisers me convenaient déjà très bien.

J'ai pincé ses lèvres entre les miennes et elle a arrêté de bouger, le souffle court, impatiente.

Je lui ai saisi les hanches, je l'ai renversée sur le côté et j'ai roulé sur elle. En moins de temps qu'il n'en faut pour le dire, j'étais en elle.

— Tu aurais dû me réveiller, si tu avais besoin de moi, bébé, ai-je chuchoté au premier coup de reins.

Elle a poussé une longue plainte sensuelle avant de se réfugier dans mon cou.

Ses jambes m'enserraient le bassin, mais au second coup de reins, elle les a laissées retomber, grandes ouvertes, et a levé le bas-ventre pour remuer en rythme avec moi.

— Je voulais juste…

Elle s'est mordu la lèvre inférieure.

— Tu voulais juste quoi, mon cœur ?

Elle m'a dévisagé avec un tel désir que j'ai été incapable de détourner les yeux.

— Je voulais juste m'assurer que je n'avais pas rêvé hier soir.

Je me suis enfoncé en elle aussi profondément que je le pouvais en m'émerveillant de la façon dont son corps frémissait sous le mien et des gémissements langoureux qui lui échappaient.

— Et tu as décidé de me rendre fou pour te venger ?

— Oui, a-t-elle murmuré avant d'aspirer l'air entre ses dents, la tête rejetée en arrière.

Son sexe était si chaud, il m'engloutissait, il m'étreignait. Incapable de m'arrêter, j'entrais et sortais avec frénésie, l'emplissant encore et encore.

Elle baladait ses mains sur mon torse, éveillant toutes sortes de sensations en moi. Lorsque j'ai accéléré la cadence, de petits jappements lascifs ont animé son souffle saccadé.

Chaque fois que ma queue disparaissait en elle, des ondes de plaisir se propageaient dans tout mon corps.

— Jason, a gémi Olive sous moi, les bras relevés contre la tête de lit.

J'ai ralenti et, sur une impulsion, j'ai baissé son soutien-gorge. Pourquoi ne l'avions-nous pas enlevé la veille ? Oh, c'est vrai : c'était à peine si j'étais capable de raisonner, alors m'occuper d'un soutien-gorge… Sur le moment, ma seule préoccupation avait été d'accéder à ce qui se trouvait dessous, mais maintenant, je voulais absolument m'en débarrasser. Je tenais à ce que le moindre centimètre carré de sa peau fusionne avec ma peau tandis que je plongeais en elle avec délice.

— Quand tu écrivais tes scènes de sexe, est-ce que tu pensais à ton mec ? l'ai-je interrogée d'une voix un peu foireuse.

Elle a hésité.

— Réponds-moi, Olive.

Je me suis retiré, et j'ai adoré sentir ses muscles tenter de me retenir, puis je l'ai à nouveau pénétrée, mais avec plus de vigueur.

— Non, a-t-elle hoqueté en agrippant les draps.

— Alors tu pensais à qui ?

— Je n'en sais rien.

— Oh que si, mon cœur.

Sans cesser de la pilonner, je me suis jeté sur ses seins avec avidité et j'ai sucé l'un de ses mamelons. Cette façon qu'elle avait de se cambrer pour m'en donner plus était si excitante.

— Tu veux que j'arrête ?

J'ai diminué l'intensité de mes coups de reins, mais à peine.

Cette petite ensorceleuse s'est mise à remuer plus fort en réaction.

Elle était magnifique, déployée sous moi, gobant mon sexe avec le sien comme ça.

— Oh tu peux essayer de te débrouiller toute seule, bébé, mais ce ne sera pas la même chose que si c'est moi qui m'occupe de toi, je te le garantis, ai-je argué en serrant les dents. Alors, tu pensais à qui, Olive ?

— À toi, a-t-elle avoué dans un souffle, en détournant la tête.

Mon sexe commençait à palpiter en elle, alors j'ai de nouveau accéléré la cadence en m'enfonçant toujours plus loin.

— Alors, ils avaient raison, tu pensais vraiment à moi quand tu as créé le personnage d'Isaac, ai-je dit sur le ton de la conversation, comme si mon cœur ne s'était pas emballé après cette confession.

— Oui, a-t-elle confirmé d'une voix enrouée en rouvrant les yeux pour me scruter avec convoitise.

— Tu as envie que je te parle mal pendant l'amour, bébé ? Comme Isaac ?

Je me suis penché et je ne me suis arrêté qu'à quelques millimètres de son oreille pour lui susurrer :

— Tu veux que je te prenne sauvagement, comme lui ? Que je te baise jusqu'à tout oublier ?

En guise de réponse, elle a enfoncé ses doigts dans mes cheveux et s'est emparée de mes lèvres. Elle savait jouer avec mon cœur comme personne auparavant.

Encore une caresse audacieuse de sa langue et tout est devenu flou. Détachant ma bouche de la sienne, je me suis redressé.

— Tu n'as qu'à demander, mon cœur. Je te donnerai tout ce que tu veux.

Puis j'ai fondu sur elle avec fougue et j'ai regardé mon membre épais disparaître à l'intérieur de sa chair douce et chaude. J'enregistrais chaque courbe, chaque creux de son corps. Sa chatte était si étroite, bon sang. Elle était déjà hors d'haleine. Elle promenait ses mains partout sur moi, sur toutes les zones qu'elle pouvait atteindre, du moins.

C'est là que j'ai pris conscience que je perdais le contrôle. Alors je me suis retiré et je me suis redressé sur les genoux.

— Accroche-toi à la tête de lit, bébé.

Elle m'a obéi. J'ai glissé mes bras sous ses genoux et je lui ai soulevé les jambes pour les poser sur mes cuisses, m'assurant que les siennes restent bien écartées pour moi.

Ensuite, j'ai essuyé la sueur de mon front, j'ai saisi ses hanches et j'ai lentement réintroduit mon sexe en elle, me délectant de chacun de ses petits jurons et de ses gémissements.

— Oh mon Dieu, a-t-elle marmonné lorsque je me suis retrouvé tout entier en elle.

— Oh putain, que c'est bon, ai-je grogné en retour.

Et là, je l'ai sautée comme je ne l'avais pas fait la veille. La veille, ça avait été fantastique, mais c'était plus que du sexe. Alors qu'ici… ici c'était le plaisir charnel à l'état pur. C'était sauvage, profond et complètement débridé.

J'adorais.

Elle adorait.

Chaque fois que j'entrais en elle, j'allais jusqu'au bout et je me régalais de ses petits cris et de son souffle haché. Lorsque son crâne a heurté la tête de lit sous la force de mes mouvements, j'ai essayé de me contenir un peu, mais c'était trop tard. Pour tous les deux.

— Oh putain, Jason… putain de merde… Oui ! Oui, vas-y…

Tout à coup, ses yeux se sont révulsés et son corps s'est figé entre mes mains. Son orgasme s'est violemment répercuté en moi et mon propre cri rauque a résonné plus fort que les siens.

Elle prit une inspiration.

Puis une autre.

Sans cesser de la pénétrer, je l'ai observée tandis qu'elle revenait lentement à elle, les jambes relâchées. Puis elle a rouvert les yeux et ça a été l'étincelle qui a déclenché l'incendie en moi. J'ai totalement lâché prise et je l'ai rejointe dans l'extase.

Je tentais de reprendre mon souffle en exerçant quelques derniers va-et-vient lorsqu'elle a déployé ses doigts sur mes abdominaux contractés en me contemplant comme si elle était prête à me dévorer. Fou de désir, je me suis laissé tomber sur les coudes, j'ai pris son visage entre mes mains et je l'ai entraînée dans le baiser le plus sauvage et le plus passionné de toute ma vie.

Quand on s'est retrouvés à moitié morts sur le lit, je lui ai embrassé le bout du nez en tâchant de faire abstraction de ma queue qui pulsait à nouveau, déjà prête à repartir au combat.

— Il faut qu'on recommence plusieurs fois par jour. Tu es d'accord, mon cœur ?

En guise de réponse, elle m'a adressé un petit sourire aguicheur et m'a embrassé.

— Au fait, quand mon cerveau sera à nouveau en état de fonctionner, tu voudras bien me rappeler de te demander comment tu as réussi à m'enfiler une capote sans me réveiller. Cela dit, on peut envisager de s'en passer, si tu te sens prête.

— Je vote pour qu'on s'en passe complètement, a-t-elle murmuré d'une voix suave.

J'ai souri.

— Bon. On s'occupera de ça dès que possible.

C'était de loin la plus belle matinée de toute ma vie.

***

À notre arrivée sur le plateau, tout était prêt pour le premier jour de tournage. Olive était surexcitée, ses beaux yeux couraient partout, n'en ratant pas une miette, et son sourire était contagieux. Avant d'aller me faire coiffer et maquiller, je l'ai présentée au réalisateur, Tanner Pace, ainsi qu'à une foule d'autres personnes. Lorsque j'ai dû la laisser avec Alvin pour aller donner la réplique à Lindsay Dunlop, j'ai eu un pincement au cœur. J'avais envie de lui tenir la main, de l'embrasser tout le temps, et qu'elle soit à côté de moi en permanence.

Hélas, c'était impossible.

Après une heure de répétition avec Lindsay, je suis allé jeter un coup d'œil dans ma caravane, mais aucune trace d'Olive ni d'Alvin. J'ai fait le tour du studio et je les ai tous les deux retrouvés en train de grignoter des fruits et des bonbons dans une zone de service avec un buffet.

— Jason ! s'est exclamée Olive en m'apercevant.

Son sourire était toujours aussi éclatant et son excitation, toujours aussi communicative.

— Ah te voilà, ai-je dit.

Lui enlaçant la taille, je me suis penché pour chiper la fraise qu'elle tenait, puis je lui ai volé un petit baiser.

Quand j'ai eu fini de l'embrasser, elle avait les yeux mi-clos et brillants ; peut-être n'était-il pas si petit que ça, finalement, ce baiser.

— Fraise. Mmmh, a-t-elle murmuré en se léchant les lèvres.

J'ai ri, puis j'ai salué les électriciens qui prenaient un café à l'autre bout du buffet.

Sans lâcher Olive, je me suis tourné vers Alvin.

— Tu ne lui as pas montré la caravane ? C'est là que je suis passé en premier.

— Olive voulait d'abord visiter le plateau.

L'intéressée a froncé le nez en adressant un petit regard désolé à Alvin.

— C'est vrai, désolée. C'est difficile à expliquer, mais c'est impressionnant de voir un truc qui sort de ton imagination devenir réalité.

Elle a braqué ses incroyables yeux verts sur moi.

— Tu aurais dû voir la tête d'Alvin quand je me suis mise à chouiner. Ils ont même reproduit le motif à plumes des draps du lit d'Evie tel que je l'ai décrit dans mon livre, Jason. C'est le lit où ils s'embrassent pour la première fois.

Je lui ai souri.

— Nous avons l'approbation de l'autrice, alors ? Approuve-t-elle aussi le casting pour le rôle principal ?

Elle a opiné du chef avec enthousiasme.

— Oh oui, j'approuve totalement l'acteur qui a été choisi pour le rôle principal. C'est même lui que j'approuve le plus.

— J'avais envie de te faire découvrir tout ça moi-même, mais je vais me contenter de te montrer ma caravane. Tu as apporté ton ordinateur, donc je suppose que tu envisages d'écrire ?

— Oui, je me suis dit que je trouverais bien un petit coin tranquille. Je ne veux pas rester dans tes pattes toute la journée.

— Ça, ça n'arrivera jamais, mon cœur. Je passe le plus clair de mon temps dans la caravane entre les prises, et j'adore te regarder écrire.

J'ai rassemblé ses cheveux et je les ai rejetés derrière son épaule.

— Tu veux la voir maintenant ?

Je m'efforçais de ne pas avoir l'air trop impatient, mais en réalité je mourais d'envie d'être un peu seul avec elle. Mon petit baiser n'avait pas suffi à étancher ma soif d'elle, et ça faisait trop longtemps – au moins plusieurs heures – que je n'avais pas tenu son corps nu et frémissant de plaisir.

— Boss ? est intervenu Alvin avant qu'Olive ne me donne sa réponse. Ce n'est pas que je n'aime pas la compagnie de ta charmante « épouse », mais je vais devoir y aller si je veux m'occuper de la maison tant que vous n'y êtes pas. Tu as encore besoin de moi ici ?

— C'est vrai. Est-ce qu'ils ont déjà choisi un assistant de production ?

— Oui, je lui ai parlé tout à l'heure. Normalement, il a déjà déposé la feuille de tournage dans ta caravane. Si tu as besoin de quoi que ce soit, n'hésite pas à m'appeler.

— Ça devrait aller. On s'appelle. Là tout de suite, je vais aller profiter de la compagnie de ma charmante épouse.

Alvin est parti et Olive et moi avons traversé le studio pour rejoindre le lieu où étaient parquées la plupart des caravanes.

— C'est une blague ? s'est-elle écriée lorsque je lui ai présenté le monstre à deux niveaux qui m'était destiné.

— Non, pourquoi ?

— Mais c'est gigantesque, Jason.

— Elle ne m'appartient pas, en réalité. Je me fiche un peu d'en avoir une grosse, si j'ose dire. La production m'a proposé celle-ci pour toute la durée du tournage et comme je savais que tu viendrais souvent avec moi, j'ai pensé que ça te ferait plaisir d'avoir de l'espace. Allez viens, je vais te montrer l'intérieur. Tu vas être super bien installée pour travailler, ici.

Une main dans son dos, je l'ai guidée vers l'entrée.

— Tu es en train de me dire que je pourrai venir sur le tournage avec toi et bosser dans ta caravane ? Quand j'en aurai envie ?

J'ai croisé son regard.

— Oui, j'ai pensé que ça te dirait de m'accompagner. Pour écrire ou même juste pour assister au tournage.

Elle a détourné la tête, mais j'ai eu le temps de voir sa mine rayonnante. Je l'ai précédée et j'ai détaché la feuille de tournage que l'assistant de production avait collé sur la porte avant d'ouvrir.

— Personne d'autre ne peut entrer ? a-t-elle demandé.

— Pas en mon absence en tout cas. Tu as vu ce qui s'est passé à Londres. Même si les studios sont plutôt bien sécurisés, je ne fais confiance à personne, même ici.

Je lui ai tendu la main.

— Et tu devrais fermer à clé aussi quand tu es seule à l'intérieur.

Elle a pris ma main et a gravi les quelques marches du perron.

— Waouh, Jason. Je suis amoureuse de ta maison, mais ça… ça m'inspire presque de l'amour aussi.

Pris d'une irrésistible envie de sentir son corps contre le mien, je suis venu me placer derrière elle, j'ai enlacé son ventre et j'ai posé mon menton sur sa tête. Lorsqu'elle a posé ses mains sur les miennes, je souriais comme un gamin.

Ressaisis-toi, mon vieux.

J'ai indiqué le canapé d'angle en cuir blanc.

— Ici, c'est le coin salon.

Je l'ai emmenée un peu plus loin.

— Par ici, il y a un coin bureau et une petite cuisine, comme tu vois.

Je me suis avancé et j'ai collé mon bassin contre elle pour lui faire sentir à quel point sa proximité me faisait de l'effet. Je l'ai entendue retenir son souffle lorsque mon érection s'est nichée contre son petit cul de rêve.

Bon, on va abréger.

— De l'autre côté de la porte du fond, il y a une salle de bains et un dressing. Et à l'étage, tu trouveras une salle de projection.

Maintenant que la petite visite était terminée, je l'ai fait pivoter dans mes bras, j'ai appuyé sur un bouton au mur pour fermer la cloison qui séparait le coin salon du coin bureau, et je l'ai poussée contre celle-ci.

J'étais plus que prêt à lui faire l'amour encore une fois.

J'ai effleuré ses lèvres avec les miennes, et j'ai attendu sa réaction. Elle m'a rendu mon baiser, mais sans y mettre assez d'ardeur à mon goût. Cela dit, je n'avais pas non plus envie de lui faire peur dès le premier jour, alors j'ai levé le pied, mais j'ai tout de même autorisé ma langue à jouer un peu avec la sienne. Lorsque nous nous sommes écartés, elle avait le souffle court et je voyais la flamme rougeoyer dans ses yeux verts.

— Est-ce que tu es d'accord avec tout ce qui se passe entre nous ? ai-je demandé d'une voix plus rauque que je ne m'y attendais.

Ses lèvres rouges, enflées, m'envoûtaient ; je les ai caressées avec le pouce.

Elle a hoché la tête, mais elle a évité mon regard. Je me suis penché et j'ai murmuré dans ses cheveux.

— Tu veux bien me regarder, bébé ?

Elle a obéi. Qu'est-ce qu'elle était belle, putain. Je me suis encore approprié ses lèvres, mais cette fois Olive semblait aussi affamée que moi.

Elle a timidement glissé sa main sous mon tee-shirt pour la poser sur mon ventre. Mon bassin a fait un mouvement involontaire vers elle. Je m'apprêtais à la soulever et à l'emmener sur le canapé lorsque quelqu'un a frappé à la porte.

— Jason, Tanner voudrait te parler. Il a envie d'apporter quelques modifications à la première scène.

— J'arrive ! ai-je crié.

J'ai appuyé mon front contre celui d'Olive en soupirant. Toujours subjugué par sa bouche entrouverte, j'ai arrangé ma tenue.

— Je ne crois pas que je pourrai tenir plus de quelques heures sans te faire l'amour, ai-je reconnu, ma voix couvrant à peine les battements affolés de mon cœur.

Que m'arrivait-il ?

Elle a enlevé sa main.

— Vas-y. Je vais explorer ta caravane. Ta visite était un peu naze.

— De toute façon, tout ce qui t'intéresse, c'est moi, le reste n'a aucune importance, femme.

Elle a fait mine de me pousser en riant.

— File. Tu reviendras me chercher pour la première scène ?

Je l'ai lâchée à contrecœur et je me suis frotté la figure.

— Attends, je vérifie la feuille de tournage.

Elle m'a suivi jusqu'à la petite table et a regardé le papier par-dessus mon bras.

— Oh, mais la première scène, c'est celle que tu as lue pour le casting ! Je croyais que ce serait la première fois qu'ils se rencontrent, dans la rue déserte.

— On ne tourne presque jamais les scènes d'un film dans l'ordre. Comme je suis à Los Angeles pour le moment et que je n'ai pas d'autre tournage sur le feu, ils n'ont pas dû tout organiser en fonction de mon emploi du temps, mais je crois que Lindsay a un autre engagement et elle ne pourra pas être présente tout le temps. Ils vont sûrement donner la priorité aux scènes où on est ensemble.

— D'accord, a-t-elle dit en continuant à étudier la feuille de tournage.

Je la lui ai tendue en souriant.

— Tu veux la garder ?

— Oh oui !

Elle me l'a quasiment arrachée des mains et m'a tourné le dos.

J'ai écarté ses cheveux en riant pour déposer un petit baiser sur sa nuque.

— Je reviendrai te chercher pour la première scène, mon cœur. En attendant, sois sage.

Je ne pouvais pas m'empêcher de la toucher ou de l'embrasser, pourquoi ?

Vingt minutes plus tard, je suis revenu chercher Olive à la caravane et l'assistant de production nous a conduits sur le plateau.

J'ai laissé Olive assise sur ma chaise, derrière les caméras, et j'ai pris place devant celles-ci. Une demi-heure plus tard, Lindsay était prête aussi et nous allions commencer.

Juste avant que le réalisateur crie « action », j'ai jeté un petit coup d'œil en direction de l'endroit où j'avais abandonné Olive, mais j'ai à peine distingué son visage à cause des projecteurs braqués sur moi. Alors, j'ai fermé les yeux et j'ai tâché de me détendre en pensant à Isaac. Avec la voix d'Olive dans ma tête, j'ai passé en revue tous les détails qu'elle m'avait fournis sur lui. Quand elle en parlait, elle avait presque l'air amoureuse de lui, mais je ne comprenais que trop bien ce genre d'attachement. Elle ne serait pas une bonne romancière si elle ne tombait pas amoureuse de ses personnages, les bons comme les mauvais.

J'ai relâché les épaules et j'ai longuement expiré. Lorsque j'ai rouvert les yeux, j'étais prêt à m'adresser à Evie, j'étais Isaac, celui auquel Olive avait donné son cœur.

— Action ! a lancé Tanner.

C'était parti.

***

Deux heures de tournage plus tard, j'avais retrouvé Olive et je m'accrochais à sa main aussi fort qu'elle s'accrochait à la mienne.

— J'ai une heure avant la prochaine prise, l'ai-je informée en consultant ma montre. Ça te dit d'aller à la caravane ? Je ne serais pas contre un peu de calme.

J'avais besoin d'être seul avec elle.

Elle m'a suivi sans un mot.

L'assistant de production nous a déposés devant le buffet. J'ai servi un thé à Olive et j'ai pris un café. Comme la caravane n'était pas très loin, j'ai libéré l'assistant. Je voulais surtout avoir Olive pour moi tout seul tandis que nous parcourions cette petite distance.

Nous sommes arrivés devant un entrepôt au moment où tout un groupe de personnes en sortait. Encerclés, nous avons dû ralentir pour les laisser passer. Ils se dirigeaient vers la fausse ville. Ce devait être la pause entre deux scènes.

Tout à coup, Olive est restée figée sur place et j'ai dû m'arrêter.

— Qu'est-ce qui t'arrive ?

Elle m'a lâché la main et s'est mise à gesticuler devant son visage.

— Olive, qu'est-ce que tu fais ?

— C'est une guêpe ? a-t-elle demandé d'une petite voix paniquée en reculant.

— Je crois bien. Pourquoi ? Ça ne va pas ?

— Oh mon Dieu, il y en a plein ! a-t-elle hurlé avant de bondir sur le banc le plus proche.

Quelques personnes s'étaient arrêtées et nous observaient, cherchant sûrement à comprendre l'origine de tout ce raffut.

Je me suis dépêché de rejoindre Olive.

— Arrête de sauter comme ça, tu vas tomber et te casser la figure.

— Jason ! Jason, il faut que tu m'aides !

Il n'y avait que deux pauvres guêpes qui nous tournaient autour, mais il fallait reconnaître que ces crétines étaient tenaces.

J'ai pouffé.

— Bébé, si tu ne veux pas qu'elles te piquent, arrête de remuer dans tous les sens.

— Elles m'attaquent ! Comment veux-tu que j'arrête ? Chasse-les, s'il te plaît.

— Bon, ai-je soupiré.

Je me suis approché pour la prendre dans mes bras.

Elle a sauté sans hésiter et s'est blottie contre moi, le visage enfoui dans mon cou.

Elle pleurnichait. J'ai dû mordre ma langue pour ne pas rire.

— Je ne savais pas que tu avais peur des guêpes, Olive.

— Elles sont parties ? a-t-elle demandé, la voix étouffée.

— En fait, elles tournent toujours autour de nous, mais t'inquiète, je ne les laisserai jamais te faire du mal. Tu es à moi, personne ne pourra t'enlever tant que tu seras sous ma protection, pas même ces vilaines bestioles.

— Ne te moque pas de moi, a-t-elle protesté, mais ses bras ont un peu relâché leur étreinte. Je n'ai jamais été piquée, mais si ça arrive, je peux mourir en dix minutes.

Cette fois, je n'ai pas pu me retenir ; j'ai éclaté de rire et j'ai bien failli la lâcher, mais je me suis repris à temps.

Me sentant observé, j'ai jeté un coup d'œil derrière moi. Plusieurs personnes étaient en train de filmer la scène avec leur téléphone.

Génial. On avait justement besoin de plus d'attention médiatique.

— Je dois être allergique. C'est pour ça qu'elles m'en veulent. Elles sont parties ? Sinon, secoue les mains pour les empêcher de trop approcher.

Olive n'avait pas conscience de ce qui se passait autour de nous, mais ça m'aurait étonné qu'elle soit ravie de se voir cramponnée à moi dans la presse, alors je me suis dépêché. Cela dit, ça faisait peut-être de moi un enfoiré, mais j'adorais qu'elle s'accroche à moi comme ça. Et puis, elle était ma femme après tout. On nous filmait ? Où était le problème ?

— Si je secoue les mains, je vais juste réussir à les énerver, et là, elles risquent de te kidnapper.

Elle m'a donné un petit coup à l'épaule.

— Je t'ai dit de ne pas te moquer de moi. Je suis très sérieuse.

J'ai riposté par une petite tape sur ses fesses en souriant dans ses cheveux.

— Je sais, bébé. Tout va bien, on est presque arrivés. Je te protégerai quoi qu'il arrive.

— On va à l'hôpital ?

— Olive, elles ne t'ont même pas touchée, mon cœur.

— Et s'il y en a une qui est coincée dans mes cheveux ? Et qu'elle me pique à la tête ? Je peux mourir en quelques secondes.

Son nez me chatouillait le cou, mais… que…

— Olive ?

— Mmoui ?

— J'ai rêvé ou tu viens de me renifler ?

Elle s'est raidie.

— Non, non. J'ai reniflé, mais pas toi en particulier. Je voulais juste vérifier si j'allais pleurer. Je me prépare au cas où… On ne sait jamais.

— Je vois…

De nouveau secoué par un fou rire, j'ai tout de même réussi à ouvrir la caravane et à m'y engouffrer avec ma femme. Puis, je l'ai délicatement posée sur le canapé.

Sans pouvoir m'arrêter de sourire, je l'ai observée. Elle paraissait vraiment terrifiée. J'ai repoussé les cheveux qui lui retombaient devant les yeux.

— Surtout, ne bouge pas de là, beauté.

J'ai voulu me lever, mais elle m'a coupé dans mon élan et a touché ma fossette. J'ai déposé un baiser sur son doigt, puis j'ai filé à la salle de bains. J'avais besoin de me brosser les dents. J'avais embrassé Lindsay, ou plutôt Evie, vingt fois en tout. Je n'avais pas envie de garder son goût en bouche. Non pas que j'aie des doutes sur les intentions de Lindsay, c'était purement professionnel, mais j'avais hâte de retrouver la saveur d'Olive.

Dès que je suis ressorti, je me suis jeté sur elle pour m'emparer de ses lèvres. Elle n'avait toujours rien dit à propos du tournage. Cependant, j'avais beau être curieux de savoir ce qu'elle pensait des premières scènes, l'embrasser arrivait bien avant dans la liste de mes priorités.

J'ai glissé ma langue entre ses lèvres. Aussitôt, elle a penché un peu la tête en arrière pour me laisser explorer sa bouche en profondeur. Je ne sais pas pendant combien de temps je l'ai embrassée avec fougue, la savourant, m'imprégnant de son odeur, mais lorsque j'ai frôlé le bord de son legging avec mon érection, son gémissement m'est parvenu à travers le brouillard sulfureux qui recouvrait mon esprit.

Je me suis arrêté et j'ai appuyé mon front contre le sien pour écouter son souffle haletant.

— Alors, qu'est-ce que tu en as pensé ? ai-je demandé d'une voix empreinte de gravité lorsque j'ai eu les idées plus claires.

— Tu as été incroyable, a-t-elle murmuré, les yeux brillants, vibrants d'émotion.

— Et Lindsay ? me suis-je enquis, amusé.

Elle a fait une drôle de grimace adorable.

— Je crois que dans la fiction, ça ne me dérange pas que tout se termine bien entre Evie et Isaac, mais dans la réalité… En fait, j'ai eu un peu de mal à vous regarder vous embrasser plein de fois sous toutes les coutures.

Je lui ai donné un autre baiser en riant.

— C'est pour ça que j'étais impatient de te ramener ici. Je préfère mille fois faire ça avec l'autrice du roman.

— Comment ça marche ? Je veux dire, si tu ne ressens absolument rien pour elle, comment fais-tu pour réussir à l'embrasser comme ça ?

— Comme… quoi ?

— Comme si tu avais envie de la dévorer toute crue.

— C'est toi que j'ai envie de dévorer toute crue, Olive. D'ailleurs, je peux ?

— Mais je suis sérieuse.

— Bébé, il n'y avait rien d'intime dans ces baisers. Tu n'as pas remarqué qu'on devait tout le temps s'arrêter pour vérifier que le réalisateur était satisfait de l'angle et de la lumière ? C'est Isaac et Evie à ce moment-là, pas Lindsay et Jason. Et maintenant, j'ai très, très envie que ce soit Jason et Olive qui s'embrassent, lui ai-je susurré à l'oreille avant de déposer une nuée de petits baisers dans son cou.

Elle a soulevé les hanches vers moi en renversant la tête en arrière pour en réclamer plus. J'ai dû rabaisser son bassin sur le canapé en poussant un petit grognement de frustration.

— Si on commence, j'ai peur de ne pas arriver à l'heure sur le plateau.

Sans accorder la moindre attention à mes scrupules, elle s'est pendue à mon cou et a revendiqué ma bouche avec une frénésie époustouflante.

Lorsque des coups ont retenti à la porte, j'étais pratiquement en train de la sauter tout habillée.

Je me suis redressé de cette étreinte endiablée et j'ai adressé un grognement à celui qui attendait devant la porte.

— Reprise du tournage dans dix minutes, Jason ! a crié le gêneur.

On aurait dit l'assistant réalisateur.

— Je suis là dans une minute, ai-je lancé.

J'ai posé ma tête sur l'épaule d'Olive. La vitesse à laquelle sa poitrine se soulevait et s'abaissait me remplissait d'allégresse. C'était moi qui produisais cet effet sur elle, moi qui lui coupais le souffle. Je me suis redressé pour contempler son visage. Ses joues rouges, ses pupilles dilatées.

— J'adore quand tu as cet air-là, Olive, ai-je déclaré, en proie à un maelstrom de sensations.

— Quel air ? a-t-elle ahané.

— Celui qui dit : « Je viens de me faire baiser comme une reine. »

Elle a ri.

— Je ne me rappelle pas m'être fait baiser.

J'ai haussé un sourcil.

— Ah non ? Il va falloir remédier à ça.

La mine sérieuse, elle a acquiescé.

— Carrément. J'ai trop envie de toi, Jason. En moi. Sur moi.

J'ai plongé mon visage dans son cou avec un grognement affamé.

On a de nouveau tambouriné à la porte.

— Il faut y aller, maintenant !

— Moi je reste ici, m'a annoncé Olive. Tous ces baisers, ça commençait à me peser sur la fin. En plus, je n'ai pas envie de tout connaître avant de découvrir le film, je veux me laisser surprendre. Je me sens motivée pour écrire, alors autant en profiter.

— D'accord, mon cœur.

J'ai déposé un petit baiser sur son nez et je me suis lentement détaché d'elle.

— Si je n'arrive plus à me libérer, je demanderai à quelqu'un de t'apporter de quoi déjeuner.

— Tu termines à quelle heure, aujourd'hui ?

— À mon avis vers vingt heures. Tanner veut déjà faire quelques prises dans la rue. Pourquoi ?

Assise sur le canapé, jambes croisées, elle a tiré sur sa blouse en détournant les yeux.

— Oh pour rien. Je me disais que, peut-être, en rentrant à la maison, on pourrait…

Elle a laissé sa phrase en suspens.

— On pourrait quoi, bébé ?

Elle gardait le silence, mais elle s'est mordu la lèvre inférieure, ce qui a capté toute mon attention.

Je me suis penché en posant une main de chaque côté de ses cuisses, le visage bien en face du sien.

— On pourrait quoi, Olive ? Qu'est-ce que tu veux ?

Elle a croisé mon regard.

— C'est toi que je veux.

— Tu m'as déjà.

— Ah oui, tu es sûr ?

J'ai happé ses lèvres et elle a gémi.

— Est-ce qu'à tout hasard, tu aurais envie de te faire baiser par ton mari ? C'est ça que tu essaies de me dire ?

Une lueur tendre a éclairé son regard et elle m'a caressé la joue.

— Mon mari pourrait faire ça ?

— Oh bébé, ai-je chuchoté en humant son odeur unique. Tu as envie de te faire prendre comme il faut, c'est ça ?

— Monsieur Thorn ? Tout le monde vous attend sur le plateau. Qu'est-ce que je dois leur dire ?

Cette fois c'était l'assistant de production qu'on m'avait affecté pour le tournage qui s'était manifesté – je le reconnaissais à la note d'incertitude dans sa voix.

— C'est bon, j'arrive ! ai-je à nouveau crié, un peu agacé.

Je me suis tourné vers Olive en soupirant.

— Surtout garde bien cette idée en tête jusqu'à mon retour.

***

Lorsque la dernière prise de la journée a été dans la boîte, la nuit tombait déjà. Je n'avais plus vu ni entendu Olive depuis des heures. Après un rapide échange avec Tanner et Lindsay sur l'emploi du temps des prochains jours, j'ai couru la rejoindre en espérant la retrouver dans la caravane.

La porte était fermée à clé. J'ai ouvert et je suis entré. Personne au premier étage. Je suis monté dans la salle de projection. Elle était là, recroquevillée sur un bout de canapé, son ordinateur sur les genoux, pianotant avec frénésie sur le clavier. En m'approchant, j'ai remarqué qu'elle pleurait.

— Olive, ça ne va pas ?

Elle a tressailli et ses doigts se sont immobilisés.

— Excuse-moi, a-t-elle reniflé en levant la tête. Je ne t'avais pas entendu. Tu veux bien me laisser encore une minute ? Il faut absolument que j'achève cette scène.

— Bien sûr, ai-je répondu, stupéfait.

Je me suis assis à côté d'elle et elle m'a adressé un petit sourire avant de reporter toute son attention sur son écran.

Mes mains me démangeaient, elles avaient besoin de la toucher. J'ai rassemblé ses cheveux d'un côté, dégageant sa nuque. Sa peau s'est couverte de petits frissons, mais elle n'avait pas l'air d'avoir conscience de ce que je faisais.

Au bout de quelques minutes, elle s'est tournée vers moi et je me suis empressé de prendre son visage entre mes mains et d'essuyer ses larmes.

— Bébé, pourquoi tu pleures ?

Ça devait durer depuis un certain temps, parce que ses yeux étaient enflés et très rouges.

Elle a frotté ses joues du revers de la main avec un petit rire penaud.

— Son père… Son père est mort.

— Ohh, mon cœur. Le père de qui ?

J'ai déposé un petit baiser sur ses lèvres salées et j'ai continué à lui caresser le visage.

— Celui de Maya.

Des larmes toutes fraîches ont dévalé ses joues.

Devant mon air perplexe, elle a clarifié.

— Maya est l'héroïne du nouveau roman sur lequel je travaille. Son père avait un cancer, et elle était là pour… sa dernière nuit. Elle lui a tenu la main, mais il n'a pas vu le jour se lever. Il savait… que ça n'arriverait plus. Et il l'aimait tellement.

Sa voix s'était altérée et elle s'est mise à sangloter.

— Oh, bébé, ai-je compati.

Elle s'est jetée dans mes bras et je l'ai consolée. Elle était si bienveillante, si belle, à l'intérieur comme à l'extérieur.

— Après ça, a-t-elle repris, elle rencontre un mec dans un hôtel. Il est dans la chambre voisine et il l'entend pleurer alors il fait irruption chez elle et…

Elle a ravalé un sanglot.

— … et elle est en train de lire les lettres de son père.

J'ai passé ma main dans ses cheveux, puis sur son dos. Ça me fendait le cœur de la voir pleurer toutes les larmes de son corps pour ses personnages.

— Mais ensuite, ça s'arrange, non ? l'ai-je interrogée avec douceur.

Je l'ai attirée sur mes genoux. Elle s'est installée à califourchon et s'est collée à moi tandis que je caressais ses cuisses pour l'apaiser.

— Elle ne va pas rester seule. Je suis sûr que ce mec va l'aider, ai-je affirmé.

Elle s'est redressée et a posé les mains sur mes épaules.

— Juste avant ça, il a fait le salaud avec elle, alors ils ne s'apprécient pas trop, mais en la voyant pleurer, il s'inquiète.

J'ai repoussé ses cheveux pour pouvoir admirer son visage rougi par les larmes, mais surtout toujours aussi beau.

— Est-ce qu'ils vont tomber amoureux ?

Elle a esquissé un petit sourire.

— Et pas qu'un peu.

— Tant mieux.

J'adorais sa façon de me regarder à cet instant.

Il y avait dans ses yeux une certaine vulnérabilité qui, paradoxalement, lui donnait l'air encore plus forte.

— Mais avant ça, elle va lui demander de lui faire l'amour, a-t-elle déclaré en retrouvant son sourire aguicheur.

C'est là que j'ai pris conscience de l'endroit où elle était assise. Je lui ai rendu son sourire en repoussant ses cheveux derrière ses épaules.

— Je croyais qu'ils ne s'appréciaient pas, petite Olive. Tu es sûre qu'elle a envie de faire l'amour à ce type-là ?

Elle a hoché la tête avec aplomb avant de trémousser son petit cul sexy sur mon érection fraîchement ravivée.

J'ai saisi son menton.

— Je parie que sa bouche est aussi belle que la tienne : rouge, bien pulpeuse. Ma main à couper que c'est ce qui va le faire craquer, ai-je dit en effleurant sa lèvre inférieure du pouce.

Elle a roulé des hanches et j'ai dû rejeter la tête en arrière et fermer les yeux pour tenir bon.

— Pas tout à fait, a-t-elle chuchoté en posant la joue sur mon épaule. Il a bien compris qu'elle était dévastée et il ne veut pas profiter de la situation, mais elle va réussir à le faire changer d'avis.

— Oh ça, je n'en doute pas une seconde. Et il ne pourra jamais rien lui refuser, ai-je affirmé sans relever la tête.

Si je les regardais, elle et ses lèvres divines, j'allais perdre pied.

Les lèvres en question sont venues taquiner mon cou, chaudes, sensuelles. J'ai resserré les doigts sur les cuisses d'Olive. Tout à coup, son buste s'est écarté de moi. Lorsque j'ai rouvert les yeux, elle était en train d'attraper son sac. Persuadé qu'elle allait se lever, j'ai maintenu le bas de son corps en place.

Mais non, après avoir fouillé dans son sac, elle en a extirpé un préservatif, l'air plutôt satisfaite.

Je l'ai ramenée contre moi en pouffant.

— Tu as envie que je te remonte le moral, bébé ?

Avec un « oui » catégorique de la tête, elle s'est de nouveau trémoussée sur moi.

— Alors debout, lui ai-je ordonné avec une petite tape sur la fesse. Enlève ton pantalon et grimpe-moi dessus.

Elle a jeté un coup d'œil en direction de l'étroit escalier, mais j'ai devancé sa question et je l'ai rassurée tout de suite.

— Tout le monde sait qu'il ne faut pas monter ici, mon cœur. Et j'ai refermé à clé après être entré. Ne t'inquiète pas.

J'ai déboutonné mon jean et ouvert ma braguette. Elle semblait hésiter, mais lorsque mon sexe s'est fièrement dressé devant elle, elle s'est débarrassée de son legging en un clin d'œil.

Le sang palpitant dans les veines, j'ai déroulé le préservatif sur moi en vitesse, puis j'ai tendu la main à Olive. Elle m'a de nouveau enfourché et j'ai agrippé ses hanches tandis qu'elle s'abaissait sur moi.

Cette sensation.

La première pénétration, ce moment où elle m'a accueilli en elle et que ses yeux se sont fermés en papillonnant… c'était la chose la plus érotique et la plus belle qu'il m'ait été donné de voir sur le visage d'une femme. Les paupières toujours closes, elle m'a adressé un sourire lascif en se mordant la lèvre, comme si elle était ivre. Bon sang, elle n'avait même pas encore commencé à bouger que j'avais déjà le vertige. Plutôt que de descendre jusqu'au bout, elle a pris appui sur mes épaules et s'est relevée pour ne garder que mon gland en elle. Puis, elle est redescendue et, cette fois, m'a englouti jusqu'à la garde. On est restés comme ça jusqu'à ce que ses jambes se mettent à trembler.

Il m'était impossible de rester sans la toucher. J'ai caressé ses cuisses, puis j'ai glissé la main sous sa blouse.

Bizarrement, c'était tout aussi excitant de faire ça à moitié habillés. J'avais l'impression de braver un interdit en introduisant ma main sous sa blouse ou entre ses cuisses. Chacun de ses gémissements, chaque frisson, m'appartenait. Soudain, elle a plaqué ses paumes sur mes pectoraux et s'est mise à monter et à descendre de plus en plus vite. J'ai dû déployer de gros efforts pour ne pas exploser en elle avant qu'elle jouisse.

Elle était magnifique. Sa façon de se mordre les lèvres, ses paupières mi-closes, son sexe si étroit autour du mien, ses regards, ses gémissements… j'étais complètement envoûté.

Elle me rendait fou et ce que j'éprouvais pour elle prenait un caractère de plus en plus sérieux. Si ça continuait, il allait falloir qu'on ait une bonne conversation.

Tout à coup, elle a ralenti et s'est penchée vers mes lèvres. Au lieu de m'embrasser comme je m'y attendais, elle s'est arrêtée alors que nos bouches se frôlaient à peine.

— Pourquoi tu me regardes comme ça ? a-t-elle demandé dans un souffle.

— Mon bébé serait-il timide ? ai-je répliqué avec un timbre rauque.

Elle a caché son visage dans mon cou, mais j'ai pris le relais et je me suis mis à aller et venir en elle.

Empoignant ses fesses, j'ai accentué le mouvement pour la pénétrer plus profondément et plus vite.

Elle a laissé échapper une longue plainte sensuelle.

— C'est bon, hein bébé ?

— Oh oui, a-t-elle susurré en glissant ses doigts dans mes cheveux. J'aime quand tu me parles pendant qu'on fait ça, a-t-elle ajouté en titillant mon oreille avec ses dents.

J'ai appuyé sur ses hanches pour l'immobiliser en restant tout entier en elle.

— Pendant qu'on fait quoi, mon cœur ?

Elle a essayé de remonter, mais je l'en ai empêchée.

— Dis-le-moi, bébé. Pendant qu'on fait quoi ? Je veux te l'entendre dire.

Elle a léché le lobe de mon oreille avant de répondre.

— Pendant que tu me *baises*, Jason. C'est ça que tu veux entendre ?

Alors je l'ai autorisée à se soulever et elle a jeté ses bras autour de mon cou en poussant un petit cri.

— C'est exactement ce que je veux entendre, bébé, ai-je confirmé avant de prendre les rênes et de l'entraîner dans une folle chevauchée.

Ses petits grognements et ses gémissements tourbillonnaient dans la caravane. Elle avait planté ses fins doigts dans mes biceps et écartait bien les cuisses tandis que je prenais tout ce qu'elle voulait bien me donner. Tout en continuant à lui parler, j'ai commencé à monter dans les tours pour l'emmener dans les étoiles. Sa façon de mouiller ma queue me rendait dingue.

Alors qu'on touchait au but, elle a prononcé mon nom d'une voix suppliante, le souffle saccadé.

— J'adore que tu me prennes tout entier sans la moindre protestation, Olive. J'adore ça. J'adore ça, ai-je chuchoté à son oreille.

Elle a commencé à jouir, je l'ai rejointe presque aussitôt et nous avons atteint le septième ciel ensemble.

Je maintenais fermement ses hanches en place tandis que je me déchargeais en elle.

Mes dents effleurant son cou.

Ses ongles enfoncés dans mes biceps.

Son corps secoué de spasmes.

28

Olive

— Lucy, qu'est-ce que tu fabriques ?

Sa tête a émergé du frigo.

— À ton avis ? Je m'accorde un petit plaisir, comme certains dans les impasses.

Je l'ai dévisagée sans ciller, depuis le canapé.

Son sourire s'est élargi.

— T'as compris la blague ? Les impasses ? Jason ? Petit plaisir ?

Silence.

Puis j'ai poussé un gros soupir.

— Ce n'est pas aussi drôle que tu le crois, Lucy.

Nous étions jeudi et Jason était parti au studio à cinq heures ce matin. Le programme était chargé et je ne voulais pas m'en mêler – non que ça me déplaise de passer du temps dans sa caravane et de me consacrer à l'écriture, mais dès qu'il était dans les parages, je n'arrivais plus à me concentrer.

— Oh allez ! Ne me dis pas que je ne suis pas drôle, tu vas me briser le cœur. J'ai pas envie de passer la soirée à raconter des blagues à tout le monde pour me prouver que je suis une vraie comique.

— Comment ça se passe avec la nouvelle colocataire ? ai-je demandé pour changer de sujet. C'est une copine de Cha, Lily, c'est ça ?

— Oui, Lily.

Elle a froncé le nez comme si elle était agressée par une mauvaise odeur.

— Je ne sais pas trop. Je lui laisse encore un peu de temps avant de me décider.

Elle a enfin refermé le frigo et est venue s'asseoir à côté de moi en me tendant une pomme. Pour sa part, elle s'était préparé un bol de myrtilles.

J'ai considéré la pomme, puis Lucy.

— C'est pour quoi, ça ?

— Eh bien, maintenant que tu as retrouvé une vie sexuelle, il faut que tu manges plus sainement si tu veux tenir la cadence avec Jason Thorn.

Elle a relevé la tête sans cesser d'étudier ses myrtilles.

— Parce que c'est une sacrée cadence, pas vrai ? Jason est une machine de guerre au pieu, non ?

Interloquée, j'ai croqué dans la pomme, mais je n'ai pas réagi.

Lucy a picoré une myrtille en me coulant un regard en biais.

— Alors ?

J'ai secoué la tête.

— Désolée, mais tu ne m'auras pas comme ça. Pour la millième fois – au moins – je te répète que je ne donne pas de détails sexuels.

Elle a posé son bol sur le canapé et replié ses jambes contre elle, face à moi.

— T'es pas drôle, Olive. Comment veux-tu que je vive ton rêve par procuration si tu ne me racontes rien de croustillant ? Qu'est-ce que j'ai fait pour mériter une telle cruauté ?

J'ai croqué dans la pomme et j'ai pris mon ordinateur posé sur l'énorme pouf. Avant de l'ouvrir, je me suis tournée vers Lucy.

Elle m'observait avec une expression surexcitée, pleine d'espoir.

— Écoute, je te propose un marché, ai-je dit.

— Super. J'adore les marchés.

Elle m'a tendu la main.

Je l'ai serrée en regardant Lucy droit dans les yeux.

— Tu me fais un compte rendu de la situation avec Jameson et en échange, je te donne l'un ou l'autre *petit* détail sur Jason.

Elle a secoué ma main avec enthousiasme.

— Marché conclu ! Toi, tu as déjà vu Jameson à poil, alors tu sais qu'il est gâté par la nature.

J'ai pressé le pouce et l'index sur mes paupières, comme si ça pouvait effacer cette image de ma mémoire.

— Pas ça. Pitié ! Pas de détails sur votre vie intime. Je crois que j'en ai assez entendu quand j'étais dans la chambre voisine pour me faire une idée de ce qu'il vaut au lit. Raconte-moi plutôt ce que tu comptes faire avec lui.

J'ai grimacé en découvrant son expression gourmande.

— Pas au sens littéral ! Dis-moi si tu es amoureuse de lui.

À son tour de grimacer.

— Allez, Lucy. Comment elle a évolué, votre relation ? Entre la sortie du livre et toute cette histoire avec Jason, on ne fait plus que parler de moi. Et même si je sais que certains sujets te parlent plus que d'autres, ta vie m'intéresse beaucoup aussi.

— Il ne se passe rien de très passionnant dans ma vie. Je préfère largement la tienne.

Elle a détourné la tête et a jeté quelques myrtilles dans sa bouche.

— Lucy, s'il te plaît. Tu n'as qu'à m'expliquer pourquoi tu refuses de sortir officiellement avec lui. Il est raide dingue de toi, pourtant.

— Qu'est-ce que tu en sais ?

J'ai résisté à l'envie de lever les yeux au ciel.

— Oh arrête. Pardon, mais tu as déjà remarqué comment il te regarde ? Et j'avoue qu'il est super sexy.

Elle m'a accordé un demi-sourire.

— En plus il te suit partout comme un petit chien. Tu n'arrêtes pas de l'éjecter de ton lit, mais il suffit que tu claques des doigts pour qu'il revienne en courant comme un bon toutou.

— C'est vrai qu'il est super sexy. On se débrouille pas trop mal finalement, hein ?

J'ai fait un geste impatient de la main.

— Moi je ne sais pas où je vais, mais toi, tu assures, c'est clair. Tu devrais t'accrocher à lui, Lucy.

Elle a posé son bol de myrtilles en soupirant.

— Si je te parle de ce crétin de Jameson, tu me promets de me dire comment est Jason au pieu ? Même rien que quelques détails ?

— Promis.

— Bon. Au fait, ce que je viens de faire, ça s'appelle du chantage, au cas où tu ne le saurais pas.

J'ai attendu la suite sans relever.

— Bonnnn. Alors. Je n'ai jamais eu l'intention de passer plus qu'une nuit avec Jameson, d'accord ? Sauf qu'ensuite, c'est comme si j'avais perdu le contrôle. Mais toi, tu ne l'as jamais vu sur le campus ; on ne peut pas vraiment dire qu'il court après moi. Il flirte avec tout ce qui bouge et qui a un vagin. Je ne sais pas pourquoi il revient toujours m'en demander plus.

— Tu es sûre, pour les flirts ? Je veux dire, tu sais s'il couche avec quelqu'un d'autre ? Parce que si c'est le cas, je ne sais pas comment il fait pour tenir.

— Évidemment que je suis sûre. Mais non, je ne pense pas qu'il couche avec une autre.

— Mon petit doigt me dit qu'il essaie de te rendre jalouse en flirtant avec d'autres filles. Je peux te garantir que ce mec est fou amoureux de toi. Il attend juste que tu t'en aperçoives.

Lucy s'est levée et s'est dirigée vers la cuisine.

— J'arrête de parler de Jameson, je préfère essayer cette machine à expresso de compétition.

Puis elle m'a pointée du doigt en frétillant des sourcils.

— Et si je ne m'abuse, tu me dois des détails croustillants sur ton mari chéri. Aboule !

— Pfff. Mari, mon cul.

Lucy qui s'était mise à appuyer sur tous les boutons de la machine à expresso, m'a jeté un coup d'œil par-dessus son épaule.

— Ramène-le ici, ton cul, que je puisse t'entendre.

À contrecœur, je me suis extirpée du canapé moelleux pour la rejoindre. Pas question que j'essaie de m'asseoir sur un tabouret de bar, cela dit. Je les haïssais tous les six.

— Bon, tu es limitée à deux questions, ai-je décrété. Alors choisis bien.

Je me suis appuyée au plan de travail, le menton dans les mains, et je l'ai défiée d'un regard malicieux.

— Arrête de faire cette tête de débile, m'a-t-elle lancé en riant. D'accord. Attends que je réfléchisse.

Elle a fermé les yeux et s'est mise à marmonner d'un air songeur.

— OK, je ne vais pas te demander s'il est doué, parce que… il suffit de te regarder, tes lèvres risquent d'éclater à force de sourire. Je ne vais pas te demander non plus s'il te fait jouir, parce que, là encore… bon… Ah ! J'ai bien envie de savoir combien de temps il tient… nan, nan, pas ça non plus.

Mon sourire s'est mué en rire.

— Allez… J'ai dit des petits détails. Tu n'as qu'à me poser une question qui te démange depuis des lustres.

— D'accord : est-ce qu'il en a une grosse ? Juste ça.

Je m'apprêtais à répondre quand elle a plaqué sa main sur ma bouche.

— Non ! Ne me dis rien. *Montre*-moi sa taille.

— OK.

J'ai levé les deux mains et je les ai lentement écartées. Au fur et à mesure, le sourire de Lucy s'élargissait.

— Wow ! La vache, ma caille. Ça fait quoi ça, vingt, vingt-deux centimètres ? Quelle chance.

J'ai ri en rougissant un peu.

— Tu as une deuxième question ?

— Merde. Si j'avais su que tu répondrais réellement, j'aurais préparé une liste. Tu me prends un peu au dépourvu, je n'arrive pas à me décider. Attends, je sais : est-ce qu'il te parle mal quand vous êtes en train de, tu sais… ? Je veux dire, est-ce qu'il dit des trucs cochons ? Je te préviens, si tu me réponds oui, je vais défaillir sur place, dans sa cuisine, et tu devras me réanimer. Et je serai obligée de rester ici.

— Tu n'as pas besoin de t'évanouir pour pouvoir rester ici, Lucy.

— Allez, réponds, a-t-elle insisté, déjà en train de s'éventer avec sa main. Il est bavard au lit ? Je suis sûre que c'est le genre de mec qui chuchote des trucs salaces.

— Oui.

Ses yeux ont failli sortir de leur orbite.

— Eh ! Ce n'était pas une question où il fallait répondre par oui ou par non ! Je veux en savoir plus.

— Désolée.

Elle est tombée à genoux en se retenant au bord du plan de travail sur lequel j'étais toujours appuyée.

— Un peu de pitié, Olive. Au nom de notre amitié, tu dois développer ta réponse, je t'en supplie.

— Oui, mais non. Pas question.

Elle a pris une profonde inspiration et a longuement expiré.

— Je te déteste. Bon. Tant pis. Je devrais m'en remettre. Mais nom de Dieu, tu as de la chance !

Vraiment ?

Jason était incroyable au lit, c'était indéniable, mille fois mieux que ce que j'avais connu en tout cas, mais de là à affirmer que j'avais de la chance ?

— Je n'en suis pas si sûre. Et s'il couchait avec moi uniquement parce qu'il ne peut se taper personne d'autre pour l'instant ? Peut-on vraiment parler de relation ? Est-ce qu'on est réellement mari et femme ? Qu'est-ce qu'on est, au fond ?

— Holà, holà. Tout doux.

Elle s'est relevée et a rejoint la machine à expresso.

— Tu finiras bien par le découvrir, m'a-t-elle assuré en jetant un coup d'œil par-dessus son épaule. Pour l'instant, je te conseille de vivre au jour le jour. Si tu veux mon avis, je mise tout sur votre mariage, mais c'est juste au cas où tu voudrais mon avis. Je vous ai vus ensemble. Il ne pourra jamais te larguer. Impossible.

Elle m'a de nouveau tourné le dos et a recommencé à appuyer sur les boutons de la machine.

— Tu as une idée de la façon dont fonctionne ce truc ?

— Pas la moindre, mais je suppose qu'il faut commencer par le brancher.

Elle s'est rabattue sur la bouilloire en soufflant.

— Finalement, ce sera un thé.

Son téléphone a tinté, annonçant l'arrivée d'un texto, et elle a lâché la bouilloire pour le lire.

— C'est qui ? me suis-je inquiétée lorsqu'elle a poussé un soupir agacé.

— Personne.

Elle a rangé son téléphone dans son sac et est venue se placer à côté de moi.

— Par contre, le thé va devoir attendre. Il faut que j'y aille.

Je me suis redressée pour lui faire face.

— Tu es sûre que tout va bien ?

Elle s'est frotté les yeux en dansant d'un pied sur l'autre.

— Écoute…

— Oh oh, ai-je fait.

Sa façon d'amener la chose n'augurait rien de bon.

— Non, pas « oh oh ». C'est juste que je ne sais pas trop si je dois te le dire ou pas. Normalement, tu n'en as plus rien à foutre… mais peut-être que si… Rah merde.

— Crache le morceau, Lucy.

— J'ai vu Marcus et Cha s'embrasser.

J'ai froncé les sourcils.

— Marcus et notre Charlotte ? Mais non. Tu es sûre que c'était bien eux ? Je veux dire… comment… quand ?

— Dans la mesure où ça s'est passé dans notre salon… oui, je suis certaine que c'étaient eux.

— Wow…

Je me suis appuyée à un tabouret de bar. Et bien sûr, cette saleté a reculé en raclant le sol.

— Alors ça, je ne l'ai vraiment pas vu venir. Tu sais ce qui s'est passé ? *Notre* Cha avec *mon* Marcus ? Pour du vrai ? ai-je demandé.

— « Ton » Marcus ?

— Non, bien sûr que non, tu as raison. Ce n'est plus le mien. Tu crois que c'est pour ça que Cha était si distante avec moi, ces derniers temps ? Elle avait peur que ça me mette en rogne ou un truc comme ça ? Elle ne répond jamais quand je l'appelle et à peine à mes messages. Je supposais qu'elle avait beaucoup de travail, mais maintenant…

— Pour être honnête, je n'en ai aucune idée. Je pense que Marcus a toujours des sentiments pour toi. Ça a toujours été comme ça, même après votre rupture. Tu aurais dû le voir le soir où tu étais complètement bourrée et où Jason est venu te récupérer. Marcus était si arrogant, j'ai vraiment cru que Jason allait lui en coller une. Cela dit, d'après ce que j'ai pu voir, ça ne devait pas être la première fois qu'il embrassait Cha.

— Je ne ressens plus rien pour Marcus, ai-je déclaré avec prudence.

Alors pourquoi cette nouvelle me laisse-t-elle un mauvais goût dans la bouche ?

— Cela dit, Cha a bien vu à quel point j'étais dévastée quand il m'a larguée. Elle était là presque depuis le début. Tu crois qu'elle avait déjà des vues sur lui, à l'époque ?

— Aucune idée, ma caille. J'aimerais en savoir plus, moi aussi. Si j'apprends quoi que ce soit, je te tiens au courant, t'inquiète. Cha n'est plus très sympa avec moi non plus depuis que sa copine Lily a emménagé, mais je m'entends toujours bien avec Marcus. Je vais lui poser quelques questions et je verrai bien ce qui se passe.

— Et moi, qu'est-ce que je dois faire ? Si jamais elle m'appelle, j'aborde le sujet ? Remarque, elle n'a pas l'air pressée d'avoir de mes nouvelles.

J'ai croisé le regard de Lucy.

— J'exagère ? S'ils sont amoureux, je devrais me réjouir pour eux, mais tu ne trouves pas ça bizarre que ça se produise quelques semaines après mon départ, comme par hasard ? Moi si.

— Ne te tracasse pas avec ça, d'accord ? Tu as d'autres chats à fouetter pour l'instant. Si Cha a décidé de ne plus t'adresser la parole à cause de Marcus, tant pis. Je vais mener ma petite enquête auprès de Marcus, on devrait bientôt en savoir plus.

J'ai hoché la tête.

— D'accord, mais tu n'es pas obligée non plus. Après tout, ce ne sont pas nos oignons.

— Il faut vraiment que j'y aille, mais on en reparle bientôt, d'accord ?

Je l'ai serrée dans mes bras. S'il y avait bien une chose que je détestais dans la villa de Jason, c'était le fait que Lucy n'y habite pas avec moi.

— Tu me manques, ai-je murmuré dans ses cheveux.

— Oh, ma poule, toi aussi, tu me manques. Le confort de tes nichons, surtout.

Elle a jeté un coup d'œil au jardin.

— Tu sais, vous pouvez toujours m'adopter. Ça ne me dérangerait pas du tout d'appeler Jason « papa ».

— Argh ! Au secours ! Allez, file.

Elle a reculé en levant les mains.

— C'était juste une suggestion. N'oublie pas que vous êtes mariés, maintenant ; tu ne devrais pas prendre une décision aussi importante sans en discuter avec ton canon de mari d'abord.

— Je n'y manquerai pas.

Elle m'a adressé un soupir malheureux.

— En plus, comme si ton départ ne suffisait pas, maintenant je suis obligée de dormir sur le canapé quand Jameson reste pour la nuit. Plus de nichons-oreillers, plus de dodo en cuillères…

Je l'ai raccompagnée à la porte avec un grand sourire.

— Pauvre Lucy. Des dodos en cuillères, moi, j'en ai tant que j'en veux. Je t'en supplie, fais-moi plaisir : dors dans le même lit que ce pauvre Jameson. Accorde-lui au moins ça.

Elle m'a dévisagée en plissant les yeux.

— Tu es la pire copine de la planète.

— Merci, je fais de mon mieux.

***

Lucy était partie depuis des heures et j'avais enfin arrêté d'errer dans la maison en me demandant si je devais appeler Cha pour comprendre ce qui se passait ou pas. Attention, je n'étais pas jalouse ; Marcus était sorti avec d'autres filles après moi – il en avait même ramené quelques-unes chez nous. Ça m'avait fait mal, mais je n'avais jamais été jalouse. Et puis merde, j'avais accepté un mariage arrangé avec mon amour de jeunesse, qui étais-je pour les juger ?

Oui mais… avec mon amie Cha ? L'embrasser ? Coucher avec elle ?

Je n'étais pas très motivée pour m'atteler à l'histoire sur laquelle je travaillais, mais je me suis obligée à m'asseoir pour pondre quelques lignes. D'autant que j'avais prévu d'écrire jusqu'au retour de Jason. Lorsque le passage émouvant sur lequel je planchais s'est transformé en scène torride, j'ai pensé que ce serait une bonne idée d'effectuer quelques recherches sur Tumblr, histoire de m'inspirer de certaines images érotiques et… de m'inspirer un peu, en somme.

Jason ne devait pas rentrer avant trois bonnes heures, alors j'ai connecté mon ordinateur portable à son gigantesque écran plat *via* Bluetooth et j'ai commencé par faire défiler quelques photos suggestives en noir et blanc. De fil en aiguille, je suis tombée sur une page qui proposait toutes sortes d'enregistrements audio – masturbation, contrôle de l'orgasme, trio, *fist fucking* (wow !), vulgaire, gémissements, et le traditionnel couple hétéro en train de baiser.

Curieuse et, je l'admets, émoustillée, j'ai lancé un extrait de la catégorie « vulgaire » et j'ai sursauté lorsqu'une voix grave a tonitrué dans la maison de Jason : « Tu aimes quand ma grosse bite te défonce la chatte, hein ? »

La peur de ma vie ! J'ignorais totalement que Jason avait installé des enceintes encastrables. J'ai tout de suite baissé le volume, mais ça n'en restait pas moins… une expérience, et le mot était faible.

Comme je n'aimais pas les miaulements excessifs de la fille ni le fait qu'elle appelle le mec « papa », j'ai coupé l'extrait pour en écouter un autre.

Et puis un autre.

Et un autre.

Et un autre.

Mater du porno ne me dérange pas, mais ça m'agace de devoir passer en revue des tonnes de vidéos juste pour en trouver une qui m'emballe vraiment. Je ne cherchais pas un scénario en particulier ni rien de ce genre, mais quand la fille n'arrête pas de hurler, qu'il est clair qu'elle simule ou que le mec ne me plaît pas, peu importe la taille de son sexe, j'ai beaucoup de mal à me passionner pour ce qu'ils sont en train de faire.

L'audio m'offrait la liberté d'imaginer ce que j'avais envie tout en écoutant les peaux qui claquent, quelques échanges osés et de bons gémissements. J'étais comblée.

C'est ainsi que je suis tombée sur un enregistrement amateur, un extrait de dix minutes dans lequel le mec poussait autant de grognements et de gémissements que sa partenaire. J'ai fermé les yeux et je nous ai visualisés, Jason et moi, en train de faire l'amour.

Ce truc, c'était un aphrodisiaque instantané.

Fébrile, j'ai ouvert mon document et j'ai commencé à coucher les mots, pour très vite m'y perdre totalement.

— Bouh !

Ça, et le souffle de quelqu'un dans ma nuque. J'ai hurlé et j'ai balancé mon ordinateur derrière moi.

Le temps que je comprenne que c'était Jason qui venait de me faire frôler la crise cardiaque, j'étais debout au centre du pouf, une main sur le cœur pour tenter de l'empêcher de jaillir de ma poitrine.

— Mais pourquoi tu fais ça ? T'es fou ?!

Je peinais à reprendre le contrôle de ma respiration.

Jason se frottait le crâne en me dévisageant comme si c'était plutôt moi qui étais complètement cinglée.

— Attends, tu me jettes ton ordinateur à la figure et c'est moi le fou ?

Mon ordinateur.

— Oh non !

J'ai sauté du pouf et je me suis précipitée vers mon pauvre portable.

— Non, non, non, non.

Je ne pouvais pas perdre tout ce que j'avais écrit.

Jason m'a devancée et l'a ramassé. Je le lui ai arraché des mains dès que je l'ai rejoint. L'écran était brisé dans le coin supérieur gauche, mais le document sur lequel je travaillais était toujours ouvert. *Dieu merci !* Toutes ces heures de boulot étaient sauvées.

— Alors, on se faisait un petit porno, mon Olive ? a lancé Jason sur un ton suggestif.

Aussitôt, la peur que j'avais ressentie un peu plus tôt s'est muée en autre chose. Ça ressemblait plus à de la terreur.

J'ai voulu plonger devant l'écran en poussant un geignement mortifié. On y voyait un mec très sexy en train de sauter une jolie petite brune. Hélas, Jason a été plus rapide que moi et m'a emprisonnée en plaçant ses bras de chaque côté de mon corps sur le canapé.

— Pas si vite, ma petite Olive.

À l'instant où Jason m'a clouée au canapé, le couple de l'extrait que j'écoutais a accéléré en produisant toutes sortes de bruits, de gémissements et de jurons, comme si je ne m'étais pas encore assez couverte de honte. On aurait dit qu'ils s'envoyaient en l'air à quelques centimètres de nous.

Jason m'a pris l'ordinateur des mains et s'en est débarrassé – avec prudence – sur le côté.

— Eh bien, eh bien, ma jolie petite femme, si je m'attendais à une surprise pareille en rentrant chez moi.

— Oh non, me suis-je lamentée en m'accrochant à son tee-shirt et en basculant la tête contre son épaule.

J'aurais voulu rester cachée comme ça pendant des années.

Le torse de Jason s'est mis à tressauter tandis qu'il riait et j'ai enfoui un peu plus mon visage contre lui.

— S'il te plaît, achève-moi tout de suite, ai-je bougonné dans son tee-shirt.

— Oh, ça, je ne pourrais jamais, mon cœur, a-t-il répondu en me soulevant le menton.

Il avait cet air, cet air particulier qui allait parfaitement avec l'érection qu'il pressait contre ma hanche.

Les petits cris de la femme sont montés en crescendo jusqu'à atteindre leur paroxysme et elle a enfin joui.

Alléluia !

Quelques secondes plus tard, son partenaire trouvait à son tour la délivrance.

Un merveilleux silence a suivi .

Franchement, ils n'auraient pas pu terminer leur affaire quelques minutes plus tôt, histoire que Jason ne me prenne pas pour une obsédée ? C'était vraiment trop demander ?

— Alors… a commencé Jason avec un air interrogateur.

— Bienvenue chez toi, ai-je ironisé en forçant un petit sourire sur mon visage empourpré. Comment s'est passée ta journée ? C'était intéressant ? Quelles scènes as-tu…

Il m'a coupé la parole, ce que j'ai trouvé très grossier.

— Je crois qu'il y a d'autres questions à poser ce soir, ma petite femme chérie.

« Petite femme chérie ? » À ces mots, mon cœur *et* mon cerveau se sont liquéfiés.

— Tu es en manque ? Je n'arrive pas à te satisfaire ? s'est-il inquiété alors que je n'étais pas encore tout à fait remise de la façon dont il m'avait appelée.

— Mmh ?

— Tu as très bien entendu.

Il a coincé une mèche de mes cheveux derrière mon oreille et ses doigts se sont attardés sur ma peau.

— Je faisais juste des recherches, ai-je grommelé, incapable de soutenir son regard.

— Des recherches ?

— Oui. Je bosse sur une scène érotique et j'avais besoin d'un peu d'inspiration… et je… eh bien, j'ai pensé que le résultat serait plus authentique si je me mettais dans l'ambiance.

— Mmmh.

Il a arrêté de me fixer pour plonger le nez dans mon cou et inspirer.

Alerte ! Mec canon en train de me renifler !

Toute ma peau s'est hérissée de frissons et mon corps – complètement en roue libre – s'est cambré vers lui.

— Dans ce cas, on va vérifier si tu es bien dans l'ambiance.

Il a glissé ses grandes mains sous mes cuisses et j'ai laissé échapper un petit cri. J'ai tout de suite passé les bras autour de son cou et il m'a soulevée.

— Je commence à m'habituer à me faire transporter comme ça, ai-je murmuré, toujours sans oser croiser son regard.

— C'est que, vois-tu, je tiens à ce que tu vives pleinement l'expérience, que tu la ressentes jusqu'au plus profond de ton être, comme on dit, comme ça, tu pourras écrire de super scènes érotiques.

— Tu fais ça par altruisme, c'est ça ?

— Exactement.

Il m'a reposée sur le canapé et j'ai cru qu'il allait me prendre là, au lieu de quoi il a tendu la main vers mon ordinateur, l'autre me tenant toujours fermement la taille, et l'a rouvert à la page qui proposait les extraits sonores.

— Qu'est-ce que tu fais ? ai-je demandé, un peu paniquée.

— On va voir si je te fais crier plus fort qu'elle. Combien de temps ça dure, ce truc ?

Il a relancé l'extrait que j'étais en train d'écouter quand il m'avait prise en flagrant délit.

— Quinze ou vingt minutes, je crois, ai-je répondu, bras et jambes toujours enroulés autour de lui.

— On va les battre, c'est sûr, m'a-t-il susurré tandis que des bruits de baisers et de langues voraces s'élevaient à nouveau dans la maison.

— C'est une compétition ?

Il s'est redressé et m'a emportée dans sa chambre.

Je peux vous assurer qu'entendre ce genre de sons – des gens qui se lèchent et se sucent – sortir des murs, c'est on ne peut plus bizarre.

— Tu n'as pas envie de jouer avec moi ? De crier mon nom pendant que je te baise sans relâche ?

J'ai poussé un petit grognement. Même pas besoin que ce porno sonore soit efficace, je m'embrasais rien qu'en écoutant Jason.

— Si, c'est tentant, mais…

— Pas de mais, mon cœur. Ça me fait plaisir de t'aider dans tes recherches.

Il m'a posée sur son matelas et s'est aussitôt emparé de ma bouche pour un baiser enflammé.

Mes mains fébriles se sont frayé un chemin jusqu'à son tee-shirt tandis qu'il s'affairait sur le mien. Dès qu'il m'en a laissé l'occasion, je l'ai débarrassé du sien ; le mien a volé encore plus vite. Le renflement de son sexe compressé dans son jean n'a pas aidé à calmer le jeu tandis que je me débattais avec ce maudit bouton.

De mon côté, il a suffi de quelques secondes pour que je me retrouve nue sous lui. Après m'avoir retourné les sens avec un autre baiser à couper le souffle, il s'est relevé pour enlever son jean et son caleçon lui-même. Son regard lourd de désir ne quittait pas le mien.

Son érection – ou quel que soit le nom qu'on puisse donner à ce monstre – se dressait fièrement. Mon attention s'est portée sur la veine épaisse, saillante, que je mourais d'envie de lécher.

Calant ses mains dans le creux de mes genoux, il m'a attirée lentement jusqu'au bord du lit. Il m'a écarté les jambes et sa tête a plongé entre mes cuisses pour me procurer le plus intense des plaisirs avec la langue.

Lorsqu'il a été satisfait – ou plutôt lorsque *j'ai* été satisfaite, comblée même – il s'est placé au-dessus de moi. Sa queue incroyablement dure et chaude m'a effleuré la jambe.

— On a marqué le premier point, ai-je déclaré, la voix un peu éraillée à force d'avoir imploré Jason en criant.

La fille de l'enregistrement était toujours en train de supplier qu'on la délivre.

— Tu étais trempée, Olive. C'est moi qui te mets dans cet état, ou ce sont ces fichiers audio qui t'ont excitée à ce point ?

— Les deux, je crois, ai-je avoué en fuyant son regard inquisiteur.

— Décidément, tu es pleine de surprises.

Il a entrouvert mes lèvres avec sa langue pour se glisser dans ma bouche.

Jason m'embrassait toujours avec fougue lorsque ma rivale s'est mise à panteler de plus en plus vite.

— On dirait qu'ils ont enfin terminé la première épreuve. Et maintenant ? a lancé Jason en déposant des petits baisers sur tout le pourtour de ma mâchoire.

Ses doigts titillaient mes tétons.

Des claquements flasques et des bruits de succion humides se sont élevés dans la pièce avant que j'aie pu convaincre mon cerveau de répondre à sa question.

— Ah, je crois que je reconnais ce son, a fait Jason.

Dans la seconde, je me suis retrouvée sur le ventre et Jason s'est agenouillé au-dessus de moi en maintenant mes jambes fermées avec ses cuisses.

— Lève ton petit cul, ma belle.

J'ai obéi. Il a collé son torse contre mon dos. Sa peau était brûlante, à moins que ce soit la mienne ?

— Merci, a-t-il chuchoté contre ma nuque après avoir rassemblé tous mes cheveux de même côté.

Toujours en pleine action, le mec de l'enregistrement a poussé un long râle.

Jason a léché le lobe de l'oreille, l'a aspiré dans sa bouche, l'a mordillé.

— Ça t'excite, ça, bébé ?

— Oui… ai-je gémi en me cambrant un peu plus pour l'inviter en moi.

— T'en peux plus, hein, mon cœur ? Tu veux que je te saute comme elle ?

Incapable de raisonner et de formuler des mots, j'ai hoché la tête.

— Tu entends comme il la prend fort et vite ?

Lorsqu'il a imprimé une légère morsure dans mon cou, mes paupières se sont fermées en frémissant. Il avait raison, le mec de l'enregistrement y allait à fond, il faisait hurler sa partenaire de plaisir.

— Merde, bébé. Je parie qu'elle est déjà au septième ciel. Tu veux bien que je te baise encore plus fort que ce qu'il lui fait ?

Ses paroles ont déclenché plein de petites décharges électriques dans mon corps.

Il a suivi le tracé de ma colonne vertébrale du bout des doigts.

— Alors, tu en as envie ?

— Oui, Jason. S'il te plaît.

Il s'est éloigné un instant et je l'ai entendu déchirer l'emballage d'un préservatif. Ensuite il s'est mis à me masser les fesses.

— Un jour, ton joli petit cul me tuera, a-t-il grommelé, presque à son intention.

Il s'est approché et a effleuré l'entrée de mon sexe avec le sien.

J'ai poussé le gémissement le plus puissant qui soit humainement possible de produire et j'ai tenté de me redresser pour le forcer à me pénétrer tout de suite, à moins que ce soit pour m'éloigner de lui ; je n'avais plus aucune idée de ce que je faisais. Tout ce que je savais, c'était que mes sens étaient exacerbés et que je perdais un peu plus pied à chaque effleurement, chaque légère pression qu'il exerçait sur ma chair.

Et bon sang, la pression, il savait comment la faire monter.

Il est légèrement ressorti avant de s'enfoncer de tout son long en moi.

Mes jambes tremblaient lorsqu'il a enserré mes hanches avec ses genoux, m'emprisonnant sous lui. J'ai attrapé un oreiller pour y enfouir mes cris.

Lorsque ses abdominaux sont venus se plaquer sur mon dos, j'ai relevé la tête de l'oreiller.

— Est-ce que c'est agréable de me sentir tout entier en toi ? En tout cas, moi, quand je suis en toi comme ça…

Il a pris une profonde inspiration.

— … putain, c'est une sensation incroyable, Olive.

— Oui, c'est trop bon, suis-je parvenue à articuler entre deux courtes respirations.

— Je crois que je te dois un orgasme. Ils sont en avance sur nous, mon cœur.

— Quoi ?

J'avais complètement oublié le couple du fichier audio. L'attention de Jason diffusait de petits picotements dans tout mon corps. J'étais bien trop submergée pour entendre autre chose que son souffle saccadé et mes propres halètements.

Il est ressorti presque totalement, avant de s'enfoncer à nouveau en moi avec impétuosité.

— Oh oui ! ai-je hoqueté.

— Tu aimes ça ?

Un autre puissant coup de reins et je me suis de nouveau cramponnée à l'oreiller. Puis, Jason a accéléré la cadence.

Tout en continuant à me propulser vers l'extase, il s'est penché à mon oreille.

— Tu sais quoi ? Ça ne me déplairait pas de rentrer chez moi comme ça tous les soirs du reste de ma putain de vie.

Mon cœur s'est arrêté.

Et s'est remis à battre violemment au moment où l'orgasme s'est abattu sur moi, me prenant au dépourvu tandis que Jason me martelait sauvagement.

J'ai crié bien plus fort que ma rivale, ça, je peux vous le garantir.

Il n'y aura jamais assez de mots pour décrire ces instants de symbiose ultime et pure, ces instants de fusion parfaite avec l'être aimé, surtout quand on a passé presque toute sa vie à l'aimer, cet être… mais… alors que ses mouvements m'accompagnaient à travers un orgasme spectaculaire, des gouttes de sueur de son front coulant sur mon épaule, j'ai décidé que de toute façon, je n'avais pas besoin de mots.

Ses gémissements gutturaux et la conscience qu'il savourait ce moment autant que moi me suffisaient amplement.

Peu à peu, il a ralenti et j'ai réussi à arrêter de trembler. Il a effleuré mon épaule avec les dents et un autre frisson s'est propagé en moi. J'étais à bout de forces.

— Oh, mon cœur… Ces sons que tu produis quand tu jouis. Je n'ai jamais rien entendu d'aussi érotique.

Nouveau coup de reins en profondeur pour lui, gémissement sans vergogne pour moi.

— J'adore. Ça résonne jusqu'au plus profond de moi. Et ta façon de serrer ma queue, de m'attirer en toi ? Ça me tue à chaque fois.

Il m'a embrassée sur la nuque, puis m'a donné une petite claque sur les fesses, m'arrachant un petit cri.

— Je crois qu'on les a largement rattrapés, niveau orgasmes. Tu veux que je te nettoie encore un peu avec ma langue, parce que j'ai bien l'impression que c'est ce qu'ils font, à moins que tu aies envie de monter sur moi ?

Il s'est retiré, mais sa chaleur n'a pas quitté mon corps.

— Je dois dire que je vote pour que tu montes sur moi, bébé, a-t-il poursuivi. J'ai envie de voir ton visage quand tu jouiras sur ma bite. Et je peux très bien te lécher tout à la fin.

Il n'a pas eu besoin de me le dire deux fois. Alors que le mec de l'enregistrement léchait toujours sa copine, j'ai poussé Jason sur le dos et je me suis empalée sur son sexe.

— Oh, putain, oui ! Oui, mon cœur, comme ça. Gobe-moi tout entier, Olive.

Mes mains ont facilement trouvé la tête de lit et je me suis mise à le chevaucher sans tergiverser. Mon effervescence était à son comble et je crois même avoir marmonné des obscénités, mais c'était parfait comme ça. Le simple fait d'être avec lui était parfait. Notre perfection à nous.

C'était magnifique.

C'était comme je l'avais toujours rêvé.

Lorsque j'ai joui sur lui, je l'ai laissé constater dans quel état il me mettait et ce qu'il me donnait.

Tout. Il me donnait tout.

***

— Si je ne contribue pas à tes recherches pour tes prochaines scènes érotiques, je crois qu'on va avoir un problème, mon cœur.

En fin de compte, nous avions tenu plus longtemps que le couple de l'enregistrement audio. J'avais joui trop de fois pour les compter ou m'en souvenir, et chaque orgasme avait été plus puissant que le précédent.

Nous avions gagné sur toute la ligne, c'était une certitude.

— Je crois que je suis en train de faire un AVC ou un truc comme ça. Je ne sens plus certaines parties de mon corps.

Jason a pouffé et, du doigt, a dessiné une ligne imaginaire reliant mon épaule à ma hanche. J'étais sur le ventre, le visage fiché dans le matelas, complètement dans les vapes. Lorsqu'il a atteint la naissance de mes fesses, il a repoussé les draps et s'est mis à me masser le dos. Je me suis tortillée pour tenter de lui échapper, sans succès.

— Eh, tu ne bouges pas d'ici, m'a-t-il réprimandée avec le plus grand sérieux.

— Si tu te lances là-dedans, ai-je maugréé, je vais commencer à ressentir des trucs, et je ne suis pas sûre d'être en état pour ça.

Sans cesser de me masser, il m'a embrassée dans la nuque et m'a apaisée d'un « chhhhut ».

— Dieu merci, l'enregistrement ne passe pas en boucle ; c'est dangereux d'écouter ça quand tu es dans les parages, Olive.

— Mmmmh, ai-je fait, feignant d'être à moitié assoupie.

— Allez, fais pas ta timide, a-t-il insisté d'un ton amusé. Tu es joueuse, j'adore ça. Tu étais déchaînée. Je sais que je te fais beaucoup d'effet, mais les écouter se démener comme des bêtes a sûrement dû y contribuer aussi.

Il m'a pris dans ses bras et je me suis pelotonnée contre son torse. Il n'était même pas dix-neuf heures, mais je voulais rester comme ça pour toujours.

Devant mon absence de commentaire, Jason a déposé un baiser sur ma tempe en gloussant.

— D'accord, comme tu voudras. C'est bon pour cette fois. Alors, qu'est-ce que tu as fait de beau, aujourd'hui ? Tu m'as manqué sur le tournage, tu sais.

— Lucy est venue passer une heure ou deux avec moi.

Et je ne lui avais même pas demandé la permission, me suis-je aperçue.

— Tu es d'accord ? Que j'invite Lucy ici ?

— Évidemment que je suis d'accord, Olive. Tu n'as pas besoin de ma permission pour ça. Tes potes sont les bienvenus.

— Oui, mais c'est ta bulle, ici, et comme tu disais que tu n'aimais pas trop qu'on empiète sur ton intimité…

— Je parlais du monde du cinéma. Malheureusement, je n'ai pas beaucoup d'amis. C'est difficile de faire confiance aux gens quand on est aussi médiatisé, et comme je n'aime pas me prendre le chou, je préfère ne pas trop m'entourer et rester peinard. À propos d'amis, je voulais te parler de Devlin, c'est un mec que j'ai rencontré au tout début de ma carrière. Il vit à New York, je ne le vois pas très souvent, mais il ouvre un club privé à L.A. et il nous invite à sa soirée d'inauguration. Ça te dirait ? Tu peux proposer à tes copines de venir. Tu n'arrives plus à passer du temps avec elles sans être traquée par une armée de paparazzis et je m'en veux un peu.

Je me suis extraite de ses bras, j'ai rabattu les draps sur moi pour me sentir moins exposée et j'ai étudié le plafond.

— Pourquoi pas, ça pourrait être très sympa. Lucy sera plus que partante, c'est sûr, et j'arriverai peut-être à la convaincre de rappliquer avec Jameson, son plan cul « un jour oui, un jour non ». Mais Charlotte… Je ne sais pas trop.

Jason s'est redressé sur un coude pour m'étudier.

Bon sang... Qu'est-ce qui me troublait autant, chez ce mec ? Même quand il ne dégainait pas sa maudite fossette, je ne pouvais pas m'empêcher de m'extasier devant lui. Sa fossette restait une plus-value indéniable, cela dit.

— Il y a de l'eau dans le gaz entre vous ?

J'ai dû détourner les yeux, sous peine de lui sauter dessus pour une dernière chevauchée sauvage.

— Apparemment, Lucy a surpris Cha et Marcus en train de s'embrasser, à l'appart.

— Et ?

— Et Cha est ma copine. Il n'existe pas une sorte de code d'honneur qui dit qu'on ne doit pas sortir avec l'ex des copines ?

— Tu as toujours des sentiments pour Marcus, Olive ? Tu es jalouse de Charlotte ? m'a-t-il interrogée sur un ton différent, à la fois plus tendre et plus sec.

Je lui ai jeté un petit coup d'œil.

— La réponse à la première question est un « non » ferme et définitif. Quant à être jalouse ? Je ne sais pas trop. Je ne pense pas. Marcus et moi… C'est de l'histoire ancienne depuis longtemps et… peu importe. Non, je ne suis pas jalouse. C'est juste que je trouve ça bizarre que Charlotte fasse ça dans mon dos. Si elle m'avait expliqué qu'elle était amoureuse de Marcus, je m'en serais remise sans problème, et s'ils s'aiment vraiment… Je serais même heureuse pour eux. Mais là… elle a tout fait en cachette. En fait, je ne sais même pas exactement ce qui se passe entre eux. Il y a quelques mois, quand je suis rentrée de ma toute première réunion avec les producteurs du film, Marcus est venu dans ma chambre pour me dire qu'il était persuadé qu'on se remettrait ensemble quand j'en aurais fini avec mes histoires de bouquins. Et le voilà en couple avec Cha ? Je ne sais pas.

Ce n'est ni de la colère ni de la jalousie, ce que je ressens. C'est autre chose, mais je n'arrive pas à mettre le doigt dessus.

— Je comprends. C'est vrai que, vu l'attitude de Marcus le jour où tu avais trop bu et que je suis venu te rechercher chez eux, jamais je n'aurais deviné qu'il s'intéressait à quelqu'un d'autre que toi.

— Oui, c'est ce que Lucy m'a dit aussi.

— Eh bien, a-t-il commencé en se levant, complètement nu.

Ne regarde pas, Olive. Ne fais pas ça.

Bien sûr que je l'ai reluqué, et plutôt deux fois qu'une.

Au moins, ne baisse pas les yeux sur son machin.

Oh que si.

— En tout cas, l'invitation est lancée ; tu peux venir avec qui tu veux. Devlin va même nous réserver un espace VIP pour qu'on soit tranquilles.

29

Olive

Deux jours plus tard, une voiture nous a déposés devant le Mad Play, le night-club de Devlin. Le logo de style géométrique était formé par deux « M » entremêlés. Aucune idée de ce que ça signifiait, puisque les initiales du club étaient MP, mais le résultat était vachement classe.

Jason et moi avions d'abord rejoint son ami pour dîner avant de le suivre jusqu'à son établissement flambant neuf. Je n'avais passé qu'une heure en compagnie de Devlin, mais je l'avais trouvé charmant – peut-être même un peu trop ; ce devait être le genre de beau parleur qui t'enlevait ta culotte sans hésiter si l'occasion se présentait.

Je les imaginais très bien, Jason et lui, faisant des ravages à New York. Cette idée avait fait germer toutes sortes de scénarios dans mon esprit. Oh oui, ces deux-là avaient le pouvoir de briser bien des cœurs, si ce n'était déjà fait. Soit dit en passant, j'avais adoré que Jason me présente comme sa femme. Avait-il l'intention d'expliquer à son pote que tout ça n'était qu'une mascarade, un leurre destiné au public ? Après tout, ma meilleure amie était au courant, il était logique que Jason se confie à Devlin, au même titre qu'Alvin.

À propos d'Alvin, ce dernier était censé nous rejoindre au club avec sa compagne, mais pour autant que je sache, il n'était pas encore arrivé.

Toutefois, la plus grosse surprise de la soirée, c'est le texto que j'ai reçu de Lucy m'annonçant que Cha et sa copine Lily avaient décidé de l'accompagner. C'était pour le moins déroutant mais, dans un premier temps, j'ai préféré éviter de trop ruminer là-dessus.

Comme l'alcool risquait de couler à flots, Jason avait réservé un chauffeur pour nous déposer. Lorsque j'ai aperçu la masse de paparazzis agglutinés devant le club, j'ai serré encore plus fort la main de Jason.

Je suis descendue de la voiture derrière lui, puis il m'a guidée vers l'entrée, une main rassurante posée dans mon dos. À l'entrée, le sorteur baraqué n'a même pas vérifié que nous étions sur la liste et nous nous sommes engouffrés à l'intérieur avant d'être encerclés par les paparazzis.

— Est-ce qu'on finit par s'y habituer ? ai-je demandé, essoufflée par cette arrivée précipitée.

La musique était si forte que Jason a dû se pencher pour m'entendre.

— Je parle des paparazzis, d'être traqués en permanence… est-ce qu'avec le temps, on s'y fait ?

Il m'a enlacé la taille en secouant la tête distraitement et m'a serrée contre lui ; une magnifique blonde s'approchait de nous avec un sourire éclatant. Bien entendu, elle m'a complètement ignorée, elle n'avait d'yeux que pour Jason. Mais, ça, je commençais à m'y faire.

Si, je vous assure.

Je n'avais même pas envie de lui arracher les yeux ni rien.

Bon, c'est surtout que ça aurait été répugnant.

— Bonsoir, monsieur Thorn. Je m'appelle Drew. Nous vous attendions. Si vous voulez me suivre, je vais vous emmener voir Devlin.

En guise de réponse, Jason s'est contenté d'un petit hochement sec de la tête, et, à en juger par l'expression de notre hôtesse, il venait de faire voler tous ses rêves en éclats.

C'était jubilatoire. Lorsque la fille a enfin daigné m'accorder un regard dédaigneux, j'ai redressé les épaules et je lui ai décoché un sourire rayonnant.

Raté, grognasse.

Nous l'avons suivie dans un couloir truffé de miroirs et de lampes qui débouchait dans la salle principale. Là, une marée humaine ondoyait sous les stroboscopes. Les enceintes déversaient à fond un remix du dernier morceau de The Weeknd et, à première vue, c'était l'éclate totale.

Notre hôtesse nous a entraînés à travers la foule et Jason m'a placée devant lui pour ne pas me perdre au milieu de tous ces corps virevoltants.

Je lui faisais confiance pour garder le cap, alors j'ai sorti mon téléphone de ma pochette et j'ai envoyé un texto à Lucy pour lui demander si elles étaient déjà arrivées.

Le temps qu'on retrouve Devlin et que la blonde jette un dernier regard sulfureux à Jason, Lucy m'avait répondu. Elles étaient déjà dans le club. Je l'ai informée que nous étions près du bar, puis j'ai rangé mon téléphone.

— Tes copines ont réussi à entrer ?

— Oui. Je viens de dire à Lucy de nous rejoindre.

J'ai observé la salle. Bizarre, personne ne venait déranger Jason. Personne ne lui réclamait de selfie ni de signer un autographe sur l'une ou l'autre partie de son corps.

— Et Marcus ?

Il avait posé cette question sur un ton un peu trop menaçant à mon goût.

— Il ne viendra pas, lui ai-je assuré avant de me tourner vers Devlin. Tu es sûr que Jason ne craint rien, ici ?

L'intéressé a lâché un petit rire séducteur. Si Jason n'avait pas été mon Jason, l'homme avec lequel je voulais des bébés, j'aurais tout à fait pu passer la soirée en admiration devant son pote.

— Oh, c'est trop mignon, Jason. Ta petite femme s'inquiète pour toi.

Il avait dû crier pour couvrir la musique.

Le pouce de Jason a effleuré l'un de mes seins.

— Alors, tu en penses quoi ? lui a demandé Devlin en désignant la salle d'un geste circulaire.

Mais bien sûr, continuons à faire comme si la petite Olive n'existait pas.

J'avais beau être vexée de me voir une fois de plus reléguée au second plan, il fallait reconnaître que cet endroit en jetait. La palette de couleurs de la salle se composait de blanc, de noir et d'or. Des ballons blancs trempés dans de la peinture dorée flottaient un peu partout et j'avais une furieuse envie d'en chaparder quelques-uns.

— C'est génial, ai-je déclaré en avisant la jolie robe dorée des serveuses.

Leurs homologues masculins étaient vêtus d'un pantalon noir et d'une chemise blanche ; ils étaient tous parfaitement assortis au décor. Le concept dans son ensemble était simple, mais sexy.

— Pareil, a confirmé Jason avec un petit hochement du menton des plus séduisants.

Devlin a acquiescé, l'air satisfait, avant de se pencher vers nous.

— Qu'est-ce que je peux vous offrir comme boisson, les amis ?

— Je dois être sur le tournage tôt demain matin, alors je ne prendrai qu'un verre, mais je vais encore attendre un peu, a répondu Jason avant de m'interroger du regard.

— Et pour moi, un Long Island, ai-je embrayé en dévisageant mon mari.

J'avais très, très envie de lécher sa fossette, mais le moment était mal choisi, n'est-ce pas ? Ou ses lèvres… Oui, j'aurais volontiers caressé ces lèvres enivrantes avec ma langue.

Comme s'il lisait dans mes pensées, Jason a déposé un petit baiser au coin de ma bouche en me tenant la nuque.

— Heureuse ? a-t-il demandé en m'offrant sa fossette.

En guise de réponse, j'ai pris appui sur son avant-bras et je me suis hissée sur la pointe des pieds pour embrasser le divin petit creux de sa joue. Le temps que je retrouve le sol, le creux en question resplendissait plus que jamais. Ensuite, j'ai pris le verre que Devlin me tendait et j'ai guetté l'arrivée des filles en les écoutant bavarder, collée à Jason, le dos contre son torse.

Malgré la musique assourdissante, j'ai entendu Lucy hurler mon nom avant même de l'apercevoir. Jason m'a pris mon verre des mains pour m'éviter de le renverser sur ma belle robe dans l'agitation des retrouvailles.

— Tu es canon, ai-je lancé à Lucy en la faisant pivoter sur elle-même pour admirer sa tenue, une robe noire en dentelle au décolleté plongeant.

Étonnamment, elle n'était pas trop courte.

— Dois-je en déduire que Jameson est de la partie ? l'ai-je taquinée.

Elle a levé les yeux au ciel, mais son sourire en disait long.

— Ça se peut.

— C'est déjà pas mal. Moi, j'y crois.

Elle me serrait dans ses bras au moment où Cha et Lily ont émergé de la foule.

Lorsque Cha m'a repérée, elle m'a adressé un petit sourire. Au premier abord, rien ne clochait. J'ai lâché Lucy pour donner une accolade à Cha et saluer Lily. Je n'avais croisé cette dernière que quelques fois sur le campus, mais elle avait l'air sympa.

Les filles ont fait signe à Jason et Devlin et ont commandé leurs boissons. J'étais en train de parler à Lily lorsque le bras de Jason s'est faufilé autour de moi. J'ai tourné la tête vers lui, mais il était toujours concentré sur Devlin qui lui racontait une anecdote à propos d'un ami commun.

— Est-ce qu'on pourrait se parler une minute, quand on aura trouvé un endroit moins bruyant ? m'a demandé Cha.

Je lui ai souri.

— Bien sûr.

Ils avaient une relation, et alors ? Marcus ne m'appartenait pas et si Cha avait réellement des sentiments pour lui, même en admettant qu'elle en ait déjà eu à l'époque où lui et moi étions ensemble… Eh bien, tout ce que je leur souhaitais en fin de compte, c'était d'être heureux, car j'espérais qu'ils l'étaient. J'allais écouter ce qu'elle avait à me dire et je lui donnerais mon approbation quoi qu'il arrive.

— Allez, venez. On va danser, a décrété Lucy en entraînant Lily sur la piste avec elle.

Elle m'a fait signe de les suivre, puis m'a tourné le dos pour se déhancher avec Lily qui semblait plus que prête à s'éclater.

— Tu veux que je te montre les salons privés, Jason ? a proposé Devlin, m'épargnant l'humiliation du dancefloor.

Même si j'aimais l'ambiance des boîtes de nuit, danser n'était pas trop mon truc. Enfin, je savais bouger en rythme, remuer les hanches et exécuter l'un ou l'autre mouvement sensuel, mais je n'avais pas encore assez bu pour oser me lancer sur la piste.

Jason a écarté une mèche ondulée de mon visage.

— Tu peux rester avec tes copines si tu veux.

J'ai glissé ma main dans la sienne.

— Non, je préfère venir avec toi.

Après avoir prévenu Cha que nous montions voir les salons VIP, nous avons suivi Devlin au troisième étage.

— Dès qu'un salon est occupé, un agent de sécurité vient se poster devant, nous a expliqué Devlin en nous invitant à entrer dans une pièce à l'éclairage tamisé. Il y a aussi un serveur particulier qui peut aller te chercher tout ce que tu veux au bar.

À ma grande surprise, le salon n'était pas du tout isolé du reste du club. Tout le pan droit de la pièce était occupé par un balcon équipé d'une balustrade qui offrait une vue imprenable sur la salle principale en contrebas. Comme tous ces salons privés avaient été conçus sur le côté gauche du bâtiment, personne ne pouvait voir qui les occupait ni ce qu'on y faisait. Et je doutais que quiconque levant les yeux depuis la piste de danse distingue quoi que ce soit dans la pénombre.

Un impressionnant canapé d'angle trônait à l'autre extrémité de la pièce, agrémenté d'un énorme pouf en cuir. Le lustre qui pendait au plafond était la seule source de lumière. Dans le coin gauche, un petit bar rempli attendait les clients trop pressés pour attendre qu'on leur apporte leurs boissons.

Un agent de sécurité est entré et a entraîné Devlin à l'écart pour s'entretenir avec lui à voix basse.

— Tu veux qu'on dise à tes copines de monter ? m'a demandé Jason tandis que j'examinais le salon. C'est sympa, mais vous serez peut-être un peu trop isolées du reste de la salle.

— Les amis, nous a interrompus Devlin. Ça ne vous dérange pas que je vous abandonne quelques instants ? Mes gars ont un problème à l'entrée et je ferais mieux d'aller régler ça. N'hésite pas à inviter tes copines ici, Olive. Faites comme chez vous. Anthony va monter la garde devant la porte, vous pouvez lui demander à tout moment de vous envoyer un serveur.

— Rien de grave ? s'est inquiété Jason.

— Non, non, rien de grave, lui a assuré son ami en lui tapotant l'épaule. Quelques casse-pieds qui ne sont pas sur la liste des invités et qui font un peu de raffut à l'entrée. Je reviens dès que c'est arrangé, d'accord ?

Après le départ de Devlin, je suis allée sur le balcon et je me suis appuyée à la balustrade pour observer la piste de danse. Le DJ a changé de morceau et les premières notes de la chanson de Katy Perry, *Dark Horse*, ont résonné. C'était un remix, une version plus sensuelle dotée d'une basse profonde et puissante.

N'entendant plus Jason, je me suis tournée pour voir ce qu'il faisait. Il venait de fermer la porte et éteignait la lampe. Ensuite, il est venu se placer derrière moi et m'a enlacé la taille.

— Ne te penche pas comme ça au balcon, m'a-t-il susurré à l'oreille.

J'ai renversé la tête sur le côté pour lui offrir ma nuque. Tandis qu'il parsemait ma peau de petits baisers tendres, j'ai senti ses lèvres esquisser un sourire.

— Merci d'avoir invité mes copines, ai-je dit dans un soupir émoustillé.

La musique s'insinuait dans mes veines.

Jason devait avoir remarqué le changement qui s'était opéré en moi, car ses mains se sont hasardées de plus en plus bas jusqu'à ce qu'il saisisse mes hanches et me presse contre son érection.

— Tu es superbe. J'adore ta robe, m'a-t-il complimentée en me mordillant le lobe de l'oreille.

Un gémissement m'a échappé.

— Elle fait partie des tenues que ta styliste m'avait préparées pour l'avant-première de Londres.

Une robe noir et marron signée Alexander Wang, avec un décolleté en V. Plus que belle, j'avais l'impression d'être une bombe, là-dedans. L'ourlet avait lui aussi la forme d'un V et elle possédait une ouverture dans le dos. Cette petite brèche permettait à la chemise de Jason d'effleurer ma peau nue, décuplant mon désir.

— Mmmh, a fait Jason.

Je crois que la robe ne l'intéressait pas plus que ça.

— On devrait vraiment dire à tes amies de monter. Je n'aime pas te partager, mais bon, on les a invitées.

Mes orteils se sont recroquevillés de plaisir en entendant ça.

J'ai pris ses mains et je les ai remontées sur ma taille, ou plutôt juste sous ma poitrine.

— Je vais aller les chercher, ai-je dit.

Puis j'ai fermé les yeux et je me suis mise à remuer les hanches en rythme avec la musique.

Je n'avais envie d'aller nulle part.

Jason s'est penché pour sucer la peau de mon cou.

— Tu as envie de jouer, ma belle ?

Il m'a donné une bourrade du bassin qui m'a projetée contre la balustrade.

— Ne dis pas ça alors qu'on ne peut rien faire, me suis-je lamentée.

Je me suis penchée en arrière, la tête tournée vers lui, et j'ai posé une main sur sa joue pour l'attirer à mes lèvres et l'embrasser tendrement. Il a introduit sa langue dans ma bouche en poussant un grondement sourd qui a encore fait grimper la chaleur d'un cran.

La musique pulsait dans mon cerveau, je me sentais déjà soûle. Le plus drôle, c'est que je n'avais bu que quelques gorgées de mon verre.

— Qui a dit qu'on ne pouvait rien faire ? a-t-il lancé en attrapant mon menton un peu plus vivement que je ne m'y attendais.

Il m'a embrassée jusqu'à ce que des étoiles se mettent à scintiller derrière mes paupières closes. Ma culotte était déjà trempée et ça n'a rien arrangé. Tout à coup, l'une de ses mains a survolé ma robe pour aller prendre un de mes seins en coupe. J'ai gémi dans sa bouche et j'ai enfoncé mes doigts dans ses cheveux.

Lorsque nous nous sommes séparés pour reprendre notre souffle, j'ai pouffé.

— Qu'est-ce qui te fait rire ?

Sa voix était rauque de nos baisers.

— Rien.

Il m'a considérée d'un air dubitatif.

— Rien, ai-je répété. J'aime un peu trop t'embrasser et on dirait que tu aimes ça autant que moi, et ça me paraît fou, c'est tout.

— Ah bon, ça te surprend ?

— Oui.

Il ne pouvait pas comprendre, mais oui… embrasser l'homme dont tu rêvais depuis tant d'années et sentir qu'il te rendait ces baisers avec la même passion… c'était indescriptible. Tout ce que je pouvais dire, c'est que ça frappait en plein cœur, avec une force inouïe.

— Mon cœur ne bat que pour toi, Jason, ai-je murmuré contre ses lèvres.

Je l'ai regardé droit dans les yeux.

Devinait-il à quel point je l'aimais ? Et depuis combien de temps je l'aimais ? Parce que j'avais l'impression que tout cet amour se déversait littéralement de moi.

Soudain, la porte s'est ouverte et le charme s'est rompu.

La tête de Lucy est apparue dans l'entrebâillement.

— On peut entrer ?

Je me suis éloignée de ce torse bouillant collé à mon dos et je suis allée ouvrir grand la porte pour inviter les filles à entrer. Lucy m'a dévisagée avec un sourire radieux, mais elle a réussi à tenir sa langue.

Deux shots de tequila et un Long Island et demi plus tard, Cha m'a entraînée un peu à l'écart de notre petit groupe, dans le coin où se trouvait le minibar.

— Lucy t'a dit qu'elle nous avait vus, mais ce n'est pas ce que tu crois, Olive, a-t-elle affirmé en posant son cocktail rose sur la surface vitrée du bar.

— Honnêtement, je ne crois rien. J'essaie en tout cas. S'il y a un truc entre vous, tant mieux pour vous.

L'espace d'un instant, ses traits se sont durcis, mais la lueur qui luisait dans ses yeux a disparu avant que j'aie pu la déchiffrer.

— Tu ne comprends pas, Liv.

Encore et toujours ce diminutif…

Lily a explosé de rire et j'ai jeté un coup d'œil par-dessus mon épaule ; elle se marrait avec Jason et Lucy. Jason a intercepté mon regard et m'a fait un clin d'œil en buvant à son verre. Je lui ai souri.

Cha m'a touché le bras et j'ai reporté mon attention sur elle.

— Marcus et moi…

Elle s'est arrêtée pour avaler une grosse gorgée de cocktail.

— On a peut-être couché ensemble… quand tu étais encore avec lui.

Estomaquée, j'ai dégluti et j'ai posé doucement mon verre.

— S'il te plaît, dis-moi que j'ai mal entendu, que ce n'est pas ça que tu as dit.

Elle m'a adressé un petit sourire triste.

— Je ne sais pas ce qui s'est passé, Olive. Mais je te jure que ça n'est arrivé que quelques fois. Même si j'imagine que ça ne rend pas la chose moins grave. Je suis désolée de ne pas avoir osé t'en parler avant aujourd'hui.

« Que » quelques fois ?

— Tu veux me faire croire que tu as couché avec Marcus alors qu'il sortait toujours avec moi ? En sachant très bien que je l'aimais ? Jamais de la vie, Charlotte. Jamais tu ne ferais une chose pareille.

— Vous étiez en train de prendre de la distance.

Elle a inspiré profondément.

— Tu te rappelles la fois où tu es rentrée à San Francisco pendant une semaine après une de vos disputes ?

Je n'ai rien dit, je n'ai même pas hoché la tête. Elle a soupiré.

— C'est là que ça s'est passé pour la première fois. On était tous les deux à moitié bourrés – pas assez pour ne pas savoir ce qu'on faisait, mais… ça nous a sûrement aidés à « oublier » que vous étiez toujours ensemble, tu vois.

La faute à pas de chance, quoi.

— Je suppose que vous n'étiez pas aussi bourrés, les fois suivantes, ai-je rétorqué d'un ton cassant.

Elle a secoué la tête d'un air dépité.

— Je suis désolée, Olive. Jamais je n'aurais cru que ça m'arriverait à moi.

— Que ça t'arriverait, à toi ? Mais de quoi tu parles, Charlotte ?

— Tu es ma meilleure amie, Olive. Tu crois que j'ai sauté de joie quand j'ai compris que j'avais des sentiments pour le mec de ma meilleure amie ? Tu n'imagines même pas comme ça m'a fait mal de le revoir avec toi après ce qui s'était passé entre nous.

— Pfiou. Je devrais peut-être te présenter mes excuses, tant qu'on y est ?

J'ai commencé à reculer, mais elle m'a attrapée par le bras.

— S'il te plaît, Olive, ne te fâche pas. Tu n'aimais pas Marcus. On le savait toutes les deux. Tu ne l'as jamais aimé comme tu aimes Jason.

— Qu'est-ce que tu en sais ? Comment peux-tu décider à ma place ? Bien sûr que si, j'ai aimé Marcus. Je dois vraiment te rappeler que c'est lui qui m'a plaquée, et pas l'inverse ?

J'ai arraché mon bras de sa main et elle n'a pas insisté.

— Pourquoi tu me racontes tout ça maintenant, Charlotte ? À quel moment tu t'es dit que ce serait une bonne idée ? Ça s'est passé il y a longtemps et tu peux avoir Marcus pour toi toute seule, maintenant, alors pourquoi te donner cette peine ? Pourquoi tu n'as pas gardé ça pour toi ?

— Je pense que Marcus ne veut pas s'engager avec moi parce qu'il s'imagine que tu vas revenir vers lui. Alors, quoi que tu décides, je voulais que ce soit en connaissance de cause. On est ensemble…

J'ai levé la main pour lui couper la parole.

— Je crois que j'en ai assez entendu, Charlotte.

J'ai secoué la tête, incrédule.

— En fait, tu es en train de me demander de parler à Marcus pour lui confirmer qu'entre lui et moi, c'est bien fini, pas vrai ? C'est pour ça que tu me déballes tout ça maintenant. Tu veux être sûre que je ne reviendrai jamais tourner autour de lui si Jason me laisse tomber, hein, c'est ça ?

— Les filles ? Qu'est-ce qui se passe ?

Lucy s'est approchée de nous. Le ton était monté, je n'avais pas fait attention.

— Pas du tout, Olive, a répondu Charlotte, ignorant Lucy. Je n'ai jamais pensé que tu…

— C'est ça, le problème, tu n'as jamais pensé, point, ai-je jeté avant de lui tourner le dos. J'ai besoin de sortir, tu veux venir avec moi aux toilettes ou un truc comme ça ? ai-je proposé à Lucy.

J'ai remarqué que mes mains tremblaient. Lucy m'a dévisagée et a acquiescé sans poser de question.

J'étais sur le point de fondre en larmes.

J'ai jeté un coup d'œil à Jason, mais il était en pleine conversation avec Lily, les sourcils froncés, alors je me suis éclipsée avant qu'il découvre dans quel état j'étais. Je ne voulais pas qu'il s'imagine que c'était à cause de Marcus.

Une fois dans l'escalier, Lucy m'a attrapée par la main et m'a entraînée à l'étage inférieur.

Là, on a trouvé les toilettes réservées aux salons VIP, on s'est précipitées à l'intérieur et Lucy m'a fait asseoir sur une banquette, face à des miroirs. Si je n'avais pas été complètement sous le choc à cause de la confession de Cha, je me serais extasiée devant la déco des chiottes, mais c'était à peine si je distinguais Lucy agenouillée devant moi.

— Qu'est-ce qui se passe, Olive ? C'est Cha ? Qu'est-ce qu'elle t'a dit ?

Quelques larmes ont jailli et ont ruisselé sur mes joues avant que j'aie pu les essuyer.

— Elle a couché avec Marcus alors qu'on était encore ensemble.

Lucy s'est levée et s'est assise à côté de moi.

— Tu peux me répéter ça ?

Je me suis frotté les joues. Les larmes n'arrêtaient pas d'affluer. Mais pourquoi je chialais, putain ? Marcus m'avait menti, il m'avait trompée avec mon amie Cha, c'était ça qui me rendait si triste ? J'ai réfléchi, mais je n'ai pas trouvé la réponse. Ce n'était pas ce que Marcus avait fait qui me brisait le cœur. C'était Charlotte.

J'ai bondi et je me suis mise à faire les cent pas devant Lucy.

— Mais pourquoi je pleure, en fait ? C'est ridicule.

— Tu veux bien reprendre depuis le début et me raconter ce qu'elle t'a dit exactement ?

J'ai acquiescé et je lui ai répété tout ce que Cha venait de m'avouer.

— Je suis désolée, Olive. Je ne sais pas quoi te dire. Tout ce qui me vient à l'esprit c'est : mais putain où est-ce que j'étais quand ils se retrouvaient discrétos à l'appart ?

— Au même endroit que moi, apparemment. Jamais je n'aurais imaginé que Cha puisse me faire un coup pareil.

— Tu vas aller trouver Marcus ?

Une fille a fait irruption en titubant et a foncé vers les cabines. Je me suis écartée pour ne pas me faire renverser.

— Pourquoi je ferais ça ?

Le téléphone de Lucy s'est mis à vibrer dans sa main. Elle a levé l'index pour me demander de patienter et elle a décroché.

— Jameson, tu es où ?

Elle s'est décomposée et a bondi de la banquette.

— Quoi ?! Quel hôpital ?

Je me suis figée.

— Oui. Je comprends. Merci.

Elle a raccroché et s'est écroulée sur la banquette avant de tenter de se relever en tremblant.

— Eh, tout doux, ai-je dit en l'aidant à rester debout. Qu'est-ce qu'il t'a dit ?

— Il aurait déjà dû être ici, depuis le temps, a-t-elle bredouillé au lieu de me répondre.

— Lucy.

J'ai claqué des doigts à plusieurs reprises devant elle.

— Lucy, concentre-toi. Que t'a dit Jameson ?

— Ce n'était pas lui. C'était une infirmière. Jameson a eu un accident, ils… ils l'opèrent d'ici une demi-heure.

J'ai attendu qu'elle donne des précisions, mais elle m'a dévisagée d'un air impuissant.

— Viens, on y va, ai-je déclaré en l'entraînant avec moi.

Nous sommes sorties du club en courant et avons sauté dans le premier taxi que nous avons trouvé au coin de la rue. Heureusement, aucun paparazzi ne traînait dans les parages pour photographier notre départ précipité.

— Jason. Tu n'as pas prévenu Jason que tu partais, m'a fait remarquer Lucy, des sanglots dans la voix.

— Je sais. Et je n'ai pas mon téléphone avec moi. Je vais devoir t'emprunter le tien pour lui envoyer un texto. Pour l'instant, la priorité, c'est Jameson. Il faut qu'on arrive avant qu'il parte au bloc, d'accord ? L'hôpital n'est pas très loin, ça devrait le faire.

J'ai serré sa main et elle a serré la mienne en retour. On ne s'était pas lâchées depuis notre sortie impulsive des toilettes.

Elle a laissé échapper un sanglot.

— On pourrait aller un peu plus vite, s'il vous plaît ? ai-je imploré le chauffeur.

Lucy a laissé tomber sa tête sur mon épaule.

— Tu avais raison, l'autre jour. Je l'aime, a-t-elle confessé, avant d'ajouter, avec plus de verve : et je le déteste de m'avoir fait succomber.

— Oh, ma caille, ai-je dit avec douceur en m'efforçant de ne pas pouffer. Je suis certaine qu'il en est déjà conscient. Même tes profs sont au courant.

— Je le repousse toujours.

Sa voix s'est brisée.

— Je ne lui ai même jamais dit que je le détestais, a-t-elle maugréé. Il faut qu'il sache à quel point je le déteste de m'avoir fait craquer pour lui.

Je l'ai serrée dans mes bras.

— Si vraiment il ne l'a pas encore compris – mais je suis persuadée du contraire –, tu lui diras avant qu'il parte en salle d'opération, d'accord ? Il sera heureux de l'entendre enfin de ta bouche. Courage, on y est presque, ma belle.

Le taxi nous a déposées devant l'entrée des urgences et nous nous sommes ruées à l'accueil. Par chance, nous sommes tombées sur une infirmière qui a pu nous renseigner et nous avons réussi à rejoindre Jameson juste avant qu'il parte au bloc. Hélas, il était inconscient et couvert de bandages, ce qui n'a pas aidé Lucy à retrouver son sang-froid. Juste avant qu'on l'emmène, j'ai entendu Lucy lui chuchoter avec véhémence :

— Puisque je suis amoureuse de toi par ta faute, tu as intérêt à guérir fissa, comme ça, je pourrai te donner une bonne correction pour ce que tu m'as fait !

Son médecin nous a assuré que même si ses blessures étaient sérieuses, son pronostic vital n'était pas engagé. Apparemment, sa moto était entrée en collision avec une voiture qui roulait vite. Il avait une jambe cassée et de multiples fractures à l'omoplate et à l'avant-bras, ainsi que de nombreuses plaies et ecchymoses.

— Dis-moi qu'il va s'en sortir, Olive, m'a suppliée Lucy lorsqu'on s'est retrouvées assises dans la salle d'attente.

— Mais oui, il s'en est déjà sorti, Lucy. Tu as entendu le docteur. Il est entre de bonnes mains.

Elle a opiné du chef, puis s'est tue.

— Tu devrais appeler ses amis, ai-je suggéré au bout d'un moment. Je suis sûre qu'il sera content de les voir quand il pourra recevoir des visites.

— Tiens, j'avais oublié ! s'est-elle exclamée en me tendant son téléphone. Tu devrais d'abord appeler Jason. Il doit se demander où tu es passée. J'appellerai les potes de Jameson juste après.

J'ai pris son téléphone.

— Je reviens tout de suite. Ne bouge pas de cette chaise.

Soutenant mon regard pour la première fois depuis qu'elle avait reçu le coup de fil de l'hôpital, elle m'a adressé un petit sourire.

— Merci, Olive.

J'ai poussé un petit reniflement de dérision.

— Pourquoi ?

— Merci de m'avoir soutenue, d'avoir foncé tête baissée ici avec moi…

Elle était de nouveau au bord des larmes, mais elle souriait.

— Je ne suis pas sûre que j'aurais réussi à planter là Jason Thorn pour toi.

— T'inquiète, j'en suis sûre pour nous deux. Tu ne l'aurais pas lâché d'une semelle, ai-je plaisanté. Ça, je l'ai bien compris. Et garde tes larmes de crocodile pour Jameson ; il va être aux anges quand il découvrira à quel point tu te soucies de lui.

Elle a ri. Un rire vacillant, mais ça ferait l'affaire.

— C'est qu'il va adorer, ce petit con. Il va bomber le torse et crier sur tous les toits que j'ai pleuré pour lui.

Puis elle a secoué la tête en soupirant.

— Vas-y, maintenant. Appelle ton mari. Je ne bouge pas d'ici.

Je ne voulais pas m'éloigner de Lucy, aussi ai-je trouvé un petit coin tranquille où je pouvais la tenir à l'œil. Je me suis dépêchée de composer le numéro de Jason. La tonalité a retenti plusieurs fois, puis je suis tombée sur sa boîte vocale. Je lui ai laissé un petit message lui expliquant où j'étais et ce qui s'était passé, et j'ai insisté pour qu'il me rappelle avant de débouler à l'hôpital. C'était la soirée de son ami Devlin, et des amis, il n'en avait pas tant que ça ; je ne voulais pas qu'il laisse tout en plan brusquement alors qu'il serait inutile ici.

Je repris ma place à côté de Lucy.

— Il ne répond pas. Je lui ai laissé un message, je suis sûre qu'il rappellera dès qu'il l'entendra.

Nous nous sommes donc installées le plus confortablement possible et le jeu de patience a commencé.

Au bout de quatre heures, Jameson est sorti de chirurgie. Je n'avais toujours pas de nouvelles de Jason.

***

À cinq heures et demie du matin, j'insérais la clé de Lucy dans la serrure de l'appartement en priant quiconque voudrait bien m'entendre pour ne pas tomber nez à nez avec Charlotte ou Marcus. J'ai réussi à me faufiler dans la chambre de Lucy sans croiser personne et j'ai poussé un grand ouf de soulagement. En réalité, j'ignorais s'il y avait quelqu'un à l'appart, mais mieux valait jouer la carte de la précaution. M'efforçant de faire le moins de bruit possible, j'ai empaqueté de quoi nous changer, Lucy et moi, et je suis repartie sur la pointe des pieds.

À cet instant, ce qui me préoccupait surtout, c'était d'être toujours sans nouvelles de Jason. Au début, j'avais pensé qu'il était peut-être furieux que je me sois enfuie comme une voleuse, mais ensuite je me suis rappelé qu'il ne pouvait tout simplement pas se rendre à l'hôpital parce que tout le monde risquait de le reconnaître. Excuse plutôt foireuse, à mon humble avis.

Mais quand bien même, pourquoi ne m'avait-il pas encore contactée ? Pourquoi ne répondait-il à aucun de mes messages ? S'était-il passé quelque chose que j'ignorais au club ?

Y avait-il eu un tremblement de terre cette nuit ?

Lorsque j'ai regagné l'hôpital, Lucy était toujours assise là où je l'avais laissée.

— Il y a du neuf ? me suis-je enquise en posant le sac que je rapportais sur une chaise entre nous.

— Il est toujours en réanimation. On me préviendra quand je pourrai le voir. J'ai envoyé un message vocal à certains de ses potes, je suis sûre que dès qu'ils l'auront entendu, ils vont tous rappliquer.

— Et sa famille ?

Elle m'a enfin regardée. Elle semblait un peu revigorée, mais je voyais bien qu'elle luttait. Quelle nuit de merde pour nous deux.

— Il lui reste une tante et une grand-mère, mais elles vivent en Floride. Et je ne suis pas certaine qu'elles soient en état de faire le voyage. Je préfère qu'il les contacte lui-même. Pourquoi tu ne t'es pas changée à l'appart ?

— Je ne savais pas s'il y avait quelqu'un, me suis-je justifiée en serrant la poignée du sac. Je ne voulais pas risquer de les réveiller en faisant du bruit.

Elle a hoché la tête puis a jeté un coup d'œil en direction du bureau des infirmières. Je me suis levée en me frottant les yeux.

— Viens, on jure un peu dans le décor avec nos robes de soirée. On revient tout de suite.

J'ai traîné une Lucy réticente aux toilettes et nous avons enfilé des tenues plus confortables en vitesse. Le legging et les tennis que j'avais pris pour moi m'appartenaient, je les avais oubliés à l'appart quand j'avais déménagé, mais le tee-shirt de baseball était à Lucy et il était un peu trop étriqué à la poitrine.

— Comment se fait-il que mon legging ne t'arrive pas aux genoux ? s'est étonnée Lucy lorsque nous sommes ressorties des toilettes.

J'ai souri.

— Ce n'est pas le tien. Il est à moi. Je devais l'avoir oublié.

— Ah. D'accord.

— Lucy, tu n'as pas l'air en forme. Et si tu fermais les yeux quelques minutes ? Je vais guetter les docteurs.

Elle a enroulé son bras autour du mien et nous avons regagné nos chaises.

— Tu n'as pas bonne mine non plus, je te signale.

— Merci, c'est gentil, ai-je répliqué d'un ton morne qui eut le mérite de la faire pouffer. Allez, si le docteur se pointe, je te réveille, promis.

Lucy a avisé un médecin avec une barbe naissante qui s'entretenait avec une femme d'âge moyen. Elle m'a serré le bras.

— Ce n'est pas le même médecin, l'ai-je rassurée en lui tapotant la main.

En revanche, il ne m'avait pas échappé que la femme pleurait à chaudes larmes.

— Merci d'être restée avec moi, Olive, a-t-elle répété une fois de plus.

— Où voudrais-tu que je sois ?

Elle m'a regardée bien en face, puis a posé sa tête sur mon épaule et a fermé les paupières.

— Je parie qu'à mon réveil, Jason aura appelé. Tiens, au fait.

Elle a extirpé son téléphone de sa poche et me l'a confié.

— Il est sur vibreur, alors garde-le sur toi.

— Merci, ai-je dit en tournant et retournant l'appareil dans mes mains.

Il ne lui a pas fallu plus de quelques minutes pour s'assoupir. Tandis qu'elle dormait sur mon épaule, la salle d'attente s'est remplie et vidée plusieurs fois. Pas une seule fois le bruit et les voix n'ont perturbé son sommeil.

Lorsque le médecin est enfin venu la chercher pour l'emmener dans la chambre de Jameson, tôt ce matin-là, elle semblait presque dans son état normal.

J'ai décidé d'attendre encore un peu. Quelques minutes après son départ, les notifications ont commencé à pleuvoir sur son téléphone. Pensant qu'il devait s'agir de Jason ou des amis de Jameson, j'ai fait glisser mon doigt sur l'écran.

Pris la main dans le sac !!!
Est-ce déjà la fin pour
nos jeunes mariés préférés ?

Hier soir, Jason Thorn et sa jeune épouse assistaient à l'ouverture du Mad Play, le night-club de Devlin Parker, un ami de longue date de Jason. Jusqu'à présent, selon les dires de plusieurs sources proches du couple, nos jeunes mariés filaient le parfait amour et semblaient heureux. Vous vous souvenez peut-être des photos que nous avons partagées il y a quelques jours à peine, sur lesquelles on voyait Jason porter Olive jusqu'à leur caravane ? Eh bien, mes amis, il semble que tout ne soit pas si rose au paradis. Voyez plutôt les clichés qui nous sont parvenus. On les doit à un témoin anonyme présent au night-club lorsque l'incident s'est produit et on y découvre Jason Thorn visiblement très proche d'une blonde qui n'est certainement pas sa femme. Sur la première photo, la demoiselle est carrément assise sur ses genoux et lui murmure quelque chose à l'oreille alors qu'il a la tête renversée contre le mur.

Il avait pourtant été photographié en compagnie de sa chère et tendre à son arrivée au club. À l'heure qu'il est, nous ignorons quand Olive Taylor est partie en laissant le bel acteur livré à lui-même. De toute évidence, le climat n'est pas au beau fixe au sein du couple chouchou d'Hollywood.

On ne va pas se mentir, Mesdames, aucune d'entre nous ne rechignerait à partager le lit de Jason Thorn, mais le mariage qui le liait à la romancière à succès Olive Taylor avait réussi à susciter notre enthousiasme. Leur histoire d'amour, le roman, le fait que Jason soit l'amour de jeunesse de la belle… nous avions fini par espérer qu'Olive parvienne à conquérir le cœur de Jason une bonne fois pour toutes. Hélas, les photos qui viennent de fuiter nous prouvent une fois de plus qu'à Hollywood, mariage ne rime pas avec bonheur conjugal.

Comme le veut l'adage : « Chassez le naturel, il revient au galop. » Peut-être le sort de cette courte union était-il scellé depuis le début. Qu'en dites-vous ?

Pour l'instant, l'équipe de Jason Thorn refuse d'émettre le moindre commentaire sur ces photos et nous essayons toujours de localiser Olive Taylor afin d'obtenir sa version des faits.

30

Jason

— Il faut que tu te réveilles, mec.

Qui me parlait ? Devlin ? Mais qu'est-ce qu'il foutait chez moi ?

— Quoi ? ai-je coassé en m'efforçant de sortir du brouillard et d'ouvrir les yeux. Qu'est-ce que tu fais là ?

Quelqu'un a claqué des doigts devant moi, puis la voix d'Alvin a résonné.

— Tu crois que je dois appeler un médecin ?

— Alvin ? Qu'est-ce qui se passe, bordel ?

J'ai forcé mes paupières à se soulever, mais j'ai dû les refermer aussitôt en me couvrant le visage des mains. Une lumière aveuglante m'avait transpercé le cerveau.

— Que quelqu'un éteigne ces putains de lampes !

— C'est la lumière du jour, boss. Je ne crois pas qu'on puisse l'éteindre.

La main en visière, j'ai plissé les yeux en direction du visage inquiet d'Alvin, puis j'ai regardé autour de moi. J'étais allongé sur un canapé… Je me suis levé d'un bond, ce qui a éveillé toutes sortes de douleurs atroces dans mon crâne.

Bon sang. Mais combien de verres est-ce que j'ai bus hier ?

— On est où, là ? ai-je demandé d'une voix enrouée.

— Dans ma suite, a répondu Devlin avec un soupir malheureux.

Il m'a tendu une bouteille d'eau fraîche.

— Merci, ai-je marmonné.

Je l'ai bue jusqu'à la dernière goutte, puis je l'ai jetée à terre. Après ça, je me suis raclé la gorge et j'ai promené un regard circulaire dans la pièce.

— Qu'est-ce qu'on fait dans ta suite ?

Devlin a jeté un coup d'œil à Alvin.

J'ai enfoui ma tête dans mes mains.

— Putain, j'ai une de ces migraines ! Quelle heure il est, Alvin ? Je suis en retard sur le plateau ?

— Jason, est intervenu Devlin d'un ton sérieux.

— Quoi ? Dis donc, t'as jamais entendu parler d'un truc qui s'appelle « tentures », sale bâtard ?

— Comment tu te sens, Jason ? s'est-il inquiété au lieu de me répondre.

En fait, j'étais à deux doigts de gerber sur leurs chaussures. *Merde.*

— C'est assez violent. Je te suggère de m'indiquer la salle de bains. Tout de suite !

Lorsque j'ai eu fini de vomir tripes et boyaux, je me sentais encore plus mal qu'au réveil, si tant est que ce soit possible.

Je suis sorti de la salle de bains en titubant.

— Alvin, quelle heure est-il ?

— Tu vas t'asseoir, oui ? a aboyé Devlin.

— Pitié, pas si fort. Mais bordel, qu'est-ce que tu m'as fait boire hier ?

— Rien du tout, Jason.

Je me suis affalé sur le canapé et je me suis massé les tempes. Alvin continuait à tourner en rond, mais Devlin est venu s'asseoir en face de moi. Il n'avait pas l'air beaucoup plus en forme que moi.

Je me suis tourné vers mon assistant en fronçant les sourcils.

— Où est Olive ?

— Écoute, l'a devancé Devlin. Écoute, Jason. Tu es dans la merde. Et je suis dans la merde.

— Raconte, lui ai-je ordonné, me préparant au pire.

Si j'avais fait quoi que ce soit à Olive, si j'avais dit quelque chose qui l'avait blessée…

— J'ai interrogé tout le personnel, tous ceux qui ont été en contact avec toi au club. Et…

— Mais pourquoi ?

— Boucle-la et écoute. On pense que quelqu'un a mis un truc dans ton verre.

Je me suis levé d'un coup.

— Quoi ? Où est Olive, Alvin ? ai-je tonné en tâchant de faire abstraction de ma tête qui me maudissait pour ce mouvement brutal.

— On ne sait pas, patron, a-t-il répondu calmement.

— Comment ça, tu ne sais pas ? C'est quoi ce délire ? Et ses copines ? Elles sont où ? Il faut leur poser la question.

— Écoute, est de nouveau intervenu Devlin.

Cette fois, je me suis avancé vers lui. S'il disait encore « écoute » une seule fois, je lui collais mon poing dans la gueule.

Alvin a volé à son secours.

— J'étais en retard hier. Quand je suis enfin arrivé au club, Devlin m'a escorté jusqu'à ton salon privé et je t'ai trouvé avec une amie d'Olive… et tu te montrais un peu trop « amical » avec elle. Je ne sais pas ce qui s'est passé, mais ce que je sais, c'est que tu ne tromperais jamais Olive. Pas comme ça.

J'ai écarquillé les yeux, sous le choc. Je me suis vivement passé les mains dans les cheveux. Devlin était toujours assis, prostré, muet.

— Attends, tu te fous de moi ? ai-je lancé à Alvin. Putain, mais jamais je ne ferais ça ! Jamais. Je n'ai rien fait. Bordel de merde !

J'ai saisi le premier truc qui m'est tombé sous la main, un vase posé sur une table, et je l'ai fracassé contre un mur. Je l'ai regardé voler en éclats, la mine sombre.

— Qu'est-ce que tu as vu ? ai-je demandé en serrant les dents. Qu'est-ce que j'étais en train de faire ?

Je m'efforçais de contenir ma rage.

— Elle était assise sur tes genoux, mec.

Putain de merde !

Je me suis mis à arpenter la pièce et lorsque je me suis retrouvé face à un mur… je lui ai assené un violent coup de poing.

Sur le moment, l'idée m'avait semblé bonne. Avec la fureur qui bouillonnait en moi, j'aurais pu abattre l'immeuble tout entier à mains nues.

Sans prêter attention à mes articulations ensanglantées, j'ai lentement regagné le canapé et je me suis assis. Mon cœur n'allait pas tarder à jaillir de ma cage thoracique.

Je n'ai repris la parole qu'une fois mon souffle maîtrisé, quand je n'ai plus eu envie de démolir la terre entière.

— S'il te plaît, explique-moi tout.

Sans me quitter des yeux, Alvin s'est assis à l'autre extrémité du canapé.

— Je ne sais pas grand-chose, Jason. On t'a retrouvé comme ça. Tu ne te souviens vraiment de rien ? Cette fille était sur tes genoux et vous étiez en train de vous embrasser. Ou pas. C'est l'impression que ça donnait, je ne sais pas, mec. Tu étais assis, l'air complètement défoncé, et elle te tripotait un peu partout.

— Laquelle ?

— Quoi laquelle ?

— Laquelle de ses copines ? ai-je précisé entre mes dents serrées.

Il a consulté Devlin du regard, alors je me suis tourné aussi vers ce dernier.

— Lily, a répondu Devlin après avoir réfléchi un instant. Je me souviens qu'Olive l'a présentée comme étant Lily. Une blonde.

— Et il n'y avait personne d'autre dans la pièce ?

— Non, juste vous deux. Tu crois que c'est elle qui a trafiqué ton verre ? Parce qu'aucun de mes employés n'oserait faire un truc pareil. Ils ont été triés sur le volet, je les ai sélectionnés moi-même. Mais de toute façon, ils n'auraient aucune raison de faire ça.

— Mais on peut dire la même chose de cette Lily. C'est une amie d'Olive, putain.

— De quoi te souviens-tu exactement ? a insisté Alvin.

J'ai fouillé dans ma mémoire. De quoi est-ce que je me souvenais ? J'étais monté dans le salon VIP avec Olive. Je me rappelais l'avoir embrassée, et avoir eu très envie d'aller plus loin. Je sentais encore ses lèvres sur les miennes, ses mains dans mes cheveux. Elle frémissait toujours un peu quand je l'embrassais, comme si j'envoyais de petites décharges électriques dans son corps. J'adorais la dévorer de baisers. La toucher. Être avec elle, tout simplement…

J'ai secoué la tête.

— Pas grand-chose. Je n'ai pas vu Olive partir. Je me revois en train de papoter avec Lucy et Lily, mais c'est tout. Tu as essayé de l'appeler ?

Alvin a grimacé, et j'ai détesté ça.

— On n'a pas retrouvé ton téléphone, mais le sien était dans son sac à main… à côté de toi. Mais j'ai appelé Lucy, s'est-il empressé d'ajouter avant que j'explose à nouveau. Elle n'a pas encore répondu, mais je vais continuer à essayer. T'inquiète, Jason.

— Dis-lui le reste, est intervenu Devlin, la mine lugubre.

Je les ai considérés tour à tour.

— Quoi ? Quel reste ?

Nouvelle grimace d'Alvin. Pire que la première. Je ne voulais plus jamais voir ses traits se chiffonner comme ça.

— Quelqu'un vous a pris en photo, cette fille et toi, et ça a déjà fuité dans la presse. Tous les médias claironnent partout que tu as trompé Olive.

31

Olive

Pendant un instant, j'ai envisagé de sauter dans un autocar, mais j'avais assez d'argent pour prendre l'avion. C'est vrai, j'étais une romancière célèbre maintenant ; je pouvais me permettre d'acheter un putain de billet d'avion pour rentrer chez moi sans racler mon compte en banque jusqu'au moindre centime.

Alors c'est ce que j'ai fait.

D'abord, j'ai foncé chez Jason. Être la femme d'une star de cinéma avait ses avantages, comme ne pas devoir trimballer son portefeuille avec soi quand on était de sortie. La veille, je m'étais donc contentée d'une pochette qui pouvait à peine contenir mon téléphone, éventuellement un bâton de rouge à lèvres et basta. Par conséquent, j'étais obligée de faire une halte à Bel-Air pour emporter quelques effets personnels, de quoi me changer et surtout ma carte d'identité.

Sur place, j'ai eu beau m'efforcer de ne pas y prêter attention, je n'ai pas pu m'empêcher de remarquer que Jason n'était pas rentré. Quant à savoir où il avait terminé la nuit… je préférais ne pas y penser.

À midi et demie, j'atterrissais à San Francisco.

À quatorze heures, j'étais sur le seuil de la maison de mon enfance, là où tout avait commencé, l'origine du désastre.

J'ai pris une profonde inspiration et j'ai frappé à la porte.

Mon père a ouvert. On s'est observés pendant quelques secondes dans le plus grand des silences. Puis mes lèvres se sont mises à trembler et les larmes ont jailli.

— Ma puce, a soupiré mon père.

J'ai essuyé mes joues avec hargne. Pourquoi je pleurais, d'abord ?

— Je sais que tu m'en veux, papa, mais…

J'ai littéralement éclaté en sanglots.

Pitoyable, je sais.

Néanmoins, je me suis retrouvée blottie dans les bras de mon père et il m'a consolée avec les mots les plus doux.

Finalement, ça valait la peine d'être une pauvre chouineuse pathétique.

Que c'était bon d'être là, de sentir son étreinte. Je pouvais lâcher prise, maintenant, je savais qu'il prendrait soin de sa petite fille comme il l'avait toujours fait. Et qui oserait faire du mal à une petite fille dans les bras de son papa ? Parce que c'était ce qu'on redevenait toutes dans ces moments-là. On se sentait protégées et on n'avait plus qu'une envie : y rester bien au chaud jusqu'à ce que les monstres disparaissent, pas vrai ?

Vous n'êtes pas d'accord ?

Tant mieux pour vous et vive votre maturité. Faites péter le champagne. Félicitations, vous avez réussi à entrer dans l'âge adulte. De mon côté, on en était loin. Je restais bien trop attachée aux bras réconfortants de mon papa.

— Logan ? Qui est… Olive ? Oh, ma chérie.

Lorsque la voix de ma mère a résonné et qu'elle m'a caressé les cheveux avec tendresse, j'ai enfoui mon visage dans le cou mon père et j'ai pris tout l'amour qu'ils m'offraient.

32

Jason

Après la pire matinée de ma chienne de vie, nous avions enfin retrouvé Lucy. À l'hôpital, au chevet de son chéri. Elle avait l'air en piteux état, elle aussi, et je n'osais imaginer ce qu'elle avait enduré pendant qu'elle attendait que ce gars sorte de la salle d'opération. J'avais appris qu'Olive était restée pour la soutenir. Dans la mesure où elle était introuvable, on pouvait considérer cette information comme un bond dans notre enquête. Pendant que j'étais dans les vapes, Olive avait passé toute la nuit à l'hôpital.

À vrai dire, c'était un miracle qu'on ait réussi à obtenir ces infos. Lucy était au courant de la tempête médiatique qui s'abattait sur moi et elle était aussi furieuse que moi, si pas plus. À ceci près que c'était moi qu'elle avait envie de réduire en bouillie au lieu du sale traître qui m'avait drogué et pris en photo.

Il a fallu un peu de temps, mais on a fini par réussir à lui donner la véritable version des faits et elle a eu l'air disposée à nous croire. À force de la supplier, je suis parvenu à la faire céder et elle m'a révélé qu'Olive avait pris un vol pour San Francisco il y avait plusieurs heures.

À vingt-deux heures, je me trouvais à bord d'un avion de ligne – pas le temps d'attendre un jet privé – à destination de San Francisco.

***

Quelle étrange sensation que de me retrouver dans le quartier où j'avais passé une grosse – et importante – partie de ma jeunesse ! Il y flottait toujours la même odeur et les habitations étaient telles que dans mes souvenirs. Celle dans laquelle ma mère avait décidé de s'ôter la vie n'avait pas changé non plus. Voilà un souvenir que j'aurais voulu pouvoir effacer de ma mémoire. La maison avait l'air un peu plus habitée, il n'y avait pas toutes ces fleurs quand j'étais ado, mais elle n'avait pas bougé.

Pourvu que la famille qui y avait élu domicile soit plus heureuse et plus équilibrée que la mienne. Pourvu que les enfants qui y grandissaient ne soient jamais témoin de la lente descente aux enfers de leur mère. Et si la vie ne leur faisait pas de cadeau, j'espérais au moins qu'ils pouvaient trouver refuge chez des voisins, une famille qui prenne soin d'eux, comme Logan et Emily l'avaient fait pour moi.

Dans l'avion, j'étais terrifié à l'idée de sonner chez les Taylor au beau milieu de la nuit, mais là tout de suite, ça ne me semblait plus aussi insurmontable. J'avais plutôt l'impression de rentrer chez moi, un sentiment agréable pour quelqu'un qui n'avait pas eu de véritable « chez-soi » pendant la majeure partie de sa vie, quelqu'un qui avait perdu ses deux parents en cours de route et qui, pendant longtemps, n'avait pas eu de port d'attache quand les orages de la vie se déchaînaient sur lui.

Cela dit, même si je m'en étais fait une montagne pour rien, la situation n'en restait pas moins épouvantable. Comme moi, en fait. J'étais dans un état épouvantable, à l'extérieur comme à l'intérieur.

Après avoir passé dix bonnes minutes à tergiverser sur le perron – comment les parents d'Olive allaient-ils réagir, Olive accepterait-elle seulement de me voir ? –, j'ai pris mon courage à deux mains et j'ai frappé à la porte.

C'est Dylan qui a ouvert et son regard s'est durci dès qu'il m'a vu. Je suis resté cloué sur place en découvrant mon meilleur ami après toutes ces années.

Visiblement, Dylan était beaucoup moins ébranlé.

J'ai senti un sourire naître sur mes lèvres. Grave erreur. Dylan s'est renfrogné. Plutôt que de se réjouir comme je l'avais espéré, il est sorti et a discrètement refermé la porte derrière lui.

— Qu'est-ce que tu viens foutre ici, Jason ?

— Dylan. Merde alors. Ça me fait trop plaisir de te revoir, frère.

Je luttais de toutes mes forces pour empêcher mon sourire de continuer à s'élargir, mais… bon sang, c'était mon meilleur ami et je ne l'avais plus vu depuis des années.

Lui restait impassible.

— Je te repose la question : qu'est-ce que tu viens foutre ici ? Tu ne crois pas que tu as déjà fait assez de dégâts ?

Mon sourire s'est évanoui ; trop tard pour ne pas accuser le coup. Il voulait jouer au gros con ? Très bien. Je savais y jouer aussi.

— Apparemment, tu t'en bats les steaks de me revoir. Ça tombe bien, ce n'est pas pour toi que je suis venu. Je veux voir ma femme.

— Ta femme ?

Il a lâché un petit rire dépourvu d'humour.

— Arrête tes conneries, Jason. Même si Olive refuse de l'admettre, toi et moi, on sait très bien que c'est du flan, que tu fais ça juste pour tromper le public. Tu te sers d'elle pour te racheter une conduite et elle s'est laissée embobiner de son plein gré parce qu'elle est assez stupide pour prendre ses rêves pour la réalité.

— Tu ne sais rien sur nous, Dylan.

— Sur *nous* ? Il n'y a pas d'*elle et toi*, Jason. Tu es au courant qu'elle t'aime ? Elle a été amoureuse de toi presque toute sa vie, putain. Tu comptes vraiment continuer ton sale petit jeu, sachant que le jour où tu t'en lasseras, ça la détruira ?

J'ai baissé la tête en serrant les poings.

— Je refuse qu'elle te voie, a-t-il décrété. Tu vas gentiment faire demi-tour et…

— Ton opinion, je m'en balance, ai-je rétorqué sur un ton menaçant, lui rabattant le caquet. Je passerai cette porte, même s'il faut que je te colle mon poing dans la gueule pour y arriver.

Il a croisé les bras en me défiant du regard.

— Vas-y, essaie pour voir. Donne-moi une bonne raison de te défoncer la…

— J'aime ta sœur, espèce de crétin.

Je me suis approché.

Il s'est avancé aussi. Les poings crispés, il me toisait.

— Tu mens, fils de pute.

Avant qu'il ait pu faire quoi que ce soit, la porte s'est ouverte derrière lui et son père est apparu sur le seuil.

— Ça suffit, Dylan, a-t-il tonné en refermant la porte délicatement.

Je suis resté pétrifié. Puis, j'ai lentement desserré les poings.

Devant moi se tenait un homme que j'avais adulé quand j'étais gosse, un homme qui savait prendre soin de sa famille, qui n'avait pas peur de témoigner de l'amour à ses enfants, à sa femme… et même au fils des voisins.

À l'instar du quartier, Logan n'avait pas changé. Un peu plus grisonnant peut-être, et les ridules du sourire légèrement plus marquées autour des yeux, mais son allure, son envergure, bref tout ce qui faisait sa personnalité, étaient intacts.

Pourquoi fallait-il qu'il soit sorti ? Je ne pouvais pas me battre avec lui. J'aurais volontiers donné une bonne correction à Dylan, mais pas à son père.

J'ai fait un pas en arrière en essayant de relâcher la tension qui s'était logée dans mes muscles.

Logan a poussé son fils sur le côté avec vigueur.

— Je n'aime pas la raison qui t'amène ici, mais je suis quand même content de te revoir, Jason, a-t-il déclaré.

Un petit sourire dansait sur ses lèvres. Peut-être me restait-il une chance de parler à Olive. Logan me croirait peut-être, lui. J'avais de nouveau dix-sept ans. J'ai baissé les yeux en me frottant la nuque. Je n'allais tout de même pas me mettre à chialer… ?

— Vous ne pouvez pas savoir à quel point je suis heureux de vous revoir, monsieur Taylor.

— Je suppose que tu es là pour Olive ?

J'ai fusillé Dylan du regard et je ne l'ai pas lâché des yeux tandis que je répondais à son père.

— Oui, je suis là pour Olive.

— Tu ne la verras pas, a grondé Dylan en s'avançant de nouveau vers moi.

Cette andouille avait vraiment envie de se prendre une raclée.

— Dylan, ça suffit, s'est interposé Logan. Du calme.

Puis, il s'est de nouveau adressé à moi.

— Avant que tu puisses la voir, je veux qu'on ait une petite discussion, ça te va ?

— Bien sûr.

On s'est assis côte à côte sur les marches du perron. Au lieu de venir me narguer, Dylan est judicieusement resté en retrait près de la porte. S'il s'imaginait encore qu'il avait une chance de m'empêcher de voir Olive, il risquait d'être surpris.

Je lui casserais la figure sans hésiter.

— Olive n'est pas très bavarde sur le sujet, alors c'est toi qui vas devoir m'expliquer ce qui se passe, Jason. Et je veux que ça vienne de toi, ne me sers pas le discours tout prêt de ton attachée de presse.

J'ai froncé les sourcils.

— Je vous dirai tout ce que vous voulez savoir. Sans rien vous cacher.

— Je n'ai pas eu le même son de cloche du côté d'Olive. J'ai plutôt l'impression que jusque-là, elle essayait de nous en dire le moins possible.

J'ai commencé à me masser le front.

— Ça, c'était avant.

— Et maintenant ? Quelque chose a changé ?

J'ai appuyé un peu plus fort sur mon front.

— Oui. Tout a changé.

— Il paraît que tu as épousé Olive pour redorer ton blason. C'est vrai ?

J'ai tressailli. *Merde !* Je n'avais vraiment pas besoin d'un interrogatoire.

— Oui, ai-je avoué dans un soupir. Mon attachée de presse pensait que ça pouvait sauver ma carrière après toutes mes bêtises. J'ai retrouvé Olive par hasard, on s'est croisés plusieurs fois et j'ai… Et puis tout le monde nous a vus ensemble et a cru…

J'ai laissé ma phrase en suspens.

— Je vois. Alors, qu'est-ce qui a changé, depuis ?

J'ai relevé la tête pour le regarder droit dans les yeux. J'avais du mal à déterminer s'il était en colère contre moi ou pas, mais j'ai décidé d'être honnête.

— Je suis tombé amoureux de votre fille, monsieur Taylor. Voilà ce qui a changé, ai-je ajouté en décochant un regard noir à Dylan.

— Et tu penses que ma fille est amoureuse de toi aussi ?

J'ai rompu le contact visuel avec Dylan pour fixer un point droit devant moi.

— Je ne sais pas. Mais j'espère que la réponse est oui.

— Alors qu'est-ce qu'elle fait ici ? On a suivi les infos, tu sais. Si tu es amoureux d'elle, comme tu le prétends, que s'est-il passé ?

Je lui ai tout raconté. Enfin, sauf le moment où j'avais eu très envie de pénétrer sa fille fougueusement sur le balcon, devant tout le monde. Non, ça, je l'ai gardé pour moi, bien sûr.

Bref, j'ai tout déballé – pas uniquement que quelqu'un avait trafiqué mon verre, mais aussi tout ce qu'il y avait entre Olive et moi – et, au fur et à mesure, Dylan s'est rapproché de nous, les traits radoucis.

Après m'avoir écouté pendant je ne sais combien de temps, Logan m'a tapoté l'épaule en souriant et s'est levé.

— Je vais vous laisser entre vieux copains, vous devez avoir des tas de choses à vous raconter. Olive dort, mais tu peux passer la nuit ici et tu lui parleras demain matin. Je suis sûr qu'Emily sera folle de joie.

En partant, il s'est arrêté à côté de Dylan.

— Ta sœur n'est plus une gamine, Dylan. Elle est assez grande pour se faire sa propre opinion sur Jason. Ne te mêle pas de ça.

Il est rentré en refermant derrière lui et Dylan a pris sa place.

— Alors comme ça, tu l'aimes vraiment ? Tu le lui as dit, au moins ? m'a-t-il interrogé, l'air fatigué.

Pour ma part, j'étais vidé.

— Ah parce que tu me crois maintenant ? C'est trop sympa, ai-je répliqué avec sarcasme.

Il fallait qu'il arrête de me faire chier avec ça. J'étais épuisé et je n'avais vraiment plus envie de me battre.

— Je ne l'ai compris qu'aujourd'hui, ai-je fini par reconnaître, alors lâche-moi la grappe. J'ai passé toute la journée à la chercher.

— Tu as l'air surpris à chaque fois que tu dis que tu l'aimes, pourtant tu n'arrêtes pas de le répéter.

— Si ça te pose un problème que je sois amoureux d'elle, laisse-la en dehors de tout ça. Je ne veux pas que tu dises un truc qui pourrait lui faire mal, ai-je grommelé en avisant la maison d'en face, de l'autre côté de la rue.

M. et Mme Kealey habitaient-ils toujours là ?

— Attends, tu ne serais pas en train de protéger *ma* sœur contre moi, par hasard ?

— Si, ai-je répondu platement. T'as jamais pu t'empêcher d'ouvrir ta grande gueule pour l'emmerder. Je ne te laisserai pas lâcher une connerie qui pourrait la faire souffrir. Peu importe que tu sois son frère.

Il m'a regardé d'un drôle d'air indéfinissable.

— Peuh ! a-t-il fait.

Le silence est retombé pendant un long moment.

— Qu'est-ce que tu fais à San Francisco, au fait ? ai-je demandé lorsque ce silence est devenu trop pesant.

Je mourais d'envie d'aller parler à Olive, mais elle dormait, d'après Logan. Comment allait-elle ? Était-elle en colère ? Triste ? Déçue ?

— Ma femme passe le week-end chez sa meilleure amie qui vient d'avoir un bébé.

Ça se tenait.

Silence.

— Est-ce que tu avais déjà des sentiments pour elle quand on était gamins ? a demandé Dylan.

Je m'étais posé cette question des milliers de fois, mais je n'avais toujours pas trouvé la réponse.

— Je ne sais pas, ai-je répondu dans un soupir. Je ne pense pas. Enfin, elle était déjà ma petite Olive. Mon pote, c'était toi, mais j'adorais passer du temps avec elle autant qu'avec ta sale gueule.

Il a gloussé et je me suis un peu détendu.

— Mais, non, ai-je continué, je n'appellerais pas ça de l'amour. Elle était trop jeune. Alors, oui, peut-être qu'elle en pinçait déjà pour moi, mais c'était sûrement parce que j'étais le seul garçon qui traînait dans le coin. Je ne crois pas que c'était sérieux.

— Moi, si, a-t-il affirmé en éjectant un petit caillou du bout du pied.

— Quoi ?

Il s'est frotté le visage.

— Pour elle, c'était pas un petit truc en passant. J'essayais de rester discret, mais je n'arrêtais pas de lui répéter de ne pas te coller comme ça. Tu te rappelles cette fille qui t'avait envoyé des textos un soir, juste avant… ton déménagement ?

J'ai eu beau réfléchir, ça ne me disait rien du tout.

— Une fille de notre classe ?

— Non. Une inconnue.

— Comment veux-tu que je me souvienne de ça ?

— C'était Olive.

— Quoi ?

J'ai tourné la tête vers lui si vivement que j'ai entendu quelque chose craquer dans ma nuque.

— Je crois que je l'aurais su, si Olive m'avait envoyé des textos, ai-je objecté en riant. J'avais son numéro.

— Elle avait emprunté le téléphone d'une copine ou un truc comme ça, a argué Dylan avec un soupir agacé. En tout cas, elle a essayé de te le dire. Déjà à l'époque, elle prenait des risques pour se rapprocher de toi. Je ne sais pas ce qu'elle espérait en t'envoyant ces messages, mais…

— Comment se fait-il que tu sois au courant de tout ça, au fait ?

— C'est ce que j'essaie de t'expliquer, demeuré. Ce soir-là, tu m'as annoncé que tu étais en train d'échanger avec une fille, puis tu es descendu. Je suis allé dans la chambre d'Olive pour voir si elle allait bien, mais elle n'était pas là. Et il y avait un téléphone posé sur son lit. Comme ce n'était pas le sien, j'y ai jeté un coup d'œil. Imagine ma tête quand je suis tombé sur tes textos.

— Et qu'est-ce que tu as fait ?

— À ton avis ? J'ai pris ton téléphone et je lui ai répondu à ta place.

33

Olive

Quand j'ai émergé la première fois, il faisait encore jour et Dylan était en train d'élever la voix en bas. Ce serait sans moi. J'ai rabattu les draps au-dessus de ma tête, bien décidée à me rendormir. De toute façon, je n'avais envie de rien d'autre.

La deuxième fois que je me suis réveillée, j'étais en train de suffoquer sous les draps. Le soleil n'était toujours pas couché. J'ai ôté la couverture pour ne garder qu'un fin drap en me délestant de mes vêtements au passage.

La troisième et la quatrième fois, j'ai rouvert les yeux parce que je ne me sentais pas bien dans ma peau.

Je n'arrêtais pas de me tourner et de me retourner. J'en voulais à la terre entière et puis voilà. Au moins, la nuit était enfin tombée.

La cinquième fois… La cinquième fois, mon sommeil a été interrompu parce que quelqu'un se glissait dans mon lit.

Je n'ai pas ouvert les yeux, mais j'ai tout de suite su que c'était Jason ; je reconnaîtrais son odeur entre mille. Tout mon corps s'est crispé, mais j'ai tenté de ne pas le montrer et j'ai redoublé d'efforts pour maîtriser ma respiration.

Dylan était plus remonté contre Jason que toute la famille réunie ; jamais il ne l'aurait laissé entrer dans la maison et encore moins me rejoindre au lit. Mais alors, comment était-il arrivé là ? Je n'ai pas dû attendre trop longtemps pour avoir la réponse.

— Ta mère m'a installé sur le canapé, mais je suis monté en douce, a murmuré Jason. Il ne faut pas faire de bruit, sinon ton couillon de frère va débouler en hurlant. Il est persuadé qu'il doit protéger ma femme contre moi.

Il a marqué une pause.

— Si tu savais comme c'est bizarre pour moi de revenir ici, Olive. Par contre, me faufiler dans ta chambre comme ça… je ne sais pas pourquoi, ça ne me paraît pas bizarre du tout.

Je n'avais toujours pas bronché, mais ça ne l'a pas empêché de continuer.

— Olive…a-t-il soupiré. Quand est-ce que tu as commencé à me manquer à ce point, mon cœur ? Quand est-ce que je…

Nouveau soupir.

— J'ai eu si peur quand Alvin m'a annoncé qu'ils ne savaient pas où tu étais passée.

Silence.

Lentement, il a baissé le drap et a effleuré mon épaule nue du bout des doigts.

Merde ! À quel moment j'avais trouvé intelligent de dormir en top et en petite culotte ? J'aurais dû continuer à suffoquer en paix. Lorsqu'il a atteint ma hanche et qu'il a compris que je n'étais pas très vêtue sous mon drap, il a repoussé ce dernier jusqu'à mes cuisses en aspirant entre ses dents.

La gorge nouée, j'ai attendu. Qu'allait-il faire ensuite ? Était-il venu m'annoncer notre divorce ? Si nous vivions nos derniers instants, alors je comptais bien profiter de chaque seconde.

Je sais ce que vous vous dites, mais vous êtes sûrs d'avoir bien lu le passage où je disais que j'avais tout à fait conscience d'être pitoyable ?

— Est-ce que ton cœur ne bat toujours que pour moi, Olive ? s'est-il enquis d'une voix grave et tendre.

J'ai pressé les paupières.

— Je me demande si tu sens mes caresses dans tes rêves… et si c'est pour ça que ton cœur bat si fort.

Ses paroles étaient une caresse sur ma peau. Je l'ai laissé se balader sur tout mon corps avec sa main et séduire mon cœur avant que ma raison ne mette le holà.

— Tu m'as manqué, bébé. Si je t'embrasse, Olive…

Ses lèvres chaudes se sont posées en douceur sur mon épaule. Il s'est rapproché. Un frisson m'a parcouru l'échine et je n'ai pu réprimer un petit gémissement. Jason a poursuivi comme si de rien n'était.

— Si je t'embrasse, tu voudras bien t'éveiller et jouer avec moi ? J'ai tellement envie de sentir ta bouche sur la mienne, Olive. S'il te plaît, bébé, tu veux bien arrêter de faire semblant de dormir ?

Démasquée. Trop fatiguée pour perdre mon temps à ça, j'ai ouvert les yeux dans l'obscurité de ma chambre.

— Qu'est-ce que tu fais là, Jason ? ai-je fini par murmurer ?

— Tu veux bien me regarder, mon cœur ? S'il te plaît ?

J'ai roulé sur moi-même pour lui faire face, mais je n'étais pas à l'aise. Nous étions trop proches, le lit de mon enfance étant un peu trop étroit pour pouvoir maintenir une distance respectable. J'ai reculé jusqu'à l'extrémité du matelas et j'ai gardé les yeux fixés sur le drap.

— Je peux te raconter ce dont je me souviens d'hier soir ? Tu veux bien m'écouter ?

— Ai-je le choix ? Tu es dans mon lit et je n'ai nulle part d'autre où me réfugier.

La nuit était sombre et on n'y voyait pas grand-chose, mais il a tout de même levé même mon menton pour m'obliger à soutenir son regard. Je me suis focalisée sur sa barbe de trois jours.

C'est ainsi, je suis une rebelle, moi.

— Je ne veux plus jamais que tu me fuies. Si tu recommences, je viendrai te rechercher quoi qu'il arrive. Je veux que tu te graves bien ça dans ta tête. En retour, je te promets de ne plus jamais te donner une seule raison de me fuir.

J'en suis restée coite.

— La dernière chose dont je me souvienne hier soir, c'est d'être monté dans un salon VIP avec toi et d'avoir cherché les bons arguments pour que tu me laisses te faire l'amour là-haut.

Il a frôlé mes lèvres du bout des doigts, j'ai frissonné, mais a continué à caresser celles-ci sans y prêter attention.

— Ensuite, on s'est embrassés, Olive, non ? Jamais je ne pourrais oublier un baiser avec toi.

Moi non plus.

Mince ! Voilà que les larmes me montaient aux yeux !

— Je me rappelle aussi avoir discuté avec Lucy et Lily, mais après ça, c'est le trou noir, Olive.

Il a marqué une pause.

— Tu sais où je me suis réveillé, ce matin ?

Je me préparais au pire, mais au lieu de continuer son récit, il a repoussé mes cheveux en arrière.

— Tu trembles, mon cœur. Tu devrais venir près de moi pour que je puisse te réchauffer.

Je n'ai pas bougé. Lorsqu'il a été satisfait de la position de mes cheveux, il a soupiré et a repris son histoire.

— Je me suis réveillé dans la suite de Devlin, à l'hôtel. Alvin était là aussi. Ils pensent que quelqu'un a trafiqué mon verre parce que mon attitude était bizarre et que, quand je me suis réveillé, je ne me rappelais même pas où tu étais.

Tous mes muscles se sont tendus.

— Tu veux bien venir dans mes bras ? Tu vas tomber et j'ai peur que le valeureux Dylan débarque pour te défendre.

— Il sait que tu es dans ma chambre ?

— Pas encore. Pour être franc, j'aimerais que ça reste comme ça.

Il m'a pris la main et m'a tirée en douceur. J'ai cédé à contrecœur. Quand j'ai été assez proche, il m'a enlacé la taille et m'a ramenée contre son torse en appuyant son front contre le mien. Je l'ai discrètement humé.

Il a poussé un long soupir, comme s'il était soulagé.

— Je ne sais pas comment te convaincre que c'est la vérité, Olive, mais j'espère que tu vas me faire confiance. Quand il a vu mon état, Devlin a interrogé tout son personnel, mais en dehors de ce seul verre, je n'ai rien consommé. Et personne n'aurait pu y mettre quoi que ce soit, puisque le serveur me l'a servi dans le salon VIP, tu l'as vu toi-même.

Quelque part dans la maison, une porte s'est ouverte. On s'est figés. Quelques secondes plus tard, on a reconnu le bruit de la porte de la salle de bains qui s'ouvrait et se refermait.

Une fois le champ libre, Jason a repris son récit à voix basse.

— J'ai embarqué Alvin avec moi, on est allés à ton ancien appart pour voir si Lucy y était, mais non. Par contre je suis tombé sur Lily et j'ai complètement pété les plombs. Je lui ai peut-être fait un peu peur, mais ça valait la peine, parce qu'elle a avoué qu'elle avait mis un truc dans mon verre avec Charlotte. D'après Lily, c'est Charlotte qui a eu l'idée de prendre des photos de moi dans cet état et de les laisser fuiter dans la presse. Je ne sais pas trop si c'est vrai, en tout cas, c'est ce qu'elle prétend.

Jason a essuyé mes joues. Je n'avais même pas remarqué que je pleurais.

— Et comme si ça ne suffisait pas, l'une d'entre elles a aussi appelé les tabloïds anonymement pour dénoncer notre mariage arrangé.

J'ai secoué la tête, abasourdie.

— Ça ne peut pas être Lily. Je la connais à peine. Pourtant, je te jure que je n'ai rien dit à Charlotte. Il n'y a que Lucy qui est au courant.

— Ce n'est pas grave, mon cœur. Aucune importance. Megan a fait jouer ses relations et personne n'a pris cette info au sérieux.

Il a promené ses lèvres sur mon front. Je ne me suis pas écartée.

— Pourquoi on n'appellerait pas Lucy pour qu'elle puisse te confirmer ce que je viens de te raconter, a-t-il suggéré.

Il a pris quelque chose dans sa poche arrière et me l'a tendu. Mon téléphone. La batterie était presque morte.

J'ai composé le numéro de ma meilleure amie.

— Lucy ? Salut.

— Salut, ma caille. Ça va, tu tiens le coup ?

— C'est plutôt à moi de te poser cette question ? Comment va Jameson ?

J'essayais de parler le moins fort possible.

— Il est réveillé. Et il est déjà en train de me pourrir la vie. Franchement, là tout de suite, je me fais beaucoup plus de souci pour toi. Tu m'avais promis de m'appeler dès que tu serais chez tes parents.

— Oui, excuse-moi. Quand j'ai vu mon père, j'ai…

— T'inquiète, je comprends. Je suppose que ton chéri t'a rejoint et que c'est pour ça que tu m'appelles.

J'ai pincé les lèvres. Et c'est tout ce dont j'ai été capable.

— Je ne sais pas ce qu'il t'a raconté exactement, mais c'est la vérité, ma petite Olive verte. J'ai parlé à Charlotte il y a quelques heures, ou plutôt je me suis disputée avec elle. Tu te rappelles le soir où je t'ai ramenée à l'appart et où Marcus a insisté pour t'emmener dans sa chambre ? Eh bien, apparemment, c'est ce soir-là qu'elle a compris que Marcus n'hésiterait pas à la jeter comme une vieille chaussette dès l'instant où tu aurais décidé de revenir dans ses bras. C'est sans doute pour ça qu'elle t'a dit qu'elle avait couché avec lui alors que vous étiez encore ensemble. Et si tu veux mon avis, après ce qui s'est passé hier, j'ai de gros doutes sur son histoire.

Plus Lucy parlait, moins je comprenais. Droguer quelqu'un délibérément, c'était quand même vachement plus grave que tromper quelqu'un ou faire semblant de le tromper. Et où avait-elle bien pu se procurer une pilule qui mette Jason dans un tel état ?

— D'après moi, elle a inventé toute cette histoire d'infidélité pour s'assurer qu'il ne te prenne pas l'envie de reconquérir Marcus et elle a joué ce sale tour à Jason pour que tu ne l'aies pas, lui non plus. Le pire, c'est qu'à l'entendre, elle t'a rendu service parce que « ça devait arriver de toute façon ». Ce que cette garce n'a pas pigé, c'est que Jason est amoureux de toi.

— Tu es bien la seule à penser ça.

— Oh, s'il te plaît. Au contraire, il n'y a que toi qui ne le penses pas.

— Ma batterie est presque vide, il faut que j'y aille, Lucy. Je peux te rappeler demain ?

Elle a émis un son qui m'a clairement fait comprendre que je lui tapais sur les nerfs.

— D'accord. On s'appelle. Mais ne déconne pas, Olive. Tu as intérêt à me donner une bonne nouvelle demain. Et si tu pouvais lui toucher un mot, tu sais… au sujet de mon adoption. Il est encore plus sexy quand il est furieux. Allez, prouve-moi que tu peux aussi être une vraie copine parfois, demande-lui.

J'étais encore en train de secouer la tête quand elle a raccroché.

J'ai poussé mon téléphone sous mon oreiller.

— Alors ? s'est enquis Jason, ne laissant pas le silence s'installer. Tu me crois ?

— Je n'avais pas besoin d'appeler Lucy pour te croire, Jason. Seulement, ce genre de tragicomédie, c'était plutôt censé se produire avec l'actrice qui partage l'affiche avec toi, pas avec une de mes meilleures amies. C'est Lindsay que j'aurais dû détester, elle qui aurait dû tomber amoureuse de toi et foutre notre mariage en l'air.

Un petit sourire a incurvé ses lèvres.

— C'est vraiment ce qui était censé se produire ?

— Oui, ai-je affirmé, dépitée. En tout cas, c'est comme ça que ça se passe dans les livres. C'est toujours la collègue, la méchante, ou une ex à la rigueur. Je suis vraiment désolée pour ce que ma…

Ses lèvres se sont écrasées sur les miennes et les anges se sont mis à chanter au-dessus de nous.

Cette action inattendue m'a arraché un petit cri qu'il a happé avec sa bouche avant d'introduire sa langue dans la mienne. Je me suis cramponnée à son tee-shirt et je l'ai rapproché de moi, mais au moment où je commençais à me perdre dans notre baiser, il s'est écarté.

— C'est tout ce que je voulais entendre, a-t-il dit tandis que son souffle chaud et saccadé se mêlait au mien.

J'ai lentement déplié les doigts de son tee-shirt et j'ai pris une profonde inspiration pour reprendre mes esprits.

— Ce n'est plus un jeu, n'est-ce pas ? ai-je demandé.

— J'y ai réfléchi pendant le trajet en venant ici. Et je ne suis pas certain que ça l'ait été un jour, mon cœur.

— Et maintenant, qu'est-ce qu'on va faire ?

— Demain, je te ramène à la maison avec moi.

— Et puis quoi ? On fera comme si rien ne s'était passé ?

Je me suis contorsionnée pour me libérer de ses bras et je me suis couchée sur le dos.

— Je ne sais pas si…

— N'achève pas cette phrase. Oui, on fera comme si rien ne s'était passé, parce qu'il ne s'est rien passé. Tu es ma femme, Olive. Tu as commis l'erreur de dire oui, et tu ne peux pas te rétracter. Je ne te lâcherai pas si facilement.

Qui a dit que je voulais que tu me lâches, mon bonhomme ?

Soudain, Jason a roulé sur lui-même et s'est retrouvé sur moi, en train de se frayer un passage entre mes jambes.

J'ai poussé un petit cri en sentant son érection.

— Mais qu'est-ce que tu fais ?

J'ai jeté un coup d'œil paniqué en direction de la porte, par-dessus son épaule.

— Je tombe amoureux de toi.

— Là tout de suite ? Tu es en train de tomber amoureux de moi à cet instant précis ? Mais bien sûr.

Il s'est penché et m'a mordillé les lèvres.

— Non, mademoiselle Je-Sais-Tout. Je suis tombé amoureux bien avant – une chute assez grave, même, si tu veux mon avis. Voilà, maintenant à ton tour.

— Mon tour ?

— De dire que tu m'aimes. Comme ça, je pourrai fermer les yeux et me laisser porter par la douce folie de l'amour.

— Tu n'as pas tout à fait dit que tu m'aimais, alors pourquoi je le ferais ? On devrait commencer par toi.

Il a de nouveau incliné la tête vers moi, mais cette fois très lentement, comme s'il voulait me donner la possibilité de tout arrêter.

— Embrasse-moi, Olive, a-t-il murmuré au moment où nos lèvres se sont frôlées.

Presque malgré moi, j'ai comblé la distance et je l'ai embrassé tendrement. C'est qu'il me cherchait, le petit coquin.

— Et où sont passés le ton autoritaire et les ordres ? ai-je raillé gentiment.

— La ferme, femme. Embrasse-moi.

— Je cr…

Il m'a fait taire en m'entraînant dans un baiser de plusieurs minutes – des minutes délicieuses. Lorsque nous avons arrêté, nous étions tous les deux hors d'haleine.

— Dis-le, s'il te plaît, a-t-il chuchoté avant de déposer des petits baisers tout légers sur tout le pourtour de ma bouche.

— Je t'aime, Jason Thorn.

Je t'aime depuis si longtemps que c'en est même inquiétant.

Mon cœur s'emballait. Les papillons qu'il avait fait naître en moi le tout premier jour ne cessaient de se multiplier. Je me sentais mal.

Et vulnérable.

Et pleine d'espoir.

Tellement pleine d'espoir.

Il a fermé les yeux et a posé le front sur le mien.

— Le soir où je t'ai vue chanter dans ce bar avec ta copine… C'est là que j'ai complètement craqué pour toi.

— Excuse-moi, tu pourrais répéter avec les mots corrects ?

Il a souri.

— Je t'aime, ma magnifique petite Olive. Ma femme.

Inspire.

Expire.

Continue, Olive. Tu peux y arriver !

— Pas mal, ai-je déclaré avec une petite tape sur l'épaule, feignant l'indifférence alors que j'étais à deux doigts de la crise cardiaque.

Il a gloussé.

— Alors, mon amour est acceptable ?

— Mmmoui. Pourquoi pas, ai-je répliqué d'un ton évasif.

Sans cesser de pouffer, il a recommencé à m'embrasser, dans le cou cette fois, et j'ai dû fermer les yeux pour ne pas perdre la tête.

— Tu arrives avec plus de dix ans de retard, mais qu'est-ce que c'est bon d'entendre ces mots-là dans cette chambre, ai-je murmuré.

Il a glissé la main sous mon top et est remonté lentement en me caressant.

— Il y a autre chose que tu as envie d'entendre ou de faire dans cette chambre ? Je suis prêt à réaliser tous tes rêves.

Soudain, la porte de ma chambre s'est ouverte et j'ai aperçu Dylan dans l'embrasure. Il essayait de regarder ailleurs que dans notre direction.

— Ça fait une heure que t'es ici, petit fils de pute, a-t-il fulminé à voix basse. Tu croyais vraiment que je ne m'en apercevrais pas ? Je te conseille de foutre le camp de la chambre de ma sœur, connard ! On va avoir une petite discussion.

Sur ces mots, il a refermé la porte sans attendre de réponse. Moins d'une seconde plus tard, il l'a rouverte.

— Je t'attends !

J'ai enfoui mon visage dans le cou de Jason et j'ai ri en silence.

Lorsque la porte s'est ouverte pour la troisième fois, la main de Jason s'est immobilisée sur ma peau et tout son corps s'est tendu, mais dès que Dylan l'a eu refermée, il a recommencé à me caresser.

— Je n'ai pas été aussi discret que je le pensais, a-t-il soupiré.

J'ai éclaté de rire.

— En effet.

— Il ne va pas me laisser m'en sortir aussi facilement, hein ?

J'ai reposé ma tête sur l'oreiller pour contempler son beau visage.

— On dirait bien que non.

— J'étais persuadé que ça me ferait plaisir de le revoir, et pendant une seconde j'y ai cru, mais finalement, je me suis trompé, a-t-il déclaré avec un autre gros soupir. Au moins, ce n'est pas ton père qui nous a pris en flagrant délit. Ouf !

J'ai souri en silence.

Il m'a rendu mon sourire sans rien ajouter.

— Je t'aime tellement, Jason.

Il fallait que ça sorte, c'était trop dur à garder.

Cette fois, il rayonnait.

— Ah, revoilà ta fossette, ai-je marmonné en portant le doigt sur celle-ci.

— Elle te plaît ?

J'ai acquiescé.

— Il y a beaucoup de choses qui me plaisent aussi chez toi, ma petite femme.

J'en ai eu le souffle coupé.

— Comme quoi ?

J'étais totalement subjuguée par ses yeux.

— Comme cette petite tache de naissance sur ta hanche, a-t-il susurré en la retrouvant dans l'obscurité comme s'il l'avait peinte lui-même. Ou comme ce petit sourire que tu as toujours aux lèvres quand tu écris et que tu crois que personne ne te regarde.

Des coups insistants ont retenti à la porte et Jason a soufflé d'un air blasé.

— Au fait, tu sais ce que j'ai appris aujourd'hui ? a-t-il demandé sur le ton de la conversation avant de se lever. J'ai appris que tu m'avais envoyé des textos en te faisant passer pour quelqu'un d'autre quand j'avais dix-huit ans.

Mon sourire s'est aussitôt évaporé.

— Q… quoi ? ai-je balbutié, sidérée.

— Intéressant, n'est-ce pas ? C'est ce que je me suis dit aussi. Et tu sais quoi ? Apparemment, je t'aurais répondu que la petite sœur de mon pote était collante ou un vrai pot de colle, un truc comme ça.

Debout à côté du lit, il me dominait de toute sa hauteur. Je me suis raccrochée à mon drap avec la force du désespoir.

— Tu sais pourquoi je ne me souviens pas des mots exacts que j'ai employés ? Parce que – tiens-toi bien – ce n'est pas moi qui les ai écrits. Hilarant, n'est-ce pas ?

— Quoi ? Comment ça, ce n'est pas toi qui les as écrits ?

— Oh tu n'étais pas au courant ? C'est ton frère adoré qui a voulu te protéger de moi. À moins que ce soit l'inverse, va savoir avec lui.

— Tu n'es pas sérieux ?

— Oh mais si, mon cœur. Je suis on ne peut plus sérieux.

J'ai rejeté mon drap et j'ai bondi de mon lit.

— Je vais le tuer !

Je n'avais pas fait deux pas que Jason m'a interceptée et plaquée contre son torse.

— Tout doux, ma lionne. On peut le tuer ensemble, mais commence par enfiler un pantalon, histoire de ne pas lui donner une bonne raison de me tuer d'abord.

J'ai pivoté dans ses bras, je me suis hissée sur la pointe des pieds et je l'ai embrassé avec passion. Il a encadré mon visage avec ses mains. J'ai failli m'évanouir tant ce baiser était intense.

— Alors je ne suis pas collante ni pot de colle ? ai-je demandé après avoir trouvé assez de volonté pour m'arrêter de le dévorer.

— Je t'aimais trop, tu étais ma petite Olive. Jamais je ne t'aurais traitée de pot de colle. Et…

Il a lâché mon visage et m'a soulevée dans ses bras.

— Maintenant que tu es grande, ça ne me dérange pas du tout que tu sois collante. Au contraire, j'ai même hâte qu'on soit chez nous pour que tu puisses être toute collante sur moi, mon cœur.

Épilogue

— Jason !

J'ai relevé la tête et j'ai vu ma femme courir vers moi.

Mon cœur s'est emballé et je suis allé à sa rencontre.

— Qu'est-ce qui se passe, Olive ? Ça ne va pas ?

Une main sur la poitrine, elle reprenait son souffle.

— Tu… Tu ne m'avais pas dit… Attends une seconde, je vais faire un infar.

Elle s'est pliée en deux, les mains sur les genoux.

Je lui ai attrapé les épaules et l'ai redressée.

— Olive, parle-moi. Qu'est-ce qui ne va pas ?

— Donne-moi une minute. Je suis fâchée contre toi, je te signale, a-t-elle affirmé avec un geste de dédain.

— Mais enfin, pourquoi ?

— Comment as-tu pu « omettre » de me dire qu'Adam Connor, *le grand* Adam Connor, avait emménagé juste à côté de chez nous ? Pourquoi est-ce que c'est Lucy qui me l'apprend ? Je te faisais confiance, merde !

J'ai cligné des yeux, incrédule.

— Mon cœur, je ne tiens pas une liste avec le nom de tous les voisins. Je n'étais pas plus au courant que toi qu'Adam avait emménagé à côté de chez nous.

Elle a lentement écarquillé les yeux, ce qui lui a donné un air comique.

— Tu le connais ? Tu viens de dire « Adam » comme si tu le connaissais. Attends, tu connais Adam Connor ?!

C'était reparti pour son petit numéro.

Je l'ai considérée avec une sévérité feinte.

— Évite de tomber en pâmoison pour un autre homme devant ton mari. Ce n'est pas très malin.

Elle a posé ses petites mains sur mes épaules et sa tête sur mon torse. J'ai sauté sur l'occasion et je l'ai serrée dans mes bras.

Elle m'a dévisagé avec un petit sourire bête.

— Tu vas nous le présenter ? Enfin me le présenter ? Oui, bon, peut-être à Lucy aussi. À nous deux, quoi. Je parle d'Adam Connor. *Le grand* Adam Connor qui va vivre juste à côté de chez nous avec son adorable bambin ? Tu vas le faire, hein ? Ah, je savais que je t'aimais pour une bonne raison !

— Ton mari est une star de cinéma aussi, je te signale. Je trouve que tu m'éjectes un peu vite, non ? Est-ce que tu me vois en train de tourner autour d'autres romancières ?

Elle m'a tapoté la joue en soupirant.

— Tu nous le présentes bientôt, alors ? Je ne voudrais pas qu'on retrouve Lucy planquée dans la haie en train de le mater.

Je lui ai fait faire demi-tour en secouant la tête.

— Allez viens, c'est l'heure.

Elle est partie devant moi en soufflant.

— Tu veux bien me rappeler pourquoi je dois faire partie de la petite surprise que vous avez préparée pour Lindsay ?

— Parce qu'au moins comme ça, tu serviras à quelque chose ?

Je l'ai poussée vers notre caravane où les maquilleuses l'attendaient pour lui placer une perruque censée lui donner une vague ressemblance avec Lindsay. Ce qu'elle ignorait, toutefois, c'était que la petite surprise lui était en réalité destinée.

— Quand est-ce que vous tournez la dernière scène ? a-t-elle demandé en glissant sa main dans la mienne. Je veux absolument y assister. Je veux entendre Tanner crier : « C'est dans la boîte, les gars ! »

— On commence juste après la surprise.

— Et si tu m'expliquais enfin en quoi ça consiste, cette surprise ? Je dois porter une perruque pour faire quoi ? Lui sauter dessus, ou un truc comme ça ?

Mon adorable impatiente.

— Tu n'auras rien à faire, mon cœur, il te suffira de rester debout sans bouger, c'est tout.

J'ai soulevé sa main pour y déposer un baiser.

Ce n'était pas tout à fait un mensonge ; tout ce qu'elle aurait à faire, c'était se placer sur une croix au sol et on ne lui demanderait qu'une seule chose. Elle m'a coulé un regard en biais, mais est entrée dans la caravane, disposée à coopérer. J'avais hâte de la ramener à la maison ce soir.

Lorsque nous sommes ressortis de la caravane une demi-heure plus tard, le soleil était couché et il faisait complètement noir dehors. J'ai emmené Olive sur le plateau où la dernière scène de son film allait être tournée.

— Les gens me regardent d'un drôle d'air, Jason, m'a-t-elle soufflé. Je croyais que tu avais dit qu'il y aurait plein de gens déguisés en Lindsay.

— Tout va bien se passer, mon cœur.

Lorsque Tanner nous a aperçus, il m'a fait signe de continuer à marcher. À première vue, tout le monde était en place, il ne manquait plus que nous.

— J'ai une surprise pour toi, bébé, ai-je annoncé une fois qu'elle a été positionnée sur la croix marquée au sol avec de l'adhésif.

Un technicien a coupé la lumière sur le plateau et on s'est retrouvés sous les projecteurs.

— Jason, qu'est-ce qui se passe ? a-t-elle demandé d'une voix un peu paniquée.

— On tourne la dernière scène.

Interloquée, elle a tiré sur ma main, mais il n'était pas question que je la laisse partir, pas encore.

— Comment ça, la dernière scène ?

Elle avait une toute petite voix.

— Je t'aime, Olive.

J'adorais voir son cœur se mettre à briller dans ses yeux. Ça lui arrivait à chaque fois que je lui déclarais mon amour, ce que j'essayais de faire le plus souvent possible.

Finalement, j'étais aussi sentimental qu'elle.

— Moi aussi, je t'aime, a-t-elle répondu.

— Cette histoire, c'était la nôtre depuis le début, Olive. Si tu n'avais pas écrit ce roman, je ne t'aurais jamais retrouvée. Bon sang, on était peut-être faits l'un pour l'autre depuis le jour où on s'est rencontrés, mais sans toi, il m'aurait fallu beaucoup plus de temps pour le comprendre.

Je lui ai embrassé le bout du nez.

— Alors, merci de m'avoir retrouvé. Merci d'avoir écrit pour nous cette fin heureuse et incontestable.

Je l'ai de nouveau embrassée.

— J'ai convaincu Tanner de me laisser tourner cette scène avec toi. Tout le monde pensera que c'est Lindsay, mais nous, quand on la regardera ensemble pour la première fois, on saura que j'embrasse la femme que j'aime vraiment et personne d'autre.

— Jason ! Tiens-toi prêt. On commence avec la caméra deux pour la première prise ! a crié Tanner.

Les traits d'Olive se sont adoucis et ses yeux se sont emplis de larmes.

— Tu vas m'embrasser ? Devant les caméras ?

J'ai coincé une mèche derrière son oreille. Une mèche de perruque loin d'être aussi soyeuse que ses cheveux divins, mais je devrais m'en contenter.

— Tu dis ça comme si je ne t'embrassais jamais, ma petite femme chérie.

— Tu ne m'embrasses jamais assez, a-t-elle chuchoté contre mes lèvres.

Jusque-là, elle ne m'avait pas repoussé, elle n'avait pas essayé de m'échapper, alors je l'ai attirée tout contre moi en souriant.

— J'essaie de faire de mon mieux, mais je ne suis jamais à la hauteur, on dirait. Tu devrais peut-être prendre les rênes.

— Silence, on tourne ! a lancé Tanner.

Le silence s'est installé sur le plateau.

— Quoi, maintenant ? a demandé Olive dans un souffle.

Elle ne tenait pas en place.

— Maintenant, ai-je confirmé en prenant son visage entre mes mains pour que les caméras n'enregistrent pas les petites différences entre mon Olive et Lindsay.

— Le rideau ! a ordonné Tanner.

Quelques secondes plus tard, une fausse pluie froide s'est mise à tomber, arrachant un petit cri à Olive.

— Jason ! Je vais te tuer !

Sans lâcher son visage, j'ai planté mes yeux dans les siens et j'ai souri.

— Quel coup de théâtre ! Mon amour était en fait une meurtrière. Et moi qui pensais faire plaisir à une pluviophile comme toi. C'est une petite infidélité à ton roman, mais je pensais…

Elle a rejeté la tête en arrière et a éclaté de rire.

— C'est parfait ! On est déjà rincés, mais ça me va. Est-ce que tu m'appartiens vraiment, Jason ? a-t-elle demandé, les cheveux plaqués sur le visage.

— Action !

Mon cœur s'est serré.

— Oui, mon cœur, ai-je murmuré contre sa bouche. Je t'aime tellement, Evie.

Tanner sélectionnerait les répliques au montage.

Tandis que la pluie artificielle ruisselait sur nous, je l'ai embrassée tendrement un nombre incalculable de fois. À un certain moment, Tanner a décidé de changer d'angle de vue, mais on ne pourrait pas me séparer Olive. Elle était à moi. Je ne laisserais personne me l'enlever, pas même les vilaines petites guêpes et encore moins Adam Connor.

Chaque fois que nous reprenions notre souffle, je lui répétais à quel point je l'aimais et je lui disais aussi qu'il me tardait de rentrer à la maison pour lui arracher sa petite culotte. Dès qu'un sourire se dessinait sur ses lèvres, je m'emparais tendrement de celles-ci, me délectant de son bonheur.

Lorsqu'elle s'est mise à grelotter, je l'ai serrée encore plus fort contre moi.

— J'ai tenu ma promesse, ai-je déclaré en déposant un baiser sur la commissure de ses lèvres.

Tout à coup, le reste du monde n'existait plus, il ne restait plus que nous debout au milieu d'une fausse route.

— Je t'avais dit que je ne t'oublierais jamais, Olive *Thorn*, et on dirait bien que mon cœur a tenu promesse.

J'ai tiré sur une mèche de ses cheveux, un geste si familier qui a fait trembler ses lèvres.

— Mon univers est bien moins terrifiant quand tu es avec moi, bébé, ai-je ajouté. Je t'embrasserai des milliers de fois chaque jour si c'est ce qu'il faut pour que tu continues à m'aimer.

Ses larmes se sont mêlées à la pluie, mais elle souriait toujours.

— Tu as pris possession de mon cœur avec une simple fossette, espèce de gangster. Et depuis, je n'ai jamais réussi à t'en faire sortir. Je crois tout simplement que je ne sais pas comment faire.

— Et j'espère que tu ne l'apprendras jamais. Je te donnerai tous les orgasmes que tu veux en plus des baisers.

Je l'ai embrassée.

— Pourquoi tu te sens obligé de marchander ? J'envisagerai peut-être de te garder si tu promets de me faire l'amour dans ta salle de projection à la maison. On pourrait peut-être baiser devant un film ? Ou une bande-son ? J'ai aussi envie que tu me prennes dans ta piscine, au moins deux fois. Oh et je meurs d'envie que tu me sautes dans le club de Devlin, dans un des fameux salons VIP. Et peut-être aussi qu'on pourrait…

Je me suis emparé de sa bouche.

— Si je comprends bien, tu comptes me traiter comme un esclave. Tu es au courant qu'on est toujours en train de nous enregistrer ?

Elle m'a dévisagé avec les yeux agrandis par l'horreur tandis que quelques rires s'élevaient parmi les membres de l'équipe.

— Que quelqu'un m'achève. Balancez-moi de la fausse foudre ou je ne sais pas, mais pitié. En plus ce serait une vraie plus-value pour le film : l'autrice meurt pendant le tournage de la dernière scène. On va faire exploser le box-office. Allez quoi, merde…

J'ai ri et je l'ai embrassée une fois de plus tandis que Tanner changeait de caméra.

Je me suis penché à son oreille.

— Je vais te faire l'amour partout et quand tu voudras, Olive. Il te suffira de claquer des doigts et je serai en toi en un clin d'œil, bébé.

— Jason, donne-lui encore un baiser et on aura tout ce qu'il faut. Prends bien son visage entre tes mains et vas-y, a lancé Tanner.

J'ai caressé la lèvre inférieure d'Olive avec mon pouce.

— Je ne veux plus jamais sentir d'autres lèvres que celles-ci sur les miennes. Je suis celui qu'il te faut, Olive, le seul, l'unique, appelle-moi comme tu veux, mais je te jure que je le suis.

— Action !

Je l'ai entraînée dans une nouvelle danse langoureuse avec ma bouche, en prenant tout mon temps, plongeant en elle jusqu'à ne plus savoir si c'était moi qui lui insufflais de la vie ou si je ne faisais que prendre ce qu'elle me donnait sans compter. Lorsque j'ai eu fini, mes mains ne tremblaient pas à cause du froid.

— Je t'aime, Olive, ai-je chuchoté, à bout de souffle.

— C'est étrange, mais tu as été le meilleur chagrin d'amour de ma vie, Jason Thorn.

Elle a souri contre mes lèvres avides. Jamais je n'avais connu moment plus parfait.

— C'est dans la boîte, les gars !

Remerciements

Je voudrais avant tout te remercier toi, ma nouvelle amie Jasmine. Est-ce que je t'ai déjà dit que j'adorais ton prénom ? Non ? Eh bien, je l'adore. Je le trouve aussi beau que ton cœur. Presque aussi beau que le prénom Olive, peut-être ? Est-ce que toi aussi tu demandais les garçons en mariage quand tu étais petite ? Trêve de plaisanterie, je te dois énormément. Merci d'avoir lu des extraits avant même que j'aie terminé le roman et d'avoir été aussi enthousiaste. Merci d'avoir été ma bêta-lectrice et de m'avoir laissé des tonnes de commentaires pendant ta lecture, merci pour les rires, les sourires, merci d'avoir encouragé Jason et Olive et d'avoir apprécié les scènes érotiques à ce point ! Merci pour tout, vraiment. Je crois que je ne pourrais plus me séparer de toi, j'ai bien peur que tu sois coincée avec moi. Mais je suis sûre que ça ne te dérange pas. Parce que tu m'aimes, pas vrai ?

Un immense merci également à mon adorable et superbe éditrice Caitlin. Je sais que j'ai un peu chamboulé ton planning – OK, peut-être un peu trop –, alors merci d'avoir été aussi gentille et compréhensive. Tu ne sauras jamais à quel point j'ai été heureuse d'apprendre que tu avais aimé l'histoire de Jason et Olive.

Merci à mes copines, toujours là pour moi : Eryn, Natasha G., Rita, Natasha M., Suzette, Tanya, Athena. Merci à toutes du fond du cœur, je peux toujours compter sur vous en toutes circonstances.

Je voudrais adresser un merci spécial à tous les blogueurs qui parlent de mes romans. Elle ne lira sans doute pas ceci, mais un merci gigantesque et tout particulier à Natasha Tomic qui partage toujours tout ce que je lui envoie, et ça, depuis le début.

Merci à vous, mes lecteurs… je ne sais même pas par où commencer pour vous exprimer ma gratitude. Vous êtes fantastiques, tous autant que vous êtes. Vous êtes géniaux ! J'espère que vous avez apprécié la lecture de ce livre <3 !

Achevé d'imprimer en mai 2023
sur les presses de la Nouvelle Imprimerie Laballery
58500 Clamecy
Numéro d'impression : 304733

Imprimé en France

La Nouvelle Imprimerie Laballery est titulaire de la marque Imprim'Vert®